Christoph Wegele
Die Rache des Henkers
Ein Tagebuch aus dem Bauernkrieg

Christoph Wegele

Die Rache des Henkers

Ein Tagebuch aus dem Bauernkrieg

historischer Roman

Bibliografische Information der Deutschen Nationalbibliothek: Die Deutsche Nationalbibliothek verzeichnet diese Publikation in der Deutschen Nationalbibliografie; detaillierte bibliografische Daten sind im Internet über http://dnb.dnb.de abrufbar.

Lektorat: Susanne Rauchhaus
Korrektorat: Susanne Rauchhaus
Cover: Art & Weise Coverdesign

Verlag: BoD · Books on Demand GmbH, In de Tarpen 42, 22848 Norderstedt

Druck: Libri Plureos GmbH, Friedensallee 273, 22763 Hamburg

ISBN: 978-3-7693-1877-7

<u>**Kapitel I Der Schankbursche**</u>

Jeder Mensch möchte in seinem Leben eines Tages an einem Punkt ankommen, an dem er mit sich und der Welt im Reinen ist. Aber wem gelingt das schon? Schicksalsschläge, Krieg oder Krankheit machen das oft schwer. Und auch die eigenen Verfehlungen und Sünden lassen die Menschen mit ihrem Gewissen hadern. Mein Weg war jedenfalls kein leichter und bestimmt kein alltäglicher, aber einer, der es wert ist, aufgeschrieben zu werden. Und heute bin ich mit mir im Reinen. Gestatten? Ich bin Ignaz, der Henker.

Meine Geschichte beginnt im frühen 16. Jahrhundert in der Herrschaft Waldburg im ehemaligen Herzogtum Schwaben. Ignaz hatten mich meine Eltern genannt, aus dem Hause Donnerfels. Wobei es der Begriff Haus nicht ganz trifft, eher Hütte. Diese nicht besonders große, aber dafür sehr gemütliche Hütte war Teil eines kleinen Bauernhofes direkt am Ortsausgang von Sieberatsreute in Richtung Waldburg. Ich war der Ältere von zwei Söhnen. Durch den plötzlichen Tod unserer Mutter wurde mein Vater schon jung Witwer. Aufopferungsvoll kümmerte er sich um mich und meinen Bruder Joseph, allerdings litt der Hof unter dieser Situation, solange wir noch nicht mitarbeiten konnten. Mein Vater konnte weder seinen Viehbestand erhöhen noch durch Rodung seine Felder vergrößern, und so machte er aus der Not eine Tugend. Er nutzte den am Hof angrenzenden Wald, um Schweine zu züchten. Mit deren Verkauf kamen wir dann doch ganz gut über die Runden und konnten auch immer pünktlich unsere Abgaben zahlen, die wir dem Herrn unserer Grafschaft, dem Truchsess Georg III. von Waldburg, schuldig waren.

Über die Abgaben hinaus war jeder Leibeigene ab zwölf Jahren verpflichtet, Frondienste zu leisten. Diese wurden anhand von Fronmarken abgerechnet. So hatten wir, seit auch mein

Bruder und ich als volle Arbeitskraft zählten, jährlich nach
dem Gottesdienst am ersten Advent neun solcher Marken dem
Burgvogt auszuhändigen, drei für jeden arbeitsfähigen Mann
im Haus.

Da Joseph nicht nur jünger war, sondern auch eine echte Begeisterung für die Arbeit als Bauer hatte, war früh klar, dass er
den Hof einmal übernehmen würde. Für eine Aufteilung wäre
er viel zu klein gewesen. Deshalb regelten wir unser Leben
so, dass mein Vater mit meinem Bruder den Hof bewirtschaf-
tete, während ich die Frondienste für uns alle übernahm. Auch
für mich war das ein gutes Geschäft, denn so kam ich etwas
in der Grafschaft und somit in der ganzen Welt, in der wir uns
als Eigenleute des Truchsessen bewegen konnten, herum.
Auch schmeckte das Essen anders als daheim, was ich sehr zu
schätzen wusste, da mir gute Küche schon immer wichtig
gewesen war. Auf dem Hof gab es nur Kraut und Rüben, an
den Frontagen hingegen gab es Rüben mit Kraut. Das mag
jetzt sehr ähnlich klingen, aber es schmeckte trotzdem nicht
überall gleich. Erfreuliche Unterschiede gab es zum Beispiel,
wenn die Küchenmägde des Grafen an Tagen, an denen für
die Herrschaft geschlachtet wurde, auch mal ein Stück Lunge
oder anderes „weniger gutes Fleisch" mit untermischen durften. Das war für mich und das Gesinde dann immer ein Festmahl!

Ich hatte das Geschäft mit dem Frondienst inzwischen ganz
gut ausgebaut. Es gab ja immer jemanden, dem die Frontage
ungelegen kamen und der sogar gutes Geld bezahlte, um an
eine Fronmarke zu kommen. Die Beamten des Truchsessen
führten natürlich kein Buch darüber, ob jeder Leibeigene seine Frontage selbst absolvierte, sondern jeder musste einfach
die vorgeschriebene Anzahl Fronmarken abliefern. So kamen
wir grundsätzlich recht gut über die Runden, aber eine Dauer-
lösung konnte das für mich natürlich nicht sein.

Eines Tages bat mich mein Vater, ihn bei einem Schweineverkauf zu begleiten. Wie so oft belieferte er das „Weiße Ross". Es lag nicht weit von uns entfernt in Sieberatsreute an der einzigen Kreuzung im Dorf, direkt an dem Weg nach Ravensburg, so dass hier viele Reisende einkehrten. Abends trafen sich hier auch die Einheimischen nach getaner Arbeit und tauschten Neuigkeiten aus, vereinbarten Ehen oder besprachen Geschäfte untereinander. Mein Vater kam aber nicht nur zum Handeln hierher, da er und Konrad, der Wirt, sich schon lange kannten und gute Freunde waren.

Noch war es recht früh, so dass nicht viel los war. Konrad begrüßte uns freudig und winkte uns an einen Tisch in einer Ecke, wo wir uns in Ruhe unterhalten konnten. Seine Tochter brachte uns drei Trinkbecher und einen Krug mit Bier. Ich lächelte ihr zu, denn wir kannten uns schon seit Kindertagen und ich freute mich, sie einmal wiederzusehen. Vor allem freute mich in diesem Moment allerdings die seltene Gelegenheit, das Bier hier zu kosten. Das „Weiße Ross" war nämlich bekannt dafür, dass es nur Tettnanger Bier ausschenkte.

Dazu muss ich erklären, dass sich damals viele Wirtshäuser und Trinkstuben am Brauen versuchten, besonders, seit die Getreideerträge durch die Dreifelderwirtschaft stark angestiegen waren. So wurde das Bier auch im ehemaligen Herzogtum Schwaben plötzlich erschwinglich. Unterschiedlichste Kräuter und abenteuerliche Gewürze wurden beigemischt, in der Hoffnung, noch Besseres hinzubekommen. Meistens aber mit eher mäßigem Ergebnis – und etlichen Fällen von Erblindung und Schlimmerem. In Tettnang jedoch, nur einen halben Tagesmarsch entfernt, kamen findige Bierbrauer auf die Idee, das Bier mit Hopfen zu verfeinern, was es nicht nur schön herb, sondern auch haltbar machte. Nicht ohne Grund wurde im nahen Bayern ein Reinheitsgebot erlassen, welches die Inhaltsstoffe des Bieres klar regelte. „Aber seit wann wissen denn die Bayern, was wir Schwaben vertragen?", hörte man oft in den Schankstuben. Zum Glück setzte Konrad sehr auf die Qualität seiner Getränke und Speisen. Und als ich den ersten Schluck trank, wusste ich sofort, dass ich jedes andere Gesöff ab sofort ablehnen würde.

Als das Geschäftliche geregelt war, betrachtete Konrad mich plötzlich ganz genau.

„Sag mal", sprach er meinen Vater an, „wie alt ist dein Junge jetzt eigentlich?"

„Er ist gerade achtzehn geworden", erwiderte der erstaunt. „Warum?"

„Weil meine Schankmagd einen Bauern aus der Gegend geheiratet hat. Meine Frau hat eigentlich andere Aufgaben, und Mechthild kann ich nicht allein in der Gaststube bedienen lassen. Manchmal tauchen hier schon mal rohe Kerle auf, deshalb möchte ich es gern mal mit einem Schankknecht versuchen."

Mein Vater runzelte die Stirn.

„Bist du sicher? Den Männern, die hierher kommen, wäre eine Magd sicherlich lieber."

Da lachte Konrad. „Die werden schnell merken, dass ihre Frauen sie bald viel beruhigter in die Wirtschaft gehen lassen, um ihr Bierchen zu trinken. Wo keine Verführung, da keine Sünde. Und das werden auch die Mönche zu schätzen wissen, die in letzter Zeit öfter hierherkommen."

Als die beiden Männer sich einig waren, sah Konrad mich an.

„Würdest du gleich morgen bei mir anfangen?"

Wie schön, dass ich auch noch gefragt wurde. Aber keiner
von beiden musste mich lange überreden, denn für mich war
klar, dass es im Weißen Ross immer gut zu essen gab. Außerdem hatte ich auch daheim schon oft Aufgaben in der Küche
übernommen, damit mein Vater mit meinem Bruder draußen
arbeiten konnte.

Am nächsten Tag zog ich um in die Knechtkammer des
Wirtshauses und ließ mir zeigen, was ich tun sollte. Konrad
war ein sehr angenehmer Dienstherr und die Arbeit machte
mir Spaß. Jedenfalls größtenteils. Mein einziges Problem
waren andere junge Männer, die genau wie ich nicht auf ihren
Höfen bleiben konnten. Aber anstatt sich andere Lösungen zu
suchen wie ich, als ich den Frondienst anderer übernommen
hatte, ließen sie lieber ihre Verbitterung an mir aus und
schimpften mich „Schankmagd ohne Brüste". Anfangs versuchte ich, ihnen mit Vernunft zu begegnen, bot dem ein oder
anderen sogar an, mein Geschäft mit den Fronmarken zu
übernehmen. Aber da ihnen vernünftige Argumente fehlten,
flogen immer wieder die Fäuste. Selbstverständlich niemals
in der Wirtschaft, denn Konrad war ein großer, breitschultri-
ger Mann und hatte den Ruf, noch jede Keilerei schnell beendet zu haben. Aber er war natürlich nicht blind, und als ich
immer öfter mit Schrammen und blauen Augen zur Arbeit
erschien, begann er, mir ein paar Tricks beizubringen.
Schließlich würde ich ja auch früher oder später im Wirtshaus
eine Schlägerei schlichten müssen. Auch ich war recht groß,
und so konnte ich seine Tricks gut umsetzen. Die meisten
Schlägereien wurden mit den Fäusten ausgetragen. Konrad
aber brachte mir etwas anderes bei, denn wenn man als Wirt
seine Gäste zu schwer verletzte, kamen diese nicht wieder. So
zeigte er mir hauptsächlich diverse Wurf- und Hebeltechni-

ken, mit denen man Unruhestifter möglichst schnell aus der
Gaststube schmeißen konnte.

Durch die Zeit der Frontage war ich den Umgang mit Menschen gewohnt, die Gaststube war also kein Problem für mich. Aber da ich gutes Essen zu schätzen wusste, stieg auch mein Interesse an den Tätigkeiten in der Küche. Konrad war begeistert, einen so willigen Gehilfen zu haben, und so brachte er mir alles bei, was ich wissen musste. So durfte ich natürlich auch lernen, wie aus den Schweinen, mit denen ich mich ja schon ganz gut auskannte, guter Braten, kräftiges Rauchfleisch oder herzhafte Würste gemacht wurden. Der Umgang mit dem Beil war mir nicht fremd, da ich mich daheim immer ums Brennholz gekümmert hatte, und so entwickelte ich ein gewisses Geschick, wenn es um das Zerlegen des Schlachtviehs ging. Das kleine Beil, das ich hierfür verwendete, gehörte zu meinen wenigen Habseligkeiten. Ich hatte es schon auf dem Hof immer benutzt, und da ich der Einzige war, der gern mit diesem arbeitete, nahm ich es damals bei meinem Umzug mit.

Sobald aber Gäste in die Wirtsstube kamen, war es an mir, diese zu bedienen. Die Wirtin kümmerte sich nämlich jetzt, da ich alle Handgriffe im Schankraum kannte, hauptsächlich um die Tiere und den Garten. Immer öfter kam dafür mittlerweile Mechthild in die Wirtschaft und half mit.

Mechthild war inzwischen zwölf Jahre alt, und man sah ihr an, dass sie allmählich an der Schwelle stand, zur Frau zu werden. Oft wurden Töchter in diesem Alter schon verheiratet, aber Konrad hatte des Öfteren versichert, es damit nicht eilig zu haben. Viel wichtiger war es ihm, dass sich ein Ehemann für seine Tochter finden sollte, der „ins Haus passt", wie er es nannte, und die Wirtschaft weiterführen konnte. Da ich Mechthild sehr mochte und mir die Arbeit hier auch gut gefiel, hoffte ich natürlich darauf, dass Konrad mich einst als möglichen Ehemann für Mechthild in Betracht ziehen könnte.

Für eine Zukunft als Wirt wollte ich auf jeden Fall dazulernen, was mir nur möglich war. Und ich beschloss, dass ich mir eine gewisse Bildung aneignen wollte. Natürlich hoffte ich auch, mich dadurch von anderen Bewerbern um Mechthilds Hand eines Tages abheben zu können. Daher schloss ich einen Handel mit ein paar Mönchen ab, die uns regelmäßig beehrten: Ich füllte ihre Krüge etwas voller und sparte auch nicht beim Füllen der Essschalen, dafür brachten sie mir das Lesen bei. Konrad hatte nichts dagegen, solange meine Arbeit in der Wirtschaft nicht darunter litt.

An körperlicher Größe war ich Konrad inzwischen ebenbürtig, und auch den ein oder anderen Unruhestifter hatte ich schon erfolgreich zur Tür hinausbefördert. Mit den Hänseleien der anderen jungen Männer war es dadurch schon längst vorbei. Aber nicht nur die Techniken von Konrad halfen mir bei meinem Durchsetzungsvermögen, sondern indirekt auch das Schlachten der Tiere. Dadurch hatte ich nämlich schnell an Kraft und Muskeln gewonnen. Wir schlachteten nämlich nicht nur für die Wirtschaft, sondern ich durfte mir auch etwas dazuverdienen, indem ich Hausschlachtungen im ganzen Ort vornahm. Wann immer es ging, suchte ich aber die Nähe zu Mechthild, denn wenn sie sich vorstellen könnte, mich zum Ehemann zu nehmen, würde das bei Konrads Entscheidung nur hilfreich sein.

Während ich also immer besser mit den Abläufen in der Wirtschaft vertraut war und mich schon als Teil des Ganzen fühlte, wurde das Verhältnis zu meiner eigenen Familie eher schlechter. Unsere Leben waren inzwischen einfach zu unterschiedlich geworden. Mein Bruder hatte inzwischen eine Frau gefunden. Sie war keine besondere Schönheit und in meinen Augen auch keine besonders angenehme Person, aber Joseph und ich hatten ja schon immer unterschiedliche Meinungen über fast alles gehabt, und er versicherte mir, dass sie dafür sehr fleißig sei. Musste er ja wissen, mir wäre das nicht genug gewesen. Auf jeden Fall war ich froh, dass ich nicht mehr auf dem Hof wohnte.

Vater und Bruder zeigten mittlerweile wenig Interesse an meinem Leben. Wir sahen uns fast nur noch, wenn einer von beiden neue Schweine zum Schlachten brachte, und in der kurzen Zeit beschränkten wir uns darauf, uns einfach nur zu freuen, dass es allen gut ging. Auf den Hof ging ich aber fast gar nicht mehr, denn wirklich viel zu reden hatten wir nicht und ich wollte ja das „Glück" meines Bruders nicht stören. Er wiederum kam kaum in die Wirtschaft, denn Geselligkeit und der Genuss von Bier waren für ihn Zeit- und Geldverschwendung. Er konzentrierte sich auf „seinen" Hof und wollte den Viehbestand möglichst bald verdoppeln. Also zwei Kühe haben, sofern sich das Futter beschaffen ließe. Nach meiner Rechnung wäre das dann zwar die dritte Kuh auf dem Hof, aber wie gesagt, mein Bruder sah seine Frau anders als ich.

Wir wünschten uns natürlich gegenseitig Glück, wenn wir uns trafen, aber sobald wir uns nicht mehr sahen, schüttelten wir die Köpfe über das Leben des anderen. Mit meinem war ich allerdings sehr zufrieden. Auch wenn ich es nicht eilig hatte, traute ich mir durchaus schon zu, die Wirtschaft eines Tages führen zu können. Am besten natürlich mit Mechthild an meiner Seite.

Eines Abends, die meisten Gäste waren schon gegangen und auch der Wirt hatte sich zurückgezogen, saß ich noch bei zwei Mönchen am Tisch. Schon ziemlich flüssig konnte ich die Worte lesen, die in einem mitgebrachten Buch der Mönche standen. Da flog unerwartet die Tür auf und drei Männer betraten die Gaststube. Zwei davon kamen mir bekannt vor. Es waren zwei Reiter der gräflichen Gardisten. Den dritten Mann in der Mitte aber kannte ich nicht. Er war von stattlicher Größe, hatte dunkles, krauses Haar und einen sehr gepflegten Bart. Seine Rüstung war ihm wie auf den Leib geschneidert und sah auch sonst ziemlich teuer aus. Die Stiefel waren aus feinstem Leder. An der Körpersprache der drei war eindeutig zu sehen, wer das Sagen hatte: Der Herr in der Mitte. Festen Schrittes traten die drei näher, und ich konnte ins Gesicht des Mittleren schauen. Seine wachen Augen bemerkten meinen Blick sofort, so dass ich innerlich erschrak und auf den Boden schaute.

„Bursche, bring mir von dem Tettnanger Bier, das alle so loben. Und hurtig, wir haben einen langen Ritt hinter uns!"

Ich tat, wie mir geheißen, und eilte hinter den Tresen, um einen Bierkrug zu füllen. Die Stimme des vermutlich edlen Herrn war kräftig. Er schien es gewohnt zu sein, Befehle zu geben. Während das Bier vom Fass in den Krug floss, packte ich ein Stück gerauchten Schinken, ein paar Zwiebeln und einen Laib Brot in einen flachen Korb. Zusammen mit einem Vesperbrett stellte ich alles auf den Tisch und sagte: „Nach einem langen Ritt werden die Herren auch einen guten Bissen vertragen können. Die warmen Speisen sind heute leider schon aufgegessen, aber den Rauchschinken macht unser Wirt nach einem alten Familienrezept, er wird Euch hoffentlich munden. Wohl bekomm's!"

Nachdem ich nun auch die Trinkbecher auf den Tisch gestellt hatte, griff zu meiner Überraschung der edle Herr nach dem Bierkrug und schenkte erst seinen Begleitern und danach sich selbst ein. Einer der anderen zog zwischenzeitig sein Messer aus dem Gürtel und fing an, das Rauchfleisch und die Zwiebeln aufzuschneiden. Anschließend griff er nach dem Brotlaib und schnitt dicke Scheiben herunter. Meine Vermutung, was den Hunger der Herren anging, schien sich zu bewahrheiten.

Während sich die Gäste über das Vesper hermachten, setzte ich mich zurück zu den beiden Mönchen. Die hatten es aber plötzlich ziemlich eilig, legten wortlos ein paar Münzen auf den Tisch und machten sich hastig davon, jedoch nicht, ohne mir das Buch dazulassen, damit ich etwas üben konnte. Ich empfand ihren Aufbruch trotzdem als ärgerlich, denn sie hätten doch sicher gewusst, wer dieser edle Herr war.

„Bursche, der Bierkrug ist leer, ändere diesen Zustand umgehend!"

Die Wortwahl ließ keinen Zweifel zu, der Herr musste von Adel sein. Dennoch setzte er sich mit den beiden einfachen Soldaten an einen Tisch und schenkte ihnen sogar ein. Die Situation war derart merkwürdig, dass ich mich noch heute an jedes Detail dieses Abends erinnern kann.

Als ich den nächsten Krug hinstellte und zurück an die Theke gehen wollte, hielt mich der edle Herr plötzlich am linken Arm fest. „Setz dich zu uns, Bursche!" Dieser Stimme konnte man nur Folge leisten, und ich war mir sicher, dass das nicht nur mir so ging. Die Begleiter beäugten mich argwöhnisch. Offenbar teilten sie das Privileg, mit dem Herrn am Tisch zu sitzen, nur ungern. Das war dem Edlen nicht entgangen und er warf den beiden einen missmutigen Blick zu.

„Wir werden heute hier nächtigen, das macht sicher keine Umstände, oder?", richtete er das Wort an mich.

„Natürlich nicht." Mehr brachte ich nicht heraus, und eine andere Antwort hätte mein Gegenüber wohl auch nicht gelten lassen. Einer der beiden Soldaten erhob sich mit den Worten: „Erlaucht, wenn es Euch recht ist, werden wir bei den Pferden im Stall schlafen. Wir gehen davon aus, das Ihr bei Tagesanbruch zur Waldburg reiten möchtet."

„Richtig gedacht. Nehmt Euch den Bierkrug mit, den habt Ihr Euch heute verdient. Ich werde mir in dieser Stube ein gemütliches Plätzchen suchen. Gute Nacht!"

Die beiden taten wie geheißen, einer packte Bier und Becher, und sie gingen aus dem Raum.

In diesem Augenblick traf mich die Erkenntnis wie ein Blitz. Der Reiter hatte den edlen Herrn „Erlaucht" genannt, das bedeutete, dass er wahrscheinlich ein Graf oder ein Fürst war. Und sie wollten zur Waldburg. Dort wurden aber schon lange keine Adligen mehr empfangen, seit die Familie Waldburg ein neues und komfortableres Schloss in Waldsee errichtet hatte und auch dort lebte. Die Grafschaft wurde allerdings immer noch zu großen Teilen von der Waldburg aus verwaltet. „Für die Schreibstubenhocker tut's diese alte Burg schon noch" sollte der alte Graf mal gesagt haben, als er noch lebte. Jedenfalls fiel mir nur ein Graf ein, der mit der gräflichen Garde zur Waldburg reiten würde. Und das war unser Lehensherr, Truchsess Georg III. von Waldburg höchstselbst. Gleichzeitig wurde mir klar, dass ich gerade ganz vertraulich und inzwischen allein mit diesem Mann an einem Tisch saß. Himmel, was sollte ich denn jetzt tun? Ich versuchte, mich an alles zu erinnern, was ich über das Benehmen gegenüber dem Grafen je gehört hatte – aber mein Kopf war auf einmal leer wie ein altes Fass.

„Ich kenne dich nicht, Bursche", sprach er mich jetzt an, „aber ich komme auch nicht oft in dieses Gasthaus. Du scheinst deine Arbeit zu beherrschen und auch dein Vesper zeigt, dass du mitdenkst. Wie heißt du?"

„Ignaz, Ignaz, Donnerfels, mein Herr ... äähh ... erlauchter Herr ... äh, Verzeihung ... ähh ..." Der Graf unterbrach mein Gestammel. „Korrekt wäre die Anrede ‚Eure Erlaucht'. Aber wir sind hier nicht bei Hofe oder im Schloss. Sag mal, wenn ich richtig gesehen habe, hast du vorhin mit den Mönchen zusammengesessen, und ich meine gesehen zu haben, dass sie dir ein Buch überlassen haben. Haben sie dich das Lesen gelehrt?"

„Ja, das sind Stammkunden, und da schwätzt man halt ein bisschen!", antwortete ich verunsichert. Warum war ihm das aufgefallen? Und war es dem Herrn überhaupt recht? Durfte man als Leibeigener überhaupt einfach so lesen lernen? Plötzlich wurde es mir flau in der Magengegend.

Mein Gegenüber schien meine Gedanken zu erahnen. „Sei unbesorgt, ich gehöre nicht zu den Adligen, die es verurteilen, wenn ihre Leute etwas über ihren Horizont hinausschauen. Versteh mich nicht falsch, mit der göttlichen Ordnung hat alles seine Richtigkeit. Es gibt uns Herren und Euch Eigenleute, das ist gut und richtig, aber jeder hat seine Aufgabe und muss diese erfüllen. Es ist trotzdem kein Widerspruch, seinen Eigenleuten eine gewisse Bildung zukommen zu lassen, denn nur dann werden sie auch begreifen, dass alles so sein muss."

Ein interessanter Ansatz, fand ich. Aber mit der ganzen Situation fühlte ich mich überfordert, und daher hielt ich es für besser, mich nicht dazu zu äußern. Ein leichtes Lächeln und ein zustimmendes Nicken musste genügen. Um weiteren heiklen Themen auszuweichen, erhob ich mich und erklärte, dass ich ihm jetzt ein Nachtlager bereiten wollte. Der Graf ging solange nach draußen, vermutlich um nach seinem Pferd zu schauen.

Als er zurückkehrte, trug er eine Decke unterm Arm. Inzwischen hatte ich ihm mit ein paar Strohsäcken und einem frischen Laken eine Schlafstätte errichtet. „Verzeiht, Eure Erlaucht, aber wir sind nicht auf adlige Gäste eingerichtet!"

„Es wird seinen Zweck erfüllen", nickte er mir zu. „Wir werden morgen früh aufbrechen, ich werde auf der Waldburg erwartet. Ich wünsche wohl zu ruhen!"

Ohne eine Antwort abzuwarten, legte er sich auf das Nachtlager und ich zog mich in meine Kammer zurück. Schlafen konnte ich jedoch nicht.

Als ich bei Sonnenaufgang in die Stube trat, waren der Graf und seine Begleiter schon fort. Er hatte aber ein ordentliches Trinkgeld liegen lassen. Der geräuchte Schinken war weg, aber das Geld reichte locker aus, um diesen zu ersetzen. Offensichtlich verstand mein Wirt tatsächlich, wie man wohlschmeckendes Rauchfleisch herstellte.

Dieser Abend beschäftigte mich natürlich immer wieder in den nächsten Tagen und Wochen. Leider konnte ich niemandem davon erzählen. Erstens würde mir niemand glauben und zweitens würde es den Ruf des Grafen vielleicht beschädigen, wenn es sich herumsprach, dass er mit einfachen Leuten verkehrte. Seine Höflichkeit mit üblem Tratsch zu vergelten, kam für mich nicht in Frage. Aber ich nahm mir fest vor, sollte ich wieder mal eine Chance haben, mit einer höhergestellten Persönlichkeit reden zu können, mich weniger tölpelhaft anzustellen.

Immer mehr genoss ich die Gesellschaft von Mechthild, wenn sie bei mir in der Wirtschaft war. Sie schien von Tag zu Tag schöner zu werden, und ein merkwürdiges Kribbeln machte sich in meiner Bauchgegend breit, wenn wir uns nahe kamen oder gar aus Versehen berührten. Unbewusst hatte ich mir ihre Tagesabläufe eingeprägt, und ich erwischte mich dabei, wie ich meine Aufgaben so einteilte, dass ich möglichst in ihrer Nähe arbeiten konnte. Das schien ihr aber nicht unangenehm. Im Gegenteil, ich hatte sogar das Gefühl, dass auch sie bewusst eine Berührung der Hände in Kauf nahm, beispielsweise wenn ich ihr gespülte Becher zum Abtrocknen gab. Diese Momente mit ihr schienen unendlich lang, aber auch gleichzeitig viel zu kurz zu sein. Gefühle für eine Frau sind etwas Komisches. Wunderschön und gleichzeitig machen sie einen auch sehr verletzlich. Ich sah meine Zukunft im „Weißen Ross", es war also nur logisch, mich um Mechthilds Hand zu bemühen. Waren aber diese neuen Gefühle dabei Freund oder Feind? Und doch wurde für mich in dieser Zeit eine Zukunft ohne Mechthild immer weniger vorstellbar. Vermehrt mischte sich aber auch die Angst mit ein, ob nicht die Wirtsleute irgendwann etwas merkten. Es gehörte sich, mit dem Vater der Braut zu sprechen, bevor man zu weit ging. Selbstverständlich musste ich aber auch mit meinem eigenen Vater darüber sprechen.

Konrad schien aber vor allem sehr darauf zu achten, wie ich mich in der Wirtschaft gab. Er wusste, dass ich mich nicht in jeder Gesellschaft wohl fühlte, lobte aber meinen Umgang damit. Zu seiner Freude kam ich mit den Mönchen gut zurecht, und unterm Strich war das noch wichtiger. Bei den meisten anderen Burschen, die so wenig zu verlieren hatten, dass sie in einer Schenke anheuerten, wäre es wohl eher anders herum gewesen.

Als Ausgleich zu den immer gleichen Gesprächen der Bauern widmete ich meine knappe Freizeit dem Lesen. Hier las ich unter anderem viel über alte Völker und vergangene Kriege. So soll es beispielsweise „Franken" gegeben haben, deren Besonderheiten kleine Wurfäxte mit dem Namen „Franziska" waren. Nun, ich war natürlich weder Franke noch Krieger, aber hatte mein kleines Beil. Zum Spaß nannte ich es insgeheim ebenfalls Franziska. Das mag Euch jetzt sicher etwas bizarr erscheinen, werter Leser, aber es soll sogar Menschen geben, die Tieren Namen geben, obwohl diese ja üblicherweise da sind, um gegessen zu werden, und sie können ebenso wenig antworten wie mein kleines Beil.

Als Belohnung für meine gute Arbeit nahm mich mein Wirt dann im Herbst mit zum großen Jahrmarkt in der Stadt. Ich hatte ein paar Münzen gespart und freute mich auf diese besondere Gelegenheit, einmal außerhalb des eigenen Herrschaftsgebietes zu reisen. Eine Gelegenheit, die für andere Eigenleute nie kam. Die Gesetze zu diesem Thema wurden zum Teil auch erheblich verschärft, da viele Landadlige Angst hatten, dass ihre Leibeigenen niemals zurückkommen würden, wenn sie einmal die Stadt gesehen hätten. Graf Georg von Waldburg war hier etwas moderner eingestellt. Es wurde aber erwartet, dass man sich einen Passierschein bei seinem zuständigen Beamten ausstellen ließ und dafür auch angab, zu welchem Zweck man wie lange weg zu sein gedachte. Als

Betreiber einer Wirtschaft oder eines Handwerkes war es recht einfach, einen solchen Schein zu bekommen, schließlich konnte man nicht immer warten, bis Hausierer oder wandernde Handwerker vorbeikamen, um wichtige Dinge, die für den ordentlichen Betrieb des Gewerks erforderlich waren, zu ersetzen oder zu reparieren.

Für mich hieß das damals, dass es ein Abenteuer vor dem eigentlichen Abenteuer gab, denn den Passierschein gab es auf der Waldburg. Am frühen Montagmorgen wanderten wir los. Der Weg führte über einen bewaldeten Höhenrücken, und so ging es erst einmal gut bergauf. Oben angekommen sahen wir zunächst die große Straße, die Ravensburg und Wangen verband und in deren Mitte der Ort Waldburg lag. Es war seltsam, unsere kleine Welt von so weit oben zu sehen. Eine Weile später erreichten wir eine weitere Anhöhe, die sich steil aufwärts auf einen fast ovalen Kegel verjüngte. Und da stand sie: die Waldburg. Vier Stockwerke hoch, eindrucksvoll und geradezu majestätisch thronte sie auf ihrem Burgberg. Es hieß, der Palas solle sogar höher sein als der Kirchturm des Dorfes. Die Anlage war von einer massiven Mauer umgeben, die fast so hoch war wie das Dach. Von Weitem konnte man die Zinnen sehen, das zurückgesetzte Satteldach ließ sich nur erahnen. Nicht nur die Mauer hatte einen Wehrgang, sondern es gab auch Wachen auf der Burg selbst, wo sie um das Satteldach herumgehen und sich bei einem Angriff hinter den Zinnen in Sicherheit bringen konnten.

Fast demütig folgten wir dem Weg nach oben. Er war sehr gepflegt und so sehr angenehm zu laufen, obwohl er recht steil war. Es hatte eben einen Vorteil, wenn man denselben Weg benutzte, den auch die Herren gehen mussten. Schließlich standen wir vor einem massiven Tor. Auch der Torbogen hatte Zinnen und sah somit sehr wehrhaft aus. Zwei Wachen versperrten uns zunächst den Weg, ließen uns aber ungehindert passieren. Besonders bedrohlich wirkten wir wohl nicht.

Wenige Schritte später standen wir oben. Ein kleiner Hof zwischen Kappellenturm und äußerer Wehrmauer bot Platz für ein paar spielende Kinder. Neugierig ging ich um den Turm herum und bemerkte den Eingang zum Stall. Davor wurde gerade ein Pferd beschlagen. Ich trat näher, denn die Chance, ein herrschaftliches Pferd so aus der Nähe zu sehen, hat man nicht jeden Tag. Ein wunderschöner Rappe mit einem beachtlichen Stockmaß wurde von einem Knecht am Seil gehalten. Das Pferd wirkte sehr ruhig. Da trat hinter ihm ein Schmied hervor, in der Hand ein glühendes Eisen, das er jetzt auf einen Hinterhuf senkte. Wie ein Faustschlag traf mich der beißende Geruch des schmelzenden Hufes. Ich torkelte zurück und versuchte ein Husten zu unterdrücken. Nicht auszudenken, was passiert wäre, wäre das Pferd erschrocken und durchgegangen. In diesem Falle hätte ich hoffen müssen, totgetrampelt zu werden, denn die Strafe, wenn sich so ein teures Schlachtross verletzt hätte, wäre weitaus schlimmer gewesen. Zu Recht. Die Kosten eines solchen Tieres für Aufzucht und Dressur waren höher als die unserer ganzen Wirtschaft samt Wirt und Schankbursche.

Schmied und Stallbursche brachen aber in schallendes Gelächter aus, als ich fast auf meine Afterballen fiel. Zu meiner Überraschung machte das Ross gar nichts. Offensichtlich ein perfekt trainiertes Schlachtross. Also eher mehr wert als zwei Wirtschaften.

„Wohin des Wegs, du Fallkünstler?", feixte mir der Stallbursche entgegen.

„Nicht zu dir!", entgegnete ich unfreundlicher als notwendig, machte auf dem Absatz kehrt und ging zügig zurück, um nicht Opfer eines weiteren Spaßes zu werden.

Wenige Schritte weiter war ein großes Tor in der hohen Wehrmauer. Ebenfalls mit zwei Wachen versehen, wobei diese ihre Sache aber entschieden ernster zu nehmen schienen. Zu unserem Glück erkannte einer der beiden den Wirt, so dass wir doch recht zügig an der Wache vorbei in den Innenhof der Waldburg treten konnten. Die hohen Mauern ließen kaum Sonnenstrahlen in den Hof, dementsprechend war alles etwas feucht, klamm und modrig. Der Weg war mit frischem Stroh ausgelegt worden, vermutlich für den Besitzer des edlen Rosses. Neugierig sah ich mich nach allen Seiten um und trottete geradeaus auf das neu errichtete Gesindehaus zu. Dem Duft nach führte der Weg geradezu in die Küche. Wir mussten aber nach rechts abbiegen und ins Hauptgebäude, den Palas, treten.

In der Befürchtung, auf noch strengere Wachen zu treffen, traten wir ein. Doch es kam schlimmer. In der Halle stand ein Schreibpult, und dahinter saß ein blasser, leicht untersetzter Beamter mit strengem Gesichtsausdruck.

„Heute keine Bittgesuche, kommt morgen wieder!" Sein Blick fiel zurück auf sein Schreibwerk.

„Wir brauchen lediglich einen Passierschein für Ravensburg, wir bitten um nichts!", entgegnete der Wirt in ähnlichem Tonfall.

„Also bittet Ihr doch, und zwar um einen Passierschein!" Der Schreiberling schaffte es tatsächlich, den zweiten Satz noch unfreundlicher zu sagen.

„Ich bitte nicht, schließlich, bezahlen wir ja dafür!", entgegnete der Wirt jetzt mit einem leicht genervten Ton.

„Bei uns hat alles seine Ordnung, wie es Seine Erlaucht wünscht! Bittgesuche mittwochs, Passierscheine donnerstags und andere Anliegen freitags. Heute haben wir Montag, also wird das heute nichts. Da Ihr Euch aber freundlicherweise heute schon für Donnerstag angemeldet habt, sorge ich dafür, dass Ihr dann schon in den ersten zwei Stunden bedient werdet. Guten Tag!"

Schlagartig wurde mir klar, dass Schreiber entgegen aller Behauptungen ein sehr gefährlicher Beruf war. Zumindest in diesem Fall. Mein sonst so geduldiger und liebenswerter Wirt lief feuerrot an und ich konnte ihn gerade noch davon abhalten, den Kerl am Kragen zu packen und ihm wie einer Taube den Hals umzudrehen.

„Aber, aber, wer wird denn da sein Leben unnütz wegwerfen wollen", lenkte ich mit so ruhiger Stimme ein, dass ich mich selbst verblüffte. „Sagt, guter Mann, der Stapel da rechts auf Eurem Schreibpult, sind das nicht die Passierscheine, die nur ausgefüllt werden müssen?" Dabei drängte ich mich zwischen Wirt und Schreiber.

„Sehr wohl junger Naseweis, unausgefüllt hilft der Euch aber gar nichts!"

„Also gut, dann fülle ich ihn aus. Ihr könnt dann Eurer Montagsarbeit nachgehen und müsst nur kurz überprüfen, ob ich es richtig gemacht habe."

Der Schreiberling war so überrascht über meinen Vorschlag, dass er nur zustimmen konnte. Plötzlich wurde mir heiß und kalt gleichzeitig. Ich konnte zwar mittlerweile jeden Text lesen, den mir die Mönche vorgelegt hatten, aber selber geschrieben habe ich noch nicht viel. Dennoch ließ ich mich nicht beirren, griff Feder und Vordruck und machte mich ans Werk.

Als ich die letzte Zeile hingekrakelt hatte, hörte man plötzlich Schritte draußen auf den Stufen der hölzernen Wehrgangstreppe, und als ich mich zum Eingang wandte, stand Seine Erlaucht vor mir. Dieser schaute erst seinen Schreiber an, dann mich mit der Feder, und sein Blick ließ keinen Zweifel daran, dass er genau wusste, was vorgefallen war. Der Schreiberling ging wohl öfters so mit Bittstellern um. Georg von Waldburg nickte ihm zu: „Da ich sehe, wie Ihr Eure Arbeit von anderen machen lasst, ist euch vermutlich langweilig geworden. Sehr gern kann ich für Abhilfe sorgen. Heute nach Eurem Schreibdienst werdet Ihr Euch im Stall einfinden und beim Mistschaufeln über Euer Handeln nachdenken. Vielleicht geht Euch ja ein Licht auf und Ihr erkennt endlich den Unterschied zwischen ordentlicher Verwaltung und unnötiger Schikane meiner Eigenleute! Da hierfür aber ein Abend nicht ausreichen wird, werdet Ihr Euch die ganze Woche lang jeden Abend im Stall einfinden!"

Bei seinen Worten füllte sich die Halle mit Leuten. Truchsess Georg war ja nicht allzu oft auf der Waldburg, und wenn, dann war das zumindest für das Gesinde etwas ganz Besonderes. Und wenn nun der selten anwesende Graf seine Stimme an ein Gesindemitglied richtete, wollten das natürlich alle hören. Der Schreiberling konnte also nicht darauf hoffen, dass niemand von seiner Strafe erfuhr.

Äußerlich ruhig, aber mit einem Blick, der hätte töten können, überreichte er mir die zwei Passierscheine. Im gleichen Moment drehte der Graf sich um und ging so schnell, wie er gekommen war. Zuvor aber nickte er mir und allen Anwesenden kurz zu. Hatte er mich wiedererkannt? Für einen Moment bildete ich es mir zumindest ein.

Zügig ließen wir die stolze, alte Burg hinter uns und marschierten stramm in Richtung Schussental. Die Mönche, die immer bei uns in der Wirtschaft saßen, sprachen oft davon, dass früher sämtlicher Schriftverkehr und auch alle Verwaltungsaufgaben des Adels von Mönchen gemacht wurden, was ich eher kritisch sah. Nach dem heutigen Vorfall schien mir das aber gar nicht so schlecht, denn das würde zumindest bedeuten, dass sich solche Erbsenzähler nicht vermehrten. Nun ja, das ganze Beamtentum steckte im 16. Jahrhundert ja noch in den Kinderschuhen. Sicher werden in Zukunft nur Menschen mit diesen verantwortungsvollen Aufgaben betraut, die über einen gesunden Menschenverstand verfügen und das Wohl der Herrschaft und deren Einwohner über ihr eigenes stellen werden.

Nach einem dreistündigen Marsch gelangten wir schließlich zum Obertor der Stadt Ravensburg. Das eindrucksvolle Tor war Teil der sehr gut ausgebauten Stadtbefestigung und vergleichsweise schmal, so dass große Fuhrwerke gar nicht hindurch passten. Diese mussten an der Stadtmauer entlang der Straße folgen und konnten dann beim Frauentor direkt auf den großen Marktplatz fahren. Für uns als Fußgänger war das Obertor aber die eindeutig bessere Wahl. Hier war weniger Gedränge.

Für mich als Stadtneuling war das geradezu überlebenswichtig. Ich war wie erschlagen von der schieren Masse der Menschen. Und vom Gestank. Schon der leicht modrige Burghof der Waldburg, in den ja durch seine hohen Mauern kaum die trocknende Sonne schien, war für mich eine Herausforderung gewesen. Aber die große Stadt war noch deutlich schlimmer. Dutzende Menschen, beinahe ebenso viele schwitzende Pferde, von Kühen, Ochsen, Schweinen, Ziegen, Geflügel usw. ganz zu schweigen. Es schien, als ob alle Menschen und Tiere nur in die Stadt gekommen waren, um dort ihre Notdurft zu verrichten. Auf dem Lande ging die Parole um „Stadtluft macht frei". Hier zeigte sich nun aber, dass diese Freiheit dafür andere Opfer mit sich brachte.

Als ich mich aber an den grundsätzlichen Gestank gewöhnt hatte, tauchten völlig neue Gerüche auf, die mich neugierig machten. Wie jede große Stadt bestand natürlich auch Ravensburg aus verschiedenen Märkten. Hier am Obertor waren die großen Handelshäuser, die exotische Früchte und Gewürze anboten. Allem voran erkannte ich Pfeffer und Safran. Es lag also auf der Hand, dass es sich lohnen würde, die erste Abscheu zu überwinden und mich ins Abenteuer zu stürzen. Ich konnte es kaum erwarten, die Stadt zu erkunden. Neue Speisen gab es auszuprobieren, neue Menschen kennenzulernen … und natürlich gab es für einen jungen Mann wie mich auch ganz andere Dinge zu entdecken.

Der Wirt hielt mich jedoch zunächst zurück. „Ignaz, mir ist natürlich klar, dass du in deiner Neugier dich sofort ins Getümmel stürzen möchtest. Hier aber noch ein paar wichtige Hinweise: Lass dich auf keinen Streit ein. Geh einfach weg, wenn du angepöbelt wirst. Und das wird passieren, denn uns Menschen vom Land erkennen die Städter sofort. Hier sind ein paar Münzen. Lass dich nicht beklauen. Ich besorge uns ein Zimmer im ‚Ochsen‘, dort ist die Gesellschaft und vor allem das Essen besser als in anderen Trinkstuben. Wenn wir schon mal in der Stadt sind, können wir uns auch mal was gönnen. Und jetzt lauf!"

Ich bedankte mich, nahm die Münzen an mich und ging bergab, Richtung Stadtmitte. Als ich mich noch einmal kurz umdrehte, sah ich das Grinsen in Konrads Gesicht. Vermutlich ahnte er, welches mein Ziel sein sollte. Selbstverständlich sollte es das Rote Haus sein. Natürlich wollte ich meine Zukunft mit Mechthild verbringen, aber das ein oder andere, was zwischen Mann und Frau so passieren konnte, sollte man ja vor der Ehe mal ausprobiert haben. Zumindest als Mann. Und da ich ja meine komplette Jugend auf dem Hof und in der Wirtschaft verbracht hatte, wo wenig Gelegenheit bestanden hatte, wollte ich die verpassten Erfahrungen heute nachholen. Aber wo genau dieses Rote Haus lag, war mir leider nicht bekannt, und es verstand sich von selbst, dass ich nicht einfach irgendjemanden danach fragen wollte. Vermutlich wäre ich roter im Gesicht geworden, als das Haus war. Bordelle wie das Rote Haus gab es in jeder großen und kleinen Stadt, oft sogar mehrere. Tagelöhner und andere Männer mit wenig Einkommen konnten sich es niemals leisten, sich eine Ehefrau zu nehmen. Hinzu kamen Pfarrer, Mönche und andere Männer der Kirche, die diesen Dienst sicher nicht aufgrund des Zölibats angetreten hatten. Somit waren die Dienstleistungen dieser Damen unerlässlich, um den Stadtfrieden zu gewährleisten und ledige Schwangerschaften, Streitereien, Übergriffe auf Frauen und ähnliches Ungemach zu vermeiden.

Wie auch immer, ein roter Kopf war wohl der Preis, den ich zu bezahlen hatte Mein Ziel war die Wärme einer Frau, und für große Ziele müssen Opfer gebracht werden!

Am Rande des Viehmarktes lagen die Metzgereien, und da ich ja nicht wusste, was mich genau im Roten Haus erwartete, beschloss ich, diesem Vorhaben nicht mit leerem Magen entgegenzutreten. Auch der ein oder andere Schluck Wein, um Mut zu machen, konnte nicht schaden.

Trotz aller Zielstrebigkeit ließ ich mich aber schon bald von der Arbeit der Metzger ablenken, und ich verglich ihre Handgriffe mit denen, die ich beim Schweineschlachten und Zerlegen auszuführen hatte. Ein junger Bursche stellte sich hier ziemlich ungeschickt an und bekam sofort einen kräftigen Klaps auf den Hinterkopf von seinem Meister.

„Heute noch! Wir sind ein Mann zu wenig, und du trödelst herum! Wenn du heute noch Lohn bekommen willst, muss das schneller gehen!“

Beim Nähertreten fiel mein Blick in die Wurstküche des Metzgers. Wie erwartet, wurden hier aus den verderblichen Teilen sofort frische Würste zubereitet. Die Frau des Meisters hatte ein paar davon zum Braten in eine gefettete Pfanne gegeben. Mir lief das Wasser im Munde zusammen. Plötzlich wurde ich an der Schulter gepackt.

„He, du Landei, wo willst du denn hin? Zutritt nur für die, die arbeiten!“

Erst jetzt bemerkte ich, dass ich wohl aus Gewohnheit und vom Duft der gebratenen Würste angezogen in Richtung Küche marschiert war. Der kräftige Griff war der des Metzgers, der auf einmal hinter mir stand.

„Zerlege mir diese Sau und du kannst ein paar Würste haben!“

Sicher dachte er, mich so vertreiben zu können. Für mich jedoch war das eine gute und einfache Gelegenheit, meinen Hunger zu stillen, ohne meine Münzen anrühren zu müssen.

„Wenn es sonst nichts ist", erwiderte ich deshalb in einem leicht belustigten Tonfall. „Wo gibt's ein Messer?" Die Metzgergattin hatte das Gespräch mitbekommen und reichte mir grinsend ein großes Messer und eine Schürze. Mit geübten Handgriffen ging ich dem Burschen zur Hand und konnte ihm ein paar Kniffe zeigen, die Konrad mir beigebracht hatte. Der Lehrling lernte sehr schnell und machte mir die Bewegungen einfach nach. So waren die zwei Sauen, also seine und meine, recht zügig zerlegt. Der Bursche war etwas jünger als ich, aber wir verstanden uns auf Anhieb sehr gut. Da die Arbeit jetzt doch deutlich schneller erledigt war, als der Meister gedacht hatte, war auch seine Stimmung wieder besser. Der Bursche und ich durften uns sogar zu ihm und seiner Frau an den Tisch setzen, und wir genossen die leckeren Würste mit frischem Brot und verdünntem Wein.

Anschließend zogen der Metzgerlehrling und ich los. Mein Ziel war und blieb das Rote Haus, und mein neuer Freund bot sich ganz uneigennützig an, mir den Weg zu zeigen. Der Metzgermeister hatte ihm sogar noch einige kleine Münzen in die Hand gedrückt, da seine Fertigkeit mit dem Messer wesentlich besser geworden war. Erstaunlich, was man bewirken konnte, wenn man seinen Lehrburschen nicht nur anschrie, sondern tatsächlich anleitete! Die Arbeit war getan, der Lehrling hatte sich verbessert und ich hatte einen vollen Bauch und immer noch alle Münzen. Der Tag schien gut zu werden – dachte ich zu diesem Zeitpunkt jedenfalls noch.

Der Weg führte uns zurück in Richtung Stadtmitte. Plötzlich drückte sich uns ein riesiger Menschenauflauf entgegen. Zuerst erschrak ich, schließlich hatte ich noch nie so viele Menschen auf einem Fleck gesehen. Aber die Stimmung war gut, es schien also keine Panik zu herrschen, und trotzdem drückte alles in die Richtung, aus der wir gerade kamen.

„Weißt du, was hier los ist?", fragte ich meinen neuen Freund.

Er schlug sich gegen die Stirn. „Das hatte ich fast vergessen, heute ist doch die Hinrichtung dieses Viehdiebes vom letzten Monat. Komm, das müssen wir sehen, so oft gibt es keine Hinrichtungen!" Mein „Aber" wurde geflissentlich überhört.

Die Weiber laufen dir nicht weg", sagte der Lehrling, „der Viehdieb ist aber in einer guten Stunde Geschichte!"

Diese Logik fand ich plausibel. Außerdem war ich so langsam ob des bevorstehenden Ereignisses im Roten Haus auch etwas angespannt. Gut, dachte ich mir, dann halt zur Hinrichtung, das hatte ich schließlich auch noch nicht gesehen.

Der Metzgerlehrling und ich ließen uns also mit der Menge mitschieben. Es ging mehrere hundert Meter aus der Stadt hinaus in Richtung Galgenhalde. Mal in der Menge drin, ließ sich diese dann auch etwas durchschauen. In der Mitte ging der Scharfrichter mit festem, gleichmäßigem Schritt. Seine Kleidung war eher dunkel gehalten, auffällig aber sein blutrotes Hemd. Eine Kapuze verbarg sein Gesicht. Was mir zu diesem Zeitpunkt merkwürdig vorkam war, dass er an seinem Gewand Glöckchen trug, die schön im Takt seines Schrittes mitklingelten. An einer Hand führte er einen Ochsen, der wiederum einen einachsigen Karren zog. Darauf befand sich ein Pfahl, an den ein schäbig gekleideter Mann mit den Händen hinter dem Rücken gebunden war. Hilflos musste er sich die Beleidigungen der Leute gefallen lassen. Teilweise wurde er sogar mit Dreck, Unrat und Hundekot beworfen. Ich hoffte zumindest, dass es Hundekot war. So wie der Kerl aussah, konnte das aber seinen Geruch nicht verschlimmern. Auch als Laie konnte ich erkennen: Das war dann wohl der Mann, der gehängt werden sollte. Als wir den Galgen erreichten, stellte ich fest, dass er sich nicht nur auf einem Hügel befand, sondern außerdem auf einer Art Bühne, so dass alle Zuschauer gut sehen konnten. Man schien hier auf alles gefasst, denn der Galgen war in Wahrheit ein Viereck aus Balken. Wenn der Henker platzsparend arbeiten wollte, hätte er hier also bis zu acht Kunden gleichzeitig ableben lassen können. Für die heutige Veranstaltung baumelte aber nur eine Schlinge an dem Gerüst.

Obwohl man annehmen müsste, dass jeder etwas sehen konnte, nahm das Gedränge hier am Richtplatz immer mehr zu. Die Menschen schienen das Spektakel kaum erwarten zu können. Die Stadtbüttel, die den Schinderkarren begleitet hatten und auch dafür gesorgt hatten, dass der Verurteilte „sicher" ankam, verteilten sich jetzt um das Podest. Der Henker wiederum band den Verurteilten von dem Pfahl los, fesselte ihn aber sofort wieder und führte ihn hinauf an seine Wirkungsstätte. Ich fand es inzwischen lästig, dass wir ganz vorn im Gedränge ständig hin- und hergeschubst wurden, und so beschloss ich, eher in mittlerer Entfernung stehen zu bleiben.

Inzwischen hatte der Stadtschreiber die Bühne betreten. Das Volk wurde plötzlich still, denn bevor der Mann nicht gesprochen hatte, konnte es auch nicht losgehen. Der Schreiber verlas Namen, Alter und Herkunft des Verurteilten. Außerdem das Verbrechen: Diebstahl mehrerer Rinder und eines Pferdes. Jetzt sollte er für seine Verbrechen am „Halse baumeln, bis dass der Tod eintritt". Weiterhin sollte er als Warnung für andere, die Böses im Schilde führten, am Galgen hängen bleiben.

Als der Schreiber mit seinem Vortrag fertig war, trat zum Ärger der Zuschauer ein Priester auf den Plan. Er wandte sich dem Verbrecher zu: „Durch deine Untat hast du nicht nur die Menschen, sondern auch Gott beleidigt, und du wirst dafür in der Hölle schmoren. Da du gleich ein unehrlichen, schlechten Tod sterben wirst, ist es dir nicht gestattet, in geweihter Erde bestattet zu werden. Aber Gottes Wege sind unergründlich. Bereue deine Tat und ergib dich freimütig in dein verdientes Schicksal, dann sei es dir gestattet, auf die Gnade Gottes zu hoffen.“

Der Pferdedieb neigte seinen Kopf und schrie mit zitternder Stimme. „Ich bereue, Herr, sei meiner Seele gnädig!“ Daraufhin folgte er dem Henker freiwillig auf die Leiter, die dieser zwischenzeitig an einem der senkrechten Balken aufgestellt hatte. Ich fragte mich, wie der Mann das mit gebundenen Händen hinbekam, aber der Henker unterstützte den Verbrecher beim Hinaufsteigen. Oben angekommen legte dieser die Schlinge um den Hals des Viehdiebs und flüsterte ihm etwas ins Ohr. Zu gern hätte ich gewusst, was er ihm in dieser endgültigen Situation noch sagen konnte.

Da trat der Schreiber wieder in den Vordergrund und schrie deutlich hörbar „Jetzt“. Daraufhin stieß der Henker den Verurteilten von der Leiter. Der Gehenkte zappelte, unter großem Jubel des Volkes, an seinem Strick wie eine frisch gefangene Forelle. Nach wenigen Minuten war das Ganze aber vorbei, und da kein Wind ging, hing der Viehdieb schlaff wie ein nasses Wäschestück am Seil.

Der Henker hatte zwischenzeitig seine Kapuze abgenommen und verschwand mit gleichgültigem Gesichtsausdruck in der sich auflösenden Menschenmenge. Diese schien ihm aber überall Platz zu machen, so dass ich ihm noch eine Weile hinterher schauen konnte. Seine unbewegte Miene verriet mir, dass er diesen Teil seiner Arbeit durchaus gut kannte und diesem nicht den hohen Stellenwert beimaß, wie der Rest der Menschen es tat.

Wie aus einem Bann gerissen, kam mir plötzlich in den Sinn, dass ich ja nicht alleine gekommen war. Ich schaute mich also nach meinem neuen Freund um, ohne ihn jedoch zu finden. Bei den Stadtmenschen schien wohl Freundschaft nicht so hoch gehandelt zu werden wie bei uns auf dem Lande. Etwas enttäuscht, aber vom Gesehenen immer noch etwas mitgenommen, trotte ich den anderen hinterher, zurück in Richtung Innenstadt. Es fällt mir heute schwer, genau zu sagen, was mich an dieser Stelle so beschäftigte. War es der Tod eines Mitmenschen, dem die Bevölkerung zusehen konnte wie einem Theaterstück? Der Gesichtsausdruck des Henkers? Die jubelnde Masse? Vermutlich eine Mischung aus allem. Für mich war aber klar, dass ich meine Gedanken jetzt in gewohnter Umgebung und mit ausreichend alkoholhaltiger Flüssigkeit sortieren wollte. Nach einem Besuch im Roten Haus war mir nicht mehr zumute.

Durch meine Grübelei wurde ich immer langsamer und, ohne es zu merken, von den meisten anderen Menschen überholt. Das führte schließlich dazu, dass jede Schenke, die ich betrat, schon voll besetzt war. Die Sorge wuchs, den Abend nicht nur alleine zu verbringen, sondern auch noch auf dem Trockenen zu sitzen. In der vierten oder fünften Schenke erblickte ich plötzlich in der hintersten Ecke einen kleinen Tisch mit einem freien Stuhl. Nur ein Mann saß an diesem Tisch. Dass dieser Mann ein rotes Hemd trug, fiel mir erst auf, als ich schon saß. Sein „Tut das nicht!" vernahm ich zu spät.

„Oh verzeiht, ist dieser Platz schon besetzt?", entgegnete ich. Ich schaute in das erstaunte Gesicht eines jungen, gesunden Mannes mit erstaunlich vollem Gebiss. In seiner rechten Hand hielt er einen Becher, der mittels Kette an einem der Tischbeine befestigt war.

„Nein, der Platz war nicht besetzt, aber erkennt Ihr mich nicht? Ich bin der Scharfrichter."

In meinem jugendlichen Leichtsinn entgegnete ich: „Na, und ich habe nichts verbrochen, und das ist der einzig freie Platz in der ganzen Stadt, wie es scheint."

Mein Gegenüber wollte etwas erwidern, blickte aber an mir vorbei nach oben. In die Richtung, aus der jetzt eine vertraute Stimme ertönte: „Nein, Ignaz, wie kannst du nur? Du lässt dich in aller Öffentlichkeit mit dem Henker sehen? Bist du des Wahnsinns? Wenn sich das herumspricht, wird nie wieder jemand meine Wirtschaft besuchen. Lass dich nie wieder bei mir blicken!"

Die Worte kamen von meinem sonst so freundlichen und aufgeschlossenen Wirt Konrad, der mit Tränen in den Augen kehrtmachte und die Schenke zügigen Schrittes verließ. Mir fehlten die Worte. Natürlich wusste ich, dass man die Personen der unehrlichen Gewerke zu meiden hatte, und an deren oberster Spitze stand nun mal der Henker. So ganz ernst hatte ich das aber nie genommen. Nur deswegen sollte man in die Hölle fahren, weil man beim Henker saß? Durch die heftige Reaktion Konrads wurde mir aber wieder schlagartig bewusst, dass Aberglaube und Bigotterie bei uns auf dem Lande alltäglich waren. Ich konnte nur hoffen, dass er im Affekt gesprochen hatte und dass sich das Geschehene noch irgendwie klären ließe.

Da also das Kind sozusagen bereits in den Brunnen gefallen war oder ich auf den Stuhl am Henkerstisch, machte ich halt das Beste daraus. Ich nannte meinem Gegenüber meinen Namen, und er stellte sich als Frantz Schmidt vor. Als junger Wanderhenker war er auf der Suche nach einer festen Anstellung. Gebannt lauschte ich seiner Geschichte. Besonders faszinierte mich hierbei, dass er als Henker mit Meisterbrief frei reisen durfte und nicht an einen Herrn gebunden war. Viel mehr weiß ich aber aus dem Gespräch nicht mehr zu berichten, denn er hatte ein schlechtes Gewissen, weil er ja quasi meine Zukunft zerstört hatte, und übernahm die Zeche. Ich trank also jeden Krug, den man mir hinstellte. Er selbst orderte allerdings ausschließlich Wasser. Das kam mir anfangs sehr seltsam vor, er erklärte mir aber, dass er das schlechte Ansehen seines Handwerkes nicht auch noch durch schlechtes Benehmen verschlechtern wollte. Dafür trank ich umso mehr.

Kapitel II Der Trossknecht

Ich erwachte mit brummendem Schädel. Der Boden neben mir war rot gefärbt. Im ersten Moment fürchtete ich, dass mir einer den Schädel eingeschlagen hatte. Meine Nase gab aber bald Entwarnung. Es war der Wein von gestern. Offensichtlich war auch dieser meiner Gesellschaft überdrüssig geworden.

Die Erinnerungen kamen zurück. Zumindest die vom Anfang des Abends. Als ich mich stöhnend aufsetzte, blickte ich langsam um mich. Jede Kopfdrehung verursachte nie gekannte Schmerzen im Kopf.

„Ah, er lebt noch!" Ich erkannte Meister Frantz an seiner Stimme, konnte aber noch nicht so weit sehen, wie er weg saß. Fast fünf Meter. Zu meinem Erstaunen waren wir in einem Wald. „Wie, wo, wer…", stammelte ich vor mich hin. Frantz erklärte mir, dass er mich und meinen Rausch mit sich genommen hatte. Ihm war es zwar nicht gestattet, in der Stadt zu übernachten, aber dafür durfte er in der freien Natur nächtigen, ohne Repressalien zu fürchten. Vielerorts wurden nämlich Menschen, die außerhalb der Stadt in der Natur schliefen, als Räuber abgeurteilt, denn jeder rechtschaffene Mensch hätte ja in einer Schenke nächtigen können. Nur die Henker natürlich nicht.

Meister Frantz reichte mir einen wohlriechenden Kräutersud und etwas Brot. Vorsichtig nahm ich beides zu mir und stellte zu meinem Erstaunen fest, dass sich mein Allgemeinzustand besserte. So langsam wurde mir wieder bewusst, was letzte Nacht passiert war: Konrad hatte mich verstoßen. Konnte das wirklich sein? Sonst war er doch weder altmodisch noch übermäßig bigott. Aber der Umgang mit einem Henker schien dann doch zu viel für ihn gewesen zu sein.

Meister Frantz bot mir an, diesen Tag noch mit mir zu verbringen. Er hatte vor, zügig in Richtung der großen Städte im Fränkischen zu ziehen, in der Hoffnung, dort eine feste Anstellung zu finden. Große Hoffnung machte er sich besonders in Nürnberg.

„Auf einen Tag wird es dann aber doch nicht ankommen", meinte er, „zumal ich ja selten die Möglichkeit habe, mich ausführlich mit jemandem zu unterhalten." Und so erzählten wir uns gegenseitig unsere Geschichten und ich erfuhr viel über das Alltagsleben der Scharfrichter, wie er sich selbst nannte. Henker sei wohl die eher abfällige Bezeichnung seines Berufsstandes. Zu meiner Belustigung erwähnte er auch, dass er mit dem Gedanken spielte, seine Geschichte einst aufzuschreiben. Ein absurder Gedanke, fand ich insgeheim. Wozu das und wer sollte das lesen? Aber da er das „Henkersleben" als eher einsam beschrieb, würde er dafür ja genug Zeit haben. Als ich erwähnte, dass ich lesen und schreiben konnte, entgegnete er mit einem Lächeln, dass ich damit bereits eine entscheidende Fähigkeit beherrschte, die nötig wäre, um Scharfrichter werden. Jetzt sollte man nur noch mit Messer und Beilen umgehen können, um sich damit die handwerklichen Fähigkeiten aneignen zu können. Ebenfalls lächelnd winkte ich ab. Für mich kam das natürlich nicht in Frage. Meine Zukunft lag schließlich im Wirtshaus. Den kleinen Vorfall würde ich mit Konrad schon klären können.

Proviant hatten wir genug und so blieben wir noch den ganzen Tag und übernachteten nochmals an der gleichen Stelle. Am nächsten Morgen bedankte ich mich herzlich bei Meister Frantz, und wir verabschiedeten uns wie alte Freunde. Dann ging jeder seines Weges.

Einen halben Tag später erreichte ich Sieberatsreute. Als ich durch den Ort ging, bemerkte ich nach einer Weile, dass mich hier und da jemand seltsam ansah. Manche gingen mir geradezu aus dem Weg. Auch meine Grüße wurden nicht erwidert, obwohl wir uns hier doch alle gegenseitig kannten. Schließlich bog ich an der einzigen Kreuzung ab und nahm den letzten kurzen Stich in Richtung „Weißes Ross". Die Wirtschaft war wie ausgestorben. Niemand reagierte auf mein Klopfen oder meine Rufe. In der Hoffnung, im Stall jemanden zu finden, lief ich hinters Haus. Mir wurde zunehmend flauer im Magen. Am Gartenzaun fiel mir ein kleines Bündel auf. Darauf lagen mein kleines Beil und ein Stück Papier, beschriftet mit „Ignaz". Zögernd faltete ich das Papier auf. Sofort erkannte ich die Handschrift von einem der Mönche. Er hatte den Brief in Konrads Namen geschrieben, und der ließ keinen Zweifel daran, dass ich hier unmöglich bleiben konnte. Er fand aber sehr freundliche Worte, bedauerte das alles sehr und wünschte mir alles Gute. Das Bündel beinhaltete meine gesamte Habe: Leibwäsche und meinen Mantel. Außerdem einen Beutel mit den paar Münzen, die ich über die Zeit zusammengespart hatte.

Mit Tränen in den Augen erkannte ich, dass Konrad diese Entscheidung sehr schwer gefallen sein musste und er es wohl nicht ertragen konnte, mich zu sehen. Im selben Moment wurde mir klar, was das bedeutete. Ich würde auch Mechthild nicht mehr sehen können, und diese Erkenntnis fügte mir einen stechenden Schmerz in der Magengegend zu. Mir wurde schlecht. Und noch schlechter wurde mir bei dem Gedanken, dass ein anderer Mann ihr Bett und ihr Herz erobern würde. Meinen Traum würde nun ein anderer leben.

Alles, was mir geblieben war, lag vor mir, eingewickelt in eine alte Wolldecke. Neben meiner Habe fand ich außerdem einen Laib Brot und ein schönes Stück des leckeren Schinkens. Unter dem Bündel kam auch noch eine Lederflasche mit Bier zum Vorschein. Somit war ich zumindest für eine Reise gerüstet. Wo auch immer die jetzt hinführen sollte.

Ziellos lief ich zunächst weiter bis in das Waldstück oberhalb der Wirtschaft. Nach Hause zu Vater und Bruder wollte ich nicht. Aus der Reaktion der Sieberatsreuter war zu schließen, dass meine Begegnung mit Meister Frantz auch hier bekannt war. Was Konrad für sein Wirtshaus befürchtete, galt für den elterlichen Hof genauso. Ich würde ihnen mit meiner Anwesenheit nur schaden, also ging ich besser nicht dorthin.

Oben auf der Hügelkette im Wald stand ein Bildstöckchen zu Ehren des Heiligen Sebastian. Auf der einfach gezimmerten Bank davor nahm ich Platz. Der Märtyrer war an einen Pfahl gefesselt und mit unzähligen Pfeilen durchbohrt worden. Er galt als Linderer aller Schmerzen. Auch wenn ich körperlich unversehrt war, fühlte ich mich seinem Martyrium sehr nah. Alles war mir genommen, nur weil ich mich an den falschen Tisch gesetzt hatte. Ein Tisch, an dem ich einen guten, ehrlichen und rechtschaffenen Menschen kennengelernt hatte. Einen Henker!

Auch wenn der Glaube meiner Mitmenschen der Grund für meine Misere war, stiftete mir der Heilige auf dem Bildnis ein wenig Trost. Ich kam innerlich zur Ruhe. Da aber Trauer noch nie jemanden nach vorne gebracht hat, brauchte ich nun einen neuen Plan, wie ich mein Leben bestreiten wollte. Ich hatte ein paar Münzen, für ungefähr zwei Tage zu essen, Kleidung auch für schlechtes Wetter, außerdem die übliche persönliche

Ausrüstung und mein kleines Beil. Unbewusst hatte ich dieses plötzlich in die Hand genommen und stellte dabei fest, dass es wohl immer an meiner Seite sein würde. Meine Franziska! Freilich hatte ich sie bei dem schicksalshaften Ausflug nach Ravensburg nicht dabei, aber jetzt hatte ich ja auch keinen Ort mehr, um es aufzubewahren. Ein Stück des Lederriemens, mit dem das Bündel geschnürt war, nutzte ich, um mir eine Halterung für mein kleines Beil an meinem Gürtel zu machen. Wo auch immer meine Reise hinführen würde, eine gewisse Wehrhaftigkeit wäre sicher nicht verkehrt. Außer meinem Messer und meinem kleinen Beil hatte ich nichts, was mir als Waffe dienen konnte, und so positionierte ich beides griffbereit am Gürtel.

Erst jetzt fiel mir auf, dass ich den ganzen Tag noch nichts gegessen hatte. Brot, Rauchfleisch und Bier waren ja grundsätzlich ein gutes Vesper und ich ließ es mir schmecken. Nebenbei schweiften die Gedanken um meine Zukunft. Freilich konnte ich lesen und schreiben, aber Bildung machte keine Berufspraxis, und wichtige Dinge wurden nur in der Praxis erlernt. Am besten würde es also sein, mich in eine Stadt zu mogeln und dort in einer Schenke oder Schlachterei Anstellung zu finden. Das wäre zwar ein bescheidener Anfang, aber es wäre einer.

Den Weg nach Ravensburg kannte ich zwar, aber diese Stadt bot mir keine Zukunft mehr. Weder als „Trinkgefährte eines Henkers“ noch als Waldburger Leibeigener. Beides sollte lieber mein Geheimnis bleiben. Deshalb entschied ich mich für die andere Richtung: Wangen, ebenfalls eine freie Reichsstadt und somit voller Möglichkeiten. Sicherheitshalber entschied ich mich dazu, nicht den direkten Weg zu nehmen. Außerdem zog ich meinen Mantel über, obwohl es gar nicht so kalt war. So sah ich aus wie ein Pilgerreisender und schaffte es tatsäch-

lich durch Waldburg, ohne erkannt oder angesprochen zu
werden.

Da ich mich auf dem Weg nach Wangen ja nicht auskannte,
musste ich mich an die Hauptstraße halten. Um kein Risiko
einzugehen, beschloss ich, kein Wirtshaus oder Ähnliches
aufzusuchen, um ja nicht als flüchtiger Leibeigener erkannt
zu werden. Und so nahm ich um die Mittagszeit unter einem
Baum Platz. Zu spät bemerkte ich, dass sich auf der Straße
zwei Reiter näherten. Jetzt konnte ich mich nicht mehr unauffällig verstecken. Also blieb ich einfach sitzen und aß weiter,
als ob das die normalste Sache der Welt wäre. Natürlich bemerkten mich die Reiter und kamen auf mich zu. Zu meinem
Entsetzen stellte ich fest, dass das genau die beiden Reiter
waren, die Wochen zuvor mit Seiner Erlaucht, Graf Georg III.
von Waldburg, bei uns im Weißen Ross eingekehrt waren. Mir
kam es vor, als sei das vor einer Ewigkeit gewesen. Nun ja,
für mich war es in einem anderen Leben gewesen. Ich nickte
zum Gruß, vermied es aber zu sprechen. Man würde sofort
erkennen, dass mein Dialekt vom südlichen Teil der Grafschaft stammte.

„Guten Appetit“, sagte einer der beiden. „Sicher teilt Ihr Euer
Mahl gerne mit uns. Das Rauchfleisch sieht ja herrlich aus.
Aber wir sind keine Wegelagerer, hier nimm auch von uns,
wir haben Käse und Äpfel.“

Ich nickte wieder und deutete auf den Platz mir gegenüber.
Schweigend aßen wir gemeinsam und ich versuchte, jeden
Blickkontakt zu vermeiden. Plötzlich hielt einer der beiden
inne. „Den Geschmack kenne ich doch! Ein so leckeres Stück
Rauchfleisch hatte ich bisher nur im „Weißen Ross“ in Siebe-
ratsreute!“

Somit war ich aufgeflogen! Verraten von einem der zahlreichen Schweine, die ich in meinem Leben in Leckereien verwandelt habe. Die beiden Reiter nickten sich bedeutsam zu und einer richtete seine Worte an mich.

„Ignaz Donnerfels, wir möchten gar nicht wissen, was du so weit weg von deiner Herrschaft machst oder wo du hin willst. Aber es wartet ein Vorhaben auf uns, bei dem du uns begleiten wirst."

Mein Weg führte mich also zurück nach Waldburg, und das zu Fuß, während meine Begleiter zu Pferd ritten. Ich hatte Mühe, mit ihnen Schritt zu halten, aber Wahl hatte ich ja keine. Tausend Gedanken schossen mir durch den Kopf. War ich angezeigt worden? Wurde ich als Stadtflüchtiger bestraft?

Auf halbem Weg machten wir eine Rast. In einem Tonfall, der deutlich mutiger klang, als ich mich fühlte, fragte ich höflich, worum es denn ginge.

„Im Prinzip eine Weibergeschichte!", lachte einer der beiden, und der andere begann zu erzählen. Es ging um keine Geringere als die zweite Frau Seiner Erlaucht, Maria geborene von Öttingen. Eigentlich eine sehr gute Partie, denn Öttingen war eine reichsunmittelbare Grafschaft. Das bedeutete, dass Maria zwar auch einen Titel als Gräfin hatte, aber die Öttinger unterstanden keinem Landesherrn, sondern direkt dem Kaiser. Dadurch besaßen sie deutlich mehr Einfluss als eine gewöhnliche Herrschaft. Allerdings lag diese an direkter Grenze zu den fränkischen Rittern und Raubrittern und somit in einer politisch sehr instabilen und unsicheren Gegend unweit der freien Reichsstadt Nürnberg. Das hatte viele andere Heiratskandidaten abgeschreckt, nicht aber unseren Grafen. Eigentlich sollte Marias Schwester den Grafen von Waldburg heiraten und Maria den hohen Gästen verborgen bleiben, da Ihr Benehmen nicht als besonders schicklich galt. Graf Georg und Maria begegneten sich aber dennoch, und da war es um beide geschehen. Sie verliebten sich auf der Stelle. Jeder Mann wird das kennen, hat man sich erst einmal verliebt, lässt man sich nicht von solch einer Kleinigkeit wie einem drohenden Krieg davon abhalten, seine Liebste zu bekommen.

Nun aber war es zum Schlimmsten gekommen: Hans Thomas von Absberg hatte den Vater Marias überfallen und ermordet. Dieser Mann war einer der gefürchtetsten Raubritter von Franken. Und Raubritter waren die Pest meiner Zeit. Sie fühlten sich vermehrt bedroht von der neuen Macht und dem Reichtum der Städte. Um dem zu begegnen, sahen Hans Thomas von Absberg, Götz von Berlichingen und anderes Rittergesindel keinen anderen Weg als Gewalt. Kaufleute wurden überfallen, städtische Besitzungen niedergebrannt. Gefangene wurden gefoltert und verstümmelt. Von Absbergs bevorzugte Methode war es, den Gefangen eine Hand abzuhacken und diese den Angehörigen zu schicken, um so die Notwendigkeit einer saftigen Lösegeldzahlung zu unterstreichen. Niemand hatte den fränkischen Raubrittern bisher Einhalt gebieten können, und deren Machenschaften hatten Auswirkungen auf das gesamte Reich. Aber der Adel war mit sich selbst beschäftigt, und den Städten fehlte es an den militärischen Möglichkeiten, außerhalb ihrer Gemarkungen aktiv zu werden. Natürlich hatte man begonnen, die Kaufmannszüge zusammenzulegen und zu bewaffnen. Aber Leibwächter waren eben kein organisiertes Heer und für gerüstete Reiter ein leichtes Spiel.

Aber von Absberg würde nun sehr schnell erkennen müssen, dass er dieses Mal die Rechnung ohne den sprichwörtlichen Wirt gemacht hatte. Denn sein Gegenspieler war jetzt ich! Nun gut, zumindest war ich ein ganz kleiner Teil davon. Die Herrschaft Waldburg hatte ein stehendes Heer, so dass der Kriegszug problemlos durchzuführen war.

Die Aufgabe meiner Begleiter lag tatsächlich darin, mich zu suchen, sobald sie aus Wangen zurückgekehrt waren, denn Seine Erlaucht wollte mir das Angebot machen, den Kriegszug als sein persönlicher Koch zu begleiten. Schließlich wusste er, wo ich das Kochen gelernt hatte und dass ich gutes Essen zu schätzen wusste. Umso erfreuter würde er sein, dass ich dem bereits im Vorfeld aus fast freien Stücken zugestimmt hatte und es mindestens einen Tag schneller ging, als ursprünglich gedacht. Meine Begleiter durften wohl mit einer Belohnung rechnen, dass sie ihre Aufgabe so zügig eingefädelt und gelöst hatten.

Kurz nach der Rast erschien die Waldburg am Horizont. Wie immer ein ganz besonderer Anblick! Einerseits freute ich mich auf die neue Aufgabe, andererseits hatte ich natürlich auch Angst, was passieren würde, wenn jemand herausfand, weshalb ich so weit von meiner Herrschaft entfernt unterwegs gewesen war.

Wenige Stunden später standen wir im Innenhof der mächtigen Waldburg. Was diese Mauern wohl schon alles gesehen hatten? Niemand wusste genau, wie alt die Waldburg wirklich war, aber sicher schon mehrere hundert Jahre. Viel Zeit zum Staunen und Grübeln blieb mir allerdings nicht, denn Seine Erlaucht trat aus der Tür des Palas. „Du heißt Ignaz Donnerfels, nicht wahr, Bursche?“

Ich nickte eifrig. Mein Vorhaben, bei der nächsten Begegnung mit dem Grafen sicherer zu wirken, war soeben wieder schiefgegangen.

„Du gehörst ab sofort zu meinem persönlichen Tross. Du wirst mich und meine Leibgarde auf diesem Feldzug bekochen. Siehst du dich dieser Aufgabe gewachsen? Antworte wohlüberlegt. Ich kann ein ‚Nein‘ akzeptieren, aber kein Versagen.“

„Ja, Eure Erlaucht, ich fühle mich dieser Aufgabe gewachsen. Nur eine Bitte: Da ja das Wildern verboten ist, habe ich noch nie Wild zubereitet. Vermutlich wird aber die Jagd einen nicht unwichtigen Teil bei unserer Ernährung spielen. Ich möchte also lernen, wie man Wild richtig zubereitet. Lasst mich hierzu Eure Küche aufsuchen.“

Der Graf schmunzelte. „Was habe ich gesagt? Er denkt mit. Ich glaube, uns wird es auf diesem Waffengang gut gehen!“

Auf die markant kräftige Stimme des Grafen folgte ein zustimmendes Jubeln seiner Leibgarde. Erst jetzt wagte ich, mich umzusehen. Acht Mann waren in voller Montur angetreten. An den leicht krummen Säbeln war zu erkennen, dass es Reiter waren. Außerdem führten sie Armbrüste mit.

Einer der Gardisten führte mich in die Küche. Eine ältere Dame wurde mir als Küchenchefin vorgestellt. Sie bedauerte, nicht mehr selbst mitkommen zu können, aber das Schlafen im Freien sei nichts mehr für ihre alten Knochen, weshalb sie mir bereitwillig alles erzählte, was ich wissen wollte. Zum Erstaunen der Küchenbediensteten bat ich um ein Stück Papier, um mir Notizen machen zu können. Ein junges Küchenmädchen verschwand und kehrte kurz darauf mit Papier, Feder und Tinte zurück. Der Abmarsch war erst für den nächsten Tag geplant, so hatte ich genug Zeit, mir nicht nur ein paar Zubereitungsarten für Wildbret und Ähnliches erklären zu lassen, sondern durfte auch beim Planen des notwendigen Proviants mitwirken. Sicherheitshalber fertigte ich auch hierfür eine Liste an, um nichts zu vergessen. Schreiben zu können, erwies sich zum ersten Mal als echter Vorteil. Ich sah das als gutes Omen für mein neues Leben.

Des Nachts durfte ich mich zum Gesinde legen. Gegenüber des Palas befand sich das hölzerne Gesindehaus. Übernachten auf der Waldburg, wie viele Kinder sich das wohl schon gewünscht hatten? Ich musste später oft daran zurückdenken, denn auf eine seltsame Art fühlte sich das richtig an. Irgendwie gehörte ich auf diese alte Burg. Lächelnd ob dieses seltsamen Gedankens schlief ich ein.

Mit den ersten Sonnenstrahlen erwachte die Burg wie ein lebendiges Wesen. Anders kann man es nicht beschreiben. Auf einen Schlag setzte sich alles in Bewegung, und jeder ging seinen Aufgaben nach, ohne dass es hierfür wirklich Anweisungen brauchte. Viel Zeit, das Ganze zu beobachten, gab es für mich natürlich nicht. Ich half – nach meiner vorbereiteten Liste – beim Herrichten und Verpacken des Proviants. Zusätzlich wurde natürlich auch noch das notwendige Arbeitsgerät zusammengesucht und mit dem Proviant auf einem Karren verstaut. Ein Stallbursche brachte eine alte Stute. „Sie ist sehr folgsam, sowohl zum Führen als auch zum Fahren. Du wirst sehr gut mir ihr zurechtkommen. Ich spanne sie dir auch gleich an."

Zu seiner Überraschung ließ ich mir hier jeden Handgriff genau erklären. Ich würde ja sicher keinen Stallburschen bekommen, also musste ich selbst mit Pferd und Wagen umgehen können. Nachdem der Karren beladen war, ging es zurück in den Innenhof. Zum Frühstück gab es ein kräftiges Mus mit Rüben und Speckstückchen.

„Esst alle kräftig, wer weiß, was Euer neuer Koch kann!", hörte ich eine der Mägde sagen. Gelächter der Männer war die Antwort. Eine Tafel war gerichtet worden, und ich sah zum ersten Mal meine Reisegesellschaft. Die acht Gardisten kannte ich ja schon. Hinzu kamen noch ein Schreiber für die Feldpost und ein Knappe. Ein paar Annehmlichkeiten gönnte man sich als Graf wohl auch im Krieg. Seine Erlaucht nahm ebenfalls an der Tafel Platz. Er erklärte selbst die Reiseroute und wo wir auf unsere Truppen stoßen würden. Man ging aber von einer mehrmonatigen Expedition aus, sodass mir schlagartig klar wurde, dass meine Aufgaben wohl nicht aufs Kochen beschränkt sein würden, sondern ich mich auch um die Beschaffung von Lebensmitteln kümmern musste. Zur Belustigung aller stellte mich Georg III. von Waldburg nämlich als seinen „Mundschenk im Felde" vor. Auf diesen Titel war ich natürlich stolz und verbeugte mich in die Runde. „Humor hat er ja, hoffen wir, dass er auch kochen kann, sonst wird das ein zäher Krieg!", kommentierte einer der Gardisten meinen Auftritt und erhielt hierfür guten Zuspruch. Allgemein war die Stimmung zu meiner Verwunderung sehr gut und heiter. Wenn bei den Bauern von Krieg gesprochen wurde, klang das immer ganz anders. Vermutlich wären aber auch die Soldaten nicht erfreut gewesen, hätten sie bei der Getreide-ernte helfen müssen.

Nach dem Frühstück ging es los. Graf Georg höchstpersön-lich ritt voran, gefolgt von seiner Garde. Der Schreiber und ich quetschten uns auf den Karren. „Besser schlecht gesessen, als gut gelaufen!", grinste er mich an. Der Knappe bildete die Nachhut.

Wie sich schnell herausstellte, war der Schreiber aus ähnlich
freiwilligen Gründen hier wie ich. Er war ein entlaufener
Klosterbruder. Wie ich war auch er mit guten Fähigkeiten
gesegnet, konnte aber nirgends hin und war im Zweifel ent-
behrlich. Er durfte sich jetzt Feldschreiber nennen. Wir hatten
also auch beide ein gut klingendes Amt, und obwohl wir uns
mit Namen vorstellten, sprachen wir uns von nun an immer
nur mit unseren neuen Titeln an. Wir waren stolz darauf, dass
Graf Georg uns ausgewählt und unser Können erkannt hatte.
Deshalb waren wir uns auch einig, dass wir ihm nach besten
Wissen und Gewissen dienen würden. Künftig brauchten wir
uns nur anzugrinsen und wussten, was der andere dachte. Das
Rückgrat des Feldzuges und des Grafen: ein entflohener
Mönch und ein schreibender Schankbursche, der mit einem
Henker getrunken hatte. Nach Meinung der einfachen und
ungebildeten Menschen standen wir wohl im Bunde mit dem
Teufel. Natürlich konnten die einfachen Menschen gar nicht
wissen, wozu wir fähig waren und welch wichtige Rolle wir
in diesem Kriegszug spielen würden.

Zu meiner großen Überraschung nahmen wir nicht eine ganze
Armee von Fußvolk mit, sondern zu uns stießen nur ein paar
Dutzend weitere Berittene. Im Verlauf der Reise hatten wir
daher bald Mühe, den Pferden mit unserem Karren zu folgen.
Glücklicherweise hatten wir ja den Proviant dabei, daher fanden wir, dass die anderen auf uns Rücksicht nehmen mussten.
Dieses Dilemma wurde aber bald dadurch gelöst, dass wir
künftig früher als die anderen aufbrachen und, wenn möglich,
abwechselnd auf dem Karren noch etwas schliefen.

Der Feldschreiber und ich tauschten uns über unser Wissen
aus und halfen uns gegenseitig. So bekam ich Einblicke in die
Politik und erfuhr auch mehr über unseren Grafen Georg.
Ohne zu zögern hatte dieser den Fehdehandschuh ergriffen,
denn diese Raubritter waren ihm schon lange ein Dorn im

Auge gewesen. Georg war intelligent, gerecht, aufgeschlossen und pragmatisch. Allerdings nicht, wenn es um Gottes Ordnung der Stände ging. Den Bauern sei es zu dienen, und dem Adel, sie zu schützen und zu leiten. Hierzu gehörte selbstverständlich auch, Entscheidungen für sie zu treffen, die sie nicht selbst treffen konnten oder wollten. „Frontage oder Zehntabgaben sollten nicht befohlen werden müssen", zitierte mein Begleiter unseren Herrn, „sondern es sollte aus dem Selbstverständnis der Bauern kommen, dass dies zu ihren Pflichten gehört. So wie ein guter Adliger für Schutz zu sorgen hat und für ein gerechtes Miteinander unter den Eigenleuten. Gnade dem, der diese Gottesordnung angreift!"

Und genau das taten diese Raubritter. Sie plünderten und mordeten entgegen der Ordnung. Jetzt hatte Graf Georg einen echten Grund, aktiv zu werden. Natürlich handelte er nicht eigenmächtig, sondern im Einverständnis mit dem Schwäbischen Bund. Das war ein Zusammenschluss verschiedener Herrschaften, Klöster und Städte, die sich die Einhaltung des Landfriedens auf die Fahnen geschrieben hatten. Der Bund hatte offenbar sehr wohlwollend auf den Antrag einer gemeinsamen Truppenentsendung reagiert, wollte dies aber natürlich sorgsam abwägen. Einerseits wurden auch schwäbische Kaufleute geschädigt, besonders die aus Ulm, wo der Bund seinen Sitz hatte, andererseits seien die Raubritter ja in Franken daheim, also außerhalb des Bundesgebietes. Es musste also geklärt werden, ob die fränkischen Städte und Herrschaften nicht selbst etwas unternehmen wollten.

Die Reaktion Seiner Erlaucht auf diesen Schrieb war jedoch eindeutig: „Nicht dagegen heißt dafür. Also legen wir mit unseren eigenen Truppen los. Bis die Sesselfurzer zu einer Einigung kommen, sterben die Raubritter an Altersschwäche und das Reich verarmt vollends, weil die Störung des Handels immer massiver wird!“

Der Feldschreiber zwinkerte mir zu. „Wir reisen also mit Erlaubnis und im Auftrag des Schwäbischen Bundes!“ Gleich fühlten wir uns noch viel wichtiger.

Im Gegensatz zu mir kannte sich mein Begleiter in dieser Gegend hervorragend aus, und wir reisten rasch in Richtung Nürnberg, denn unser Ziel lag in dessen direktem Umfeld. Abends suchten wir immer einen passenden Lagerplatz und nutzten jede Gelegenheit, unseren Proviant aufzustocken. Nach den ersten Tagen zeigte sich Graf Georg sehr zufrieden. Wir kamen rasch voran und mein Essen schmeckte ihm. Am Anfang hatte ich mich noch etwas verkünstelt. Es schmecke auch sehr gut, ließ mein Herr mir ausrichten, jedoch sei im Felde ein solcher Aufwand nicht notwendig. Schließlich müsse man sich ja auch noch auf die Siegestafel freuen können. Ich begrenzte mich also auf einfache Breispeisen, wie ich sie zum Teil noch von daheim kannte, verfeinert mit allem, was sich so finden ließ. Durch die gute Planung und sinnvolle Zukäufe reichte unser Proviant deutlich länger als geplant, während es bei der Truppe genau andersherum war. Die Männer waren es auf Kriegszügen gewohnt, sich beim Tross und deren Köchen zu versorgen, aber ein Tross fehlte ja bei diesem Feldzug. Und so hatten sich die meisten verschätzt und es ging viel Zeit verloren, weil sich die Männer immer wieder in Ortschaften oder auf Höfe davonstahlen, um Proviant zu besorgen.

Nach Rücksprache mit mir setzte der Schreiber beim Grafen durch, dass uns vier Helfer zugeteilt wurden und wir ab sofort die Verpflegung für alle übernehmen konnten. Da gutes Essen ja bekanntlich die Moral einer Truppe stärkte, wurde der Vorschlag gerne angenommen. Der Feldschreiber und ich hatten also bald unsere eigene Truppe innerhalb der Truppe. Jeden Morgen schickten wir andere Reiter los, damit die Pferde gleichmäßig belastet wurden, um Proviant zu besorgen. Abends hatten sich Helfer bei uns zu melden, um für alle zu kochen. Die Reste gab es am anderen Morgen noch einmal kalt. Feuer machten wir morgens bewusst keine, um Brände zu verhindern. Über den Tag aßen wir Brot, Käse und Ähnliches als Brotzeit. So hatten wir gut zu essen, ohne viel Zeit zu verlieren.

Nach einer Woche hielt uns kräftiger Regen auf, so dass ein Weiterreisen undenkbar war. Dabei liefen wir Gefahr, entdeckt zu werden, je näher wir dem Ziel kamen. Wir versteckten uns also im Wald. Für die Pferde und die Männer war es eine willkommene Pause, bei der unter aller Vorsicht aber gejagt werden durfte. Die Männer erwischten ein paar Wildschweine. Dass man das Fleisch am Feuer braten konnte, war den Männern natürlich bekannt. Zur großen Freude aller schnappte ich mir aber ein paar Helfer und wir stellten aus den Innereien und anderem weniger guten Fleisch Würste her. Das war für viele neu. Gekocht oder gebraten waren diese dann auch ein paar Tage haltbar. Außerdem backten wir aus dem mitgeführten Getreide frisches Brot. Wir lebten also sehr gut. Als der Regen aufhörte, konnten wir frisch gestärkt unseren Weg fortsetzen.

Immer wieder fanden wir Überreste von Überfällen auf die Handelszüge. Die Raubritter und deren Schergen hatten wirklich alles mitgenommen, was auch nur entfernt zu verwerten war. Die Leichen hingegen wurden wie Dreck neben den Straßen und Wegen liegengelassen. Oft hatte man sie sogar der Kleider beraubt, sofern sie nicht durch den Kampf zu stark in Mitleidenschaft gezogen waren. Hatten wir anfangs noch gescherzt, ob sich in den Überresten nicht noch was Essbares befand oder sich vielleicht ein Mägdelein versteckt hielt, das ihren Rettern dann dankbar wäre, waren wir bald froh, je weniger wir fanden. Besonders die anfangs erhofften Mägdelein wollten wir nicht mehr finden. Denn wenn Frauen getötet wurden, waren sie derart zugerichtet, dass ihr Anblick keine Freude mehr war. Teilweise war auf den ersten Blick gar nicht mehr ersichtlich, ob es sich um männliche oder weibliche, alte oder junge Menschen handelte. Selbst den erfahrensten unserer Männer wurde bei dem Anblick der Opfer übel. Natürlich ließ man in unserer Zeit keinen feindlichen Kämpfer am Leben, und zur Beute gehörten auch Frauen, die den Eroberern nicht unbedingt freiwillig zu Diensten waren. Aber was wir hier vorfanden, wich stark von dem üblichen Vorgehen in Kriegszeiten ab. Nicht einmal vor den Kindern hatten diese Unmenschen haltgemacht.

Bei der ersten Überfallstelle hatten wir die Toten noch beerdigt, um ihnen wenigstens ein bisschen Würde zurückzugeben. Als wir bei der zweiten Stelle aber wieder graben wollten, hielt uns Graf Georg auf: „Ich spüre den gleichen Schmerz wie ihr alle. Aber denen hier können wir nicht mehr helfen, und je länger es dauert, bis wir dieses Gesindel erwischen, desto mehr brave Menschen teilen das Schicksal dieser bedauernswerten Geschöpfe Gottes. Unser Auftrag besteht darin, solche Taten zu verhindern. Also werden wir unsere Anstrengungen erhöhen und diese abartigen Bestien ins Jenseits schicken!"

Die Rede erhielt einstimmige Zustimmung und ich musste ehrlich zugeben, dass ich mich mit Messer und Kochlöffel am Feuer wesentlich wohler fühlte als mit Schaufel an einem Massengrab.

In den letzten Tagen vor dem Erreichen der feindlichen Burg
änderten wir die Taktik. Jetzt war es wichtig, das Überraschungsmoment nicht zu verlieren. Wir verzichteten auf Feuer und rückten wenn möglich abseits der Straßen vor. Außerdem wurden regelmäßig Späher vorausgeschickt.

Endlich war es soweit. In den frühen Stunden einer Voll-
mondnacht kamen wir in die unmittelbare Nähe der Burg. Die
Absberg war durchaus eindrucksvoll. Bestimmt doppelt so
groß wie die Waldburg und auf einem flachen, ausgedehnten
Hügel liegend.

Die eigentliche Anlage war umgeben von einer Mauer. Zwischen dieser Mauer und den eigentlichen Gebäuden der Burg,
die wiederum Teile einer zweiten Schutzmauer bildeten, waren wenige Meter Platz. Wie der Feldschreiber zu erzählten
wusste, handelte es sich bei dieser Kombination aus Mauer
und Freifläche um einen sogenannten Bewehrungsring. Der
etwaige Angreifer, also in diesem Falle wir, musste also eine
Mauer überwinden und dann über eine ungedeckte Fläche
vorrücken, die von der Burgmauer aus beschossen werden
konnte.

Mehrere hohe Gebäude und noch höhere Türme zeichneten
sich vor dem mondhellen Himmel ab. Mir war es schleierhaft,
wie wir da hineingelangen sollten.

Unser Lager befand sich in einem Waldstück nur wenige hundert Meter vor dem Dorf. Im Zelt Seiner Erlaucht wurde der
Überfall besprochen: Leises Vorrücken in den späten Nacht-
stunden, so dass man pünktlich zum Morgengrauen an der
Mauer stand. Der Schreiber und ich sahen am wenigsten nach
Kriegern und am meisten nach Bauern aus, deshalb bekamen
wir die Aufgabe, uns die Burg aus der Nähe anzuschauen.

Hauptaufgabe war es herauszufinden, wie viele Tore die Burg hatte. Der Plan sah nämlich ebenfalls vor, kleine Reitertrupps ins Umland zu schicken, um etwaige Fluchtwege abzuschneiden. Wir brannten alle darauf, diesem elendigen Pack endlich den Garaus zu machen. Nun gut, um der Wahrheit die Ehre zu geben, ich verteilte die letzten Brot- und Käsevorräte an diejenigen, die es kaum erwarten konnten, dem elendigen Pack den Garaus zu machen, bevor der Feldschreiber und ich uns zu unserem allerersten Spionageauftrag aufmachten und die Soldaten sich schlafen legten.

Wir schnappten uns zwei Äxte, um wie Waldarbeiter auszusehen und uns bewaffnet zu fühlen, und schlenderten, als ob es das Normalste der Welt wäre, in das Dorf am Fuße der Burg. Das Dorf hatte keine umgebende Mauer, nur einen niedrigen Weidezaun, der problemlos von einem Mann überstiegen werden konnte. Unsere erste wichtige Information. Unser Vorhaben schien unter einem guten Stern zu stehen, denn das ganze Dorf schlief tief und fest. Wäre Hans Thomas gewarnt gewesen, hätte er wohl Wachen aufgestellt. Wir kamen unbemerkt bis zur Burg. Nicht einmal hier waren Wachen zu sehen. Wir krochen direkt an die Mauer. Dort trennten wir uns in der Absicht, uns am anderen Ende wieder zu treffen. Schon von Weitem hatten wir gesehen, dass die Burg zum Dorf hin zwei Tore hatte. Ein gut befestigtes mit Torhaus etwas unterhalb der eigentlichen Burg, auf das ein breiter Fahrweg zu führte. Außerdem ein zweites, deutlich kleineres im äußeren Bewehrungsring. Zu diesem führte nur ein Fußweg. Das Gebäude dahinter hielt ich für den Gesindetrakt. Dieser Weg war also für die Bediensteten gedacht, wenn sie für Besorgungen zu Fuß ins Dorf mussten. Für ein Pferd oder gar ein Fuhrwerk war dieser Weg nicht gut genug ausgebaut.

Durch das Umrunden der Burg fanden wir auf der Rückseite noch ein gut getarntes Fluchttor. Ohne das Mondlicht hätten wir dieses wohl nie entdeckt. Um auf dem Rückweg nicht nochmals durchs Dorf zu müssen, gingen wir von der Rückseite aus in einem Bogen zu unserem Lager zurück.

Wie befohlen schliefen unsere Männer tief und fest. Eine der aufgestellten Wachen brachte uns ins Zelt des Truchsessen. Er dankte uns für den guten Bericht und hieß uns, ebenfalls schlafen zu gehen. Zuvor baten wir aber noch, seinen Angriffsplan hören zu dürfen. Da er offensichtlich unsere jugendliche Neugier schätzte, ließ er sich schmunzelnd darauf ein und ging den Plan mit uns durch. In etwa einer Stunde würde es losgehen. Ein kleiner Trupp sollte die Burg großzügig umreiten, um den Fluchtweg zu decken. Zwei Drittel der Übrigen würden sich zu Fuß ungesehen bis an den äußeren Bewehrungsring schleichen. Dieser war an vielen Stellen nur knapp mannshoch und konnte schnell und geräuschlos überwunden werden. Das Haupttor sollte dann schleunigst von innen her besetzt werden, um alle Tore zu öffnen. Das verbliebene Drittel, mit dem Grafen an der Spitze, würde dann auf Pferden eindringen, unter Deckung vom Torturm aus. Zeitgleich verschaffte man sich Zutritt zum Gesindehaus und zu den Stallungen. Unvermeidbar wäre dann sicherlich, dass die Tiere anschlagen, und eifrige Knechte werden nach ihnen schauen. Somit werden diese uns also die nächsten Türen öffnen – und unsere Männer werden so durchs Gesindehaus in die Hauptburg gelangen. Viele der Knechte werden in den frühen Morgenstunden noch nicht kampffertig sein, so dass diese leicht überwältigt werden können.

„Ihr meint töten? Das ist aber nicht sehr ehrenhaft!", meldete sich der Feldschreiber zu Wort.

„Ehre gibt es nur in einem Kampf zwischen zwei ehrbaren Adligen", erwiderte da Seine Erlaucht. „Wenn sich Hans Thomas darauf einlassen würde, wäre die ganze Aktion unnötig. Deshalb führen wir Krieg, und im Krieg ist alles erlaubt, was zu einem schnellen Sieg führt. Denn ein schneller Sieg bringt weniger Leid. Ganz ohne geht es jedoch nie!" Das leuchtete uns ein. Mit insgesamt sechzig Mann müsste es ja recht zügig möglich sein, die Burg im Handstreich zu nehmen. Dessen Besatzung schätzte Graf Georg auf höchstens zehn bis vierzehn waffenfähige Knechte, außerdem natürlich der Ritter selbst nebst ein bis zwei Knappen.

Unser Auftrag lautete jetzt aber, gut zu schlafen, denn wenn es hell würde, sollten wir für ein kräftiges Frühstück als Siegesmal in der Burg sorgen. Kaum niedergelegt, schlief ich tatsächlich trotz aller Aufregung sofort ein. Spionieren machte doch ziemlich müde. Ich hörte nicht einmal mehr den Aufbruch der Männer.

Mit den ersten Sonnenstrahlen wurden wir tatsächlich wach und machten uns sogleich auf den Weg zur Burg. Von außen sah noch alles gleich aus wie am Tag zuvor, auch wenn die Umgebung im Tageslicht ganz anders wirkte. Zu unserer großen Überraschung war auch im Dorf alles normal. Die meisten Menschen hielten sich noch in ihren Hütten auf, und wer schon draußen war, ging einfach seinem Tagwerk nach. Zwei Frauen unterhielten sich auf der Straße, von denen eine erzählte, eine Reiterhorde gehört zu haben. „Wer weiß, was unser Ritter wieder getrieben hat. Der kann doch zu jeder Zeit unterwegs sein!", entgegnete die andere.

Als wir uns der Burg näherten, bemerkten wir, dass das Tor offen stand. Entweder war alles gewonnen – oder alles verloren. Vorsichtig gingen wir weiter. Da wurden auf einmal unsere Namen vom Tor aus gerufen.

„Macht schon, wir haben Hunger", schrie es uns entgegen. Beim Eintreten bemerkten wir trotz des offensichtlichen Sieges keine allzu große Freude in den Gesichtern, aber hektisches Treiben. Nach mehrmaligem Nachfragen erfuhren wir, dass die Burg im Großen und Ganzen verlassen war. Die sechs verbliebenen Knechte waren schnell ausgeschaltet worden, und zum Leidwesen der Männer gab es keine Frauen. Die Hektik war aber darin zu verstehen, dass man die Erlaubnis zum Plündern erhalten hatte, da die Burg eh niedergebrannt werden musste. Wenn der Feigling schon nicht da war, sollte er auch ohne Zuhause auskommen, hatte Graf Georg wohl gesagt. Plötzlich kam auch Seine Erlaucht zum Vorschein.

„Ihr beiden, holt Euch auch etwas. Ich schlachte inzwischen die einzige Kuh, die es hier gibt, damit wir etwas Anständiges zu essen haben. Dann habe ich wenigstens auch etwas zu diesem Sieg beigetragen. Als ich mit den Berittenen kam, war nämlich schon alles vorbei!"

Deutlich hörbar wurde inzwischen die Tür zum Palas aufgebrochen, und unsere Männer drangen in die Burg ein. Neugierig lief ich in diese Richtung. Schließlich hatte ich noch nie die Wohnräume adliger Menschen gesehen. Unsere Männer hatten sich in der ganzen Burg verteilt. Die meisten suchten in der Speisekammer nach Wein und Köstlichkeiten, die sonst dem Adel vorbehalten waren. Andere versprachen sich, in der Kapelle die größten Reichtümer zu finden. Mit etwa einem Dutzend anderer drang ich in den Palas ein. Mir fiel sofort auf, wie üppig die Ausstattung hier war: teure Wandteppiche,

elegante Möbel und goldene Kerzenleuchter ließen uns alle
staunen. Vom Raub schien man gut leben zu können. In Win-
deseile waren die kunstvoll verzierten Kisten durchwühlt. Die
Männer schienen darin Übung zu haben. Ich ließ mir Zeit und
schaute alles in Ruhe an. Eine Truhe enthielt Frauenkleidung.
Die Hoffnung der Männer stieg, doch noch Beute dieser Art
zu finden, und sie stürmten hinaus, um über den Wehrgang in
das nächste Stockwerk zu kommen. Nachdem auch ich nichts
für mich Nützliches gefunden hatte, ging ich ihnen nach. Inzwischen war auch die nächste Stockwerkstür aufgebrochen.
Hier war die Einrichtung noch eindrucksvoller. Wir schienen
die Gemächer des Hausherrn gefunden zu haben. Die Männer
bedienten sich an ein paar schönen Gürteln und Schuhen. Mir
kam das sinnlos vor, denn damit zeigen konnte ich mich nicht
und ich wusste auch nicht, wo ich derlei hätte versetzen können. Als die Männer sich auf den Weg ins letzte Stockwerk
machten, fiel mir noch eine schmucklose Truhe ganz hinten
neben dem Nachtstuhl auf. Sie war nicht verschlossen und
enthielt Leibwäsche. Die konnte man immer gebrauchen, also
schnürte ich mir daraus ein Bündel. Zu meiner großen Freude
fand ich am Boden der Truhe noch einen kleinen Beutel mit
Münzen. Diesen nahm ich natürlich auch an mich. Meine
erste Kriegsbeute!

An den Geräuschen war zu hören, dass die Männer jetzt wohl
die Kemenate gefunden hatten. Ich ging ebenfalls nach oben.
Dort angekommen musste ich mit ansehen, wie die Männer
über die dort anwesenden Damen herfielen. Sie rissen ihnen
die Kleidung vom Leib und warfen sie zu Boden. Während
die einen die sich wehrenden Frauen festhielten, machten sich
die anderen über sie her. Während ich noch überlegte, ob das
nun Recht oder Unrecht war, da sie immerhin zu dem grausamen Raubritter Absberg gehörten, machte einer der Männer

eine einladende Handbewegung in meine Richtung. Zwar zog mich der Anblick der unbekleideten Frauen in einen gewissen Bann, aber ihre Angst- und Schmerzensschreie nahmen mir die Lust. Nicht so!, dachte ich mir und ging, wohl wissend, dass Vergewaltigungen im Krieg nicht als falsch galten. Beim Beutemachen durfte man sich nehmen, was da war. Aber richtig kam mir das Gesehene trotzdem nicht vor. Ich stürmte nach draußen.

Um mich abzulenken, ging ich gedankenverloren dorthin, wo ich die Küche vermutete. Jetzt war mir auch nach Wein. Graf Georg hatte ganze Arbeit geleistet. Die Kuh war ausgenommen und zerteilt. Freilich war das Fell nicht mehr zu retten, aber Gerben stand ja auch nicht in unserem Auftrag.

„Du kommst gerade recht!", sagte er und blickte mir entgegen. Er schien mir durch die Augen direkt in die Seele blicken zu können.

„Sie haben also doch Frauen gefunden. Niemand hätte es dir übel genommen, wenn du da mitgemacht hättest. Wie gesagt, kein Kampf ohne Leid, und das gehört zum Lohn der Kriegsleut. Aber es spricht für dich, wenn du nicht auf diese Art einer Frau beiwohnen willst. Mir persönlich ist das ebenfalls zuwider. Als verheirateter Mann darf ich dir hier auch einen tröstenden Tipp geben: Es macht viel mehr Spaß, wenn ihn die Frau auch hat. Das glauben zwar viele Männer nicht, aber tatsächlich kann das unter den richtigen Umständen auch für Frauen angenehm oder sogar schön sein!"

Mal wieder schaffte er es, mich mit seiner direkten und offenen Art zu überraschen. Sein Gesicht zierte sogar ein leichtes Lächeln. „Jetzt kümmere dich um die Kuh, darin verstehst du dich besser als ich!" Mit diesen Worten ließ er mich stehen.

Rasch machte ich mich ans Werk. Zu meiner Freude fand ich einen Krug Wein. Meine Kehle war wie ausgetrocknet, und der Wein verteilte sofort angenehme Wärme in meinem Körper, so dass mir die gewohnte Arbeit in der Küche rasch von der Hand ging.

Als Abschluss des ereignisreichen Tages ließen wir uns die Kuh schmecken und darüber hinaus alles, was wir sonst noch fanden. Die Stimmung war allgemein dann doch recht gut, schließlich hatten wir eine Burg ohne eigene Verluste erobert und auch ein bisschen Beute gemacht. Den einfacheren Gemütern der Männer schien das zu genügen. Für den Truchsessen galt das nicht. Auch mir und dem Feldschreiber war klar, dass dies hier nur der Anfang sein konnte. Hans Thomas von Absberg war nicht gefasst, die Fehde ging also weiter.

Das eröffnete Graf Georg den Männern aber erst am anderen Morgen. Die gute Stimmung und gehobene Moral der Truppe wollte er nicht gleich wieder brechen. Nach seiner Ankündigung wurde die Burg niedergebrannt. Das sollte Hans Thomas und auch den anderen Raubrittern zeigen, mit wem sie sich angelegt hatten!

Als Nächstes ging es ins nahe Nürnberg. Graf Georg hoffte, dort Nachricht vom Schwäbischen Bund zu erhalten und außerdem auch mehr über die Aktivitäten der Raubritter zu erfahren. Bis Nürnberg verlief die weitere Reise ohne Zwischenfälle. Natürlich wäre es wenig sinnvoll gewesen, mit sechzig Berittenen in eine Stadt einzureiten, die von Raubrittern geplagt wurde. Deshalb ließ Georg die Männer in einem nahen Waldstück zurück, mit dem klaren Befehl, sich bedeckt zu halten. Da der Feldschreiber und ich am harmlosesten aussahen und wir ja bis auf mein kleines Beil unbewaffnet waren, wurden wir in die Stadt vorausgeschickt, um die Lage etwas auszukundschaften. Georg selbst wollte mit vier Gardisten an seiner Seite direkt zu den Stadtoberen gehen. Ein paar unserer Männer erhielten den Auftrag, sich bei den umliegenden Bauern umzuhören. So wollte der Graf Informationen aus jedem Stand erfahren. Etwas nervös versuchten der Feldschreiber und ich, uns eine Geschichte auszudenken, wer wir seien und woher wir kamen. Viel zu schnell landeten wir vor einem der großen Tore. Zu unserer großen Überraschung wollte aber niemand Genaues von uns wissen. Nürnberg war eine der größten Städte im Heiligen Römischen Reich, und offenbar war man hier Fremde gewöhnt. Sogar die Wachen am Tor waren ungewohnt höflich. Nürnberg lebte vom Handel und vor allem von den großen Messen, und das schien den Einwohnern aller Schichten klar zu sein. Als wichtige Warnung ließ uns eine der Torwachen wissen, dass es unter Strafe verboten sei, nachts ohne Lampe umherzulaufen. Wer sich versteckt im Dunkeln bewegte, führte offensichtlich Böses im Schilde und wurde deshalb vorsichtshalber bestraft. Strafe – bei diesem Wort fiel mir schlagartig Meister Frantz ein. Ob er sein Ziel, in Nürnberg Henker zu werden, wohl erreicht hatte? Es würde mich natürlich freuen, meinen Freund, sofern ich ihn so nennen durfte, wiederzusehen. Und doch wusste ich ja, wie das beim letzten Mal ausgegangen war …

Zunächst wandten wir uns in Richtung des Handwerkermarktes. Schließlich mussten wir Lampen erwerben, sollte es dunkel werden. Führten diese Märkte in anderen Städten ein eher bescheidenes und verstecktes Dasein, war das hier anders. Man merkte genau, dass Nürnberg vom Verkauf von allerlei Tand und Krimskrams lebte. Nützliches, Schönes oder auch beides in einem ließ sich hier erwerben. Nürnberg war führend in der Drahtherstellung und seit jeher bekannt für die daraus gefertigten Panzerhemden, die von Unwissenden oft fälschlich als „Kettenhemden" bezeichnet wurden. Wenn man sich die Stände so anschaute, schienen die Nürnberger quasi alles aus Draht herzustellen. Ganze Kisten mit Nägeln standen herum. Unser Schmied hatte jeden Nagel einzeln von Hand geschmiedet. In Ravensburg oder Wangen gab es Nagelschmiede, die den ganzen Tag nichts anderes machten. Die Nägel in diesen Kisten sahen aber ganz anders aus. Bei genauer Betrachtung war klar, dass diese aus kleinen Drahtstückchen gefertigt wurden und so auch viel filigraner sein konnten, als wir das kannten.

Besonders fiel mir auf, dass es kleine Figuren speziell zum Spielen für Kinder gab. Reichtum bedeutete wohl doch mehr, als nur jeden Tag satt zu werden und mehr als zwei Sätze Kleidung zu haben. Sie nannten diese Figuren „Spielzeug". Freilich hatten wir als Kinder auch gespielt. Man sammelte Stöcke oder Steine, die ähnlich wie irgendwas aussahen, und hatte die größte Freude damit. Bei uns auf dem Lande waren die Kinder üblicherweise auch mit sich selbst beschäftigt, und so spielte man viel Fangen oder Verstecken. Wenn man sich aber hier in der großen Stadt mit den vielen Menschen, Karren und Tieren auf den Straßen so umschaute, war es doch zu verstehen, dass hier die Kinder nicht alleine rumlaufen konnten.

Neben Spielzeug gab es auch Messing- und Bronzearbeiten zu bestaunen. Ganze Stände mit Sakralgegenständen, von einfachen Kerzenständern bis zu den schönsten Kelchen standen in einer Ecke. So langsam dämmerte uns, warum es die Händler von überall her nach Nürnberg zog. Hier war Geld, also ließ sich alles verkaufen, und es gab Dinge, die man sonst nirgends bekam und deshalb auch gut weiterverkaufen konnte. Kurzum, aus dem Schnell-mal-eine-Lampe-kaufen wurde nichts. Vor allem kamen wir ja aus dem Staunen nicht mehr heraus. Fast hatten wir vergessen, weshalb wir hier waren. Als wir uns daran wieder erinnerten, verlangsamten wir unser Tempo und versuchten, den Gesprächen zu lauschen. Oft hörten wir den Satz: „Tut mir leid, aber dies oder das ist leider noch nicht angekommen." Wir schauten uns erstaunt an. Trotz des für uns unermesslichen Überflusses an Waren schien das Angebot für Nürnberger Verhältnisse eher mager zu sein. Als wir darauf achteten, fielen uns tatsächlich immer mehr Stände auf, die nicht besonders mit Waren überhäuft waren. Teilweise waren sogar Plätze frei. Wie erwartet und befürchtet, hatte das Raubritterwesen tatsächlich auch hier Auswirkungen auf den Handel.

Irgendwann fanden wir dann doch unsere Lampen und konzentrierten uns vermehrt auf unseren Auftrag. Dabei bemerkten wir eine weitere Besonderheit in dieser Stadt. Alle paar Dutzend Meter stand jemand, der winzig kleine Bratwürste in einem kleinen, runden Brot anbot, dem sogenannten Weggle. „Drei im Weggle" nannten sie es, drei dieser kleinen Würste in einem solchen Weggle anzubieten. Es verstand sich von selbst, dass ich das probieren musste. Sehr, sehr lecker! Es wäre sicher ein Erlebnis wert gewesen, den Stand zu finden, an dem es die besten Würstchen gab. Aber schließlich waren wir Feldschreiber und Feldmundschenk Seiner Erlaucht, des Truchsessen Georg III. von Waldburg – und nicht zum Bratwurstessen hier. Schade eigentlich!

Als Nächstes wandten wir uns an eine der großen Kirchen. Erstens gehörten die Pfarrer zu den wenigen gebildeten Menschen, die man als normaler Mensch auch ansprechen konnte – sofern man zu einer Spende bereit war. Zweitens wollte ich für meine verstorbene Mutter eine Kerze anzünden. Außerdem hoffte ich, dass dies ein guter Aufhänger für ein Gespräch war, denn den Opferstock mit den Kerzen hatte der Pfarrer gerne im Blick, wenn Fremde in eine Kirche kamen. Schließlich gab es immer mal wieder Gesindel, das meinte, eine Kerze tue auch ohne Bezahlung ihren Dienst. Wer aber glaubte, sein Seelenheil oder das seiner Angehörigen ließe sich ohne Geld retten, der hatte die Rechnung wahrlich ohne die Kirche gemacht! Da ich ja über Münzen verfügte, kam ich hier nicht in Versuchung und warf zwei davon gut hörbar in das dafür vorgesehene Kupferbehältnis. Der Pfarrer war auf uns aufmerksam geworden, mehr aber noch nicht. Da schien der Feldschreiber eine Idee zu haben und zog mich in eine Kirchenbank. Gut hörbar betete er in einwandfreiem Latein. Das kitzelte tatsächlich die Neugier des Pfarrers und er kam näher. „Ihr scheint gebildete Leut' zu sein, bestimmt Kaufmannssöhne aus dem Süden? Da hab ich doch recht, oder?" Wir nickten eifrig. Er klagte uns sein Leid mit den immer teurer werdenden Kerzen. Nach der Gabe von ein paar Münzen war sein Redefluss nicht mehr zu halten. Er erzählte von den Problemen mit den Raubrittern und dass diese alle zur Hölle fahren mögen. Während der Nürnberger Tand noch gut produziert werde und die Händler, die diesen verkauften, auch für guten Schutz sorgen könnten, wäre die Lebensmittelversorgung der Stadt langsam in Gefahr, da die Höfe um die Stadt regelmäßig überfallen würden. Nicht einmal vor den klösterlichen Höfen würde dieses Lumpenpack zurückschrecken! Er würde täglich um die armen Seelen der Getöteten beten, aber die Stadtführung müsse endlich etwas unternehmen. Gebete allein halfen hier nicht. Trotzdem knieten wir uns mit ihm nieder und beteten gemeinsam. „Schaden wird's schon nicht", raunte mir der Feldschreiber zu.

Wir beschlossen, den Tag in einer Trinkstube ausklingen zu lassen, denn nirgends hörte man so viel wie dort. War ich bisher der Meinung, dass wir im „Weißen Ross" damals das beste Bier hatten, wurde ich hier eines Besseren belehrt. Die Franken verstanden sich in der Braukunst offensichtlich noch besser. Selbstverständlich war Hopfen im Bier, neben Malz, Wasser und Hefe versteht sich. Sonst nichts. Denn genau wie Konrad – obwohl der kein Bayer war – hielt man sich hier an das neue, bayerische Reinheitsgebot. Trotzdem ließen sich mit entsprechenden Röstverfahren des Malzes unterschiedliche Geschmäcker erschaffen, und diese Franken schienen das perfektioniert zu haben. Nur gut, dass wir uns für eine bessere Schildwirtschaft und nicht für eine einfache Trinkstube entschieden hatten. Hier gab es auch zu essen und die Möglichkeit zu übernachten. Zu meiner Freude stellte sich heraus, dass die fränkische Küche durchaus mit der Braukunst mithalten konnte. Und auch die Gespräche der Leute waren hier interessant. Sie bestätigten das bisher Gehörte: Die Raubritter waren eine echte Plage und immer mehr Menschen gerieten in Not. Es wurde auch immer schwieriger, gute Waffenknechte für die Begleitung eines Handelszuges zu finden.

Als sich die Wirtsstube langsam leerte, fiel mir auf, dass an einem hinteren Tisch Karten gespielt wurde. Die vier Männer machten einen eher zwielichtigen Eindruck. Es schienen Landsknechte zu sein, allerdings nicht gerade die Zierde ihrer Zunft. Irgendwie passten sie nicht ins Bild. In den Schildwirtschaften waren ja eher Bürger wie Kaufleute oder Meister zu finden. Nach einem kurzen Blick in die Augen meines Begleiters waren wir uns einig. Neugierig, aber auch vorsichtig näherten wir uns deren Tisch. Sie blickten kurz auf und gleich wieder weg.

„Wie heißt Euer Spiel?", fragte der Feldschreiber.

„Karnöffel!", war die Antwort und das Gespräch somit auch wieder beendet. Wir setzten uns an den Tisch daneben. Aus dem „Weißen Ross" kannte ich diverse Würfelspiele, aber ein Kartenspiel sah ich zum ersten Mal. Die vier beachteten uns nicht, sondern tranken und spielten weiter. Aufmerksam schauten wir zu. Da Münzen auf dem Tisch lagen, war klar, dass es hier um Geld ging. Um mit diesen Burschen ins Gespräch zu kommen, wollten wir warten, bis jemand verlor, so dass einer von uns dessen Platz einnehmen konnte. Natürlich wäre es seltsam gewesen, nach den Regeln zu fragen, also blieb uns nur das Beobachten. Ziemlich schnell begriffen wir, dass immer zwei Spieler zusammen gegen die anderen beiden spielten, und zwar in festen Mannschaften. Das bedeutete für uns natürlich, wir konnten hoffen, beide an den Tisch zu kommen. Allerdings mussten dann auch wir beide unser Geld setzen, aber irgendeinen Haken gab es ja bekanntlich immer. Es ging schließlich um die Sicherheit im Reich, und als Feldschreiber und Feldmundschenk hatte man dafür auch persönliche Opfer zu bringen! Tatsächlich schien sich das Spiel bald sehr zugunsten einer Mannschaft zu entwickeln. Die Landsknechte sprachen dem leckeren Bier kräftig zu, während wir versuchten, uns zu mäßigen, was gar nicht so einfach war. Fast beneidete ich die vier, die, so wie es schien, sehr sorglos ihr Geld verspielten und versoffen. Plötzlich standen die zwei Verlierer ruckartig auf und verließen gereizt, aber wortlos die Wirtschaft.

Auf diesen Moment hatten wir gewartet! Wir nickten uns zu, standen auf und stellten uns vor die frei gewordenen Plätze.

„Dürfen zwei unbescholtene Männer vom Lande die Spiel-
plätze auffüllen? Wir würden gerne herausfinden, ob wir das
Spiel begriffen haben", sagte ich mit einem scheinbar naiven
Blick und leicht undeutlich, als hätte ich ebenfalls schon einiges getrunken. Die beiden verbliebenen Spieler warfen sich
ein kurzes Grinsen zu und bedeuteten uns, Platz zu nehmen.
Unser Plan schien aufzugehen. Wenn man das überhaupt einen Plan nennen konnte. Wir setzten uns zu zwei Fremden an
einen Tisch und wollten ein Spiel um Geld spielen, das wir
nur grob verstanden. Aller Wahrscheinlichkeit nach würden
wir also in kurzer Zeit unser Geld verlieren. Das Leuchten in
den Augen der Landsknechte zeigte, dass sie im Moment
wohl das Gleiche dachten. Sollten wir aber wie durch ein
Wunder doch gewinnen – man konnte ja nie wissen – wäre
die Situation unter Umständen noch weniger erfreulich, da die
beiden uns körperlich überlegen und sicherlich kampferprobt
waren.

In mir stiegen leichte Zweifel auf – die aber durch das „Du
gibst!" meines Nebenmannes jäh unterbrochen wurden.
Gleichzeitig knallte er den Kartenstapel vor mir auf den
Tisch. Schade, der Plan schien bereits am ersten Hindernis zu
scheitern, denn ich hatte ja noch nie Spielkarten gemischt. Ich
erspare es mir, hier meine erbärmlichen, ersten Versuche näher auszuführen. Die Blicke unserer beiden Mitspieler
schwankten zwischen belustigt und genervt. Aber ihr Ziel,
durch uns noch mehr Geld zu gewinnen, schien ihren anfänglichen Missmut zu überflügeln, und mein Nebensitzer führte
mich gnädigerweise in die Technik des Kartenmischens ein.
Ich vergalt es dankbar mit dem Ordern eines weiteren Kruges
Bier. Aus den bekannten Gründen – Retten der Geldbörse, der
persönlichen Unversehrtheit und besonders der Informationsbeschaffung – war es klug, den Alkoholgehalt in den Körpern
der beiden zu erhöhen. Wie immer erriet mein Freund, der

Feldschreiber, meine Gedanken und orderte den nächsten Krug, kaum dass ich den ersten in die Becher der beiden Landsknechte geleert hatte. Wie sich schnell herausstellte, war es finanziell gesehen auch egal, ob wir Bier kauften oder spielten, unsere Münzvorräte schwanden.

Bekanntlich ist ja das Glück mit den Dummen oder im Falle von Spielern mit den Anfängern. Dieses Glück kam uns dann doch noch rechtzeitig zu Hilfe, und so schafften wir es, das Blatt doch noch etwas herumzureißen. Gewinn und Verlust hielten sich plötzlich die Waage und wir konzentrierten uns mehr aufs Biereinschenken und stellten zwischendurch belanglos wirkende Fragen. Nach und nach erfuhren wir, dass die vier sich von einem reichen Kaufmann als Eskorte hatten anheuern lassen und tatsächlich durchgekommen waren. Die Bezahlung war äußerst stattlich gewesen, und deshalb gönnten sie sich heute einen besseren Wirtshausbesuch als sonst. Man lebe schließlich nur einmal und hoffentlich seien die Raubritter noch lange am Werk, denn so einfach ließe sich sonst kaum Geld verdienen. Wenn man durchkomme, sei es gut, und wenn man tatsächlich angegriffen würde, mache man sich halt davon. Es wisse ja niemand, mit welchen Händlern man unterwegs gewesen sei, wenn man nicht so bald in die Stadt, aus der man aufgebrochen ist zurückkehrte.

Ein einleuchtendes Geschäftsmodell, das wir den beiden mit ausreichender Bierzufuhr entlocken konnten! Gott sei Dank wussten die beiden nicht, wer wir waren, sonst hätte ich diese Zeilen wohl kaum schreiben können. Aber auch so vergrößerte sich meine Sorge, dass wir das gefährliche Geheimnis der beiden Männer teuer bezahlen würden, wenn sie das Gefühl bekämen, es wäre nicht sicher bei uns.

Zum Glück hatte ich als Schankknecht so meine Erfahrungen
gesammelt. Unter dem Vorwand, austreten zu müssen, verließ
ich den Tisch und überzeugte den Wirt mit ein paar Münzen,
dem nächsten Krug Bier eine gute Menge Branntwein unter-
zumischen. Die beiden Landsknechte sollten sich auf keinen
Fall an uns erinnern. Auf dem Rückweg vom Abort, also dem
halben Fass hinter dem Haus, in dem der Urin für die Gerber
gesammelt wurde, nahm ich die zwei präparierten Bierkrüge
selbst mit zurück an den Tisch. Während ich einschenkte, sah
ich meinem Freund an, dass auch er nur noch weg wollte.
Daher bedankten wir uns für das Spiel, verabschiedeten uns
und zogen uns in unser Nachtlager zurück.

Am nächsten Morgen brachen wir früh auf, um den beiden
Landsknechten sicher nicht mehr zu begegnen. Wir verzichteten sogar auf das Frühstück und besorgten uns lieber etwas
auf dem Markt. Da mir das Karnöffelspiel sehr gut gefallen
hatte, kaufte ich mir auch noch einen Satz Spielkarten. Nürnberg war auch für die Papierproduktion bekannt, und so war
dieses Spiel sogar recht erschwinglich. Danach machten wir
uns auf den Weg zurück ins Lager.

Als wir gegen Mittag bei den Männern ankamen, stellte sich
heraus, dass wir beiden die Letzten waren. Sogar Graf Georg
war schon zurück. Eilig hasteten wir zu seinem Zelt, als ob es
jetzt noch auf jede Minute angekommen wäre. Seine Gardisten ließen uns sofort ein.

„Ich dachte schon, ihr beiden seid verschollen. Lasst mich
raten, Ihr seid in einer Schenke bei irgendwelchen Dirnen
hängengeblieben!“

„Wirtshaus ja, Dirnen nein!“, war meine prompte Antwort.
„Genauer gesagt gingen wir in eine Schildwirtschaft, um dort

Informationen zu beschaffen. Aus meiner eigenen Erfahrung weiß ich, dass an solchen Orten am meisten und ganz offen geredet wird. Ziel war es ja, an die Informationen der Händler zu kommen, und die finden sich nun mal nicht in den einfachsten Schenken!"

Endlich schaffte ich es, etwas bestimmter gegenüber Seiner Erlaucht aufzutreten. Schließlich wusste ich aber dieses Mal auch, wovon ich redete.

Abwechselnd berichteten wir von der immer prekärer werdenden Lage, in der sich die Stadt befand, sowohl was den Handel als auch die Versorgung von Nürnberg anging. Graf Georg hatte außerdem von seinen Reitern erfahren, dass die Höfe dieser Region regelmäßig überfallen und geplündert wurden. Die Raubritter und ihr Gefolge machten vor gar nichts mehr halt und wurden immer dreister. Die Stadtoberen waren dem Ganzen recht hilflos ausgesetzt. Sie verfügten nicht über genug Männer, um wirkungsvoll gegen die Raubritter vorzugehen, da alle Männer, die mit Waffen umgehen konnten, sich von den Händlern hatten anwerben lassen, die leider mehr bezahlten als die Stadt. Truchsess Georg hatte unseren Ausführungen aufmerksam gelauscht und ergriff nun selbst das Wort. Von den Stadtoberen hatte er Ähnliches gehört wie wir, wenn auch natürlich nicht so detailliert und nicht so dramatisch. Es sei also eine gute Idee gewesen, uns loszuschicken, um in der Stadt mehr herauszufinden. Der Feldschreiber und ich schauten uns kurz an und nickten, denn aus der Formulierung ließ sich durchaus ein Lob erkennen.

Der Graf fuhr fort, dass wir einen aufgegebenen Hof der Stadt als Stützpunkt nutzen durften. Außerdem wurde uns für jeden ergriffenen Raubritter, den wir in Nürnberg vor Gericht stellen oder dessen Tod wir bestätigen könnten, eine Belohnung zugesagt. Er schloss mit den Worten: „Ich werde dies jetzt

unseren Mannen kundtun. Wir werden unser neues Quartier
umgehend beziehen. Packt also sogleich zusammen."

Unser neues Quartier war nur wenige Stunden entfernt und
bot einen grausigen Anblick. Der einst stattliche Hof wies
erhebliche Schäden auf. Die Zäune waren niedergerissen, ein
Nebengebäude restlos niedergebrannt und ein weiteres schwer
beschädigt. Das Hauptgebäude war noch zwar noch intakt,
aber die Tür und mehrere Fensterläden waren eingeschlagen.
Überall lagen tote Tiere herum. So wie es aussah, hatten die
Raubritter und ihr Gefolge nur die besten Teile aus dem Vieh
herausgeschnitten und den Rest den Raben überlassen. Hatten
wir zunächst noch die Hoffnung, dass die Bewohner in den
nahen Wald fliehen konnten, zerschlug sich diese, als wir um
das Gebäude herumgingen. Der Bauer lag mit aufgeschlitz-
tem Bauch auf dem Rücken. Seine rechte Hand umklammerte
noch eine hölzerne Heugabel. Ein Stück entfernt lag seine
Frau, ebenfalls auf dem Rücken, einen Armbrustbolzen in der
rechten Brust. Das Kleid war aufgerissen und der Unterrock
gehoben. Bei dem niedergebrannten Schuppen entdeckten wir
zwei verkohlte Leichen. An dem beschädigten Nebengebäude
waren Spuren eines Karrens zu sehen, den sie aber mitgenommen hatten. Im Gebäude fanden wir die Leiche einer
Magd. Sie hatte Verletzungen am ganzen Körper und lag in
einer Blutlache. Offensichtlich war sie von mehreren Männern vergewaltigt worden, bis der Tod eintrat.

Das schlimmste Entdeckung machten wir jedoch im Haus.
Der Versuch, die Kinder zu verstecken, war offensichtlich
misslungen. Auch sie hatten die Leute des Raubritters mitleid-
los auf brutalste Art umgebracht.

Meinem Feldschreiber wurde es speiübel, und auch die zum
Teil hartgesottenen und kampferprobten Männer wurden beim
Anblick der Kinderleichen still.

Sofort machten sich mehrere Männer daran, zwei große Grä-
ber auszuheben. Eines für die Bauernfamilie und eines für das
Gesinde. Auch wenn sie wohl das gleich grausame Schicksal
ereilt hatte, galt es, den Stand zu wahren. Die Tierkadaver
hingegen wurden verbrannt. Immerhin ließ sich durch die
Zerstörungen und den nahen Wald zügig ausreichend Brenn-
material herbeischaffen.

Schließlich bauten sich die Männer aus dem noch bestehenden Nebengebäude und den Zeltbahnen eine wetterfeste Unterkunft. Das große Bauernhaus bestand im Erdgeschoss aus
einer großen Küche mit Schlafplatz für die Magd. Das sollte
also mein Reich werden. Das Feuer im Herd speiste auch den
gemauerten Ofen in der guten Stube nebenan. Wie gesagt, ein
sehr stattlicher Hof. Die gute Stube wurde zum Arbeitszimmer Seiner Erlaucht. Er selbst nächtigte oben in der ehemaligen Kammer des Bauernpaares. Die direkt anschließende
Kammer bekam der Feldschreiber. So blieben noch eine weitere Kammer, deren Einrichtung auf die Unterbringung der
Kinder schließen ließ, und im Dach die Knechtkammer. Diese
beiden Räume standen den höheren Dienstgraden der Soldaten zu. Als es Nacht wurde, wusste jeder, wo er seinen
Schlafplatz hatte.

Am nächsten Tag begann also die Operation „Tod den Raubrittern“. Motivation, dieses Pack auszumerzen, gab es definitiv genug, und die versprochene Belohnung Nürnbergs machte die Sache noch reizvoller. Die Vorräte waren selbstverständlich geplündert, aber unsere Feinde hielten den eingela-

gerten Hafer für reines Pferdefutter. Wir waren also nicht nur die besseren Menschen, sondern wir hatten auch den besseren Koch – nämlich mich. Zwar waren auch unsere Männer zunächst etwas überrascht, als ich eröffnete, aus dem Hafer einen schönen Brei kochen zu wollen, aber schließlich siegte deren Neugier und alle ließen sich den Brei schmecken. Obwohl wir auch noch andere Vorräte hatten, bestand der Truchsess darauf, das Gleiche zu bekommen und zusammen mit den Männern zu speisen.

Nach dem Frühstück verlas Graf Georg die Liste mit den Namen der gesuchten Raubritter sowie deren Merkmale. Hauptziel war natürlich der grausamste von allen, Hans Thomas von Absberg, erkennbar an seiner markant großen und hageren Gestalt. So wie man sich den Teufel halt vorstellt. Nächster auf der Liste war sein Gefolgsmann, der einhändige Götz von Berlichingen. Sein Name war Graf Georg bereits bekannt, da dieser Götz in Graf Georgs Feldzügen für den Schwäbischen Bund gegen Herzog Ulrich von Württemberg an der Seite Ulrichs gekämpft hatte. Insgesamt waren es knappe zwanzig Raubritter, die wir fassen sollten und natürlich auch wollten.

Angreifen sollten wir jedoch nur, wenn wir klar gewinnen konnten. Unser vorrangiges Ziel war es, möglichst viel Gegend überwachen zu können. Zu diesem Zweck ließ der Truchsess die Männer in Gruppen einteilen. Drei Gruppen sollten permanent unterwegs sein, während immer ein paar Mann bei mir und dem Feldschreiber am Gehöft blieben. Der Truchsess ließ es sich dabei nicht nehmen, ebenfalls an diesen Expeditionen teilzunehmen.

Meine Aufgabe war es, Mahlzeiten vorzuhalten, so dass sich die Männer ausreichend stärken konnten. Wenn es sich anbot, brachten sie Vorräte mit. Anfangs hatten sie diese irgendwo gekauft, aber schon nach wenigen Tagen kamen die Ersten auch mit Beute, die sie den Männern der Raubritter abgenommen hatten. Über das Schicksal dieser Männer wurde in aller Regel nicht gesprochen. Zur Verurteilung nach Nürnberg sollten nur die Raubritter selbst gebracht werden. Deren Anhänger waren schlichtweg zu beseitigen. Ich hielt also immer warme Speisen vor, und so führte der erste Weg der Ankommenden immer zu mir und ich konnte den Gesprächen der Männer lauschen.

Da die meisten meine Küche zu schätzen wussten, stieg ich langsam in deren Gunst. Anfangs hatte man mich eher belächelt – aber ohne Mampf kein Kampf! Und so half meine Arbeit, die Moral und die Stimmung der Männer hochzuhalten. Durch die steigende Wertschätzung der Männer traute ich mich auch immer öfter nachzufragen, was genau passiert war. Und mit der Zeit fand ich auch heraus, wen ich etwas fragen konnte und bei welcher Gruppe ich mich besser aufs Lauschen beschränkte. So lernte ich viel über die Taktik der Männer und deren Vorgehen in verschiedenen Situationen. Freilich nur in der Theorie. Wie ich mich wohl selber im Kampf anstellen würde? Diese Frage beschäftigte mich in dieser Zeit immer wieder.

Waren die Männer gestärkt, hatten sie sich bei meinem Freund, dem Feldschreiber, einzufinden und Meldung zu machen. Da der Truchsess selbst ja oft unterwegs war, waren die Berichte die einzige Möglichkeit für Seine Erlaucht, sich einen gesamten Überblick zu verschaffen. Der Feldschreiber hatte sogar Landkarten erhalten, in denen er Eintragungen machen konnte. Wenn es unsere Zeit zuließ, glichen wir beide die offiziell abgegebenen Meldungen mit dem mir Erzählten ab, um so ein präziseres Bild der Lage abbilden zu können. Schließlich verließ sich Georg von Waldburg auf uns, und unsere Arbeit trug massiv zum Erfolg der Mission bei.

Nach mehreren Wochen war das Umland um Nürnberg recht gut überwacht, und immer wieder gelang es den Männern, kleinere Räubergruppen zu stellen. Da der Auftrag lautete, sie niederzumachen, war es meistens aber nicht möglich herauszufinden, zu wem diese Räuber eigentlich gehörten. Um also gezielter vorgehen zu können, mussten wir die Aufenthaltsorte der Raubritter ausfindig machen. Daher erhielten die Männer Befehl von Graf Georg, Gefangene zu machen und diese zu verhören. So wurde allerdings auch das Risiko für die Männer größer.

Erschwerend kam hinzu, dass die Raubritter begannen, sich besser auf die Bedrohung durch uns einzustellen. So traten diese jetzt seltener in Aktion, aber dafür mit größerem Aufgebot. Immer öfter mussten unsere Männer deshalb zurückweichen oder es gab im Kampf Verwundete. Auch die ersten Toten auf unserer Seite waren zu beklagen. Eine kleine Reitergruppe, die eigentlich nur Vorräte beschaffen sollte, geriet in einen Hinterhalt. Von den zehn Reitern wurden zwei getötet und vier verwundet, einer davon schwer. Gott sei's gedankt, wurde aber keiner von uns gefangen genommen. So konnte niemand unser Lager verraten, was uns zu einem leichten Ziel gemacht hätte. Außerdem sollten unsere Gegner besser nicht erfahren, wie wenige wir eigentlich waren. Unsere Reiterei konnte nur die Oberhand behalten, wenn die Initiative auf unserer Seite blieb und sie so die Vorteile der Geschwindigkeit und der Kraft der Pferde effektiv gegen den Gegner einsetzen konnten. In der Defensive wären diese Vorteile dahin gewesen.

Für den Feldschreiber und mich war es nicht einfach, mit den Verlusten umzugehen. In unserer Siegesgewissheit und gleichzeitig mit dem Mangel an militärischen Erfahrungen war uns der Umgang damit schlichtweg fremd. Die Männer hingegen schienen damit gerechnet zu haben. Manche hatten gar Wetten untereinander abgeschlossen, wen es wohl als Ersten erwischen würde. Die Verletzen, vor allem der Schwerverletzte, dessen Bauch aufgerissen worden war, brachten neue Probleme mit sich, da keiner unserer Männer über mehr als Grundkenntnisse in Sachen Heilung verfügte.

Ich versuchte meine Gedanken durch Arbeit in den Griff zu bekommen. Etwas gedankenverloren rührte ich im Erbseneintopf, der die nächste Mahlzeit abgeben sollte. Ich nahm ein Geräusch hinter mir wahr, beachtete es aber zunächst nicht. Nah an meinem Ohr vernahm ich plötzlich die kräftige und gut bekannte Stimme des Grafen Georg.

„Sind die Erbsen schon gar oder lässt du mich solange fragen, bis sie es sind?"

Erschrocken fuhr ich herum und blickte direkt in die Augen des Grafen. Seine kräftige Stimme wirkte fast sanft, als er sagte: „Auch Verluste gehören zum Kampf. Du wirst dich daran gewöhnen müssen, es wird vermutlich noch schlimmer kommen." Wie immer schien er meine Gedanken hören zu können. „Aber der Weg nach Nürnberg ist sicher. Um etwas Zerstreuung zu finden, begib dich dorthin und suche nach einem fähigen Heiler für uns. Zusätzlich befehle ich dir aber den Besuch eines Freudenhauses, um auf andere Gedanken zu kommen. Gnade uns Gott, wenn deine Stimmung uns das Essen verdirbt!"

Er drückte mir ein paar Münzen in die Hand und seine Gestik machte mir klar, dass ich sofort aufzubrechen hatte. Einer der Männer – er war am linken Arm verletzt und sollte deshalb nicht in den Kampf – übernahm solange den Kochlöffel.

Ich machte mich also zügig auf den Weg. Tatsächlich brachte mich der Gedanke ans Freudenhaus oder an das, was darin stattfinden sollte, in eine gute Stimmung. Aber kaum trat ich durch das Stadttor, kitzelte zunächst der Duft der Nürnberger Bratwürstchen meine Nase. Ohne weiter nachzudenken, kaufte ich am nächstbesten Stand „Drei im Weggle". Jeder Genuss half schließlich, die Gedanken geradezurücken. So tat der kulinarische Genuss seinen Dienst. Einem Heiler und somit meiner eigentlichen Mission war ich aber noch keinen Schritt näher. Auch meinem „Zusatzbefehl" noch nicht. Immerhin war ich jetzt frisch gestärkt, und da die Gedanken an den Zusatzbefehl in meinem Kopf deutlich vorherrschten, galt es also zunächst, mich in dieser Sache umzusehen. In freudiger Erwartung suchte ich also nach einem Haus, das diese Dienstleistungen anbot.

Ich wusste bereits, dass man Damen dieses Berufsstandes an gelben Bändern am Gewand erkennen konnte. Ich bog also in eine Nebengasse ab und suchte nach so einer Dame. In diesen Vierteln zeigte sich die Stadt von ihrer weniger schönen Seite. Dreck und Unrat lagen in kleinen Haufen vor den Türen.

Als ich gerade an einer schäbigen Trinkstube vorbeiging, trat plötzlich wenige Schritte vor mir eine Frau aus einer Seitengasse. Da wir aber in die gleiche Richtung liefen, konnte ich sie nur von hinten sehen. Die gelben Bänder, die seitlich am Rock angebracht waren, ließen jedoch keine Zweifel zu. Es musste sich um eine solche Art Dame handeln, wie ich sie suchte. Ich ging ihr nach und schaute sie etwas genauer an. Die langen dunklen Haare wiegten sich in ihren Bewegungen, die sehr geschmeidig wirkten. Sie hatte eine ansprechende Statur, und die wenigen grauen Strähnen ließen auf ein mittleres Alter schießen, also etwa Ende zwanzig. Wunderbar, dachte ich mir, nicht zu alt, aber auch nicht zu jung, so dass sie sicherlich Erfahrung auf ihrem Gebiet hat. Ich beschleunigte meinen Schritt und sie drehte sich um.

„Na, Süßer, hast du ein paar Münzen für mich übrig, oder genießt du nur den Anblick meines Hinterteils?“, sprach sie mich an.

Vermutlich wurde mein Gesicht schlagartig rot, denn tatsächlich hatte sich mein Blick auf diesen wohlgeformten Teil ihres Körpers fixiert. Also hob ich den Blick und betrachtete die nur notdürftig verpackten Brüste, die ihr Kleid einladend aufblähten. Etwas unsicher lächelte ich sie an – da schenkte sie mir ebenfalls ein Lächeln. Und ich blickte in einen zahnlosen Mund, der einen Mundgeruch freigab, der an ein verendetes Tier erinnerte. Die Hakennase und die eng stehenden, kleinen Augen machten den Anblick nicht besser. Meine freudige Erwartung zerschlug sich deutlich schneller, als sie gekommen war. Wortlos machte ich auf dem Absatz kehrt.

„Stell dich nicht so an“, rief sie mir nach. „Wenn du ein volles Gebiss suchst, kauf dir ein Lamm!“

Sollte ich den Zusatzbefehl noch ausführen wollen, würde ich das wohl in einem anderen Teil der Stadt noch mal versuchen, dachte ich mir und eilte zurück in Richtung Markt. Es gab Wichtigeres, als einer Frau beizuwohnen, schließlich hatte ich die bedeutsame Aufgabe, einen Heiler für die Verletzten zu finden! Normalerweise wurden Kranke oder Verletzte zu einem Kloster oder in einer Stadt zu einem Spital gebracht. Oft lag der Schwerpunkt der medizinischen Dienste hier aber weniger auf der Heilung der Patienten, sondern eher auf einem angenehmen Ableben. Für unsere tapferen Männer suchte ich nach einer besseren Lösung. Von meinem letzten Besuch wusste ich, dass es in Nürnberg eine Apotheke gab. Dort würde man sicher über Heiler oder besser gesagt über Ärzte, wie sich neuerdings nannten, Bescheid wissen. Dachte ich.

„Nein, nein, wer meine Medizin kauft, braucht keinen Arzt oder Heiler mehr", war aber die enttäuschende Antwort des Apothekers. „Die machen mir nur das Leben schwer, mit denen habe ich nichts zu tun!"

Man müsste doch meinen, dass sich Ärzte und Apotheker in ihrer Arbeit ergänzten, aber da hatte ich mich wohl geirrt. Also doch zum Spital. Oder zum anderen Auftrag?

Da auf dem Markt doch ein paar schön anzuschauende Damen unterwegs waren, bekam ich die Bilder von meinem letzten Versuch zum Glück aus meinem Kopf. Hier hatte natürlich keine ein gelbes Band am Gewand, aber auf dem Weg würde sich doch sicher etwas ergeben. Gesucht wurde also eine Dame mit gelbem Band am Gewand. Und Zähnen im Mund, verstand sich. Diesmal wollte ich mit meiner Annäherung aber definitiv warten, bis ich die entsprechende Dame von vorn gesehen hatte.

Tatsächlich führte mich der Weg zum Spital durch einen besseren Teil der Stadt, mit schönen Handwerkshäusern und ansprechenden Trinkstuben sowie einer Schildwirtschaft. Das ließ hoffen, dass die Männer, die in einer Schildwirtschaft nächtigen konnten, üblicherweise auch über das notwendige Kapital für einen gehobenen Dirnenbesuch verfügten. Die Straße machte einen Bogen, so dass ich zunächst nicht viel sehen konnte, doch als die Straße wieder gerade wurde, erblickte ich ein Rotes Haus. Zielstrebig schritt ich darauf zu. Eine gewisse Aufregung machte sich in mir breit und ich griff nach meinem Münzbeutel, um zu schauen, wie viel Geld ich dafür ausgeben konnte. Nur leider griff ich ins Leere. Nur der Lederriemen, an dem der Beutel hing, war noch an meinem Gürtel, direkt vor meinem kleinen Beil, das ich mittlerweile stets bei mir trug. Ich war Opfer eines geschickten Beutelschneiders geworden!

Das konnte doch nicht wahr sein! Ich kochte vor Wut auf diesen Schuft, aber auch auf mich selbst, weil ich so unvorsichtig gewesen war. Hoffentlich würde dieser Hund erwischt und unter der schlimmsten Folter geständig, um gehängt werden zu können!

Da fiel es mir wie Schuppen von den Augen! Der Henker! Meister Frantz kannte sich doch in der Wundversorgung bestens aus! Und auch in anderer Hinsicht wäre er sicherlich eine große Hilfe für uns. Unsere Männer hatten nämlich bisher mit ihren Verhörmethoden nicht viel über die Raubritter in Erfahrung bringen können. Im Gegenteil: Bei ihren unqualifizierten Versuchen waren ihnen die Gefangenen meist viel zu früh weggestorben. Das wurde zwar im Allgemeinen nicht besonders bedauert, da wir ja wussten, wie brutal der Gegner selbst mit Zivilisten umging, aber bei unserer Mission führte uns das so nicht weiter. Wir brauchten dringend jemanden, der etwas von diesem Handwerk verstand.

Unter einem Vorwand fragte ich mich zum Henkershaus durch. Dieses lag selbstverständlich außerhalb der Stadtmauern. Natürlich freute ich mich darauf, Meister Frantz wiederzusehen, schließlich hatten wir uns ja recht freundschaftlich getrennt. Zwischenzeitig kam es mir wie eine Ewigkeit vor, seit ich damals als einfacher Schankbursche das erste Mal

eine Stadt besucht hatte. Auch wenn sich mein besonderes
Vorhaben heute genau wie damals nicht hatte durchführen
lassen.

Das Haus war schnell gefunden und Meister Frantz ebenso.
Er war vor seinem Haus damit beschäftigt, ein paar Wölfe zu
schlachten. „Könnt Ihr Euch nichts Anständiges zu essen leisten?“, rief ich ihm entgegen. Meister Frantz war so in seine
Arbeit vertieft, dass er mich erst bemerkte, als ich nur noch
wenige Schritte von ihm entfernt war.

„Ich glaube, ich werde verrückt! Das Landei der Grafschaft
Waldburg, das den Alkohol nicht verträgt. Wirst du jetzt doch
noch mein Lehrbursche?“

Uns beiden war sicher anzusehen, dass uns unser Wiedersehen freute. Wäre nicht einer von uns Henker gewesen, wären
wir uns wohl in die Arme gefallen, aber ich war dann doch
etwas um meinen Ruf bedacht. Wer konnte schon wissen, wer
zusah? Einen Henker anzusprechen, war ja schon gewagt,
aber meinen Scherz hätte man auch als Beleidigung verstehen
können, genauso wie die Antwort von Meister Frantz als pfif-
figer Konter gewertet werden konnte. Er spielte das Spiel
weiter mit und sagte laut: „Lassen wir das, Bursche, hier
kannst du ein paar kleine Münzen verdienen, also pack mit
an.“

Schon die alten Römer hatten gesagt „Geld stinkt nicht“, und
so hatte ich jetzt ein gutes Alibi, um beim Henker zu bleiben.
„Was habt Ihr mit den Wölfen zu schaffen? Ihr solltet doch
Mördern und Raubrittern das Fell über die Ohren ziehen?“

„Da hast du nicht ganz unrecht, aber Wölfe gehören genauso
wie verwahrloste Straßenköter zu den Aufgaben der Scharf-

richter. Die Wölfe bleiben normalerweise in den Wäldern. Sie sind eigentlich gescheit genug, sich von uns Menschen fernzuhalten. Die Banden der Raubritter jagen und hausen aber in den Wäldern, in denen die Wölfe sonst ihre Ruhe hatten. Das treibt sie in Richtung Stadt, und sie werden somit für die ebenfalls von den Raubrittern geplagten Bauern zu einem weiteren Problem. Aber zu einem, um das ich mich kümmern muss."

Er gab mir knappe Anweisungen, wie die Wölfe zu zerlegen seien: Wichtig waren das Fett und das Leder. Natürlich ging es nicht ums Fleisch, obwohl er dieses anschließend zur Armenküche bringen ließ, während die anderen Reste an die Schweine verfüttert wurden.

„Wäre ja schade drum. Wenn man ein Geschöpf Gottes tötet, soll es auch möglichst vollständig verarbeitet werden, denn jedes Leben ist kostbar!", betonte Meister Frantz. „Das Leder hat übrigens ganz besondere Eigenschaften", fuhr er fort. „Da Wölfe oder Hunde nicht durch die Haut schwitzen, ist ihr Leder flüssigkeitsundurchlässig. Bei dem neuen Handwerk der Buchdrucker ist es deshalb sehr begehrt, da es keine teure Druckerschwärze aufsaugt wie andere Lederarten. Außerdem brauche ich es selbst für meine Arbeit, denn ich möchte nicht unnötig mit den Körperflüssigkeiten meiner sündigen Kundschaft in Berührung kommen. Deshalb sind die Handschuhe von Scharfrichtern immer aus Wolfs- oder Hundeleder. Das Fett hingegen verarbeitet dann meine Frau zu Salben. Nichts hilft besser gegen Gelenkschmerzen und Rheuma!", erklärte er weiter.

Ich fand das alles sehr interessant, wollte aber einfach mit der Arbeit fertig werden, um drinnen dann die wichtigen Anliegen besprechen zu können. Meister Frantz schien das durchaus bewusst zu sein, denn auch er arbeitete zügig. Die Felle wurden von einem Helfer zum Gerber gebracht, begleitet von seiner Frau. Ich musste ihm das Fett nach drinnen tragen. So war das begonnene Schauspiel gut zu Ende gebracht und niemand würde lange genug in der Nähe des Hauses bleiben, um zu schauen, wie lange ich beim Henker blieb.

Ein Feuer brannte schon auf dem Herd. „Ich lasse das Fett aus, du machst uns was zu essen!", kommandierte Meister Frantz, als wenn ich tatsächlich sein Lehrbursche wäre.

Der Küche konnte man ansehen, dass es dem Henker an nichts mangelte. Es fanden sich neben getrockneten Kräutern auch allerhand teurer Gewürze. In dieser Küche hätte ich mich wirklich austoben können. Aber oft ist Hunger der beste Koch, und das betraf in diesem Falle auch uns. Ich fand Eier und einen gepökelten Schinken. Beides briet ich in einer geschmiedeten Pfanne an. Dazu gab es frisches Brot und Äpfel. Wir aßen mit Genuss, und während Meister Frantz immer wieder nach dem Fett schauen musste, tauschten wir unsere Geschichten aus.

Meister Frantz hatte die Stadtoberen sehr schnell von seinen Fähigkeiten überzeugen können und es geschafft, sich als Henker verpflichten zu lassen, obwohl sein Vorgänger noch lebte. Dessen körperlicher Zustand war alles andere als erfreulich. Schon zweimal war er beim Versuch, jemanden zu hängen, selbst von der Leiter gefallen. Seine Hände waren so zittrig, dass er kaum mehr das Schwert halten konnte. Und niemand konnte sagen, ob das Zittern durch seinen übermäßigen Weingenuss besser oder schlechter wurde. Meister Frantz erwirkte für ihn eine kleine Rente. Hätte man den alten Henker einfach auf die Straße gesetzt, wäre das sein sicherer Tod gewesen. Das wäre nicht gerecht gewesen, hatte er doch der Stadt lange Jahre gut gedient.

Frantz hingegen, der keinen Tropfen Alkohol zu sich nahm und bestens ausgebildet war, stellte einen echten Gegensatz dar und konnte dem allgemeinen Wunsch nach mehr Gerechtigkeit und sauberer Amtsausübung bestens nachkommen. Er war äußerst gewissenhaft und stellte hohe Ansprüche an seine eigene Arbeit. In seiner Stimme lag ein erkennbarer Stolz, als er mir das erzählte. „Noch wichtiger als bei jedem anderen Handwerk ist es, dieses in seiner vollendeten Kunst auszuführen. Fehler lassen sich nicht korrigieren und haben schlimme Auswirkungen. Zum einen für den zu Strafenden, selbstredend, aber auch für den Scharfrichter. Nicht wenige meiner Kollegen wurden nach einer missglückten Hinrichtung selbst gerichtet. Auch dieses Schicksal hätte mein Vorgänger nicht verdient.“

Als er seine Geschichte beendete, erinnerte ich mich an seine Worte, als ich hier angekommen war: „Jedes Leben ist kostbar!“ Nachdenklich fragte ich ihn, ob das nicht im Widerspruch zu seiner Tätigkeit stand.

„Nein, absolut nicht!“, erwiderte er. „Gott gab uns Menschen den freien Willen. Wenn wir uns also dafür entscheiden, Dinge zu tun, die zu einer Verurteilung zum Tode führen können, ist das verachtenswert, weil derjenige dann ja sein eigenes Leben nicht achtet, ebenso wenig wie die Rechte anderer Menschen. Es ist also nur gut und richtig, wenn ich ihm das Leben nehme, das er nicht zu schätzen weiß und somit auch nicht verdient hat. Das Leben eines Tieres ist freilich weniger wertvoll als das eines Menschen, doch trifft ein Tier keine bewussten Entscheidungen, was sein Leben angeht, sondern tut einfach, wozu es geschaffen wurde. Wenn jetzt unsereins entscheidet, dessen Leben zu nehmen, ist das zwar laut Bibel unser Recht, dennoch wird erwartet, dass wir die Schöpfung Gottes ehren, also kein Leben vergeuden!"

Seine Worte waren sehr einleuchtend, und bis heute folge ich demselben Prinzip.

Als ich Meister Frantz mein Anliegen vortrug, willigte er ohne zu zögern ein, mit in unser Lager zu kommen. Er habe vermutlich auch hier in der Stadt nur Arbeit, wenn wir tatsächlich einen Raubritter erwischten, den es zu bestrafen galt. Selbstverständlich musste er aber noch die Genehmigung seiner Dienstherren, der Stadtoberen, einholen. Zum Glück wollte er das aber nicht persönlich tun, sondern durch einen Brief erledigen. Und über den Botenverkehr zwischen Stadt und Truchsess war er ja schließlich zu erreichen, falls er hier gebraucht würde.

Während Meister Frantz für die Reise packte, brachte ich den Brief persönlich ins Rathaus. Danach trafen wir uns an einem vereinbarten Treffpunkt, eine gute Stunde von der Stadt entfernt. Die Allgemeinheit sollte natürlich nicht mitbekommen, was der Henker und ich gemeinsam zu erledigen hatten. Der Treffpunkt war eine kleine Baumgruppe, gute hundert Meter, bevor der kaum zu sehende Trampelpfad von der Straße abging.

Ich war als Erster dort und konnte sehen, dass mir vom Felde her drei Reiter entgegenkamen. Sofort versteckte ich mich und hoffte, das Wappen erkennen zu können, sofern eines mitgeführt wurde. Dies war tatsächlich der Fall und ich entdeckte an einer Lanze befestigt drei schwarze Löwen auf einem gelben Schild. Das Wappen der Familie Waldburg, das diese wohl vor etwa dreihundert Jahren vom Kaiserhaus derer von Hohenstaufen übernommen hatten. Es schien also noch eine Abordnung in die Stadt zu wollen, und zwar deutlich offizieller als ich. Aus dem Schatten getreten, konnten mich die Reiter gut erkennen. Konnte nicht schaden, mich noch am Leben und auf dem Rückweg zu wissen. Auf mein Winken hin hielten die drei unmittelbar an. Erst jetzt erkannte ich, dass der Mittlere der drei Seine Erlaucht, Graf Georg höchstselbst war.

„Reitet langsam weiter", befahl er seinen Männern, „ich hole Euch bald ein. Ich habe mit unserem Mundschenk zu reden!" Dann wandte er sich an mich. „Und, Bursche? Berichte!"

Das tat ich und eröffnete ihm, auf wen ich hier wartete.

„Gut mitgedacht", sagte Graf Georg voller Anerkennung, „das bringt uns weiter! Ich selbst hoffe, Nachricht vom Schwäbischen Bund zu erhalten, wie wir weiter vorgehen sollen. Wir sehen uns morgen. Ich erwarte in Nürnberg eine Einladung zu einer anständigen Festtafel, wenn ich dem Bund schon die Arbeit abnehme."

Er gab seinem Pferd die Sporen und holte seine beiden Begleiter noch in meiner Sichtweite ein.

Wenig später traf Meister Frantz bei mir ein. „Wer war dieser stattliche Reiter, der seinen beiden Reisigen nachjagte? Sah wichtig aus", rief er mir entgegen.

„Das war Seine Erlaucht, Truchsess Georg III. Graf von Waldburg. Mein Herr und jetzt auch Eurer", entgegnete ich nicht ohne Stolz.

Auf dem Weg zu „unserem" Gehöft versuchte ich, Meister Frantz' Fragen zu beantworten und ihn mit unserem Leben vertraut zu machen. Als wir ankamen, standen wir vor dem ersten Problem: Wo sollte Meister Frantz nächtigen? Die Männer wollten keinen Fremden und schon gar keinen Henker bei sich haben. Er brauchte ein eigenes Quartier für sich, wo er auch ausreichend Platz für sein „Werkzeug" fand. Eine Lösung war dann doch schnell gefunden. Er bekam meinen Platz in der Küche, und ich würde mich zu den Männern gesellen.

Das hätte ganz nett sein können, wäre ich einer von ihnen gewesen. Aber es stellte sich schnell heraus, dass man zwar meine Kochkünste schätzte, mich aber als Mann nicht ganz ernst nahm. Schließlich kämpfte ich mit der Suppenkelle und nicht mit Schwert, Lanze oder Armbrust. Was aber noch schlimmer war, ich war unter berittenen Kriegern der Einzige, der nicht reiten konnte. Der erste Abend sorgte also durch das Herausfinden meiner Unzulänglichkeiten für grenzenlose Heiterkeit bei den Männern. Als Schlafplatz wurde mir eine Stelle an der hinteren Tür zugewiesen. „Der ist am weitesten weg vom vorderen Ausgang, den wir im Alarmfall schnell erreichen müssen", war die einleuchtende Begründung. Leider gab es aber auch noch einen auffallenderen Grund: Der hintere Ausgang führte direkt zum Misthaufen. Das bedeutete, dass erstens der Duft nicht gerade angenehm war und zweitens nachts im Dunkeln die Männer über mich stolperten, wenn sie ihre Notdurft verrichten wollten. Ich hoffte, dass dies hier keine dauerhafte Lösung sein sollte.

Am nächsten Morgen traf wie erwartet Seine Erlaucht auf dem Gehöft ein. Ein lauter Befehl ließ alle Männer antreten. Als Graf Georg mich aus der Unterkunft der Männer treten sah, schien er kurz überrascht, aber so kurz, dass es kaum einem aufgefallen sein konnte. Und selbst wenn, die Männer wussten mittlerweile, dass dem Truchsessen oft Dinge auffielen, die anderen entgingen. Besonders in Kampfsituationen war das von großem Vorteil, wie ich den Gesprächen der Männer oft entnehmen konnte.

„Männer, ihr werdet es nicht für möglich halten! Der Schwäbische Bund gestattet uns, gegen die Raubritter vorzugehen, und befiehlt, die Burg Absberg niederzubrennen!"

Einen Moment lang hätte man eine Stecknadel im Hof fallen hören können, aber dann brachen die Männer in lautes Gelächter aus, bis die Wände um uns herum vibrierten. Da hob Graf Georg die Hand, um fortfahren zu können. „Wir können also stolz darauf sein, dass wir bereits Befehle ausführen, während gewisse Herren noch überlegen, wie sie diese formulieren sollen." Und wieder wurde das Gehörte mit Gelächter beantwortet. An der schmunzelnden Miene des Grafen war klar zu abzulesen, dass er es auf diese Reaktion abgesehen hatte. Er wollte die Moral und den Zusammenhalt der Truppe stärken. Das tat seine Wirkung und er ließ die Männer wegtreten.
Natürlich war es wichtig, dass unser Vorgehen jetzt rechtlich abgesichert war, wenn auch die politischen Entscheidungen der notwendig gewordenen Wirklichkeit weit hinterherhinkten. In einer so turbulenten Zeit mit ständigen Machtverschiebungen und kriegerischen Konflikten sollte man aber den Verantwortlichen vielleicht eine gewisse Nachsicht entgegenbringen. In fernen Tagen, wenn die Menschen klüger geworden sind, wird das sicherlich anders. Politische Entscheidungen werden dann vermutlich aufgrund von rationalen und praxisnahen Argumenten getroffen.

Wirklich entscheidend war aber, dass der Schwäbische Bund ein sehr beherztes Vorgehen befahl, da die Missetaten der Raubritter mittlerweile auch Ulm bedrohten, wo der Bund nun mal saß. 10.000 Landsknechte seien bewilligt und in

Marsch gesetzt worden, um dem Ganzen zügig ein Ende zu
bereiten. Das waren ja grundsätzlich sehr gute Neuigkeiten –
aber vielleicht auch nicht.

Der Graf ließ umgehend die Hauptmänner in seine Stube
kommen. Auch der Feldschreiber und ich durften dabei sein.
In Wirklichkeit war die Ankündigung des Nachschubs nämlich eine ernste Sache. Denn selbst, wenn diese 10.000 Mann
wirklich schon angeheuert worden waren, worauf wir nur
hoffen konnten, musste davon ausgegangen werden, dass diese mit Tross reisten. Dadurch wären sie nicht besonders
schnell unterwegs und frühestens in drei Wochen hier. Wir
mussten also noch drei Wochen durchhalten, und unsere Lage
wurde täglich schwieriger. Die Raubritter organisierten sich
immer besser und versuchten ihrerseits vermehrt, gegen uns
vorzugehen. Gleichzeitig durften sie und ihr Gefolge nicht
erfahren, dass Nachschub unterwegs war, sonst würden sie
einfach verschwinden, um irgendwann an anderer Stelle wieder zuzuschlagen.

Ein Landsknechtheer komplett zu verbergen, war natürlich
unmöglich. Es mussten also falsche Informationen gestreut
werden und verhindert werden, dass Späher der Raubritter in
Richtung Süden kamen. Unser Auftrag war jetzt nicht mehr
die Bekämpfung der Raubritter, sondern die Störung und
Lenkung ihrer Informationsbeschaffung. Zu meiner Überraschung waren unter unseren Männern einige, die sich auf dieses Spionagehandwerk verstanden. Warum ich damals so
überrascht war, wundert mich mittlerweile aber, denn Truchsess Georg hatte nun mal immer einen Plan B und verstand
es, die richtigen Männer um sich zu sammeln.

Wenige Tage später gelang unseren Männern trotzdem, womit wir schon fast nicht mehr gerechnet hatten: Sie erwischten einen der Raubritter. Offenbar hatte er sich damit profilieren wollen, unser Lager zu finden, was ihm dann ja auch gelungen war. Nur halt in Fesseln. Zuerst freute ich mich riesig, aber die Freude hielt nicht lange an. Es wurde nämlich beschlossen, Meister Frantz zusammen mit dem Raubritter nach Nürnberg zurückzuschicken, da wir ja derzeit keine Kämpfe und daher keine Verletzten mehr hatten. In der Stadt sollte der Henker die Hinrichtung vorbereiten. Da ich meinen Freund ja angeheuert hatte, bat ich darum, ihn auch in die Stadt begleiten zu dürfen. Diese Bitte wurde mir gewährt. Den Rückweg am nächsten Tag nutzte ich, um mir von Meister Frantz noch den ein oder anderen wichtigen Ratschlag in Bezug auf Wundbehandlungen einzuholen.

Vier Bewaffnete begleiteten uns, und unsere Ankunft in Nürnberg sorgte für eine gewisse Aufregung. Direkt am Rathaus wurde dem Raubritter der Prozess gemacht und dessen Hinrichtung auf den nächsten Morgen festgesetzt. Raubritter hin oder her, er war trotzdem adelig und bekam deshalb das Privileg zugesprochen, anstelle eines unehrlichen Todes am Galgen ehrenhaft durch eine Enthauptung gerichtet zu werden. Das war die erste größere Erfolgsmeldung im bisher bei vielen Menschen für aussichtslos gehaltenen Kampf gegen die Raubritter. Ein schneller Prozess sollte hier die Entschlusskraft der Stadt demonstrieren.

Unsere Eskorte und ich nächtigten in den Baracken der Wachmannschaften. Durch die verschärfte Sicherheitslage blieben die meisten Betten dort so oder so leer. Natürlich fand ich in dieser Nacht keinen Schlaf. Erstens war ich natürlich aufgeregt, Meister Frantz bei der Meisterdisziplin seines Handwerkes, wie er es nannte, zu beobachten. Außerdem hatte ich eben erfahren, dass nicht nur die vier Männer, die den Verurteilten hierher eskortiert hatten, ihn morgen zur Hinrichtung geleiten durften. Nein, sogar ich wurde als Hilfsstadtwache rekrutiert und sollte morgen den Raubritter seiner gerechten Strafe zuführen. Wie sollte ich da schlafen können?

Nach einer Schale mit fadem, aber gehaltvollem Getreidebrei begleiteten wir den Verurteilten zum Richtplatz. Auf dem großen Marktplatz war eilig eine Art Podest errichtet worden, um den zahlreichen Zuschauern gute Sicht auf das Geschehen zu ermöglichen. Jeder sollte von der erfolgreichen Gefangennahme und der Hinrichtung eines Raubritters erfahren! Der Bürgermeister selbst sprach zu den Bürgern und war nicht sparsam damit, das entschlossene und konsequente Vorgehen der Stadt zu unterstreichen. Von Truchsess Georg und seinen Männern wurde nichts erwähnt.

Je länger die Rede dauerte, desto unruhiger wurden die Menschen. Der Bürgermeister schien dies aber bedacht zu haben, denn rechtzeitig, bevor es zu Störungen kommen konnte, verlas er das Urteil. Jetzt war unser Moment gekommen! Vorneweg lief Meister Frantz, dahinter marschierte ich gemeinsam mit mehreren Wachen in Richtung Podest, in unserer Mitte den Verurteilten. Dabei trug ich zum ersten Mal im Leben Helm und Hellebarde. Ein komisches Gefühl, so durch die Menge zu schreiten mit einer echten Waffe in der Hand. Ich hätte zwar nichts damit anzufangen gewusst, dennoch gab sie mir ein gewisses Gefühl von Macht. Dieses war einerseits sehr schön, machte aber auch irgendwie Angst.

Die Wachen, also auch ich, bildeten einen Kreis um das Podest. Wüste Beschimpfungen wurden dem Verurteilten entgegengeschleudert. Schlagartig wurde mir klar, dass wir ja eigentlich dafür zu sorgen hatten, dass die Leute die Hinrich-

tung nicht störten. Wir mussten also in die Menschenmenge
schauen und konnten nur ahnen, was sich hinter uns zutrug.
Es zeigte sich aber, dass die Zuschauer ruhig blieben. So
drehte ich mich dann doch in Richtung Podest, um etwas sehen zu können. Alle schienen den Atem anzuhalten, denn man
konnte sehr gut hören, was ausgerufen wurde. Nochmals
wurden, jetzt im Beisein des Verurteilten, dessen Verbrechen
und die dafür auferlegte Strafe mit den entsprechenden Para-
graphen von einem städtischen Beamten vorgetragen. Als
Nächstes trat ein Priester in Erscheinung, der dem Raubritter
die Beichte abgenommen hatte. Man wollte ihm keine Bühne
geben, deshalb wurde ihm das Recht auf letzte Worte verwehrt. Anstelle dieser bekräftigte der Priester, dass der Verurteilte voller Reue sei und die gerechte Strafe akzeptiere und
sich somit in die Hände des allmächtigen Gottes gab. Auf
einen Wink des Bürgermeisters trat Meister Frantz vor den
Raubritter, bereits verhüllt von einer schwarzen Kapuze. Mir
hatte er bei unserem letzten Gespräch erklärt, dies sei Brauch,
da die Kapuze den Scharfrichter vor dem „Bösen Blick" be-
wahre. Im Falle von Bestrafungen war nämlich zu befürchten,
dass Angehörige des Bestraften diesen Bösen Blick aus Rache
auf den Henker anwenden könnten. Eine Zauberpraxis, die
überall in der bekannten Welt praktiziert wird.

Ruhig wickelte Meister Frantz das Richtschwert aus einem
roten Wolltuch. Dann streckte er es in die Höhe, damit jeder
es sehen konnte. Die Masse jubelte, als das blank polierte
Eisen in der Sonne glänzte. Schließlich nahm er das Schwert
nach unten und richtete es auf den Raubritter, dessen Augen
seine Angst verrieten. Mit der linken Hand bedeute Frantz
ihm, sich hinzuknien, was er zögernd, aber folgsam tat. Dann
drehte sich der Henker vom Verurteilten weg, das Schwert in
beiden Händen. Bei genauem Hinsehen konnte man erkennen,

dass sich die Hand in Klingennähe fest um den Griff schloss, während die zweite, die Führhand, etwas lockerer gehalten wurde, um den Schlag am Knauf des Griffes zu intensivieren. Der Verurteilte kniete nun vor Meister Frantz, den Blick aber aufrecht. Durch das Wegdrehen konnte Meister Frantz beim Ausführen des Hiebes zusätzliche Kraft aus der Körperdrehung jetzt wieder hin zum Delinquenten schöpfen. Das Ganze geschah mit fast tänzerischer Eleganz und Leichtigkeit. Der Schlag schien völlig mühelos. Ähnlich, als wenn ein Bauer mit der Sense Getreide erntet. Das Geräusch, als das Schwert den Hals traf, hallte an den Wänden der umstehenden Gebäude wider, genauso wie der dumpfe Aufprall des Kopfes auf dem Bretterboden des Podests. Ein viel geübter und kunstvoller Hieb, der in Fleisch und Blut übergegangen war.

Das Volk jubelte und applaudierte. Meister Frantz zog sich die Kapuze vom Kopf, verbeugte sich einmal in Richtung der Richter, dessen Urteil er vollstreckt hatte, und einmal in Richtung des Volkes, zu dessen Sicherheit er einen maßgeblichen Teil beigetragen hatte. Dann holte er ein Tuch aus seiner Tasche, wischte damit das Blut vom Schwert und wickelte dieses wieder in das rote Tuch. Anschließend verließ er gemäßigten Schrittes das Podest. Sein Abgang geschah in einer so stoischen Ruhe und Professionalität, dass seine Haltung einen würdevollen Gegensatz zu der Sensationslust der Menschen um uns herum bildete.

Während das Volk sich aufgeregt schwatzend zerstreute, folgte ich den Wachen zurück in die Baracke, um meine geliehene Ausrüstung zurückzugeben. Ein Schreiber drückte mir noch einen Brief des Schwäbischen Bundes für Graf Georg in die Hände.

Meinen Rückweg wählte ich so, dass ich am Haus des Henkers vorbeikommen musste, in der Hoffnung, mich anständig verabschieden zu können. Tatsächlich hatte ich Glück. Ich musste nämlich nicht lange warten und Meister Frantz kam heim und lud mich ins Haus ein. Es freute mich, dass er meine Gesellschaft offensichtlich genauso zu schätzen wusste wie ich die seine. Bei einer Tasse Tee versuchte ich, alle meine Fragen loszuwerden, die ich zur Hinrichtung hatte.

„Man könnte meinen, du möchtest mein Handwerk erlernen!", war seine durchaus ernst gemeinte Antwort. Natürlich verneinte ich jedes Interesse daran.

„Wirst schon sehen!", antwortete er mir mit einem Lächeln, wie schon manches Mal zuvor.

Ich und Henker! Damals kam mir das sehr absurd vor, auch wenn mich meine grundsätzliche Neugier dazu zwang, alles über diesen ungewöhnlichen Beruf lernen zu wollen, wenn ich schon einmal die Möglichkeit hatte, mit einem Fachmann zu reden. Zum Abschied drückte mir Meister Frantz noch ein Bündel in die Hand, mit der Bitte, es erst zu öffnen, wenn ich wieder in meinem Lager sei und alleine. Das versprach ich ihm gern. Unser Abschied konnte durchaus als herzlich beschrieben werden, zumal ja nicht abzusehen war, wann wir uns das nächste Mal wieder sahen. Und mit Brief und geheimnisvollem Bündel machte ich mich auf den Weg zurück ins Lager.

Dort angekommen, überreichte ich zuerst Seiner Erlaucht den Brief des Schwäbischen Bundes. Ich wollte mich rasch zurückziehen, aber zu meiner großen Überraschung bat er mich, den Brief vorzulesen, mit der Begründung, dass es ein langer Tag gewesen sei und er mir den Inhalt ja so oder so mitteilen würde. Ich wollte den Feldschreiber holen, aber auch das lehnte der Truchsess ab, der sei mit einer anderen Aufgabe betraut. Ich solle vorlesen und den Inhalt dem Feldschreiber berichten, wenn er wieder im Lager sei. Erst viel später wurde mir klar, dass Georg einfach nur wissen wollte, wie gut meine Lesefähigkeit mittlerweile gereift war. Trotz der selbstverständlichen Nervosität, ein amtliches Schreiben und das auch noch in der Anwesenheit Seiner Erlaucht zu verlesen, machte ich meine Aufgabe recht gut. Nicht nur flüssig, sondern sogar mit Betonung. Seine Erlaucht sagte nur: „Ganz ordentlich vorgetragen!" Für mich war das aber ein großes Lob.

Von der persönlichen Leistung, diese Prüfung gemeistert zu haben, einmal abgesehen, war auch der Brief selbst recht interessant. Er enthielt die Befehle des Bundes, wie vorzugehen sei, wenn der Nachschub vor Ort und einsatzbereit sei. Allerdings erfreuten diese Befehle Graf Georg nicht besonders. Es hieß, da die Raubritter es gewagt hätten, auch Ulmer Kaufleute und somit den Schwäbischen Bund höchstselbst zu schädigen, hätten diese Übeltäter das Recht auf jegliche Art von Gnade verwirkt. Deshalb seien alle ihre Burgen mitsamt ihrer Bewohner zu vernichten. Wörtlich hieß es: „Kein Stein soll auf dem anderen bleiben, es soll an Gewalt nicht gespart werden!"

„Na die Landsknechte wird's freuen!", war die erste Reaktion Seiner Erlaucht. Ich selbst war recht ratlos, was ich von den Befehlen halten sollte. Schließlich waren es die ersten Befehle, die ich jemals gelesen hatte. Wie so oft, schien Graf Georg mir direkt in die Gedanken blicken zu können. Er schenkte Wein in zwei Becher ein, die auf seinem Tisch standen, und deutete mir an, mich zu setzen. „Bursche, du hast bisher noch jeden meiner Aufträge tadellos erfüllt und manche Aufgaben sogar besser gelöst als erwartet. Außerdem kannst du Geheimnisse bewahren, auch das habe ich mehrfach überprüft!"

Mir wurde plötzlich heiß und kalt. Dass sich Seine Erlaucht so mit meiner Person beschäftigte, war einerseits erschreckend, weckte aber andererseits auch einen gewissen Stolz in mir.

„Künftig werde ich dich auch in Beratungen mit einbeziehen. Hierfür werde ich Gelegenheiten wie diese nutzen, um dich an meinen Gedanken teilhaben zu lassen. Solltest du mich aber verraten, wird es das Letzte sein, was du getan hast!"

Dieses Angebot kam mir sehr fair vor, und ich musste ehrlich gestehen, dass es von den widersprüchlichen Gefühlen der große Stolz war, der die Oberhand gewann. Ich durfte tatsächlich die Gedanken dieses Mannes erfahren und bei wichtigen Entscheidungen zugegen sein! Aber jetzt schenkte er mir einen seltsamen Blick, beendete das Gespräch und schickte mich wie einen kleinen Jungen ins Nachtlager. Was war geschehen? Bereute er seine Offenheit schon jetzt?

Zwei Tage bekam ich den Grafen nicht mehr zu Gesicht. Natürlich befragte ich meinen Freund, den Feldschreiber, ob Seine Erlaucht etwas über mich gesagt habe oder er verärgert wirke. Der Feldschreiber verneinte dies, richtete mir aber von unserem Dienstherrn aus, dass ich alle verfügbaren Lebensmittel für den Aufbruch bereitzumachen hätte. Also tat ich das. Was verderblich war, wurde zuerst gegessen. Das zog einen gewissen Unmut der Männer auf mich, da ich die Tiere, die nicht weit laufen konnten, schlachtete und das Fleisch briet oder einsalzte, den Männern aber nur die Innereien vorsetzte. Den Unmut konnte ich wieder etwas ins Lot bringen, als ich begann, die Hühneranzahl zu dezimieren. Natürlich konnten Hühner in Käfigen mitgeführt werden, aber sicherlich nicht alle. So gab es einige Brathühner, eine Leckerei, die jeden fröhlich stimmte.

Am dritten Tag kam ein Reiter in vollem Galopp ins Lager gestürmt. Er ließ sich direkt zum Grafen führen, und sein Auftreten ließ keinen Zweifel an der Dringlichkeit seiner Botschaft. Kurz darauf wurde ich zu Seiner Erlaucht zitiert. Auf dem Weg in seinen Raum erfuhr ich aber bereits die wichtigste Nachricht: Unsere Armee war nur noch einen halben Tag entfernt.

Etwas unsicher betrat ich schließlich das Zimmer des Truchsessen. Wir waren allein, und so zögerte er auch nicht, direkt auf den Punkt zu kommen.

„Hochmut kommt vor dem Fall, Bursche, und ich habe dir deinen Stolz ob meines Vertrauens durchaus angesehen! Von Stolz zu Hochmut ist es nicht mehr weit, und dieser ist nicht umsonst eine Todsünde. Lass dir also unsere Zusammenarbeit nicht zu Kopfe steigen, sonst ist sie beendet, bevor sie begonnen hat. Ich kann dich nur mit festem Geiste gebrauchen!"

Deshalb hatte er mich also nach dem Lesen des Briefes ohne weiteres Gespräch fortgeschickt. Wie erwartet, sah mir Graf Georg an, dass seine Ansprache die gewünschte Wirkung bei mir erzielt hatte. Damit konnten wir uns dem eigentlichen Thema zuwenden: der Ankunft der Truppen. Der Truchsess erklärte mir nun, was ihm an den Befehlen aus dem Brief, den ich vorgelesen hatte, missfiel. Alle Burgen und Bewohner zu vernichten und damit eine Spur der Verwüstung im fremden Land zu hinterlassen, hielt er für unnötig. Die Stadtoberen von Nürnberg und den anderen Städten wünschten dies jedoch. So sei sichergestellt, dass die Raubritter nie mehr gefährlich werden könnten, denn ein Ritter ohne Burg hatte seine Macht verloren.

Mein Blick verriet Graf Georg, dass ich dieser Logik durchaus folgen konnte. Seine Antwort kam prompt: „Hier deine erste Lektion als Berater: Denke eine Ecke weiter. Die Argumente des Bundes klingen zwar logisch, stimmen aber nur zur Hälfte. Denn wie wir ja in den letzten Wochen gesehen haben, operieren die Raubritter nicht unbedingt von ihren Burgen aus, sie haben auch andere Verstecke. Die Burgen sowie das Gesinde, das dort lebt, wird aber gebraucht, um das Land nach der Vernichtung der Raubritter wieder bewirtschaften zu können.“

An dieser Stelle hielt Graf Georg inne. Nun versuchte ich, wie mir geheißen, eine Ecke weiter zu denken, und der Blick des Truchsessen verriet mir, dass ich durchaus sprechen durfte. Daher fragte ich: „Könnte es nicht im Kalkül der Städte liegen, durch das Beseitigen der Ritter die Macht der Städte auf das Land auszuweiten?“

„Da könntest du recht haben, die fränkischen Städte nutzen den Bund also aus. Nun gut, was soll's, es sind ja nicht meine Ländereien, also tun wir, wie uns geheißen!“

Mit diesen Worten stand er auf, verließ den Raum und trat hinaus. Die Männer waren bereits zusammengekommen, da sie neue Befehle erwarteten.

„Unser Nachschub ist da!“, verkündete der Graf. „Und zusammen mit den Landsknechten werden wir jede Raubritterburg besuchen, die wir finden können!“

Seine Worte sorgten für breites Grinsen in den Gesichtern der Männer. Ihnen war sofort klar, was dieser Befehl bedeutete, denn sie brachen in großen Jubel aus. Kurz darauf wurde alles zusammengepackt und wir legten uns ein letztes Mal in unserem Gehöft zum Schlafen. Schon morgen sollte es losgehen. Entsprechende Befehle wurden ebenfalls an die Armee geschickt. Der Feldschreiber selbst sollte sie überbringen und den Landsknechten dann den Weg zu uns weisen.

Aufgrund der Aufregung fand ich keinen Schlaf. Da kam mir das Bündel von Meister Frantz in den Sinn. Bisher hatte ich es noch nicht geöffnet. Das holte ich jetzt nach. In dem Stoff, der von sehr guter Qualität war, befand sich ein kleines Buch. Meister Frantz hatte die Grundlagen seiner Arbeit zu Papier gebracht. Verschiedene Strafen, deren Durchführung und diverse Foltermethoden waren bis ins Detail beschrieben. Außerdem kam auch noch ein Zettel zum Vorschein. „Lieber Ignaz, ich hoffe, dir mit diesen Aufzeichnungen deine vielen Fragen beantworten zu können. Sicher wird aus dir einmal ein hervorragender Henker!"

Ich musste mich zwingen, nicht sofort loszulachen, auch wenn ich mich natürlich etwas veralbert fühlte. Trotzdem war das ein sehr wertvolles Geschenk, denn ich besaß jetzt mein erstes Buch!

Während ich auf dieses Werk starrte, wurde mir auch klar, wie Bücher unsere Zukunft verändern würden. Sicher würden in Zukunft mehr Menschen lesen können, und wie viel einfacher würde das Leben sein, wenn man von den Erfahrungen anderer Menschen profitieren könnte, ohne diesen jemals begegnet zu sein? Man könnte von vielen Meistern lernen und so in seinem Handwerk bessere Ergebnisse erzielen.

Mit einem leichten Schmunzeln dachte ich an die Zeiten im Wirtshaus zurück. Damals hatte ich für mich beschlossen, dass Bildung mich sicherlich weiterbringen würde. Jetzt wurde mir aber klar, dass Wissen sogar unsere ganze Gesellschaft verändern konnte. Viele Streitigkeiten oder gar Kriege werden schließlich aus Unwissenheit geführt. Sollte es in Zukunft wirklich möglich sein, dass jeder lesen und schreiben lernt, dann könnten zukünftige Generationen alles darüber nachlesen, welche Fehler bereits gemacht wurden – und würden sie dann natürlich nicht wiederholen. Das müssen dann wohl goldene Zeiten werden!

Am nächsten Morgen nahmen wir noch ein Frühstück zu uns und packten dann den Rest zusammen, denn jeden Moment müsste ja der Feldschreiber mit den Landsknechten kommen. Doch nichts geschah. Am frühen Nachmittag tauchten dann plötzlich Reiter auf. Wir waren sofort in Kampfbereitschaft. Also die bewaffneten Männer jedenfalls. Ich stand in der Mitte unserer Reiter, in der Hoffnung, dass mich dort niemand erwischen konnte. Schnell stellte sich jedoch heraus, dass es sich nur um ein paar Späher unseres Nachschubs handelte. Diese ritten auch sogleich wieder zurück, um den anderen den Weg zu uns zu weisen. Von meinem Freund, dem Feldschreiber, fehlte jedoch jede Spur.

Die Männer waren zwischenzeitig abgesessen, bis endlich wieder Reiter auftauchten. Sie stellten sich als die Offiziere der Armee vor und wurden sogleich vom mittlerweile etwas ungeduldig gewordenen Truchsessen von Waldburg empfangen. Da der Feldschreiber immer noch fehlte, wurde ich angewiesen, mich als Schreiber bei den Herrschaften zu melden. Ganz wohl war mir dabei nicht, denn das mit dem Lesen klappte zwar schon recht gut, aber mit einer sauberen Handschrift hatte mein Gekrakel wenig zu tun.

Beim Eintreten in den Raum Seiner Erlaucht empfing mich dieser mit den Worten: „Bursche, nimm Blatt und Feder und schreibe, wenn ich es dir sage, sonst nicht.“

In meinem Inneren machte sich eine gewisse Erleichterung breit, denn immerhin wurde kein Protokoll verlangt. Mit raschen, präzisen Anweisungen machte Georg Graf von Waldburg darauf aufmerksam, dass er das Kommando ab sofort übernehmen würde und eine Befehlsübergabe vor den Landsknechten erwartete. Außerdem erläuterte er den vom Bund erhaltenen Befehl. Wie sich herausstellte, hatte der Leutnant aber bereits eine Abschrift dieses Befehls dabei. Ich vermutete, um hier Missverständnisse zu vermeiden. Seine Erlaucht ließ die Offiziere wegtreten, um das Notwendige zu veranlassen.

Da erbat der Leutnant noch einmal das Wort, das Seine Erlaucht ihm etwas ruppig gewährte. Eigentlich war ja keine Zeit mehr zu verlieren, aber der Mann wirkte, als würde noch etwas in ihm brodeln, das hier und jetzt heraus musste. Er zog ein blutverschmiertes Schreiben aus seiner Uniform hervor. Graf Georg bedeutete, es mir zu überreichen. Ich erbrach das Siegel, das mir sehr bekannt vorkam. Es war unseres, drei staufische Löwen. Mir schwante Schlimmes, was sich mit dem Öffnen des Schreibens bestätigte: Es war das Schreiben, das mein Freund, der Feldschreiber, hätte übergeben sollen.

„Was ist mit dem Boten?“, platzte es aus mir heraus, ohne zu bedenken, dass ich in dieser Runde sicher nicht das Wort hätte ergreifen dürfen. Dementsprechend war die Reaktion der anderen. Gut, dass Blicke nicht töten konnten! Der Leutnant beließ es jedoch nicht bei den Blicken.

„Was erdreistest du dich, Bursche?“, stieß er wütend hervor.

Sofort schaltete sich Graf Georg ein: „Ihr habt recht, und ich werde ihn dafür strafen. Aber sagt mir trotzdem, was mit dem Boten ist!“

Die Offiziere erklärten, dass ihre Späher den Feldschreiber tot aufgefunden hätten – erschlagen mit mehreren Hieben. In seinem Todeskampf hatte es der Schreiber aber noch geschafft, das Schriftstück unter seinem sterbenden Leib zu begraben, damit es dem Feind nicht in die Hände fiel. Geld oder andere wertvolle Habseligkeiten waren aber nicht mehr bei ihm gefunden worden.

Treu bis in den Tod!, dachte ich mir, und ein bisher nie gekanntes Gefühl des Zorns übermannte mich. Wir hatten doch gedacht, das Schlimmste sei vorbei! Jetzt wäre es nur noch darum gegangen, mit der erdrückenden Übermacht unserer Armee über die Burgen der Schurken herzufallen, und doch schafften sie es noch am letzten Tag, meinen unschuldigen und wehrlosen Freund zu töten! In mir stieg nur noch ein Gedanke auf: Ich musste ihn rächen! Aber wie?

Ohne dass ich es bemerkt hatte, war ich plötzlich ganz allein mit Graf Georg.

„Ignaz, kannst du mich hören?“

Wie aus einem Traum kam ich zu Sinnen, als ich meinen Namen hörte. Sogleich bemerkte ich auch, dass ich diesen zum ersten Mal aus dem Mund Seiner Erlaucht gehört hatte. „Ignaz, hör mir zu. Deine Arbeit als mein Vertrauter beginnt genau jetzt. Der restliche Feldzug wird problemlos vonstattengehen, und doch brauche ich deine Hilfe nun auf andere Art. Hast du es bemerkt? Dieser Leutnant hatte eine Abschrift des mir zugedachten Befehls. Offensichtlich traut mir der Schwäbische Bund nicht. Das muss ich überprüft wissen!“

Nachdenklich wog ich seine und meine Interessen in diesem Augenblick ab – und fand, dass ich sie eigentlich gut in einem Plan vereinen konnte.

„Ich muss meinen Freund rächen“, stieß ich hervor. „Ich werde bei den Landsknechten anheuern. Soldaten reden, wenn sie sich unter ihresgleichen wähnen. Freilich komme ich nicht an die Offiziere heran, aber ähnlich wie Ihr, Eure Erlaucht, haben auch diese Vertraute in den Mannschaften. So wie ich diese Offiziere allerdings einschätze, sind die bei der Auswahl ihrer Vertrauten nicht so geschickt wie Eure Erlaucht!“

Ich endete mit der Andeutung eines Lächelns, mehr war mir in dieser Situation nicht möglich. Er nickte mir wohlwollend zu und drückte mir einen Beutel Münzen in die Hand.

„Gut, somit hast du deine Strafe bekommen. Du wirst mir nicht mehr als Feldkoch dienen dürfen!“

Bei diesen Worten öffnete er die Tür und beförderte mich mit einem Tritt hinaus. Wie er sicherlich vermutet hatte, hatten die Offiziere auf eine derartige Szene gewartet. Die Genugtuung war ihnen ins Gesicht geschrieben.

Die angetretenen Landsknechte waren ein grandioser Anblick. Offensichtlich war ihnen befohlen worden, sich sauber und mit gepflegten Waffen zu präsentieren. Die Hellebarden blinkten im Sonnenlicht. Die Truppen waren gut ausgerüstet. Neben Langspießen und Hellebarden waren auch Arkebusen zu sehen. Diese Feuerwaffen lösten sofort eine Faszination in mir aus, kannte ich doch bisher als einzige Fernkampfwaffen nur Bogen und Armbrust. Von diesen neuartigen Geräten hatte ich bisher nur gehört. Ihre Wirkung und Kampfentfernung sollten beeindruckend sein.

Zunächst galt es aber, meinem Freund die letzte Ehre zu erweisen. Und nachdem die Befehlsübergabe beendet war und sich das Heer langsam in Marsch setzte, ließ ich mich zurückfallen und fragte mich durch. Mein Freund war am Ort seines Todes verscharrt worden, keine halbe Stunde von unserem Lager entfernt. Ich konnte mich jetzt unmöglich von der Truppe absetzen, also entschloss ich mich, in der Gewissheit, dass seine Seele auf dem direkten Weg in den Himmel war, einfach leise ein paar Gebete zu sprechen.

Während ich dieses aufschreibe, wird mir bewusst, dass ich mich heute nicht mehr an den Namen meines Freundes erinnern kann. Wir hatten eine solche Freude daran gehabt, uns mit unseren Titeln anzusprechen, dass wir unsere Namen nur bei seltenen Gelegenheiten benutzt hatten. Also, ruhe in Frieden, lieber Feldschreiber Seiner Erlaucht, Truchsess Georg Graf von Waldburg. Ich werde dich rächen, alter Freund!

Kapitel III Der Landsknecht

Die Kleidung und das Auftreten der Landsknechte war zunächst einmal überwältigend. Farbige Kleidung, große Hüte, aufgeblasene Schultern und Beinkleider, Federn und andere pompöse Dekorationen machten sie nicht gerade unauffällig. Was an Geld nicht für die Ausrüstung benötigt wurde, wurde ins Aussehen investiert. So waren natürlich besonders jetzt, als die Männer sich ihrem neuen Befehlshaber präsentierten, die Elegantesten vorne angetreten. Sie sahen aber nicht nur aus wie eitle Pfauen, sondern verhielten sich auch so. Hier werde ich sicher nicht unterkommen, dachte ich mir und arbeitete mich langsam, aber unauffällig durchs Feld.

Wenn ich geschickt vorgehen wollte, brauchte ich einen Plan, also ging ich in Gedanken noch einmal alles durch, was ich über die Struktur unserer Armee wusste. Sie bestand aus 10.000 Mann und war unterteilt in fünfundzwanzig Fähnlein. Diese wiederum waren noch einmal unterteilt in Rotten. Ein Fähnlein hatte etwa vierhundert Mann und wurde angeführt von einem Hauptmann. Innerhalb dieses Fähnleins gab es rund einhundert kampferfahrene und besser ausgerüstete Landsknechte, die man Doppelsöldner nannte. Mit ihrer Erfahrung konnten sie die anderen anleiten und bekamen dafür den doppelten Sold. Davon war ich als absoluter Anfänger aber natürlich weit entfernt, ich konnte froh sein, wenn ich überhaupt noch während des laufenden Feldzugs aufgenommen wurde.

Wenn eine Armee ausgehoben wurde, reisten normalerweise Landsknechtwerber durch die Lande und versuchten, kräftige Männer für den Krieg zu gewinnen. Dass ich mich hier vor Ort den Landsknechten anschließen wollte, war eher ungewöhnlich. Wie sollte ich hier bloß ein Fähnlein finden, das irgendeinen Dahergelaufenen ohne jegliche Erfahrung und eigene Bewaffnung aufnahm? Da hatte ich mich ja auf etwas eingelassen! Nun, ich hatte ja keine Wahl, dafür aber die Erlaubnis und den Auftrag von höchster Stelle. Nur durfte ich das natürlich niemandem sagen.

Es dauerte mehrere Stunden, mich durch die Armee zu drängeln, ohne unnötigen Unmut auf mich zu ziehen. Schließlich kam mir die Idee: der Tross! Das war der Teil, der dem Heer überall hin folgte. Eine Art fahrende oder besser gesagt laufende Stadt, in der sich die Landsknechte mit allem Notwendigen versorgen konnten. Hier fanden sich Handwerker, Bäcker, Schmiede, Schlachter, Wirte und natürlich zahlreiche Händler, die wiederum Waren in den Tross brachten, und Marketenderinnen, die Handelsware an die Truppen verkauften. Selbstverständlich gab es auch Dirnen, Gaukler und alles, was sonst noch das Leben angenehmer machte. Anstatt mir die Männer nur anzuschauen, tat ich mich wohl leichter, mich durch den Tross zu fragen. Am meisten hätten wohl die Dirnen gewusst, und es war auch nicht schwer zu erkennen, welche von ihnen welche Einkommensgruppe unter den Männern bediente. Aber gerade die, bei denen eher Hauptmänner und Unteroffiziere Gäste waren, konnten natürlich nur dann bessere Preise verlangen, wenn man sich auf deren Verschwiegenheit verlassen konnte. Mir blieb also zunächst nichts anderes übrig, als mich im Tross zu bewegen und zu beobachten.

Plötzlich setzte sich das gesamte Heer samt Tross in Marsch. Für mich sah es zunächst so aus, als würde einfach jeder grob in die gleiche Richtung laufen. Nach einiger Zeit jedoch fiel mir auf, dass sich eine gewisse Dynamik einschlich. Denn die Zusammenrottungen der Menschen waren keineswegs zufäl-

lig. Es bildeten sich Gruppen Gleichgesinnter. Die Gruppe der
Ehefrauen war am einfachsten auszumachen, da sie am lau-
testen war. Ihr Tratsch wäre für mein Vorhaben unbezahlbar
gewesen, aber in diese Gruppe konnte sich kein Mann unauffällig hineinmogeln.

Aus alter Gewohnheit ließ ich mich in die Richtung der
Wirtsleute und Gaukler treiben. Da ja Wein, Branntwein und
auch sonst alles, was man für eine Taverne brauchte, mitgeführt werden musste, ließ sich außer an den Menschen selbst
natürlich auch an Art und Beschaffenheit der Transportmittel
einiges ableiten. Die Besseren hatten Wagen, auf denen sie
selbst auch mitfahren konnten. Die Einfacheren hatten Trans-
porttiere oder Handkarren. Mehr als einen gewagten Überblick konnte ich mir aber nicht bilden. Es war praktisch unmöglich, unterwegs in eine Gruppe von Menschen aufgenommen werden zu können. Also beschloss ich abzuwarten,
bis es einen längeren Halt gab. Aber das konnte dauern, da
der Truchsess schnell vorankommen wollte.

Nach fünf Tagen machten wir auf einer großen Waldlichtung
halt. Angeblich war die erste Raubritterburg bereits in
Schlagdistanz, es ging also bald los. Die Geschwindigkeit,
mit der diese Neuigkeit durch den Tross ging, war erstaunlich.
Binnen zwei Stunden begannen alle damit, irgendetwas aufzubauen. Zelte, Marktstände, Tische und Stühle standen
plötzlich überall herum. Während ich mich umsah, fiel mir
ein älterer Mann auf, der sich beim Entladen eines Karrens
plagte. Ohne lange nachzudenken, ging ich ihm zur Hand.
Die Tische und Bänke, die wir entluden, sahen noch älter aus
als der Mann selbst. Offensichtlich handelte es sich um einen
Wirt. Er nahm meine Hilfe gerne an, gab mir aber auch zu
verstehen, dass er mich nicht bezahlen könne. Ich winkte ab

und half trotzdem. Insgesamt bauten wir vier Tische mit Bänken und einen Tresen auf. Als das geschehen war, bedeutete er mir, mich zu setzen. Währenddessen kramte er aus einem Sack ein Stück Brot und ein paar Zwiebeln sowie ein bisschen Käse hervor und stellte einen Krug Wein auf den Tisch. „Wenigstens anständig zu essen sollst du haben für deine Hilfe!", sagte er mit seiner rauen Stimme.

Zunächst aßen wir schweigend. Tatsächlich war ich ziemlich hungrig, und der Wein war erstaunlich gut. Als ich dem Mann die ein oder andere Frage stellen wollte, kam als Antwort nur: „Wir sind doch keine Waschweiber, die immerzu am Schwätzen sind. Jetzt essen wir!"

Aber als wir unser Mahl beendet hatten und beim zweiten Becher Wein angelangt waren, sagte er: „Gegessen haben wir, jetzt trinken und reden wir. Also, Jungchen, wer bist du und was zum Teufel machst du hier eigentlich?"

Ich erzählte ihm von meiner Geschichte so wenig wie möglich. Nur, dass ich Rache für einen getöteten Freund suchte und mich jetzt als Landsknecht verdingen wollte, obwohl die Werbung ja schon abgeschlossen war. Er versprach mir, mich mit den richtigen Leuten bekanntzumachen, wenn ich ihm zur Hand ginge, denn sein Sohn sei bei den Landsknechten und wolle von seinem alten Vater nichts mehr wissen. Da sein Weib letzten Winter am Fieber gestorben war, bliebe jetzt aber alles an ihm hängen. Zu ihm kamen aber eh nur noch ein paar alte Haudegen, denn allein konnte er kein warmes Essen mehr anbieten, und so kamen nur die Alten, aus Gewohnheit oder Freundschaft. „Das ist mir aber auch recht so. Denn nur die wissen, dass man für einen guten Wein etwas mehr bezahlen kann. Die Jungen trinken nur, um sich zu betrinken, und erwarten Schankmägde, die auch Hoffnung auf mehr machen.

Auf solche Weise möchte ich keine Taverne führen." Mit diesen Worten beendete er seine Ausführungen.

Manchmal brauchte man eben Glück, und dieses schien heute auf meiner Seite zu sein. Zumindest dachte ich so, bis die ersten Gäste kamen. Mit den vorher beschriebenen Landsknechten hatten die Figuren, die sich am ersten Tisch niederließen, nichts gemeinsam. Die Kleidung war schlicht und abgenutzt, aber zumindest sauber. Die Gesichter hatten mehr Furchen als jeder Acker. Zahlreiche Narben zeugten allerdings von vergangenem Ruhm. Einem fehlte ein Auge, dem nächsten ein Ohr. Die Zähne aller vier Männer dieser Runde zusammen hätten kaum ein Gebiss gefüllt. Ich fiel in meine Gewohnheit als Schankbursche zurück und brachte Brot, Wein, Käse und Zwiebeln an den Tisch. Es war nicht unüblich, den Wein mit Wasser zu strecken, um mehr verkaufen zu können. Vor einem Kampf wurde das sogar manchmal angeordnet. Hier jedoch sollte ich das Wasser in einem zweiten Krug auf den Tisch stellen. Der Wirt bestand darauf, den guten Wein nicht zu verdünnen. „Meine Gäste wissen schon, wie man vernünftig damit umgeht", war seine Begründung.

„Das ist dein Tisch, die können dir helfen!", raunte mir der alte Wirt im Vorbeigehen zu. Ich schluckte die Bemerkung runter, die mir als Erstes in den Sinn kam. Diese verlotterten Gestalten? Zumindest wollte ich sie mir mal näher ansehen. Währenddessen füllte sich noch ein zweiter Tisch, um den sich der Wirt selbst kümmerte. Die anderen beiden Tische blieben leer.

Der Einäugige hob den Becher. „26", rief er in die Runde, und die anderen prosteten ebenfalls mit „26" zurück. Ein merkwürdiger Trinkspruch, fand ich, aber er wiederholte sich immer wieder.

Aus den Erfahrungen mit dem alten Wirt, der ja vom gleichen Schlag war wie meine vier Gäste, hielt ich mich mit Fragen zurück, solange noch gegessen wurde. Als die Männer ihr Mahl beendet hatten, schlug der Einäugige zu meiner Überraschung von sich aus vor: „Setz dich doch zu uns, hast doch eh nichts zu tun, Bursche!"

Gerne nahm ich die Einladung an. Der mit nur einem Ohr stand überraschend schnell auf und holte mir einen Becher. Wie es in so einer Runde üblich war, wurde ich natürlich zuerst mit Fragen durchlöchert. Ich erzählte den vier Haudegen, dass ich im Gefolge des Truchsessen gewesen war, bis ich wegen einer dummen Bemerkung meine Stelle verloren hatte, und jetzt Rache für meinen Freund suchte. Also genau das, was die Reiter des Grafen auch wussten. Würden hier Widersprüche entstehen, wäre gleich klar, dass mehr dahintersteckte. Zwar hatte man mich hin und wieder in die Unterkunft des Grafen von Waldburg gehen sehen, aber da ich ja für die Verpflegung zuständig gewesen war, würde das als Begründung reichen. Was mein übriges Leben anging, sprach ich nur von meinem Werdegang als Schankbursche und Koch. Die Geschichte war für die alten Haudegen auf jeden Fall ausreichend, um mich in ihrer Mitte zu lassen.

Gern spendierte ich den nächsten Krug Wein und begann nun auch, Fragen zu stellen. Die erste betraf natürlich den merkwürdigen Trinkspruch. Die vier lachten, denn die Erklärung war recht einfach: Es sollten 25 Fähnlein für den Zug gegen die Raubritter ausgehoben werden, die Werber hatten aber zu viele Männer geworben. Die 25 Hauptleute hatten also die Wahl, wen sie in ihr Fähnlein aufnahmen. Die übrig Gebliebenen, die niemand wollte, wurden zu einem 26. Fähnlein. Ihr

Hauptmann war ein alter, versoffener Offizier, der zufällig auf
dem Markplatz, wo die Rekrutierung stattfand, in einer Ecke
kauerte und dort seinen Rausch ausschlief. Die vier lachten –
und ich war verwirrt. „Was ist daran zum Lachen? Ich würde
vermuten, die anderen lachen über euch?"

„Dein Eindruck täuscht dich nicht, junger Freund, aber was
ist daran schlecht?" Geantwortet hatte der Mann links von
mir. Von den Zähnen abgesehen, hatte er noch alle Körperteile. Dafür sah er noch zerfurchter aus als seine Freunde. Er
war der Älteste, hieß Hans, wurde von den anderen aber meist
nur „der Alte" genannt. Seine Antwort verwirrte mich jedenfalls. Sein linker Nebenmann mit nur einem Auge schaltete
sich ein. „Nun Ignaz, im Krieg ist Tarnen und Täuschen wichtig. Schau uns vier mal genau an. Ja, wir sind nicht mehr die
Frischesten und andere sind besser gekleidet. Auf den ersten
Blick sind wir also nicht die erste Wahl. Aber glaubst du, wir
wären in diesem Handwerk so alt geworden, wenn wir es
nicht verstehen würden?"

Mir dämmerte es langsam. Barthel, der Einohrige, ergriff nun
das Wort. „Sollen sie uns doch unterschätzen, kein Problem.
Denn die Feinde tun das genauso und werden erst merken,
dass sie uns unterschätzt haben, wenn es zu spät ist." „Richtig, denn Zeit zum Lernen lassen wir ihnen nicht", bestätigte
Caspar, der im Vergleich zu den anderen deutlich beleibter
war. Gleichzeitig war er auch der lebende Beweis, dass man
keine Zähne braucht, um satt zu werden, denn er hatte sogar
noch weniger davon als der Alte.

Christoph, der Einäugige, fuhr mit der Erklärung fort: „Und
das Wichtigste, auch die Offiziere dürfen sich gerne vertun,
was unsere Fähigkeiten angeht. In einer Schlacht ist es durch-

aus entscheidend, wo das Fähnlein eingesetzt wird, in dem man kämpft. Die schönsten Pfaue werden oft als Erstes losgeschickt, um den Feind einzuschüchtern. Aber genau die bekommen am meisten Artillerie ab. Uns jämmerliche Figuren würden den Feind ja eher zum Angreifen animieren. Auch für Sturmangriffe oder ähnlich gefährliche Manöver nimmt man lieber junge und schnelle Landsknechte. Zwar bekommen wir manchmal weniger Sold, aber in der Hölle hilft einem der wenig!"

Die anderen lachten und mir wurde klar, dass ich hier genau richtig war. Denn hier konnte ich viel lernen und sicher auch wichtige Kontakte knüpfen. Einmal ganz davon abgesehen, dass ich ohne Kampferfahrung an der Seite dieser vier eine gute Chance hatte zu überleben.

Das 26. Fähnlein war nur knapp zweihundert Mann stark, sodass ich hier wohl problemlos unterkommen würde. Wie die vier mir erzählten, war es eine recht wilde Truppe zu alter, zu junger oder sonst mangelhafter Landsknechte mit einem Hauptmann, der seine besten Jahre schon längst hinter sich hatte. Hier passte ich also wunderbar rein.

Als den vier Männern klar wurde, dass mich nichts von meinem Vorhaben, Landsknecht zu werden, abbringen konnte, wurde schnell ein Plan geschmiedet. Christoph übernahm das Kommando: „Wir haben also eine Nacht, um aus Ignaz einen Landsknecht zu machen, also zumindest optisch." Die anderen drei lachten. „Das ist so verrückt, das könnte tatsächlich Spaß machen!", entgegnete der alte Hans. „Die Registrierung wird kein Problem sein, der Stab unseres Offiziers ist so runtergekommen und versoffen wie er selbst. Wir müssen nur einen Schreiber bestechen und deinen Namen auf die Liste setzen lassen."

„Falsch, wir müssen nur die Liste bekommen, schreiben kann ich selbst", grinste ich. „Wenn die so viel saufen, wie ihr sagt, wird denen nicht auffallen, dass die Schrift etwas anders aussieht."

Die vier nickten mir bestätigend und sogar etwas bewundernd zu. „Du passt wirklich zu uns und hast tatsächlich auch einen Nutzen!" Mit diesen Worten klopfte mir Christoph anerkennend auf die Schulter.

„Was hast du denn dabei?", ergriff jetzt Hans wieder das Wort.

„Etwas Proviant, Wäsche, Mantel, Decke und meine kleine Axt hier." Nach einigem Zögern fügte ich hinzu: „Und Geld."

„Sag das doch gleich!", raunte mir Christoph zu und gab mir einen Ellbogenstoß in die Rippen. „Du brauchst auf jeden Fall einen Helm. Ideal wäre auch noch ein Harnisch und natürlich Waffen!"

Sofort entbrannte eine hitzige Diskussion unter den vieren, wo was am ehesten zu bekommen sei. Als sie aufstanden, um sich auf den Weg in ihr Lager zu machen, schnappte ich mir meine Habseligkeiten und folgte ihnen mit einem recht mulmigen Gefühl. Mir blieb nur ein kurzes „Vielen Dank und bis bald" in Richtung des alten Wirtes, und schon wurde ich mitgezogen. Jetzt gehörte ich also zu den Landsknechten!

Wir liefen am Rande des Trosses, um zügig voranzukommen. Das Treiben hier war faszinierend. Überall wurde geredet, gelacht, gestritten oder gehandelt. Der Tross hatte mehr Leben als mancher Marktplatz, und so chaotisch es auf den ersten Blick aussah, konnte man doch beobachten, dass sich aus dem Nichts so etwas wie Hauptverkehrswege gebildet hatten. Der Tross zog mich in den Bann, und ich musste mich konzentrieren, um den Anschluss an meine neuen Freunde nicht zu verlieren. Am Rande des Landsknechtlagers war eine Leinenplane in einer Baumgruppe auszumachen.

„Dort müssen wir hin!", zeigte mir Barthel. Beim Lager angekommen, war gleich zu erkennen, dass hier erfahrene Männer am Werk waren. Die Plane bot Schutz vor Regen und drückte die Wärme des Feuers zurück auf den Boden. Ich ließ den Blick etwas schweifen. Beim genauen Betrachten fiel mir auf, dass das Lager aus lauter kleinen Grüppchen bestand, die sich jeweils um ein Feuer organisierten. Auf meine Nachfrage wurde mir erklärt, dass diese Gruppierungen sogenannte Rotten waren, die unter einem Rottmeister oder Unteroffizier kämpften und sich gemeinschaftlich organisierten. Eine Rotte stand, je nach Waffengattung, hintereinander und kämpfte zusammen. Bei unserem Feuer war das etwas anders, da nicht alle mit den gleichen Waffen kämpften. Der einäugige Christoph hatte eine Arkebuse, Barthel und der alte Hans kämpften klassisch mit einer langen Pike. Caspar war Doppelsöldner, wie Christoph, aber mit einer Hellebarde oder bei Bedarf sogar mit einem Bihänder bewaffnet. Schützen wie Christoph wurden in aller Regel direkt bei den Pikenieren eingesetzt, so dass man hier auf dem Feld manchmal beieinander stand. Caspar jedoch sahen die Freunde meist erst nach der Schlacht wieder. So konnten die vier natürlich oft gleiche Schlacht aus verschiedenen Blickwinkeln erzählen, und genau so hatten sie sich im Übrigen auch durch Zufall einmal kennengelernt.

Unter der Plane gab es Platz genug, um mir ein Plätzchen
einzurichten. Zwischenzeitig herrschte auch Einigkeit darüber, welche Ausrüstung ich wo am besten kaufen sollte. Der
Gedanke an die bunte und aufgeplusterte Kleidung vieler
Landsknechte ließ mich innerlich erschaudern, deshalb war
ich sehr erleichtert, als meine Kameraden mir mitteilten, dass
das nicht nötig war. Jeder fing mit der Kleidung an, die er
bereits hatte. Wichtiger war die Ausrüstung fürs Schlachtfeld,
schließlich konnte davon mein Leben abhängen. Als ich fragte, welche Waffe ich denn am besten kaufen sollte, klärten
mich meine neuen Freunde auf: Als Neuling würde ich mich
in die Reihen der Pikeniere einreihen.

Wir brachen also auf in den Tross. Trotz der späten Stunde
herrschte hier reges Treiben, das sich mit einem Markt in einer großen Stadt vergleichen ließ. Da die meisten einfachen
Landsknechte und Trossbewohner nicht lesen konnten, wurde
oft einfach nur ein Stück der feilgebotenen Ware an einer
Stange vor den Verkaufsstand gestellt. Überall brannten kleine Feuer, Laternen, Talglichter oder manchmal sogar Kerzen.

Der Bereich der Händler war das Herzstück des Trosses. Hier
konnte man alles bekommen, was man brauchte. Es verstand
sich von selbst, dass hier alles deutlich teurer war als auf einem Markt oder in einem Geschäft in einer Stadt. Als Lager-
bewohner hatte man dafür aber alles direkt vor Ort. Sollte
irgendetwas knapp werden und bestellter Nachschub auf sich
warten lassen, erlaubten die höheren Preise einem Händler,
im Notfall Ware in den Städten zu normalen Preisen einzukaufen und trotzdem noch daran zu verdienen.

Handwerksviertel, wie man sie aus einer Stadt kannte, gab es
in dem Tross nicht. Alles war durcheinander. An einem Stand
gab es Bier, daneben Gürtel und Lederwaren und wieder beim
nächsten Brot. Es würde also eine lange Nacht werden, denn

meine Begleiter waren sich zwar einig, bei wem am besten Helm, Harnisch und Waffen zu besorgen waren, aber wo im Tross sich die jeweiligen Händler heute aufhielten, konnte man nicht wissen. Jeder hatte dort aufgebaut, wo er gerade zufällig war, als der Befehl zum Anhalten kam.

Da es sich bekanntlich mit eingeschlagenem Schädel nicht gut kämpfen lässt, war die Wahl der Kopfbedeckung sehr wichtig. Hier sollte auch nicht gespart werden, deshalb wollte ich mich darum als Erstes kümmern, solange der Münzbeutel noch voll war. Die anderen lobten diese Entscheidung und gaben mir zu verstehen, dass ich zumindest schon einmal in die richtige Richtung dachte. War ich zunächst noch frohen Mutes, wurde mir dieser aber gleich gedämpft: Es stellte sich heraus, dass mein Kopf etwas größer war als der übliche Landsknechtkopf, so dass mir viele Helme nicht passten. Leider würde sich ein eiserner Helm auch nicht noch dehnen, und anhaltendes Kopfweh wäre meiner ohnehin schweren Aufgabe sicher nicht zuträglich. Beim dritten Stand mit Helmen fand ich dann aber endlich einen klassischen Eisenhut. Dieser entsprach zwar nicht ganz der angesagten Mode, aber er bot einen guten Schutz, und das war wichtig. Leider hatte der erfahrene Händler das Manko meiner Helmgröße durchschaut, so dass er mir einen stolzen Preis für das alte Stück abringen konnte. Ich kaufte ihm außerdem noch einen alten Hut mit Feder ab, um auch noch eine passende Kopfbedeckung außerhalb des Kampfes zu haben.

Zwei Stände weiter gab es eine große Auswahl an Leder- und Metallharnischen verschiedenster Machart. Plattenharnische boten recht guten Schutz gegen die gegnerischen Piken, machten den Kämpfer aber unbeweglich. Panzerhemden, alt bewährt und mit vergleichsweise viel Bewegungsfreiheit, boten sehr guten Schutz gegen Schnitte und waren im Nahkampf oder Duell eine sehr gute Wahl, gegen den Stich einer Pike oder Hellebarde halfen sie aber nicht viel. Schließlich fiel mir eine mit kleinen Metallplättchen besetzte Brigantine in die Hände. Wieder nicht die aktuellste Mode, aber dafür war sie neuwertig und ein guter Kompromiss aus Schutz und Bewegungsfreiheit.

Hier überließ ich das Handeln dem einohrigen Barthel. Ich hatte schon beobachtet, dass er von anderen oft abfällig als „Schlitzohr" beschimpft wurde. Tatsächlich sollte ich später herausfinden, dass er sein Ohr nicht im Kampf, sondern als richterliche Strafe verloren hatte. Seine Wortgewandtheit und sein Verhandlungsgeschick sparten mir einige Münzen, und die anderen scherzten: „Man sollte halt nicht mit einem Schlitzohr verhandeln!"

Als Nächstes musste ich mir eine Pike besorgen. Diese bis zu sechs Meter langen Spieße erforderten viel Übung, um damit effektiv umgehen zu können, und diese hatte ich natürlich noch nicht. Ich entschied mich also für das am wenigsten unhandliche Modell. Hans wollte mich von meiner Wahl abhalten, da der Stiel seiner Meinung nach zu dünn war und sicher brechen würde. Mir war aber dieses Risiko lieber als eine Waffe, die ich nicht bändigen konnte. Durch die Zweifel des wohl ältesten Landsknechts im Lager bekam ich das gute oder ungute Stück immerhin zu einem sehr günstigen Preis. Manchmal im Leben kam es eben doch auf die Länge an!

Bei den Piken war das sicher so, beim Katzbalger, dem Schwert für den Nahkampf, das ich mir auch noch zulegen wollte, musste das aber nicht gelten. Hier waren kurze, schnelle Bewegungen gefragt, und eine unhandliche Klinge wurde schnell zum eigenen Verderben. Außerdem hatte ich ja noch mein kleines Beil, und ich dachte mir, lieber zwei kurze Waffen als eine zu unhandliche.

Hier ließ ich mir sehr viel Zeit. Meine Begleiter verloren schon fast die Geduld, als ich plötzlich bei einem eher schmuddeligen Händler einen Katzbalger liegen sah. So wie der Händler und seine Waren aussahen, hatte er wohl alles auf Schlachtfeldern eingesammelt, und mit diesem Stück hatte er einen guten Fund gemacht. Er bestätigte mir, dass er die Klinge in den Rippen eines Landsknechtes entdeckt hatte. „Bis zum Schaft steckte dieses Schwert zwischen den Rippen des erlegten Gegners!"

Caspar, der wohl einmal eine Schmiedelehre begonnen hatte, bestätigte den guten Stahl der Waffe. Außerdem lag sie perfekt in meiner Hand. Ich bezahlte die verlangte Summe und hatte jetzt alles, was ein Landsknecht so brauchte.

Auf dem Weg zurück ins Lager kaufte ich noch einen Schlauch Wein, einen Laib Brot und ein Stück Käse. Einkaufen macht ja bekanntlich hungrig, und ich wollte mich so bei meinen neuen Freunden bedanken. Den Wein konnte man zwar bestenfalls als trinkbar bezeichnen, trotzdem wurde meine Geste geschätzt. Tatsächlich hatte ich es aber vor allem auf den Schlauch abgesehen, um einen persönlichen Vorrat an Trinkbarem anlegen zu können, was in einer Schlachtsituation sicher praktisch sein konnte.

Wir saßen an unserem Feuer und stärkten uns zunächst schweigend mit Brot, Käse und Wein. Natürlich nicht, ohne den Trinkspruch „26" weiter zu festigen. Ich machte fleißig mit und fühlte mich in der Gruppe angekommen.

Als Erster ergriff Christoph das Wort: „So, Ignaz, jetzt bist du
für den Anfang gut ausgerüstet. Wie ein Hanswurst wie du
allerdings zu so viel Geld gekommen ist, will ich gar nicht
wissen."

Mein Gesicht muss irgendwie auf diesen Satz reagiert haben,
denn Christoph fuhr fort mit: „Nein, das ist mein Ernst, ich
will es echt nicht wissen. Wenn es an der Zeit ist, wirst du es
uns schon erzählen, oder auch nicht. Wir sind nicht wie die
Waschweiber am Fluss!" Die anderen fielen nickend in das
Gelächter Christophs mit ein.

„Du siehst jetzt aus wie ein Landsknecht", sagte Hans etwas
ernster. „Aber die schwierigere Aufgabe wird es von nun an
sein, dich am Leben zu halten!"

Wieder nickten die anderen.

„Heute Nacht werden wir das aber nicht mehr richten", fügte
Barthel hinzu. „Deshalb braucht uns nichts von unserer Tradi-
tion abzuhalten." Er hob die Augenbrauen und sah seine
Freunde mit breitem Grinsen an.

„Auf zu Agatha!", antworteten die anderen wie im Chor, und
die Gruppe setzte sich in Marsch, wobei zwei mich unterhak-
ten.

„Wo gehen wir denn jetzt hin?" fragte ich.

Die Erklärung folgte prompt von Caspar: „Nun, mein neuer
Freund, bei uns ist es Tradition, dass wir vor jeder Schlacht
Agatha besuchen."

„Soweit bin ich mitgekommen, aber was machen wir da?",
wollte ich wissen.

Das schallende Gelächter der vier ließ darauf schließen, dass meine Antwort lustig war.

„Nun sagt schon!" Erneutes Gelächter.

„Also, der Besuch bei ihr soll uns Glück bringen und uns im Kampf schützen."

„Dann kauft ihr dort also einen Glücksbringer?" Eine Praxis, die sehr verbreitet war, wie mir ja auch Meister Frantz erzählt hatte. Das Gelächter ließ aber nicht nach.

„Dann ist Agatha eine heilige Schwester, die mit euch betet?"

Jetzt war es vorbei. Die vier prusteten derart los, dass ein Weiterlaufen unmöglich war.

„Genug jetzt!" Der alte Hans wurde überraschend ernst. „Es könnte die letzte Nacht unseres neuen und spendablen Freundes sein. Lasst ihn nicht im Dunkeln, er muss doch noch so viel lernen!"

Die anderen versuchten sich zu beruhigen, während Hans sich mir zuwandte. „Junger Freund, Agatha verdient einen wesentlichen Teil ihres sicherlich hart verdienten Geldes liegend auf dem Rücken."

Endlich begriff ich – und ich war mir sicher, dass meine Gesichtsfarbe gerade schlagartig von feuerrot auf käseweiß wechselte. Auf was hatte ich mich da eingelassen? So spontan hatte ich mir meine erste intime Begegnung mit einer Frau nicht vorgestellt! Wie sollte ich das hinkriegen? Solche und ähnliche Gedanken schossen mir durch den Kopf. Ich musste Zeit gewinnen und mehr herausfinden.

„Agatha ist also eure Bezeichnung für eine Dirne, oder wie?"

„Nein. Agatha ist eine Dirne, aber nicht jede Dirne ist eine Agatha!“, war die Antwort. Gelächter wollte wieder herausbrechen, doch abermals ging Hans dazwischen. „Agatha ist die Dirne, zu der wir vor einer Schlacht gehen.“

„Ihr alle vier?“

„Ja!“

„Gleichzeitig?“

„Aber Ignaz, wo denkst du hin?“, empörte sich Barthel. „Natürlich nicht! Wir sind doch keine Barbaren. Wir teilen zwar viel miteinander, aber das dann doch nicht. Wir knobeln die Reihenfolge aus und gehen dann nacheinander zu ihr ins Zelt.“

Wirklich beruhigt war ich durch diese Erklärung aber noch nicht.

„Und wie lange kennt ihr diese Agatha schon?“, wollte ich wissen.

„Nur knapp über zwanzig Jahre, halt seit wir uns auch gegenseitig kennen!“

Von wem diese Worte kamen, vermochte ich später nicht mehr zu sagen, denn mein Unwohlsein verstärkte sich gerade rapide. Schlimm genug, dass diese vier kampferprobten Männer bald herausfinden würden, dass ich noch nie bei einer Frau lag. Aber meine Rechenkünste brachten mich gerade auf ein schwindelerregendes Ergebnis. Agatha würde doch hoffentlich jünger sein als Hans? Und Hans war sechzig? Siebzig? Achtzig? Selbst wenn meine vier Kameraden zu den ersten Kunden der Dame gehört hätten und sie ziemlich jung angefangen hätte ... Ich verbot mir weiteres Rechnen.

Mittlerweile war es dunkel geworden. Sowohl draußen als auch in meinen Gedanken. „Kopf hoch Junge!" Hans schien zu ahnen, was ich dachte. „Auf den alten Gäulen lernt man das Reiten!"

Da bleibe ich lieber Fußgänger, schoss mir durch den wieder rot gewordenen Kopf, aber ich sprach es nicht laut aus. Da wir uns ja im Krieg befanden, konnte ich jetzt nur noch auf einen feindlichen Angriff hoffen oder wenigstens auf Artilleriebeschuss. Beides blieb aus und ich fühlte mich wie ein Verurteilter auf dem Wege zum Schafott.

„Wir sind da", sagte Christoph da zu mir, und seine Worte ließen das Blut in meinen Adern gefrieren.

„Was habt ihr mir denn da mitgebracht?" Agathas Stimme klang überraschend angenehm. Ich blickte auf, um sofort wieder hinunter zu blicken, im Versuch das erneute Rotanlaufen zu verhindern. Zu spät! Eine weiche Hand umfasste mein Kinn und hob es an. Mein Blick begegnete ein paar gutmütigen, von leichten Fältchen umrandeten blauen Augen. „Keine Angst, ich beiße nicht!"

Sie klang fast zärtlich, und ich glaubte ihr die Behauptung sogar, denn ich starrte in einen fast zahnlosen Mund. Caspar drängte sich jetzt plötzlich vor. „Sei gnädig, liebe Agatha, vermutlich ist unser junger Freund hier recht neu in dieser Materie. Aber er will unbedingt Landsknecht werden, und da muss er jetzt durch. Allerdings nicht als Erster, denn ich habe heute beim Knobeln gewonnen!"

Er grinste in freudiger Erwartung. Ich eher weniger. Agatha hatte mich immer noch im Griff, zog mich ein bisschen näher zu sich und schaute mir tief in die Augen. „Du bist ein guter

Kerl, sonst hätten dich diese vier Halunken nicht mitgebracht.
Geh in das hintere Zelt. Aber schnell, bevor ich es mir anders
überlege!"

Ihr Tonfall und die Art, wie sie diesen Satz zu mir sagte, ließ
mich Hoffnung schöpfen, und ich tat, wie mir geheißen. Im
Fortgehen fiel mir auf, dass Agatha zwar nicht mit den
schlanken Körpern junger Frauen mithalten konnte und die
Haut an Armen und Dekolleté leicht faltig war, aber dafür
hatte sie sehr angenehme Rundungen. Durch ihre liebevolle
Art war zu hoffen, das vielleicht doch irgendwie hinzubekommen. Von echter Zuversicht konnte bei mir allerdings
noch keine Rede sein.

Ich betrat das Zelt, das von ein paar Talglichtern erhellt wurde. In der Mitte, wie zu erwarten, stand ein Bett mit einem
recht sauber aussehenden Laken. Auf einem kleinen Tisch
standen außerdem ein Krug und zwei Becher. Ich hoffte auf
Alkohol, schenkte mir ein und nahm einen großen Schluck.

„Nicht so hastig, zu viel davon wird dir nicht helfen. Schenk
mir lieber auch etwas ein!"

Diese Stimme war nicht die von Agatha. Sie klang heller,
jünger. Ich drehte mich um und traute meinen Augen nicht.
Vor mir stand eine junge Frau mit schwarzem, langem, leicht
gelocktem Haar. Sie hatte wunderschöne braune Augen, und
ihr Gesicht hatte hübsche Züge. Ein leichtes Hemd verbarg
nur die Hälfte ihrer Brüste. Der Rock ging kaum bis über die
Knie. Mir wurde schlagartig heiß und kalt gleichzeitig. Ich tat
wie geheißen und schenkte ihr ein. Der Versuch, mit ihr zu
sprechen, misslang aber. „D... du b... bist nicht Agatha?!",
brachte ich stammelnd hervor.

„Enttäuscht?", fragte sie herausfordernd.

Heftiges Kopfschütteln.

„Nenn mich Lena. Ich bin die neue Mitarbeiterin von Agatha. Da immer weniger Kunden von ihr bedient werden wollen, nimmt sie andere Mädchen in ihre Dienste. Wir geben ihr etwas vom Gewinn ab und sie hilft und beschützt uns. Ich darf das eigentlich nicht sagen, aber du bist mein erster Kunde."

„Du bist auch meine Erste", gestand ich stammelnd.

„Aber nein, natürlich ist mir schon ein Mann beigelegen, sonst wäre ich nicht in diesem Beruf gelandet. Ich stamme aus einem kleinen Dorf und wurde mit einem Hausierersohn erwischt. Deshalb hat meine Familie mich hinausgeworfen. Das Beste, was mir passieren konnte! So kann ich mir jetzt mein eigenes Geschäft aufbauen und muss mir keinen Ehemann vorsetzen lassen!"

Sie kam näher und öffnete dabei langsam und wie nebenbei ihr Hemd. Mein Blick konnte sich nicht von ihrem wohlgeformten, schlanken Frauenkörper lösen. Was sollte ich jetzt tun? Zaghaft streckte ich die Arme nach ihr aus, aber sie strich ohne Eile an mir vorbei und legte sich aufs Bett. Als ich mich umdrehte, konnte ich sehen, dass sie das Hemd abgelegt hatte und ihren Rock raffte. Mein Blick fiel auf das geheimnisvolle, schwarze Dreieck zwischen ihren festen Schenkeln.

„Zieh dich aus und komm zu mir!"

Ihre Worte waren sanft, aber gleichzeitig auch zu bestimmt, um ihnen nicht zu folgen. Vorsichtig kniete ich mich zwischen ihre Beine. Sie setzte sich auf und streifte mir mit weichen Händen das Hemd über den Kopf. Dabei spürte ich ihre zarte Haut an meinem Körper. Ein gewisser Teil meines Körpers schien hierbei zu erwachen. Das Blut pochte in meinem Schritt und wurde stärker, je näher sie mich an sich zog. Sie drückte mein Gesicht zwischen ihre Brüste, und mein Mund arbeitete sich in Richtung Hals und Kinn hoch. Als ich sie küssen wollte, drückte sie meinen Kopf etwas zur Seite.

„Das ist nicht käuflich!", flüsterte sie mir sanft ins Ohr, während sie meinen Hals liebkoste. Dann wanderte ihre Hand zärtlich in meinen Schritt und half mir, alles dahin zu bringen, wo es hinwollte. Schlagartig wurde mir klar, wie sehr ich diesen Moment herbeigesehnt hatte. In diesem Moment griff sie mich an der Hüfte und zog sich an mich. Ich genoss das Gefühl, in ihr zu sein und bewegte mich auf und ab. Als wir beide gleichzeitig schneller wurden, explodierte ein Gefühl in meinem Körper, auf das ich nicht wirklich vorbereitet war, und für einen Moment vergaß ich, wo ich war und warum. Um alles in der Welt – jetzt verstand ich endlich, worum es bei diesem Knistern zwischen Männern und Frauen wirklich ging!

Als ich Lena verzückt ansah, blickte ich allerdings in ein eher nüchternes Gesicht.

„Das war's – und damit das kein Baby wird, musst du mich jetzt aufstehen lassen!"

Mit diesen Worten drückte sie mich von sich und wand sich unter mir aus dem Bett.

„Bezahlt wurde schon für dich, du kannst also gehen!"

Ohne mich noch einmal anzusehen, wickelte sie sich in ein Tuch und verschwand hinten aus dem Zelt.

Ich schlüpfte etwas umständlich in meine Kleidung und trat vorn aus dem Zelt. Ein Bewaffneter kam mir entgegen.

„Geh dort zu deinen Kameraden!“, wies er mir den Weg. Zumindest in diesem Punkt stimmte, was Lena gesagt hatte – falls das überhaupt ihr wirklicher Name war. Agatha sorgte für die Sicherheit ihrer Mädchen. Vermutlich war alles andere gelogen. Das fühlte sich zwar im ersten Moment schlecht an, war aber eigentlich doch ganz gut, denn es half dabei, keine Gefühle für diese Dame zu entwickeln. Sie hätte ja kaum deutlicher klarstellen können, dass dieser für mich durchaus besondere Moment nur eine Dienstleistung gewesen war. Aber sie war so wunderschön …

Als Caspar aus dem Zelt kam, gingen wir zusammen zurück in unser Lager. Dort schlief ich auch sofort und selig ein.

Am nächsten Tag hatten wir nur noch Zeit für ein schnelles Frühstück, bevor wir die letzten Habseligkeiten verstauten. Dann wurde die Armee in Marsch gesetzt. Das erste Mal mit der Truppe antreten! Jeder, der einmal als Soldat gedient hat, kann sich vermutlich an dieses Gefühl erinnern. Man ist zwar nur einer von vielen, fühlt sich aber plötzlich als Teil von etwas sehr Großem. Gleichzeitig wurde mir aber auch mit einem Schlag klar, dass ich jetzt ernsthaft in den Krieg zog. Ab hier gab es kein Zurück mehr.

Während des Marsches versuchten meine beiden Begleiter, Barthel und der alte Hans, mir zu erklären, worauf es in der Schlacht ankam. Viel verstanden hatte ich allerdings nicht. Zwar sprachen die beiden laut genug, ich war jedoch zu sehr damit beschäftigt, meine Pike zu kontrollieren. Mir war immer noch unverständlich, wie ich damit kämpfen sollte.

Abgesehen von kurzen Pausen dauerte der Marsch bis in die Dunkelheit. Wir lagerten an einer Flussgabel. „Gute Deckung gegen Angriffe und frisches Wasser“, kommentierte Christoph, der genau wie Caspar wieder zu uns gestoßen war. „Allerdings für etwaige Feinde recht gut einsehbar!"

Mein erster Tag als Landsknecht neigte sich dem Ende zu und ich hatte schon erhebliche Missstände an mir festzustellen. Schlimm genug, dass ich mit der Waffe nicht umgehen konnte, stellte ich auch fest, dass meine persönliche Ausrüstung nicht optimal war. Es fehlte an Taschen und Beuteln, die ich direkt an meiner Koppel befestigen konnte. Außerdem war mir aufgefallen, dass andere Landsknechte Bündel an der Stange ihrer Waffe befestigt hatten, sofern sie keine Familie im Tross hatten, die ihren Besitz trug. Mein erheblich geschrumpfter Münzvorrat reichte zum Glück noch aus, um meine Ausrüstung in dieser Hinsicht aufzubessern.

Die nächsten Tage wiederholten sich, jedoch konnte ich den Ausführungen meiner Begleiter mittlerweile besser folgen. Während wir marschierten, lief uns in der Nähe eines Dorfes ein bettelnder Junge vor die Füße. Meine Freunde wollten ihn schnell wieder nach Hause zu seiner Familie schicken, aber da erzählte er uns, dass er keine Familie mehr habe und nun hoffe, hier bei der Armee unterzukommen. Und so hatte unser Zusammentreffen für beide Seiten etwas Gutes, denn wir warben den Jungen als Träger an.

Eines Tages machte plötzlich ein Reiter durch einen lauten Ruf auf sich aufmerksam. Er und ein paar andere Späher hatten an unserer Flanke eine große Gruppe Bewaffneter ausgemacht und in unsere Richtung getrieben. Da unser Fähnlein das nächste war, wurden wir in Position gebracht. Die Banditen hofften offenbar, den Reitern in einem Wäldchen entkommen zu können, aber darin positionierten wir uns jetzt. Auf einer Lichtung stellten wir uns auf. Seite an Seite, Pike an Pike. Die Reiter trieben sie uns direkt entgegen, so dass den Feinden der Rückweg versperrt war. Ihnen blieb nichts anderes übrig, als sich uns zu stellen. An unseren Flanken waren die Schützen und Doppelsöldner.

Als den Angreifern ihre Misere klar wurde, versuchte eine kleine Gruppe, unsere linke Flanke zu umgehen. Wie ich später von Christoph erfuhr, stießen sie dort aber ausgerechnet auf die Schützen unter seinem Kommando. Er und seine Männer hatten verborgen hinter einer Gebüschreihe gewartet, bis die Feinde sich auf unter zwanzig Meter genähert hatten. In jenem Moment erhoben sie sich und schossen eine Salve ab. Fast jeder zweite Gegner ging getroffen zu Boden. Der Rest floh panisch zurück und wurde am Rande des Wäldchens von unseren Reitern erwartet.

Viele von uns hatten versucht zu beobachten, was da geschah. Das wiederum nutzte die gegnerische Hauptstreitmacht aus und eröffnete das Feuer mit allen Armbrüsten und Bögen, die sie aufbieten konnten. Dann ging alles blitzschnell. Die Pfeile flogen uns noch um die Ohren, als sie auf uns zustürmten. Durch unsere Versuche, den Pfeilen auszuweichen, und auch weil einige Kameraden in unserer Mitte getroffen wurden, lockerte sich unsere Formation jetzt stellenweise. Genau darauf hatten unsere Gegner es natürlich abgesehen. Sie erzielten sogar ein paar Treffer, aber nach dem ersten Schock versuchten wir sofort, unsere Formation zügig wiederherzustellen. Wie es mir eingetrichtert worden war, konzentrierte ich mich fest auf die lange Pike und hielt diese gerade nach vorn, mein Blick fest in Richtung der Spitze. Auch die Landsknechte links und rechts von mir waren bereit, so dass wir zumindest um mich herum zum Teil wieder in Formation standen. Als die Gegner das bemerkten, war es für sie aber bereits zu spät. Ein kräftiges „Vor!" ertönte – und wir rannten ihnen entgegen. Sie konnten nicht mehr ausweichen und gerieten direkt in unsere Piken.

Die Luft war erfüllt von den Schreien der Verwundeten. Vor Schreck hatte ich kurz vor dem Aufprall meine Augen geschlossen. Dadurch war natürlich meine Konzentration auch flöten gegangen und die Pike sank nach unten. Merklich war ich auf Widerstand gestoßen. Als ich die Augen öffnete, sah ich auch, warum. Meine Pike steckte im rechten Oberschenkel eines Raubritteranhängers. Dieser schrie vor Schmerz und hatte schon einen knallroten Kopf.

„Tja, Ignaz", hörte ich Hans' Stimme neben mir. „Gut ist anders, da musst du wohl näher ran, um es zu beenden!"

Er selbst hatte seinen Gegner soeben perfekt am Hals getroffen, so dass dieser sofort tot und auch nicht in der Waffe verhängt war. An seinem Beispiel sah ich also sehr eindrucksvoll, was ich alles falsch gemacht hatte. Ich hangelte mich am Stab der Pike in die Richtung meines vor Schmerz schreienden Gegenübers. Je näher ich kam, desto stärker wurde der Geruch. Unter den typischen Geruch eines Schlachthauses, der sich um mich herum verbreitete, mischte sich der Gestank von Körperausdünstungen und Körperausscheidungen. Manche Männer hatten wohl aus Angst in ihre Beinkleider gemacht, andere keine Kontrolle mehr über Teile ihres Körpers aufgrund der Verletzungen. Plötzlich sah ich einen Schatten und wich instinktiv zurück. Mein Gegner schlug mit seinem Schwert nach mir und verfehlte mich nur knapp. Unvermittelt riss ich an der Pike. Da sie aber im Bein des Mannes steckte, verlor er das Gleichgewicht und stolperte auf mich zu. Fast automatisch griff meine linke Hand nach meinem kleinen Beil und spaltete ihm damit den Schädel.

Zunächst wurde es merklich leiser. Ich bemerkte aber auch, dass mir, dadurch dass mein Gegner zusammensackte, meine Pike entglitt. Mein Blick folgte ihr, als ich im linken Augenwinkel eine Bewegung wahrnahm. Ein nur leicht getroffener Feind war aufgesprungen und rannte frontal auf mich zu, eine Art Keule in der erhobenen Hand. So schnell es mir möglich war, ergriff ich mit ganzer Kraft die Pike, die noch immer den Toten vor mir durchbohrte, und stieß sie in Richtung des nahenden Verderbens. Der Mann riss die Augen weit auf und sein Schrei blieb ihm im Halse stecken, als mein Stoß ihn im rechten Oberschenkel traf. Höher konnte ich die Pike mit dem ersten Gegner daran unmöglich anheben. Ich war jetzt also wieder gleich weit wie schon bei meinem ersten Versuch. Zu einem überraschenden Angriff ließ ich es dieses Mal aber nicht kommen, denn meine linke Hand fand inzwischen blind das Beil an meinem Gürtel und nahm dem Gegner seinen Schmerz.

Dennoch befand ich mich mit zwei gewonnenen Nahkämpfen jetzt in einer misslichen Lage: Die Pike musste von zwei Oberschenkeln befreit werden, an denen noch die jeweiligen Besitzer hingen. Dass sie mir dabei leblos mit gespaltenem Schädel entgegenblickten, machte es nicht leichter. Mein vergeblicher Versuch, die Pike loszubekommen, endete mit einem lauten Knacksgeräusch. Sie war zerbrochen!

„Sagte ich doch, dass die nichts taugt!", kommentierte Hans meine Bemühungen. „Aber immerhin, für zwei von dem Gesindel hat sie gereicht!" Er grinste mir entgegen. „Was diese beiden bei sich haben, gehört jetzt dir!"

Meine Begeisterung dafür, in den blut- und hirnverschmierten Burschen herumzukrusteln, hielt sich in Grenzen. Stattdessen blickte ich zurück in die eigene Reihe, ob hier nicht eine Pike freigeworden war. Viele Opfer hatten wir nicht zu beklagen, aber zwei Kameraden lagen da mit Armbrustbolzen in der Brust. Ihre Piken lagen neben ihnen.

Barthel war noch in den eigenen Reihen und sah meinen fragenden Blick. „Nimm ruhig eine der beiden Piken, die werden sie nicht mehr brauchen.“

Der Rest unserer Männer war weitergegangen, in der Hoffnung, bessere Beutestücke zu finden. Dasselbe hatte auch Hans vor. Vermutlich musste ja deren Lager irgendwo in der Nähe sein. Barthel war inzwischen zu mir gekommen und reichte mir die bessere der beiden Piken. Gemeinsam gingen wir zurück.

„Deine Reflexe sind gut, Ignaz Donnerfels. Aus dir könnte tatsächlich noch ein ganz passabler Landsknecht werden!“

Barthels Worte taten mir gut, versuchte ich doch gerade noch, das Erlebte zu verarbeiten. Außerdem wurde mir erst jetzt bewusst, wie viel Glück ich eigentlich gehabt hatte.

„Vertrau deinen Instinkten, Ignaz, dann wirst du überleben!“, ermutigte mein neuer Freund mich weiter. Diese Reflexe verdankte ich wohl der Ausbildung meines Wirtes Konrad. Denn für das Schlichten der Wirtshausschlägereien war es unerlässlich, schneller als die Streithähne zu sein und sie so zu überrumpeln.

Zwei weitere Fähnlein warteten an der Stelle, an der wir uns von der Hauptstreitmacht getrennt hatten. Ein junger, aber wichtig aussehender Reiter stellte sich als Kommandant über die Fähnlein 24 bis 26 vor. Während des kleinen Gefechts war die Armee nämlich aufgeteilt worden. 24 bis 26 sollten die nächste Raubritterburg zwei Tagesmärsche östlich von hier einnehmen. Die Aufteilung leuchtete mir ein. Die nächstgelegene feindliche Burg war offenbar recht klein und alt, und um die zu stürmen, brauchten wir keine 10.000 Mann, da sollten unsere zweieinhalb Fähnlein mit ihren etwa tausend Mann reichen.

Den Rest des Tages aber durften wir rasten, um uns vom Kampf zu erholen und Verletzungen zu behandeln. Barthel und ich suchten etwas Feuerholz zusammen, ein anständiges Mahl sollte unseren Sieg verschönern. Als wir uns gerade wieder niedersetzten, tauchte Hans auf. Er grinste uns entgegen und hob einen Sack in die Luft. Tatsächlich hatte er etwas Essbares gefunden. Der Sack enthielt zwei Laib Brot, ein paar Äpfel, mehrere Zwiebeln und ein paar Rüben. „Der Beginn eines wunderbaren Menüs!", lobte ihn Barthel.

An der Seite meiner Freunde kam mein Geist langsam zur Ruhe, und mir wurde klar, dass ich heute zwei Männer getötet hatte. Freilich, ich hatte keine Wahl gehabt, und doch war es merkwürdig, wie einfach es gewesen war. Hans hatte sich zwischenzeitlich neben mich gesetzt. Auf sein „Alles klar, Jungchen?" folgte meinerseits zunächst nur ein Nicken.

„Das war leichter als gedacht …", antwortete ich ihm dann doch.

„Das beruhigt mich, Jungchen. Für viele ist das ein Problem, einen Menschen zu töten, was ja grundsätzlich auch normal und gut ist. Wir ziehen aber nicht mit dem Vorsatz los, jemanden zu töten, sondern wir ziehen los, um für die Werte unserer Dienstherren zu kämpfen. Das Land von Raubrittern zu befreien, ist notwendig, und da gehört das Töten halt dazu. Das ist ein riesengroßer Unterschied, und nur wer das begreift, kann unser Handwerk gut bestreiten."

Hans' Worte waren für mich sehr beruhigend, denn mir wurde klar, dass genau das meine Gedanken waren. In mir steckte also tatsächlich ein Krieger. Wer hätte das gedacht? Zusammen mit Barthels Beurteilung meiner Fähigkeiten vorhin nach dem Kampf gewann ich langsam den Eindruck, dass ich doch auf dem Feld bestehen konnte. Dafür musste ich mich aber weiter im Umgang mit den Waffen üben.

Zwischenzeitig war auch Christoph zu uns gekommen, mit unserem Träger im Schlepptau. Da sich in meinem Beutel Salz und andere Gewürze befanden, bot ich in alter Gewohnheit an, mich ums Essen zu kümmern. Rüben, Zwiebeln und Äpfel würden einen guten Eintopf ergeben. Schade, dass wir kein Rauchfleisch hatten! Als ich alle Zutaten gewaschen und zurechtgeschnitten hatte, tauchte auch Caspar auf. Freudestrahlend hielt er einen Beutel hoch. „Frischfleisch gefällig?" Mit diesen Worten drückte er mir den Beutel in die Hände. Ein schönes Stück Wildfleisch kam zum Vorschein. Offensichtlich hatten unsere Reiter die Schurken beim Kochen erwischt, und wie man anhand der rundlichen Erscheinung Caspars vermuten konnte, hatte er ein gutes Händchen, wenn es darum ging, Essbares zu finden. Das Gemüse wurde also wie geplant gekocht, dazu gab es dann aber frisches, auf dem Feuer gebratenes Rehfleisch. Wein hatten wir auch noch, und so ließen wir den ereignisreichen Tag in geselliger Runde ausklingen. Hauptthema war natürlich meine erste erfolgreiche Schlacht. Und mein kleines Beil, das nun mal wesentlich zum guten Ausgang beigetragen hatte, wurde von allen genauestens begutachtet. Die anderen konnten inzwischen gut verstehen, warum ich es immer griffbereit bei mir trug.

Die Zeit bis zum Aufbruch nutzten wir, um meinen Umgang mit der Pike etwas zu verbessern. Hans und Barthel legten mir außerdem nahe, nicht bei jeder Schlacht meine Waffe zu zerstören, denn wenn der Sold immer für den Waffenkauf draufginge, sei ja nichts zu verdienen, und auf Beutewaffen zu hoffen, sei ebenfalls nicht Sinn der Sache. Beides leuchtete mir ein.

Der „freie Tag" war schnell zu Ende und wir wurden wieder in Marsch gesetzt, diesmal in der neuen Aufstellung mit Fähnlein 24 bis 26. Unsere jetzt deutlich kleinere, aber immer noch sehr beachtliche Streitmacht zog gen Osten. Was wir aber nicht mehr hatten, waren Berittene – mit Ausnahme des Offiziers und zwei seiner Begleiter.

Da Christoph dem jungen Offizier wenig Erfahrung zugestand, meldete er unsere Gruppe als freiwilligen Aufklärungstrupp. Dieses Angebot nahm unser neuer Kommandant gerne an. Christoph erzählte uns später, dass seine Reaktion tatsächlich darauf schließen ließ, dass er gar nicht an Späher gedacht hatte. Dem einen Auge Christophs entging eben nichts.

Erster merklicher Vorteil unserer neuen Aufgabe war, dass wir unsere unhandlichen Piken und auch unser Gepäck von anderen tragen lassen durften, um schneller voranzukommen. Zwar waren wir nicht völlig unbewaffnet, trugen aber nur leichte Waffen bei uns. Außerdem wollten meine erfahrenen Freunde sich gern selbst ein Bild der Lage machen, um nicht in einen Hinterhalt zu geraten. So bekamen wir auch Einblick in die Landkarten und wurden von dem jungen Offizier in die geplante Marschroute eingeweiht.

Wie sich nach wenigen Stunden herausstellte, war unsere Vorsicht durchaus gerechtfertigt. Die Raubritter mussten irgendwo einen Spion haben, denn sie hatten, gut platziert am Ende eines Wäldchens, eine Überraschung für uns aufgebaut. Landsknechte! Der Ort war perfekt gewählt. Sie standen auf einer Wiese, die rechts und links von Hecken und Unterholz gesäumt war. Unsere Truppe wäre in lockerer Formation aus dem Wald gekommen und hätte durch die Gehölze an den Seiten keine Chance gehabt, sich rechtzeitig wieder zu formieren. Wir wären ihnen hoffnungslos in die Falle gelaufen!

Als kleine Aufklärungsrotte hörten wir die Feinde natürlich lange, bevor sie uns entdeckten, und so konnten wir uns ihnen unentdeckt durchs Unterholz nähern. Sicher in Deckung liegend, konnten wir nun die Anzahl der Feinde gut abschätzen und uns einen Überblick verschaffen. Zwei Fähnlein! Also fast so viele wie wir. Als wäre das nicht schon schlimm genug, waren hinter den Männern zwei Kanonen auszumachen. Wir wollten möglichst zügig zurück, als plötzlich der Befehlshaber dieser Truppe auszumachen war. Ein großer, hagerer Mann – eindeutig erkennbar am blau-weiß-roten Banner. Da war er, unser größter Widersacher! Hans Thomas von Absberg zu erwischen, war das größte Ziel des ganzen Feldzugs. Was für eine Entdeckung!

Unserem Kommandanten war der Überschwang der Jugend deutlich anzusehen, als wir Meldung machten. Offenbar rechnete er sich sofort aus, wie viel Ruhm er mit diesem Fang erwerben konnte. Glücklicherweise war er intelligent genug, uns in die Beratungen des weiteren Vorgehens mit einzubeziehen. Immerhin kannten wir die Lage am besten, und meine Freunde brachten sichtlich viele Jahre Kampferfahrung mit. Feindliche Reiterei hatten wir keine ausgemacht, es schien also auf einen echten Kampf, Landsknecht gegen Landsknecht, hinauszulaufen. Allerdings stand der Feind in der besseren Position und verfügte über Kanonen. Mit drei Pferden war an Kavallerietaktik natürlich nicht zu denken. Auch ein weitläufiges Umgehen schied aufgrund des Geländes aus. Christoph und Caspar hatten schließlich die Lösung: Ihnen war aufgefallen, dass das gegnerische Heer kaum Doppelsöldner hatte und praktisch nur aus Pikenieren bestand. Das war zumindest ein kleiner Vorteil, mit dem wir arbeiten konnten. Christoph sollte mit seinen Schützen die linke Flanke übernehmen und so den Feind verunsichern, damit wir mit unseren Piken einigermaßen geordnet aus dem Wald kamen. In der Vorhut sollte Caspar mit den anderen Doppelsöldnern versuchen, rechts an den gegnerischen Piken vorbeizukommen und der beiden Kanonen habhaft zu werden oder sie im Zweifel zu vernageln. Aufgrund der Anwesenheit des ärgsten Feindes war eine Umkehr und somit ein Verzicht auf eine Möglichkeit, ihn erwischen zu können, undenkbar.

Von einem guten Plan zu reden, wäre natürlich übertrieben gewesen, aber wir hatten eine realistische Chance, zwar mit Verlusten, aber siegreich aus der Schlacht zu gehen. Die Unteroffiziere wurden vom geplanten Vorgehen unterrichtet, dann ging es los. Um den Schein zu wahren, wurde auch unser Tross in Marsch gesetzt. Sollte unser Feind uns ausspähen, sollte es aussehen, als ob wir unwissend in die Falle liefen. Gleichzeitig mussten wir aber auch den Doppelsöldnern auf beiden Seiten genug Zeit lassen, um in Position zu gehen.

Sämtliche Rottenführer waren darüber in Kenntnis gesetzt worden, dass alle Landsknechte sich direkt nach dem Austritt aus dem Wald formieren sollten, und das ohne laute Befehle. Das funktionierte dann auch recht gut, aber kaum hatten wir den Wald verlassen, gab es kurz hintereinander zwei dumpfe Schläge. Kanonenfeuer! Ich hörte die Einschläge der Kanonenkugeln rechts und links hinter mir, gefolgt vom entsetzlichen Gebrüll der Getroffenen. Jetzt ging es um alles!

Wenige Minuten später, die mir wie eine Ewigkeit vorkamen, waren wir in Formation. Die Zeit nutzte der Feind für zwei Kanonenschüsse mit verheerender Wirkung: Aus der Formation wurden zwei Schneisen herausgeschlagen. Hans neben mir raunte: „Wenn die jetzt Kartätschen laden, war's das für uns, wenn nicht schnell was passiert!"

Wir waren nur noch gute 30 Meter entfernt, als sich die generischen Reihen vor den Kanonen schlossen und sich in Marsch setzten. Pulver war teuer und unser Gegner wollte es wohl wissen. Hans Thomas von Absberg war nicht der Feldherr, der das Leben seiner Truppen unnötig schonte. Dicht an dicht marschierten wir, die langen Piken nach vorn gerichtet. Eine schier unerträgliche Anspannung baute sich auf. Zwischen Hans und Barthel war ich zwar grundsätzlich gut aufgehoben, trotzdem war es mir in dem dichten Gedränge nicht wohl.

Kurz bevor die Heere aufeinander trafen, krachten linker Hand plötzlich Schüsse. Christoph und seine Männer waren da! Ein paar Gegner wurden getroffen, wesentlich stärker aber war der Effekt auf die gegnerische Formation, denn die Männer hielten plötzlich inne und schauten nach rechts, wo die Schüsse herkamen. Das war unser Moment! Eine Trompete ertönte und unser linkes Fähnlein stürmte auf die Feinde zu.

Das Klirren aufeinandertreffender Waffen und Rüstungsteile wurde stetig lauter, aber für mich verlief plötzlich alles wie in Zeitlupe, während ich mich auf mein Gegenüber konzentrierte. Ein sehr junger Bursche, dem die Angst ins Gesicht geschrieben war. Fast zeitgleich stießen Hans, Barthel und ich unsere Piken nach vorne. Die Gegner versuchten ruckartig auszuweichen. Genau darauf hatten wir es abgesehen, das hatten mir meine Freude eingebläut. Immer zuerst zustechen, denn wer ausweicht, trifft nichts! Das konnte ich jetzt aus knappen sechs Metern genauestens beobachten. Während die Männer versuchten auszuweichen, verloren sie die Kontrolle über ihre Piken, die jetzt zum Teil zu hoch, meist aber zu tief gehalten wurden. Uns verschaffte das genug Zeit, erneut zuzustechen, dieses Mal aber deutlich gezielter. Hans durchbohrte den Hals seines Gegners und zog den Spieß wieder heraus, noch ehe der feindliche Landsknecht tödlich getroffen in sich zusammensackte. Hans' Kontrolle über dieses unhandlichen Gerät war bemerkenswert! Ich traf meinen Gegner mittig auf der Brust. Da dieser über einen Brustharnisch verfügte, taumelte er zwar getroffen zurück, war aber nicht ernsthaft verletzt. Mit Schrecken stellte ich fest, dass er sich erstaunlich schnell von seinem Treffer erholte und zum Gegenangriff überging. Jetzt war plötzlich ich derjenige, der ausweichen wollte. In der Enge der Formation war das leider unmöglich. Ich konnte also nur hoffen, dass meine Brigantine mich schützen würde. Plötzlich sah ich aber, wie der Gegner im Hals getroffen niedersank. Hans hatte ihn erwischt! Ich gewann meine Fassung wieder und bemerkte, wie der nächste Gegner dahinter im Reflex versuchte, seinen Kameraden, der vor ihm niedersank, aufzufangen. Das ermöglichte es mir, von oben in die Schulter zu stechen. Meine Pike traf genau oberhalb des Schlüsselbeins und drang fast eine Elle tief in den gegnerischen Brustkorb vor. Der Gegner sackte getroffen zusammen. Mir war es indes unmöglich, die Pike wieder herauszuziehen, ich musste sie freigeben, um nicht mit ihr und dem Gegner auf den Boden gezerrt zu werden.

Der Kampf war deshalb aber noch nicht vorbei. Ich zog also mit der Rechten mein Schwert und mit der Linken mein kleines Beil, in der Hoffnung, dass ich mich mit meinen kürzeren Waffen noch lang genug verteidigen konnte. Doch kaum war dies fertig gedacht, sah ich eine Pike auf mich zukommen. Jetzt zeigte sich der Vorteil meiner Brigantine im Vergleich zu den starren, ungelenken Plattenharnischen. Eine kräftige Parade mit dem Schwert, verbunden mit einer Körperdrehung, die nur durch die Beweglichkeit der Brigantine möglich war, führte die Pike nach rechts unten. Ein kräftiger Hieb mit meinem Beil gegen den Stiel verstärkte die Wirkung. Mein Gegenüber hatte offensichtlich mit so einer Reaktion nicht gerechnet und ihm entglitt der lange Spieß. Intuitiv war er dessen Bewegung aber gefolgt, so dass wir kaum mehr drei Meter auseinander standen. Geduckt, um nicht von der nächsten Pike getroffen zu werden, sprang ich vor. Ängstlich hatte der andere zwischenzeitig sein Schwert gezogen. Mit der gleichen Parade wehrte ich es ab und holte mit dem Beil in Richtung seines Kopfes aus. Die Klinge traf im Bereich etwas unterhalb seines rechten Ohrs und trennte ihm den Unterkiefer ab. Zähne und Blut flogen umher, er ließ sein Schwert los und griff mit beiden Händen nach seinem Kiefer. Sein Geschrei klang dadurch merkwürdig gedämpft. Nun drehte er sich leicht nach rechts und so bot seine linke Flanke meinem Schwert ein gutes Ziel. Diese Chance musste ich nutzen und rammte ihm mein Schwert in seine seitliche Brust. Ich musste ihn direkt im Herzen getroffen haben, denn er war auf der Stelle tot.

Zeit zum Durchschnaufen blieb nicht, denn die hinteren Reihen wurden auf meinen Durchbruch aufmerksam und richteten ihre Piken in meine Richtung. So schnell es ging, zog ich mich zurück. Hans und Barthel hatten die Szene im Griff und nutzten die Ablenkung der Gegner, um sie mit gezielten Stichen auszuschalten. Dadurch entstand eine kleine Bresche. Die beiden ließen ihre Piken los und riefen: „Rein, schnell!" Einige unserer Kameraden reagierten sofort und sprangen hinzu. Gleichzeitig gingen auch aus den hinteren Reihen ein paar mit ihren Spießen mit und schalteten die letzten Gegner in unserer direkten Richtung aus. Jetzt war es soweit, mit unseren Kurzwaffen in die Seite der Feinde zu schlagen und so in kurzer Zeit mehrere Gegner auszuschalten. Ihre Formation bröckelte und unsere Männer stießen vor.

Ein lauter, dumpfer Knall und entsetzliches Gebrüll übertönten plötzlich das Kampfgeschehen. Barthel und seine Männer hatten die Kanonen erobert und eine davon mit einer Kartätsche geladen und in den Rücken der gegnerischen linken Flanke abgefeuert, die bis gerade eben noch sehr stabil gestanden hatte. Das war's! Die gegnerischen Formationen brachen jetzt komplett zusammen. Wer erwischt wurde, wurde niedergemacht. Nur eine gute Handvoll schaffte es, ihr Heil in der Flucht zu suchen.

Wenige Minuten später war alles vorbei. Von meinen Waffen tropften Blut, Haare und diverses anderes Zeugs. Meine Kleidung sah nicht besser aus. Unser junger Offizier und einer seiner Begleiter kamen plötzlich im Galopp vorbeigeritten. Mein Blick folgte ihnen und sah ihr Ziel: Hans Thomas von Absbergs Fahne war gerade noch so zu erkennen. Der Raubritter hatte sich davongemacht! Eine Verfolgung zu Fuß machte natürlich wenig Sinn, und doch wollte ich wissen, ob unser Kommandant ihn erwischte. Zusammen mit einigen anderen lief ich zu einer kleinen Anhöhe, von der aus wir die Szene beobachten konnten. Seine Landsknechte hatte Hans Thomas im Stich gelassen, aber mit den zwei jungen Burschen wollte er es offenbar aufnehmen. Aus der Ferne konnten wir sehen, dass er plötzlich wendete und auf seine beiden Verfolger zuritt. Auf einmal sahen wir, wie er etwas aus dem Sattel zog. Kurz darauf stieg Rauch auf. Als wir den Schuss hörten, fiel einer unserer Reiter aus dem Sattel. Das musste

eine dieser neumodischen Radschlosspistolen sein – und Hans
Thomas schien mit ihr umgehen zu können. Beide verblei-
benden Reiter wendeten und hielten aufeinander zu, die
Schwerter in der Hand. Dem kampferfahrenen Raubritter hatte unser junger Anführer jedoch nichts entgegenzusetzen. Ein
Hieb gegen den Kopf seines Pferdes ließ es taumeln. Sein
Reiter war darauf nicht gefasst und stürzte. Hans Thomas
parierte sein Pferd durch, stoppte es aus dem vollen Galopp
und sprang ab. Mit raschen Schritten wandte er sich seinem
Gegner zu. Dieser hatte sich gerade erst wieder aufgerappelt.
Als er merkte, was los war, war es zu spät. Hans Thomas hatte ihm sein Schwert direkt ins Gesicht gestoßen. Die Zeit für
einen respektvolleren Schlag nahm er sich nicht. Danach
wischte er sein Schwert am Umhang des Gegners ab, bestieg
sein Pferd und galoppierte davon. Als ob nichts gewesen
wäre. Alle Gerüchte, die wir über diesen Mann gehört hatten,
schienen wahr zu sein.

Die Schlacht jedoch war gewonnen. Jetzt ging es darum zu
schauen, was sie uns eingebracht hatte. Auf jeden Fall zwei
Kanonen und ein Fass Schwarzpulver. Auch einen vollen
Proviantwagen und einen zweiten Wagen mit Waffen und
Werkzeugen. Für mich ein großer Glücksfall, da mir ja wieder
die Pike abhandengekommen war. Da bei der gegnerischen
Truppe kein Tross dabei gewesen war, lag die Vermutung
nahe, dass sie sich tatsächlich von den Raubnestern versorgen
ließ, die wir ja ausheben sollten.

In Ermangelung eines Befehlshabers riefen wir alle Rottenführer zusammen, um abzustimmen, wie es weitergehen sollte. Da wir vier ja mit dem jungen Offizier zusammen den Plan
für diese Schlacht ausgearbeitet hatten, wurde beschlossen,
dass wir das Kommando übernehmen sollten, bis uns ein neu-

er Offizier zugewiesen wurde. Die höchste Position hatte jetzt Christoph inne, da er viel Erfahrung und die größte Weitsicht hatte. Ihm wurden alle Dokumente und Karten anvertraut. Wir anderen drei bildeten seinen Stab.

Zunächst galt es, die Wunden der Schlacht zu versorgen. Die Toten beider Seiten wurden bestattet. Gemeinsam. Schließlich waren alles Landsknechte, so dass nicht zwischen Freund und Feind unterschieden wurde. Zu meiner Verwunderung aber auch nicht, was das Plündern der Leichen anging. Ausnahmen gab es nur, wenn jemand einen anderen kannte und dessen Habseligkeiten der Familie oder Verwandten weitergeben wollte. Unter den Toten des Gegners fanden wir auch einen Ritter. Es handelte sich um den Besitzer der Burg, zu der wir wollten, der im Gegensatz zu Hans Thomas mit seinen Männern gekämpft hatte. Barthel hatte ihn entdeckt und durchsuchte ihn sofort, da er bei ihm besonders viele Münzen vermutete. Mir fielen hingegen seine Stiefel auf. Wahre Handwerkskunst, die sehr bequem aussah und meine Größe hatte. Zu schade, um sie einfach zu vergraben. Diese Stiefel werden mir lange sehr gute Dienste leisten, dachte ich, und die Skrupel zu plündern waren schlagartig verschwunden.

Nachdem die Toten begraben und die Verwundeten versorgt waren, wurden die Waffen und Werkzeuge des Wagens aufgeteilt, ebenso eine Kiste mit Münzen, offensichtlich die nächste Soldzahlung. Neben einer neuen Pike kam ich so auch zu einer hochwertigen Eisenschaufel. Wie sehr hätten wir uns damals auf unserem Hof ein so gutes Stück gewünscht! Die Vorräte des Proviantwagens sollten uns allen zugutekommen, mit ihnen würden wir uns ein anständiges Festmahl gönnen. Nach den Strapazen der Schlacht, körperlich und emotional, wollte ich mich durch die gewohnte Tätigkeit am Kochfeuer wieder zur Ruhe bringen. Doch es kam anders.

„Ignaz, du gehst dort zu den anderen Neulingen am Waldrand“, wies Hans mich an. „Lass dir von Karl sagen, was zu tun ist, er kennt sich aus.“ Dann sah er mir ernst in die Augen. „Und falls du zögerst, denk dran: Auf dem Schlachtfeld gelten andere Regeln als daheim in der gemütlichen Stube.“

Hans' Aussage machte mich skeptisch. Was sollte das denn werden?

Karl war ein alter Rottenführer mit grauem Vollbart und hatte an einem weiteren großen Feuer am Waldrand das Kommando. Mehrere vorzugsweise beleibtere gegnerische Landsknechte lagen hier auf einem Haufen. Es waren also doch noch nicht alle bestattet worden. Sogleich erklärte mir Karl, wozu diese noch zu dienen hatten: „Aus ihren Leibern schneiden wir das Fett und lassen es auf dem Feuer aus. Daraus lässt sich ein gutes Schmalz gewinnen, um Waffen und Leder zu pflegen.“

Der Appetit verging mir schlagartig. Kämpfen und töten war eine Sache, aber diese Aufgabe war doch noch mal etwas anderes. Wurde doch oft genug in der Kirche gepredigt, dass der Körper verstorbener Christenmenschen heilig sei und nicht von Ärzten oder ähnlichen Scharlatanen entweiht werden dürfte. Was waren wir dann?

Karl sah mir meine Zweifel offenbar an, da stieß er mich grob in die Seite und lachte heiser. „Nun zier dich nicht so, die merken nichts mehr.“

Auch die anderen Neulinge guckten ziemlich dumm aus der Wäsche. Mir aber wurde klar, dass ich keine Wahl hatte. Immerhin hatte ich schon viele Schweine, Rehe und sogar Rin-

der zerlegt, im Gegensatz zu meinen Kameraden, die um
mich herumstanden und zusahen, so dass mir nichts anderes
übrig blieb als anzufangen. Die gleiche Arbeit wie an Tieren
an einem Menschen zu verrichten, stellte sich jedoch als Herausforderung dar, zumal wir, die wir auf zwei Beinen laufen,
ja einen ganz anderen Körperbau haben. Aber wie bei jedem
Schwein war auch bei den Männern das meiste Fett am Bauch
zu finden, und Schmalz hatte ich schon öfter gewonnen. Es
waren also trotzdem geübte Handgriffe zu verrichten, die ich
den anderen beibringen konnte, mit dem Unterschied, dass
ich dieses Mal ein paar leise Gebete für die Toten vor mich
hin murmelte. Gemeinsam gewannen wir genug Fett, um alle
Waffen und Lederteile ausreichend zu pflegen. Zum Schluss
brachten wir es in Eimern zu den anderen.

Wir kamen genau richtig zum Essen. Und erstaunlicherweise
kam der Appetit zurück, war es doch auch einmal schön, be-
kocht zu werden. Zu unser aller Freude fanden sich auch noch
Fässer mit frischem Bier, so dass der Abend angenehmer zu
Ende ging, als er begonnen hatte.

Am nächsten Morgen machte sich unser Trupp zum Abmarsch bereit. Natürlich mussten wir zunächst umgehend
Meldung beim Kommando der Hauptstreitmacht machen.
Zum Glück hatten wir noch unseren Botenreiter, den einzigen
Mann, dem jetzt noch ein Pferd zur Verfügung stand. Ich erklärte mich bereit, einen Brief an den Truchsessen zu schreiben. Ein Vorschlag, der von den anderen dankend angenommen wurde, da sich keiner dazu in der Lage sah, an eine so
hohe Persönlichkeit zu schreiben. Ich schilderte Graf Georg
die Lage und die gute Stimmung und versicherte, dass wir
trotz fehlenden Offiziers die vereinbarte Burg würden einnehmen können. Ich erwähnte auch meine neuen Freunde,

damit Seine Erlaucht wisse, an wen er sich zu wenden habe, sollte ich die nächste Schlacht nicht überleben. Dem Boten nahm ich gegen ein paar Münzen das Versprechen ab, den Brief nur Seiner Erlaucht höchstselbst zu übergeben. Danach brachen wir auf.

Zwei Tage später errichteten wir unser Lager in einem Waldstück. Unser Ziel lag jetzt nur noch weniger als einen Tagesmarsch entfernt. Die Stimmung der Männer war immer noch gut. Besonders, da ja in der Burg der Tross der besiegten Landsknechte vermutet wurde. Morgens zogen wir mit einem Großteil der Männer und den beiden Kanonen los, und gegen Mittag tauchte die Burg auf. Ein trutziger Bergfried, umrahmt von einer hohen Steinmauer am Rande eines Dorfes, zusätzlich gesichert durch einen Wassergraben.

Mit dem Banner des Schwäbischen Bundes schritten Hans und ich als Unterhändler in Begleitung von vier Bewaffneten in Richtung des Haupttores. Über dem Tor auf der Mauer war eine Wache zu sehen, ansonsten niemand. Wir schwenkten eine weiße Flagge, um klarzumachen, dass wir verhandeln wollten. Die Wache verschwand. Wenige Minuten später wurde die Zugbrücke heruntergelassen und eine ältere Dame, ebenfalls begleitet von vier Bewaffneten mit einer weißen Fahne, winkte uns zu sich herüber. Wir trafen uns direkt vor der Zugbrücke. „Im Namen des Schwäbischen Bundes fordern wir diese Burg, die Räuber, Verbrecher und sonstiges Gesindel beheimatet, zur sofortigen Übergabe auf!"

Die alte Dame lächelte. „Von mir aus gern, ich habe den alten Kasten nie gemocht. Ich bitte nur, meine persönlichen Habseligkeiten behalten zu dürfen. Sie werden es mir ermöglichen, in einem Damenstift meine alten Tage würdig zu Ende bringen zu können."

Wir schauten uns ungläubig an und nickten ihr dann zu – wie hätten wir ihr diesen Wunsch abschlagen können? Auf ihr Zeichen wurden zwei bepackte Wagen von Pferden zum Tor gebracht. Die Dame ließ sich beim ersten auf den Bock helfen und fuhr davon.

Nachdem wir unsere Worte wiedergefunden hatten, beschlossen wir, einfach hierzubleiben und auf die Männer zu warten, die einer unserer Bewaffneten holen sollte.

„Bestimmt die schnellste Burgeroberung der Geschichte!", grinste uns Christoph an und gab Hans und mir einen freundschaftlichen Klaps auf die Schulter. Wir erwarteten zwar keine Fallen, aber um sicherzugehen, ließen wir Caspar und seine Doppelsöldner als Erste hineingehen. Die Entwarnung kam prompt. Unter den Männern entbrannte eine heftige Diskussion, ob das jetzt gut oder schlecht war. Natürlich gab es keine Gefahr, in der Schlacht zu fallen, aber eben auch keine Chance auf Beute. Lediglich ein paar Heilkräuter im Kräutergarten sowie ein paar Hühner und Gänse im Hof versprachen wenigstens eine gute Mahlzeit. Die Burg wurde gründlich durchsucht, ob nicht doch noch irgendetwas Brauchbares zu finden sei.

Plötzlich gaben die Wachen auf der Mauer Alarm. „Da kommt jemand!"

Zur großen Freude aller handelte es sich um Teile des Trosses der geschlagenen Landsknechte. Die Freude der Männer wurde noch größer, als sie bemerkten, dass die meisten dieser Neuankömmlinge die Dirnen waren. Die wenigen Überlebenden hatten den Tross und damit vor allem die Familien der Gefallenen in Sicherheit bringen lassen. Aber für diese Frauen hätte es keinen Sinn gemacht, beim Tross zu bleiben, denn ohne Landsknechte ließe sich da ja nichts mehr verdienen.

Wir machten uns also ein paar sehr schöne Tage in diesem alten Kasten der alten Dame. Angezündet war eine Burg schnell, aber wir wussten ja nicht, wohin unsere weiteren Befehle uns führen würden, und der Bote des Truchsessen konnte uns nur hier finden. Die Landsknechte genossen die Zeit und feierten praktisch durch. Lediglich die Wachen wurden am neuen Morgen ausgeknobelt, bevor weiter getrunken wurde. Am Anfang noch zögerlich, trauten sich nach und nach immer mehr Dorfbewohner auf die Burg, um uns Bier und Wein zu verkaufen. Auch die ein oder andere Liebschaft blieb nicht aus. Meine Versuche, etwas über den Aufenthalt des Absbergers herauszufinden, blieben jedoch erfolglos.

Ein paar Tage später, vielen sicherlich zu früh, erreichte uns ein neuer Offizier und mit ihm neue Befehle. Die gesamte Armee sollte wieder zusammengezogen werden, und zwar in der Gegend um die schöne Stadt Dinkelsbühl. Dort wurde Sold ausgegeben – mein erster richtiger Sold als Landsknecht! Bisher hatte ich ja nur Beute gemacht. In echter Landsknechtmanier wollte ich diesen jetzt auch ausgeben. Endlich hatte ich keine größere Verantwortung mehr und konnte die Zeit einfach genießen, bevor es wieder weiterging. So sehr ich meine neuen Freunde schätzte, wollte ich aber auch mal wieder einen Abend für mich haben. Ich genoss die ein oder andere Leckerei im Tross und fand mich schließlich in einem gut aussehenden Trinkzelt wieder. Es war mit Hopfendolden geschmückt und ließ mich auf ein gutes Bier nach Tettnanger Art hoffen. Die Hoffnung wurde nicht enttäuscht, das Bier war herrlich süffig mit einer schönen Hopfennote. Fast wie früher im „Weißen Ross".

„Dachte ich mir doch, dich hier zu finden!"

Die markante, kräftige Stimme hinter mir kam mir sofort bekannt vor. Ich wagte kaum mich umzudrehen. War aber auch nicht notwendig, denn schon stand er vor mir: Seine Erlaucht Truchsess Georg, Graf von Waldburg höchstselbst, aber in vergleichsweise bescheidenem Gewand. Natürlich wollte ich mich erheben, aber er drückte mich sofort zurück auf die grob gezimmerte Bank.

„Errege kein Aufsehen, außer dir erkennt mich hier niemand. Rede mich mit Georg an wie einen alten Freund. Gut, dass du diesen abgelegenen Tisch gewählt hast. Hier können wir reden!"

Mein Versuch, nicht rot zu werden, scheiterte vermutlich. Ich sollte ihn mit Vornamen anreden? Beim dritten Bier gelang es mir dann fast. Hauptsächlich sprachen wir über das Erlebte der letzten Tage. Er redete dabei über sich selbst in der dritten Person, falls doch jemand zuhörte. Tatsächlich interessierte er sich aber für meine Erfahrungen in der Schlacht. Als Adligem war es ihm natürlich nicht möglich, als einfacher Pikenier in die Schlacht zu ziehen. Da ihn das Kriegshandwerk aber sehr interessierte, wollte er möglichst viel davon erfahren. An diesen Abend denke ich gerne zurück: Ich, ein einfacher Bauernsohn, Schankbursche und schließlich als Henkersfreund geschmähter Herumtreiber saß mit einem der mächtigsten Männer des Reiches an einem Tisch und trank mit ihm Bier wie mit einem alten Freund.

Plötzlich stellten wir fest, dass wir die letzten Gäste waren. Ein paar Münzen bewogen den Wirt dazu, uns mit einem weiteren Krug Bier alleine zu lassen.

Der Graf musterte mich. „Bist du noch nüchtern genug für unser Gespräch, Ignaz?"

„Natürlich, Eure Erlaucht!"

„Gut, du hast mir alle meine Fragen beantwortet, und deine Erzählung hat mich sehr erfreut. Wenn du nun Fragen zum Feldzug hast, darfst du sie mir stellen. Das bin ich dir wohl schuldig."

Da musste ich nicht lange nachdenken. „Warum zieht Ihr die Truppen wieder zusammen? Mit so einer großen Armee werden wir doch kaum einen Raubritter erwischen können?"

Er nickte. „Da hast du vollkommen recht. Aber das müssen wir auch nicht. Wir brennen die Burgen der Raubritter nieder und nehmen ihnen so jede Möglichkeit, sich zurückzuziehen und vor allem ihre Gefangenen zu behalten. So wird ihr Treiben dann unmöglich werden. Mein Ziel ist es, diese Feldzüge zu einem baldigen Ende zu bringen."

„Um die Verluste gering zu halten?", vermutete ich.

Der Graf seufzte. „Das auch, natürlich. Darüber hinaus sind unsere finanziellen Mittel begrenzt. Vor allem aber befinden wir uns hier im Fränkischen ja eigentlich nicht mehr im Wirkungsbereich des Schwäbischen Bundes, von meinem Herrschaftsbereich einmal ganz zu schweigen."

Ich runzelte die Stirn. „Aber die Städte haben uns doch selbst angefordert, zum Schutz, oder nicht?"

Mein Gegenüber seufzte. „Richtig, der Schwäbische Bund ist als Ordnungsmacht beauftragt worden, aber nicht als Besatzungsmacht. Und das ist ein schmaler Grat. Wir sollten Kriegsschäden vermeiden. Du weißt selbst inzwischen, wie die Landsknechte sind. Manche von ihnen werden von der Gier getrieben. Die meisten Kriegsschäden entstehen nicht im Kampf, sondern durch das Plündern der Gebiete rund um die eigentlichen Schlachtfelder. Wir dürfen also nie zu lange an einem Ort verweilen, das bringt die Männer auf dumme Gedanken." Er fuhr sich mit der Hand übers Gesicht. Ob er müde war vom Bier oder vom Kampf, konnte ich nicht sagen.

„Dann kehren wir bald zurück in die Heimat?", fragte ich.

In seinen Augen sah ich einen kleinen Hoffnungsschimmer. „Wenn möglich: ja. Ich hoffe, bald wieder in den Süden zurückkehren zu können, in meine Ländereien. In der heutigen Zeit sollte man sein Land nicht zu lange alleine lassen."

Seine Offenheit erstaunte und ehrte mich. Als der Krug Bier leer war, verabschiedeten wir uns und gingen auseinander, an zwei verschiedene Enden unseres Heerlagers.

Was für ein Anblick! 10.000 Landsknechte, 1000 Berittene und 100 Kanonen, die sich Anfang Juni 1523 bei Dinkelsbühl in Marsch setzten, gefolgt von einem ebenso großen Tross. Wir, das 26. Fähnlein, liefen zwischen Truppe und Tross. Das war einerseits sehr unangenehm, da wir die ganze Zeit den Staub der anderen im Gesicht hatten. Wir behalfen uns mit über Mund und Nase gebundenen Tüchern. Andererseits kümmerte man sich hier hinten nicht mehr so stark um die Marschordnung oder ähnliche Dinge, und ich kam mit vielen mehr oder weniger interessanten Menschen ins Gespräch. So lernte ich Ottilia kennen.

Ottilia war die jüngere Schwester einer frisch gebackenen Wanderhure namens Maria, selbst aber nicht in diesem Gewerbe tätig. Wie ihre Schwester hatte Ottilia rotes, langes, gewelltes Haar, allerdings war ihr Körperbau weniger weiblich, fast knabenhaft. Die beiden stammten aus einer sehr kinderreichen Familie aus Dinkelsbühl, und ihre Eltern hatten gerade vor ein paar Tagen mit ihnen über ihre Zukunft gesprochen. Sie sollten entweder mit einem Handwerker verheiratet werden oder sonst ins Kloster gehen. Beides kam für die jungen Frauen nicht in Frage. Sie hatten das Durcheinander mit der Ankunft der Landsknechte genutzt und sich einfach in den Tross gemogelt. Maria hatte schon öfters bemerkt, dass ihr von den Männern gewisse Blicke zugeworfen wurden und an diesem Spiel Gefallen gefunden. Warum sollte sie also nicht mit dieser Gabe ihren Lebensunterhalt verdienen? Ottilia war etwas skeptischer, wollte ihre Schwester aber nicht hängenlassen. Sehr schnell hatte Maria gemerkt, dass sie aufgrund ihrer Reize gutes Geld verlangen konnte und nicht jeden Kunden bedienen musste. Ottilia blieb zur Sicherheit außerhalb des Zeltes und übernahm auch sonst alle Aufgaben wie das Kochen und Instandhalten des Zeltes. So hatten sich die Schwestern in kurzer Zeit sehr gut eingespielt. Gerne hörte ich Ottilias Erzählungen zu, schließlich hatte ich mich noch nie länger mit einer Frau unterhalten. Sie war freundlich, intelligent und hatte eine Stimme, die mir den Nacken kribbeln ließ. Möglich waren unsere Gespräche aber natürlich nur während des Marsches, denn ansonsten hatte sie ja zu tun.

Bald darauf errichteten wir ein festes Lager in der Nähe von Mergentheim, und der Tross blieb vollständig hier. Die Truppe wurde geteilt und mehrere Raubnester gleichzeitig angegriffen. Wir als letztes Fähnlein wurden zur Trossbewachung abgestellt, was mich insgeheim natürlich freute. Wenn man die Landsknechte anderer Fähnlein traf, prahlten diese gerne von ihren Heldentaten beim Erobern der Burgen. Ich ließ diese erzählen und tat so, als wäre ich zu gern dabei gewesen. Sie konnten ja nicht wissen, dass ich als Trosswache nun viel öfter Gelegenheit hatte, Ottilia zu sehen. Sollten sie nur kämpfen und Beute machen! Ich hatte meine eigenen Interessen.

Bald hatte es sich innerhalb unseres Fähnleins herumgesprochen, dass ich gut lesen und schreiben konnte, und so setzte mich unser neuer Offizier auch immer wieder als Boten ein, zumal er herausgefunden hatte, dass man mich auch zu Seiner Erlaucht schicken konnte, weil ich dort eingelassen wurde.

Durch meine Besuche im Zelt des Truchsessen wurde ich auch mit einem sehr interessanten Mann bekannt gemacht, Hans Wandereisen. Er war Kriegsberichterstatter und sollte den Fortgang des Feldzuges genau dokumentieren. Neu war aber, dass er das nicht nur in Schriftform tun sollte, sondern auch in Form von Holzschnitten. Da ja die meisten Menschen nicht lesen oder schreiben konnten, sollte diesen so die Möglichkeit gegeben werden, auf bildliche Art nachvollziehen zu können, was genau geschehen war. Selbstverständlich sollte die Kunst der Holzschnitte aber auch Graf Georgs Erfolge dokumentieren. Wie mir mittlerweile klar war, hatte Graf Georg durchaus Ziele für seinen politischen Aufstieg, und dafür wollte er den Stand der Familie Waldburg verbessern, um auch selbst gesellschaftlich aufzusteigen. Mit seinem eigenen Kriegsberichterstatter sorgte er natürlich dafür, dass die Geschichtsschreibung zu seinem Vorteil ausfiel.

Aber auch ich freute mich über seine Anwesenheit. Hans Wandereisen suchte nämlich des Öfteren meine Gesellschaft, weil er froh war, in mir einen nicht-adligen, aber gebildeten Gesprächspartner zu finden – und mir ging es genauso. Von seinen Reisen hatte er viele interessante Geschichten mitgebracht, und ich als Trosswache konnte ihm ebenfalls viel erzählen. Schließlich war der Tross ein Sammelbecken für Informationen und Geschichten. Jedenfalls wurde es uns bei einem Bier nie langweilig.

Sofern es Zeit oder Dienst zuließen, war ich aber in der Nähe des Zeltes der Schwestern Ottilia und Maria. Immer öfter erwischte ich mich bei einem seltsamen Gefühl, wenn ein neuer Freier sich den beiden näherte. Irgendeine Mischung aus Angst und Wut. Bisher waren Ottilias Aufgaben zwar immer noch unschuldiger Natur, aber mir war klar, dass der Tag kommen würde, an dem ein Freier ein Auge auf sie warf. Maria mochte zwar bei den meisten Männern als attraktiver gelten und sie war auch viel freizügiger gekleidet. Ich fand allerdings Ottilias Reize wesentlich anziehender, auch wenn sie diese verbarg. Irgendwann würde ihre Anziehungskraft auch anderen Männern auffallen.

Aus den anfangs zufälligen Gesprächen wurden Verabredungen. Und schon bald hatte mir Ottilia angeboten, meine Wäsche zu waschen. Gegen Bezahlung natürlich. Erstens wollte ich sie nicht ausnützen und zweitens hatte Ottilia somit einen legitimen Grund gegenüber ihrer Schwester, sich davonzustehlen.

So hatten wir uns eines Tages gleich in aller Frühe am Fluss verabredet. Ich kam mit meinem Wäschebündel – und mit leichter Nervosität. Immerhin war es das erste Mal, dass wir uns nur zu zweit trafen. Aber auch sie wirkte bei der Begrüßung etwas unsicherer als sonst. Irgendetwas war anders zwischen uns, hier allein auf dieser Wiese, über der noch der Morgennebel hing. Da mein Dienst erst nach der Mittagszeit begann, beschloss ich, bei ihr zu bleiben und ihr beim Waschen zu helfen. Nebeneinander knieten wir am Ufer des Baches und bearbeiteten gemeinsam ein Leintuch. Plötzlich berührten sich unsere Hände. Ein merkwürdiger, aber sehr angenehmer Schauer durchfuhr mich. Und Ottilia warf mir ein verschämtes Lächeln zu. Die Berührungen wurden häufiger und zugegebenermaßen weniger zufällig, dann folgten schüchterne Blicke, die immer länger dauerten. Ihre Augen waren blau-grün und wunderschön. Da streckte sie ganz vorsichtig ihre Hand aus und legte sie auf meine Wange. Als ich meine Hand auf ihre legte, lehnte sie sich weiter vor und legte ihre Lippen auf meine. Jetzt verstand ich, warum so viele Menschen vom Küssen schwärmten. Mein Magen kribbelte, als unsere Küsse leidenschaftlicher wurden. Dann fuhr sie mit ihrer Hand zärtlich an meinem linken Bein empor – und plötzlich kam mir ein schrecklicher Gedanke. Hatte sie mich vielleicht missverstanden?

Sanft drückte ich sie weg: „Verzeih, ich genieße das sehr, aber ich möchte nicht, dass du denkst, ich wollte dich ... dafür... bezahlen", stammelte ich.

Zuerst sah sie mich zutiefst erstaunt an, und ich dachte schon, dass sie mich ohrfeigen würde. Dann aber kicherte sie. „Alles in Ordnung, würde ich Geld dafür wollen, hätte ich es im Voraus erwartet."

Natürlich wie blöd von mir! Ihr bezauberndes Lächeln half nicht, mir die rote Farbe aus dem Gesicht zu treiben. Dann kam sie noch näher und flüsterte mir ins Ohr: „Meinst du nicht, auch die Kleidung, die wir am Leib tragen, sollte dringend gewaschen werden?"

Mit diesen Worten streifte sie sich Schürze und Kleid über den Kopf. Ich tat es ihr gleich und bin mir sicher, ich war noch nie so schnell aus meiner Kleidung, obwohl das bei der Hose nicht mehr so einfach war. Eine gewisse körperliche Reaktion auf den Anblick dieses wunderschönen Frauenkörpers ließ nämlich nicht auf sich warten. Wir berührten, streichelten und küssten uns am ganzen Körper und legten uns ins weiche Gras. Schließlich öffnete sie ihre Beine und nahm mich in sich auf …

Als wir etwas später eng umschlungen im Gras lagen, wollte ich diesen Ort nie wieder verlassen. Aber schon kurz darauf hörten wir die Kirchenglocken. Es war deutlich später, als ich gedacht hatte. Maria würde sich Sorgen um ihre Schwester machen, und auch mein Fehlen würde auffallen. Schnell schlüpften wir in unsere Kleidung und stellten mit Bedauern fest, dass wir leider mit dem Waschen nicht fertig geworden waren.

„Das werden wir wohl morgen wiederholen müssen", lächelte Ottilia verschmitzt.

Zurück im Tross spürten wir sofort eine ungewöhnliche Hektik. Ich begleitete Ottilia noch ein Stück, damit sie auch sicher bei ihrem Zelt ankam, da rief uns Maria schon von Weitem zu, dass das gesamte Lager sich marschbereit machen sollte. Die Nachricht, nicht so bald wieder Wäsche waschen zu können, hatte mich noch nie so hart getroffen wie an diesem Tag.

In den nächsten Wochen blieben wir ständig in Bewegung, sodass ich keine Gelegenheit hatte, Ottilia wiederzusehen. Die Armee zerstörte mehrere Burgen auf dem Weg, wobei die meisten von ihnen kurz vor unserer Ankunft aufgegeben worden waren. Einerseits blieben Kämpfe und Verluste dabei überschaubar, andererseits galt dasselbe aber auch für die Plünderungen, und das gefiel den Landsknechten gar nicht. Zwar wurden wir in manchen Dörfern und Städten großzügig mit Speis und Trank versorgt, aber dennoch drohte die Stimmung in der Truppe bald schon zu kippen.

Eines Tages wurde ich nach langer Zeit einmal wieder zum Truchsessen von Waldburg gerufen, sein Schreiber war offenbar erkrankt. Als ich in sein Zelt kam, begrüßte er mich freundlich, wirkte aber sehr angespannt. Bevor ich etwas schreiben sollte, klärte er mich über die derzeitige Lage auf. Der Schwäbische Bund war unzufrieden mit dem bisherigen Vorgehen. Graf Georg reichte mir den neuen Befehl, den er soeben erhalten hatte. Darin ereiferte sich der Bund, dass Graf Georg zu viel Milde an den Tag gelegt hatte. Die Burgen seien vollständig und ausnahmslos zu zerstören. Leben seien nicht zu schonen, denn es solle ein Exempel statuiert werden. Besonders scharf wurde das Vorgehen in Aub kritisiert. Aub war eine Ganerbenburg, was bedeutete, dass sie von mehreren Erblinien bewohnt wurde, außerdem war Aub aber auch eine Stadt. Graf Georg hatte keine Notwendigkeit gesehen, das alles zu zerstören, zumal ja nur ein Teil der Anlagen der Familie Rosenberg gehörte, die mit Hans Thomas von Absberg gemeinsame Sache gemacht hatte. Deshalb wurde Aub nicht geplündert und zerstört, sondern gebrandschatzt. Für 1000 Gulden und das Versprechen, mit Absberg zu brechen, wurde die Stadt verschont. Das Geld freilich forderte der Bund für sich ein.

Ich warf dem Grafen einen erstaunten Blick zu. Ob er jetzt wohl an einem Punkt angekommen war, mit dem Schwäbischen Bund zu brechen? Eigentlich hatte er diesen Feldzug ja als Familienfehde gegen Hans Thomas von Absberg begonnen, und bisher hatte es keine Chance gegeben, diese Rache zu einem Ende zu bringen. Andererseits war ihm sicherlich klar, dass er seine politischen Ziele nicht ohne den Bund erreichen würde. Eine echte Zwickmühle.

„Was sagen die Landsknechte zu diesem Feldzug?", fragte der Truchsess mich plötzlich.

Ich antwortete ehrlich, weil ich wusste, dass er es so von mir erwartete: „Sie sind unzufrieden, weil sie zu wenig plündern können. Ihren Sold geben sie aus für Frauen und Bier, weil sie von beidem nichts auf den Burgen finden."

An der Miene des Grafen konnte ich nicht viel ablesen.

„Was meinst du, wie sie reagieren würden, wenn wir einen Großteil der Fähnlein auflösen würden?"

Einen Moment lang erschrak ich. War das geplant? Aber auch jetzt war ich ehrlich. „Die meisten würden nach Italien gehen. Es heißt, der Kaiser würde dort Truppen sammeln, und da sei ein – wie sie sagen – ‚besserer Krieg' zu erwarten."

Er nickte. Dann diktierte er mir mit knirschenden Zähnen seine Antwort auf den Brief des Schwäbischen Bundes. Es war eine knappe Bestätigung des neuen Befehls.

So ging die Strafexpedition weiter und die Zerstörungen der Raubnester wurden massiver ausgeführt. Nach der Truppach und der Krügelstein zogen wir in Richtung Hof. Die Sparnecker Burgen waren die nächsten, alle sechs wurden zerstört. Dann kam es, wie ich es nach dem Gespräch mit dem Grafen geahnt hatte: Mehr als die Hälfte der Landsknechte wurde entlassen, sechzehn Fähnlein wurden aufgelöst. Zum Glück nicht unseres! Die meisten Landsknechte gingen gern, aber wir blieben gern. Leichteres Geld ließ sich als Landsknecht nicht verdienen als in diesem eher „friedlichen" Krieg. Nicht einmal Barthel musste überredet werden. Christoph und Hans waren sich einig: „Wir machen hier mit, solange es geht." Caspar sah das ähnlich, denn zu essen gab es genug. Bei Barthel hatten wir anfangs Bedenken, da er ja immer das Extrastück Beute zu besorgen wusste und sich auch für krummere Geschäfte nicht unbedingt zu schade war. Aber ich hatte den Eindruck, dass er seine Freunde mehr schätzte, als er offen zugegeben hätte, und deshalb blieb er bei uns.

Wir marschierten rasch weiter, an Bayreuth vorbei in Richtung Nürnberg. Angehalten wurde nur kurz, so dass das Lager nie richtig aufgebaut werden konnte. Für mich persönlich wurde das Ganze immer mehr zur Qual, denn allzu gerne hätte ich mit Ottilia da weitergemacht, wo wir beim Wäschewaschen aufgehört hatten. Aber viel mehr als ein paar verstohlene Blicke konnten wir nicht austauschen. Immer, wenn ich sie sah, keimte die Hoffnung in mir auf, dass wir eines Tages zusammen sein könnten. Aber um herauszufinden, ob das auch ihr Wunsch war, hätte ich natürlich ein Gespräch ohne fremde Ohren in der Nähe führen müssen. Vielleicht konnten wir uns ja wirklich ein gemeinsames Leben aufbauen? Wie auch immer das dann aussehen sollte. Vielleicht sogar als Landsknecht? Mit meinen vier Freunden an der Seite könnte ich es sicher auch schaffen, diesen Beruf längerfristig auszuüben. Oder doch sesshaft werden? Eine Schenke betreiben oder einen Hof bewirtschaften? Was würde sie zu diesen Ideen sagen? Würde sie überhaupt ein Leben mit mir in Erwägung ziehen?

Mit diesen Gedanken verging die Reise zwar einerseits sehr schnell. Andererseits verging sie aber auch unendlich langsam, da ich ja keine meiner Fragen mit ihr besprechen konnte. Und was würde ich tun, wenn sie mich gar nicht haben wollte?

Nur wenige Stunden vor Nürnberg wurde die Armee plötzlich angehalten. „Die Offiziere sollen sich beim Truchsessen einfinden!", hieß es kurz darauf, und ich durfte unseren Offizier begleiten. Das brachte mich zumindest wieder auf andere Gedanken. Ein Gespräch mit Georg von Waldburg war mir, wie erwartet, nicht möglich, und doch trafen sich unsere Blicke kurz, wie von alten Freunden. Er teilte uns mit, dass der

Schwäbische Bund einen glanzvollen Siegeszug der Armee mitten durch Nürnberg wünschte. Natürlich war uns allen klar, dass es dem Bund hier nicht um eine feierliche Belohnung für die Landsknechte ging. Nein, hier wollte der Bund vor allem seine Macht und seinen Anspruch als Exekutive des Reiches demonstrieren. Wir bekamen also den Befehl, uns und unsere Ausrüstung in beste Ordnung zu bringen.

Für die meisten Landsknechte war das dennoch ein Fest. Schließlich zeigte man sich gern in seiner vollen Pracht. Nicht wenige von ihnen traten im Alltag eher überheblich und arrogant auf, und das war ihre Chance, sich mit viel Pomp als Helden zu inszenieren. Meine alten Haudegen und ich sahen das ein wenig anders, beschlossen aber, das Beste daraus zu machen. Der Tross hingegen sollte die Stadt zwischenzeitig umrunden. Zur Fassade einer glorreichen Armee passten keine Handwerker, Trinkzeltbetreiber oder gar Gaukler und Huren.

Also begann ich, die Pike und auch die Klingen meines Schwertes und des kleinen Beils zu polieren und meine Kleidung vom Straßenstaub zu befreien. Ich war ganz in meine Arbeit vertieft, als mich überraschend etwas im Genick kitzelte. Ich fuhr herum und wollte danach schlagen, sah aber in das wunderschöne Lächeln von Ottilia. Völlig überrascht strahlte ich sie an, wusste aber im nächsten Moment nicht, wie ich sie begrüßen sollte. Mit einem Kuss? Einem Handschlag? Einem klugen Satz? Während ich mich zu keiner Variante entscheiden konnte, griff sie mich zärtlich am Hinterkopf und zwang mich so, ihr in die Augen zu schauen. Für den Bruchteil einer Sekunde schien die Welt stillzustehen. Gleichzeitig wünschte ich mir, dieser Augenblick würde ewig dauern. Ihre wunderbare Stimme riss mich aus den Gedanken. „Hier, Ignaz, eine neue Feder für deinen Hut. Schließlich soll mein Landsknecht gut aussehen!"

Mit diesen Worten steckte sie mir ihr Geschenk an meinen Hut, dann war sie auch schon wieder verschwunden. Das Gekicher meiner Freunde holte mich endgültig in die Wirklichkeit zurück. Caspar klopfte mir mit einem breiten Grinsen auf die Schulter. „Das war's mit dem schönen Leben. Die lässt dich nicht mehr gehen. Kannst nur hoffen, dass sie so gut kocht wie du, sonst ist wirklich alle Freude in deinem Leben vorbei!"

Ich ignorierte sein Geschwätz und konnte nicht aufhören zu lächeln. Hatte sie mich gerade „mein Landsknecht" genannt? Das bedeutete doch, dass sie bei mir bleiben wollte, oder ...? Oder war das nur ...?

Hans unterbrach meine Gedanken, indem er mir kräftig auf die Schulter schlug. „Schluss jetzt mit der Träumerei! Die anderen stellen sich schon auf!"

Die Parade war sicher beeindruckend, und ich musste zugeben, dass ich es doch genoss, von den Nürnberger Bürgern bejubelt zu werden.

Die ganze Stadt schien auf den Beinen zu sein. Alle feierten das Ende der Raubritter – obwohl wir kaum einen erwischt hatten. Wie sich später herausstellte, hatten sich aber doch ein paar direkt gestellt und sich durch eine Urfehdeerklärung oder ähnliche Abmachungen von ihren Taten losgesagt. Rechtlich waren das damals normale Vorgänge, mir persönlich wären diese Raubritter allerdings am Galgen oder enthauptet lieber gewesen. Trotzdem feierte ich gerne mit.

Zwei Tage lang wurde gegessen, getanzt und vor allem getrunken. Meine vier Freunde wurden nicht müde mir klarzumachen, dass das vermutlich meine letzte Gelegenheit war, richtig einen draufzumachen, bevor mir das mein Weib untersagen konnte. Also trank ich halt mit. Am dritten Tage wurde Sold ausbezahlt, was dazu führte, dass viele Landsknechte zum vereinbarten Zeitpunkt des Abmarsches nicht mehr auftauchten. So blieben nur noch ein paar Hundert Mann, die sich in Marsch setzten, um noch die letzten drei Burgen zu zerstören. Eine davon war auch die Absberg. Ich muss es vermutlich nicht dazu sagen: Sie war verlassen, als wir sie erreichten. Und der Erzfeind des Grafen, der auch meiner war, befand sich natürlich fern der Burg in Sicherheit. Das hielt uns aber nicht davon ab, der Burg den Rest zu geben. Wir hatten Hans Thomas von Absberg zwar nicht erwischt, aber zumindest würde er nicht auf diese Burg zurückkehren können.

Nachdem die letzte Burg verbrannt war, ließ uns der Truchsess noch einmal antreten. Die überschaubare Anzahl, die wir noch waren, erlaubte es ihm, direkt zu uns zu sprechen und nicht über die Offiziere und Unteroffiziere, wie sonst üblich. Die Männer waren sichtlich gerührt, ihren obersten Befehlshaber einmal so aus der Nähe zu sehen und zu hören. Mit treffenden Worten bedankte er sich für die Treue und den Gehorsam während dieses Feldzuges. Für uns, die zuverlässigsten dieses Zuges, gab es deshalb zusätzlichen Sold aus dem privaten Beutel des Grafen. Der Jubel, der jetzt ausbrach, war echt und begeistert.

An Ort und Stelle wurde der Tross ein letztes Mal aufgebaut. Mit einem Mal wurde mir klar, dass wir alle uns sehr bald trennen würden, es sei denn, dass wir konkrete Entscheidungen trafen. Vor mir lag ein dunkles Nichts – ohne meine Freunde, aber vor allem ohne Ottilia. Da kam mir ein Gedanke. Ich ging zu Maria und bot ihr an, für ihre Sicherheit zu sorgen. Aber als diese die Blicke sah, die Ottilia und ich uns zuwarfen, lehnte sie ab. „Bei meiner Tätigkeit möchte ich nicht von meinem künftigen Schwager belauscht werden. Nicht, dass du es dir noch anders überlegst!"

Ottilia und ich wurden bei dieser Aussage beide rot im Gesicht. Innerlich zerriss es mich fast vor Glück, denn wie es schien, war jedem klar, dass Ottilia und ich eine gemeinsame Zukunft hatten, nur mir nicht. Sehr gerne hätte ich sie jetzt in den Arm genommen, geküsst und was auch immer, aber natürlich ging das nicht hier vor aller Augen und Ohren. Ottilia schien mir mein Leiden anzusehen und flüsterte mir ins Ohr: „Keine Sorge, dafür haben wir noch das ganze Leben Zeit!"

Auf dem Rückweg hüpfte mein Herz, denn das war doch nun wirklich eine Antwort auf meine Frage. Ja, sie wollte mich!

Ich ging zurück an unser Feuer in der Gewissheit, dass ich meine Freunde dort früher oder später treffen würde. Tatsächlich war Hans bereits dort, als ich eintraf. Er wirkte irgendwie bedrückt und starrte ins Feuer. Ich setzte mich einfach daneben. Wenn er reden will, wird er reden!, dachte ich mir. Es dauerte nicht lange, da war es soweit: „Lass dir diese Chance nicht entgehen. Eine gute Frau zu finden, ist das Beste, was einem Mann passieren kann. Freiheit wird überbewertet. Ich weiß, du siehst mich und denkst: Der beherrscht sein Handwerk, der hat seine Bestimmung gefunden. Das mag so sein, aber wirklich glücklich bin ich nicht und ist auch kein anderer von uns. Wir machen das, weil wir es können und weil es für einen Mann ohne Frau eine gute Möglichkeit ist, durchs Leben zu kommen. Aber das Glück einer liebenden Frau ersetzt es niemals!"

So plötzlich wie er begonnen hatte zu sprechen, so abrupt hörte er auch wieder auf. Nach und nach trudelten die anderen ein. Zunächst saßen wir alle fünf schweigend am Feuer. Barthel begann: „Ignaz, solltest du mit uns weiterziehen wollen, bist du in unserer Runde herzlich willkommen!" Die anderen äußerten sich ähnlich. Da begann eine rege Diskussion, wie es nun weitergehen sollte. Man wurde sich aber einig, das Sinnvollste wäre es wohl, in Richtung Italien zu gehen und dort entweder für den Kaiser oder eventuell sogar für die Franzosen zu kämpfen. Bei dieser Aussage runzelte ich die Stirn. Christoph erklärte mir deshalb: „Ein Landsknecht kennt kein Vaterland, nur einen Soldgeber." Ich nickte und bemühte mich, das Gespräch am Laufen zu halten, um von meiner Person abzulenken. Das bemerkten meine Freunde aber bald und sie erwarteten offenbar eine Antwort.

„Ich denke und hoffe, dass ich diese Entscheidung nicht alleine treffen kann." Dieser klare Satz meinerseits wurde erstaunlich verständnisvoll aufgenommen. Natürlich hofften sie, dass Ottilia uns einfach begleiten würde.

„Und Maria natürlich auch!", bestätigte Barthel mit einem breiten Grinsen.

Am nächsten Morgen wurden wir von einem Boten geweckt.

„Seid Ihr Ignaz Donnerfels?"

Ich nickte mit schmerzendem Kopf. Der Bote drückte mir wortlos einen Brief in die Hände und ging weiter. Ein Brief für mich? Das war neu. Zu meiner Überraschung war er vom Truchsessen von Waldburg höchstselbst, und er bat mich zu sich. Mein Kopf wurde plötzlich klar, ich schmiss mir ein paar Hände Wasser ins Gesicht, spülte mir kräftig den Mund

und machte mich zurecht, so gut es auf die Schnelle ging. Auf dem Weg verschlang ich noch ein paar Brocken Brot.

Tatsächlich ließ mich der Graf von Waldburg auch recht zügig in sein Zelt eintreten. Drinnen sah ich, dass seine Diener bereits alles zusammenpackten.

„Ignaz, ich reise zurück nach Nürnberg und brauche noch ein paar Mann als Eskorte. Du kennst doch sicher ein paar zuverlässige Männer. Es soll deren Nachteil nicht sein! Ich erwarte euch bei Sonnenaufgang marschbereit. Aber jetzt muss ich dafür sorgen, dass beim Packen nichts vergessen wird. Bis morgen!"

Mit guter Miene ging ich zurück zu meinen Freunden. So war zumindest gesichert, dass wir noch ein paar Tage zusammenbleiben konnten. Die Neuigkeit wurde gut aufgenommen, und so begannen auch wir, unser Lager zusammenzupacken.

Nun führte aber kein Weg mehr vorbei an dem Gespräch, das ich ebenso herbeigesehnt wie auch gefürchtet hatte. Auf halbem Weg zu Ottilias Lager kam sie mir entgegen. Beide begannen wir gleichzeitig tief einzuatmen, um etwas Folgenschweres zu sagen – und dann blieb uns beiden gleichzeitig die Stimme weg. Vorsichtig schauten wir uns in die Augen. Aber in diesem Moment bemerkte ich auch amüsierte Blicke von Leuten aus dem Tross, die uns kannten. Was auch immer dieses Gespräch bringen würde, wir konnten es bestimmt nicht unbemerkt mitten im Tross führen. Da nahm ich ihre Hand und führte Ottilia ein Stück in Richtung Waldrand, wo wir uns auf einen Baumstamm setzten. Was wollte sie mir eben sagen? Wenn es etwas Gutes war, wollte ich es gern sofort wissen, wenn sie sich für einen anderen Lebensweg entschied, würde ich mich mit einem Geständnis lächerlich machen oder sie bedrängen. Aber ich konnte sie unmöglich

den Anfang machen lassen, denn das ziemte sich nicht für
eine Dame.

„Unsere Wege trennen sich bald, wenn wir nicht reden", taste-
te ich mich vorsichtig an das Thema heran. Ihre Augen wurden dunkel und traurig. War das jetzt gut oder schlecht?

„Allerdings", nickte sie. „Meine Schwester will nach Nürnberg gehen ..."

Ihre Worte klangen nicht so, als wäre das auch ihr Wunsch.
Deshalb traute ich mich endlich, mein Schicksal in ihre Hände zu legen. Würde sie Ja sagen oder mich auslachen?

„Ich wünsche mir nichts mehr, als mit dir zusammenzublei-
ben", sagte ich. „Für immer. Willst du mit mir weiterziehen?
Wir könnten zum Beispiel ...?"

Ihr Mund verzog sich zu einem Lachen. Aber dann legte sie
ihre Arme um meinen Nacken und wir küssten uns erst ganz
vorsichtig, als könnten wir damit Glas zerbrechen, aber dann
wurde der Kuss immer leidenschaftlicher. Sollte diese un-
glaubliche Frau ab sofort Teil meines Lebens sein? Das Gefühl, als wir im Wald verschwanden, war noch viel intensiver
als beim ersten Mal.

Als ich ins Lager zu meinen Freunden zurückkehrte, beschlossen wir, ein paar Münzen zusammenzulegen, um uns
einen Karren samt Zugtier kaufen zu können. Ich machte den
Vorschlag, mit Maria zu sprechen, da sie zumindest bis Nürnberg den gleichen Weg hätte, und ich informierte die vier,
dass Ottilia dann mit uns kommen würde. Sie grinsten sich
gegenseitig an. Offenbar hatten *sie* keine Zweifel gehabt, dass
es so kommen würde.

Christoph und ich zogen sogleich los und suchten ein entsprechendes Vehikel. Es war eine merkwürdige Stimmung im eh schon stark verkleinerten Tross. Keine Fröhlichkeit, kaum Gespräche. Jeder war mit den Gedanken beschäftigt, wie und wo es jetzt wohl weitergehen sollte. Da trafen wir einen etwas verzweifelt dreinschauenden Mann. Er stand an einem einachsigen, leeren Wagen. Bei näherem Betrachten erkannte ich ihn als einen der Waffenhändler, bei denen ich mich damals ausgerüstet hatte. Es stellte sich heraus, dass sein Partner das gemeinsame Zugtier geklaut und sich einer Gruppe Landsknechte angeschlossen hatte, die noch in der Nacht in Richtung Italien aufgebrochen waren. Zwar hatte er ihm Geld dagelassen, aber wenn der Händler sich dafür ein neues Zugtier kaufte, dann fehlte ihm natürlich das Kapital für neue Ware. So konnten wir ihm den Karren günstig abkaufen. Wenig später trafen wir auf einen missmutigen Viehhändler. Dieser hatte nicht mit einem so schnellen Ende des Feldzuges gerechnet und noch ein Maultier erstanden, das er jetzt aber unmöglich losbrachte. Auch diesem Mann halfen wir sehr gerne. Als wir zu den anderen zurückkehrten, war die Freude groß. Ottilia befand sich zu meiner Überraschung auch bereits in unserem Lager. Zielstrebig kam sie mir entgegen und wir küssten uns. Ich liebte ihre forsche Art und grinste den anderen nach dem Kuss entgegen. Zunächst war mir die öffentliche Zurschaustellung unserer Gefühle etwas unangenehm. Aber dann dachte ich mir, dass die anderen sich ja langsam an diesen Anblick gewöhnen müssten. Schließlich hatten wir vor, das noch sehr oft zu tun …

Maria hatte den Vorschlag mit dem Karren gerne angenommen. Sie wollte sich zwar nicht am Kauf beteiligen, bot aber eine großzügige Summe für den Transport ihrer Habseligkeiten. Um uns für den frühen Aufbruch am nächsten Morgen schon jetzt marschbereit zu machen, beschlossen wir, unter freiem Himmel zu nächtigen. Die Damen nahmen wir in unsere Mitte. Ottilia schlief in meinen Armen ein. Was für ein schönes Gefühl!

Am anderen Morgen brachte uns ein Berittener des Truchsessen zu unserer neuen Reisegruppe. Sie umfasste einen Wagen und vier Reiter, die uns etwas argwöhnisch betrachteten. Zwei wollten es wissen. Mit erhobenem Haupt ritten sie langsam auf uns zu. Einer nahm Hans in den Blick, der andere Caspar. „Na, das ist ja mal eine schöne Bande! Der Galgenstrick ist wohl zu schade für euch, oder wie?"

Erst jetzt wurde mir wieder klar, dass meine Freunde rein optisch nicht besonders viel hermachten mit ihren klaffenden Zahnlücken und stark gezeichneten Gesichtern. Dass Christoph ein Auge und Barthel ein Ohr fehlte, machte es nicht besser.

„Na, Alter, überlebst du den Weg überhaupt noch bis Nürnberg?"

Der andere fiel in sein Lachen ein. „Und du, zahnloser Fettsack, soll ich dir mal die Luft rauslassen?" Er stocherte mit seiner Lanze in Richtung Caspar.

Dieser machte nun schneller, als man es ihm zugetraut hätte, einen Schritt nach links vorne, so dass er jetzt neben der Lanze stand, ergriff sie unterhalb der Spitze mit beiden Händen und zog. Der Reiter war natürlich darauf nicht gefasst und dachte auch nicht daran, die Lanze loszulassen, so dass Caspar ihn einfach aus dem Sattel beförderte. Dem anderen erging es nicht besser, als er versuchte, nach Hans' Hut zu greifen. Hans duckte sich weg, kam hinter dem Reiter zu stehen, packte ihn und zog ihn vom Pferd.

In dem Moment donnerte die Stimme des Truchsessen durch den Morgennebel.

„Nachdem das jetzt geklärt ist, können wir ja aufbrechen!"

Sein Kommando ließ keine Zweifel und keinen Aufschub zu, obwohl ich bei genauem Betrachten durchaus ein Zucken in den Mundwinkeln erkennen konnte. Wir halfen den beiden Gestürzten auf, die unser Grinsen tatsächlich mit neuem Respekt erwiderten.

Um die Pferde zu schonen, waren der Truchsess und die anderen beiden Reiter abgestiegen. Wir würden sowieso nicht schneller vorankommen, als die Karren es erlaubten. Nach anfänglichem Zögern begannen ein paar Gespräche. Die Reiter hatten natürlich unsere Damen bemerkt und versuchten, sich bei ihnen beliebt zu machen. Christoph und ich bildeten die Spitze unseres Zuges, dahinter liefen Caspar und Hans, zu denen sich der Truchsess gesellte. Barthel bildete die Nachhut. Graf Georg klopfte Hans und Caspar zum Schrecken der beiden auf die Schulter. „Gut gemacht, das haben die beiden gebraucht! Aber seid wachsam, ich glaube, irgendwas ist nicht in Ordnung."

Hans drehte sich nach Barthel um. Dieser erwiderte seinen Blick mit einem Nicken. Immer wieder beeindruckend, wie die Kameraden sich wortlos verstanden. Wir verzögerten vorne etwas, so dass wir enger zusammenrückten. Das Ganze aber so, dass es wie zufällig aussah. Ich ließ mich zum Wagen der Damen zurückfallen. Die vier Hampelmänner waren jetzt lange genug um meine Ottilia herumstolziert. Natürlich vertraute ich ihr, gern gesehen hatte ich es dennoch nicht. Von meiner Anwesenheit waren die Männer des Truchsessen zunächst nicht sonderlich beeindruckt, aber auf ein kleines Zeichen von ihm reagierten sie sofort und hielten von nun an Abstand vom Wagen.

Ich ließ mich weiter zurückfallen zu Barthel. „Wenn hier was passiert, dann da vorn!", raunte er mir zu. Vor uns machte der Weg eine Biegung, um einen Hügel zu umrunden. Caspar hatte sich ebenfalls zurückfallen lassen.

„Haltet euch bereit", sagte er leise.

Hinter der Biegung versperrte uns eine Handvoll ungepflegter Männer den Weg. Nicht der Truchsess, sondern Christoph richtete das Wort an sie: „Geht uns aus dem Weg, wenn euch euer Leben etwas wert ist."

Die Antwort kam prompt: „Waffen und Geld auf den Boden legen und die Weibsleut zu uns kommen lassen, vielleicht lassen wir euch dann eure Eier!"

Ich zählte sieben Gestalten, bewaffnet hauptsächlich mit beschlagenen Holzkeulen und einfachen Speeren. Ebenso viele traten jetzt aus dem Gebüsch des Hügels hinter uns auf uns zu, so dass wir umzingelt waren. Sie waren ähnlich schmutzig, trugen ebenso zerrissene Kleidung und ähnliche Waffen. Gegen ein paar bewaffnete Landsknechte hätten sie keine Chance gehabt, aber wir waren nicht auf einen Kampf vorbereitet. Am Körper trugen wir nur die Kurzwaffen, und wir hatten weder Harnisch noch Helme bei uns. Ausnahmen waren Graf Georg und die Reiter. Ich wurde stutzig. Allein unsere fünf offensichtlichen Soldaten hätten eine Schar von nur vierzehn Banditen eigentlich abschrecken müssen. Aber trotzdem stellten sie sich.

Barthel schien ähnliche Gedanken zu haben. Langsam drückte er sich ganz an den Wagen zurück und begann fast unmerklich, unter der Plane zu nesteln. Dann ging es los. Die hinteren sieben stürmten auf uns zu, wobei vier von ihnen sofort einen Bogen um uns machten. Somit war alles klar. Das waren keine gewöhnlichen Räuber, sondern gedungene Mörder, die es offensichtlich auf Graf Georg abgesehen hatten!

Barthel bekam eine Pike zu fassen und rammte sie in einer blitzschnellen Bewegung dem Mittleren der drei in die Brust. Kurz darauf war ich in der Reichweite eines Gegners mit Speer. Eine Situation, die mir ja nicht mehr fremd war. Auch hier parierte ich den Stich mit Körperdrehung und Schwerthieb. Siegesbewusst schlug ich mit dem kleinen Beil in meiner Linken nach dem Kopf meines Gegners. Dieser hatte aber keine lange Pike, sondern einen handlicheren Jagdspeer. Gekonnt parierte er meinen Hieb mit dem zurückgezogenen Ende seiner Waffe. Ich nutzte die Kraft seiner Parade für eine schnelle Körperdrehung und rammte ihm die Spitze meines Schwertes in den Leib. Schmerzverzerrt krümmte er sich zusammen, schneller als ich mein Schwert wieder aus ihm herausbekommen konnte. Mein Stich war nämlich im Affekt viel zu heftig gewesen und meine Waffe hatte ihn durchbohrt, war dadurch aber vorläufig für mich verloren. Im Augenwinkel sah ich, dass Barthel seinen Gegner mit seinem Schwert gut in Schach hielt. Da ergriff ich den Speer meines Gegners und wandte mich nach den beiden, die einen Bogen um mich gemacht hatten. Sie waren danach beide auf denselben Berittenen losgegangen, der sich leidlich bemühte, ihrer Angriffe Herr zu werden. Soeben hatte er sein Schwert in den Körper eines Gegners gerammt, der andere erwischte ihn aber mit seiner Keule. Unser Mann ging zu Boden. Bevor der Bandit aber ein zweites Mal ausholen konnte, hatte er meinen Speer im Rücken. Als ich mir einen kurzen Überblick verschaffen wollte, sah ich zu meinem Entsetzen Hans am Boden liegen.

Er schien noch zu atmen, Zeit ihn näher anzuschauen blieb aber freilich nicht.

Als ich der Spitze unseres Zuges zu Hilfe kommen wollte, stellte ich fest, dass die vorderen sieben Banditen die gleiche Taktik hatten wie die hinteren: flankieren. Christoph befand sich in einem Zweikampf mit demjenigen, an den er das Wort gerichtet hatte. Der einzige Gegner mit Schwert. Dieser schien sein Handwerk zu verstehen, was den Kampf mit ihm schwierig und langwierig werden ließ. Caspar lag ebenfalls auf dem Boden, aber mit einem Speer seitlich in der Brust. Vor ihm zwei erschlagene Gegner. Er hatte seinen Bihänder bei sich, der wohl ein letztes Mal blutige Ernte gefordert hatte. Einer der Angreifer hatte ihn von der Seite überrascht. Immerhin hatte er ihn wohl noch im Fallen erwischt. Caspar hatte sich also selbst gerächt. Der Truchsess war nach vorne gestürmt, hatte einen Gegner direkt überwältigt, kam aber für Caspar zu spät. Unsere beiden Berittenen hatten sich deshalb auf die von hinten Kommenden konzentriert. Diese hatten ihre jeweiligen Gegner gerade ausgeschaltet.

Ich schnappte mir die Keule des von mir erledigten Gegners und kam dem vierten Berittenen zu Hilfe, der sich ebenfalls mit zwei Gegnern herumschlagen musste und arg in der Defensive war. Ich ging auf den von mir aus rechten der beiden los, aber dieser sah mich kommen und schlug mit seiner Keule nach meiner linken Seite. Den Angriff konnte ich mit meinem Beil abwehren, dann zog ich ihm mit der erbeuteten Keule eins über den Schädel. Gleichzeitig ging auch unser Mann neben mir zu Boden. Er konnte zwar den Keulenhieb seines Gegners gut parieren, bemerkte aber nicht, dass dieser ein Messer gezogen hatte, welches jetzt sein Ziel in der Seite neben dem Harnisch fand. Der Bandit wurde wenige Augenblicke später von den anderen beiden Berittenen gleichzeitig mit dem Schwert erstochen.

Christoph parierte soeben einen Angriff seines Gegners. Graf Georg hatte diesen zwischenzeitig umrundet und schlug ihm jetzt mit dem Knauf seines Schwertes auf den Kopf. Der Mann taumelte und ließ sein Schwert fallen. Christoph wollte ihn sogleich erstechen, aber der Truchsess parierte diesen Streich.

„Verzeih, aber den will ich lebend!“, sagte er.

Christoph nickte und zog sich zurück. Der gegnerische Anführer hatte sich unbeholfen in Richtung des Grafen umgedreht und wurde sofort von einem gezielten Schlag mit der linken Faust niedergestreckt. Der Kampf war sehr schnell vorbei und hatte viele Opfer gefordert. Dreizehn der vierzehn Angreifer waren tot. Ebenso unser Freund Caspar und einer unserer Berittenen. Ein weiterer Reiter war verletzt. Ein Treffer von einer Keule hatte ihm sein linkes Schlüsselbein gebrochen, seine Rippen waren dank des Harnischs aber nur geprellt.

Als ich zu Hans eilte, sah ich zu meiner Erleichterung, dass er soeben im Begriff war, sich wieder aufzurichten. Er war unglücklich von einem Speer gestreift worden und hatte das Gleichgewicht verloren. Es gab zwar eine heftige Fleischwunde an seiner Seite, aber bei guter Versorgung würde diese wieder gut verheilen. Ottilia bot sich an, die Wunde sicherheitshalber zu vernähen. Ein Angebot, das Hans gerne annahm. Die beiden unverletzten Reiter stiegen auf ihre Pferde und suchten nach Spuren der Gegner, in der Hoffnung, ihr Lager zu finden.

Barthel und Christoph machten sich währenddessen daran, ein Grab für den verlorenen Freund auszuheben. Etwas unbeholfen in meiner Trauer und deshalb mit feuchten Augen wollte ich meine Hilfe anbieten, aber Hans hielt mich davon ab: „Sie trauern, indem sie graben. Sprich du ein paar Gebete für unseren Freund. Er war zwar nicht besonders religiös, aber es wird dir helfen. Bete aber nicht aus Trauer, wie das die meisten Menschen tun, sondern danke Gott dafür, diesen Freund gekannt zu haben!"

Er hatte recht, das Gefühl der Dankbarkeit half wirklich. Auch unser gefallener Reiter sollte in diesem Grab Platz finden. Bei Landsknechten war es nicht unüblich, mehrere Menschen im gleichen Grab zu beerdigen. Dem dreckigen Banditengesindel verwehrten wir jedoch eine anständige Bestattung. Sollten sich doch die Krähen an ihnen laben! Wir zogen sie nur von der Straße weg, um anderen Reisenden den grausigen Anblick zu ersparen.

Nach der Biegung, in der wir angegriffen wurden, machte der Weg einen Bogen um eine Baumgruppe, danach wurde das Land wieder flacher. Gebüsch verbarg einen kleinen Bach. Wir beschlossen, dort zu lagern.

Den feindlichen Anführer hatte der Truchsess inzwischen selbst an ein Rad unseres Karrens gebunden. Ein Eimer voll Wasser brachte ihn wieder zur Besinnung. Die Fragen des Truchsessen wollte er aber nicht beantworten. Auch ein paar Schläge änderten daran nichts.

„Eure Erlaucht", sprach ich ihn an, „macht euch doch an dem die Hände nicht schmutzig. Überlasst ihn mir. In dem Buch, das mir der Henker von Nürnberg überlassen hat, steht eine Anleitung, wie man in solchen Fällen vorgehen kann."

Der Truchsess stockte zwar kurz, denn er war es nicht gewohnt, dass ihn jemand unterbrach, ließ mich dann aber machen. Und während ich begann, wunderte ich mich über mich selbst. Ausgerechnet ich stellte mich als Folterknecht zur Verfügung? Die Wut über den Verlust meines Freundes Caspar war wohl stärker als die Vernunft. Und einer musste es ja tun. Offenbar machte ich meine Arbeit aber nicht schlecht. Die Loyalität des Gefangenen war nach nur drei gebrochenen Zehen und zwei herausgerissenen Fingernägeln zu Ende. Er war ein verarmter Ritter, dessen Name so unbedeutend war, dass ich ihn inzwischen vergessen habe. Wichtig war, dass er in den Diensten von Hans Thomas von Absberg stand und tatsächlich den Auftrag erhalten hatte, einen Mordanschlag auf den Truchsessen auszuführen. Von einem unserer entlassenen Landsknechte hatte er unseren Aufenthaltsort erfahren und uns beobachten lassen. Wir hatten uns zu sicher gefühlt! Nach der letzten geschliffenen Burg war alles recht unorganisiert abgelaufen und wir hatten auch keine Wachen mehr aufgestellt. Eine Nachlässigkeit, die wir mit dem Tod unserer Kameraden bezahlt hatten.

Den Aufenthaltsort von Hans Thomas verriet der fremde Ritter mir leider nicht. Als ich eine Methode von Meister Frantz ausprobieren wollte, die auch starrköpfige Meuchelmörder zum Reden bringen sollte, starb der Gefolterte einem Moment zu früh. Manches kann man halt doch nicht aus Büchern lernen.

Mir wurde schlecht. Was hatte ich soeben getan? Was würde Ottilia nun von mir denken? Ich taumelte und musste mich setzen. Zu meiner Erleichterung war es aber sie, die mir einen Becher mit Wasser brachte. Sanft strich sie mir über mein Haar. „Das musste getan werden. Diese Leute töten Männer, Frauen und sogar Kinder. Und wer weiß, was die in einer ähnlichen Situation mit uns gemacht hätten?"

Dankbar erwiderte ich ihren liebevollen Blick, entschuldigte mich aber und machte mich davon in Richtung Bach. Im Kampf zu töten gehörte zum Handwerk und machte mir nicht mehr viel aus. Aber jemanden zu foltern? Ich hatte das dringende Bedürfnis, mich zu waschen.

Wenig später waren wir im Begriff, wieder aufzubrechen. Wir wollten die Nacht nicht bei den Toten verbringen. Selbstverständlich hatten wir aber am Grab unserer Kameraden ein Gebet gesprochen und Blumen niedergelegt. In diesem Moment kamen unsere beiden ausgesandten Reiter wieder.

„Das waren nicht alle. Ein paar Männer und die Frauen dieser Räuberbande nisten in einer alten Köhlerhütte, keine Stunde von hier. Wir sollten schnell reagieren, bevor die ihren Anhang vermissen."

Der Truchsess stieg sofort auf sein Pferd. „Ignaz, komm du auch mit, das bringt dich auf andere Gedanken! Ihr anderen bleibt hier, falls noch mehr kommen!", rief er und ich stieg auf das frei gewordene Pferd. Ich bin schon mal auf einem Pferd gesessen und wusste ungefähr, was ich da oben zu tun hatte. Aber das waren kleine Arbeitspferde oder Mulis gewesen. Ein richtiges Streitross war hingegen etwas anderes. Doch es ließ mich gewähren und trabte den anderen nach.

Nach einer Weile gab einer der beiden Reiter, die das Versteck der Banditen entdeckt hatten, ein Zeichen, dass wir hinter einem großen Findling anhalten sollten.

„Hier können wir die Pferde verstecken", sagte er. „Die Hütte liegt ungefähr eine Viertelstunde zu Fuß von hier. Dort sind etwa fünf Mann und ein paar Weiber. Mit dem Überraschungsmoment auf unserer Seite dürfte das zu viert kein Problem sein!"

Schlagartig wurde mir bewusst, dass wir noch gar keinen richtigen Plan hatten. Gleichzeitig fühlte ich mich aber auch geehrt, dass er mich als vollwertigen Kämpfer mit einrechnete.

„Gut das machen wir", bestätigte der Truchsess. „Aber einer von euch beiden bleibt auf dem Pferd und umreitet die Hütte. Sollte jemand fliehen, gehört er euch. Wir anderen drei schleichen zur Hütte und greifen an. Am besten aber mit einer guten List. Hat jemand einen Vorschlag?"

Der eine Reiter machte sich davon, der andere schaute den Grafen ratlos an. Da ergriff ich das Wort: „Ich gehe unter einem Vorwand hin. Mich erkennen sie nicht als einen Eurer Männer, Eure Erlaucht. Sie werden aber prüfen wollen, wer da kommt, und werden sich neugierig aus der Hütte trauen …"

„Und ich falle ihnen dann in die Seite", stimmte Graf Georg zu. „Reiter, du gehst außen herum, du bist ja auch besser mit dem Gelände vertraut. Greif von hinten an. Das entlastet uns dann wieder, wenn das erste Überraschungsmoment verflogen ist!"

Wir nickten uns an und machten uns auf den Weg.

Die Hütte lag genauso, wie unser Reiter es beschrieben hatte. Als ich nur noch wenige Meter entfernt war, flog plötzlich die Tür auf und drei Männer standen vor mir, mit mäßiger Bewaffnung.

„Wer bist du und was willst du?"

„Oh, Entschuldigung! Ich dachte, diese Hütte steht leer. Ich suche ein Nachtlager, und da hat mir dieser Platz schon früher gute Dienste geleistet.“

„Tritt näher, lass dich ansehen!“, ranzte mich der Größte von ihnen an. Mein „Ich will keine Umstände machen“ wurde ignoriert, und die drei kamen zügig auf mich zu.

„Lass mich doch einmal sehen, was du so bei dir trägst! Da ist sicher was Nützliches dabei!“, grinste mich der Mittlere an, während die anderen links und rechts um mich herumgingen. Ein argloser Reisender wäre jetzt fällig gewesen. Unauffällig legte ich meine rechte Hand an die am Gürtel baumelnde Keule, die ich deren Kameraden abgenommen hatte. Die linke Hand hatte ich leicht hinter dem Rücken. In ihr hielt ich mein kleines Beil, dessen Griff ich ganz im Ärmel verborgen hatte. Plötzlich lief der zu meiner rechten Seite schneller. „Moment, diese Keule kenne ich …“

Als er danach greifen wollte, ließ ich das Beil nach vorne gleiten und schlug es ihm in den Hinterkopf. Kaum einen Augenblick später wurde der zu meiner Linken von einem Schwert durchbohrt. Der Truchsess hatte ihn erwischt und ging unvermittelt auf den Mittleren los. Währenddessen stürmte ich auf die Hütte zu.

Drinnen ging Geschrei los. Unser dritter Mann war wohl zwischenzeitlich in die Hütte eingedrungen. Da stürmte jemand heraus, direkt auf mich zu. Reflexartig wollte ich mit der Keule, die ich inzwischen in die rechte Hand genommen hatte, zuschlagen – aber im letzten Moment hielt ich inne. Es war eine junge Frau, kaum fünfzehn Jahre alt. Nein, das konnte ich nicht. Sie blieb abrupt stehen und schaute mich mit großen, entsetzten Augen an. Hilflos standen wir uns gegenüber. Ich konnte nicht zuschlagen, laufen lassen konnte ich sie aber auch nicht. Sie wiederum wusste vermutlich nicht, ob ich sie bei einer Flucht angreifen würde, und so blieb sie ebenfalls wie erstarrt stehen.

„Hier geblieben, du Luder, mit dir bin ich noch nicht fertig!“, brüllte da unser Reiter. Blutverschmiert trat er aus der Hütte und zog sie an ihren Haaren zurück. Ich zögerte. Einerseits war das Vorgehen des Soldaten nach dem Überfall auf uns durchaus legitim. Ich wollte das trotzdem nicht. Aber was konnte ich als kleiner Landsknecht dagegen tun? Wütend drehte ich mich um und sah unvermittelt dem Truchsessen in die Augen. Und ich erkannte, dass auch ihn dieser Teil des Krieges anwiderte. Da nickte er mir unmerklich zu und hob die Hand.

„Genug!“, rief er. „Durchsucht die Hütte nach Beute und beeilt euch. Wir reiten gleich wieder los.“

Der Reiter ließ trotzig die Haare der jungen Frau wieder los und gab ihr einen Tritt. Dann winkte er den anderen Reiter zu sich und kehrte zurück in die Hütte, wo den Geräuschen nach jetzt wohl kein Stein auf dem anderen blieb. Eine zweite Frau wurde aus der Hütte geprügelt, und sie fanden ein paar Beutel mit Münzen, aber zumindest wurde heute niemand mehr vergewaltigt.

Kapitel IV Der Bauer

Auf der weiteren Reise nach Nürnberg wollte ich vor allem mit Ottilia über unsere gemeinsame Zukunft reden. Ihre Schwester Maria hatte vor, sich in Nürnberg in ein gutes Hurenhaus einzukaufen, ihr Beruf gefiel ihr nach wie vor. Somit ergab sich die Möglichkeit, Ottilia für mich freizugeben. Selbstverständlich erwarteten wir keine finanzielle Zuwendung. Ich hatte meinen Sold gespart, und das Geld, das wir bei den Räubern erbeutet hatten, durften wir unter uns aufteilen.

Natürlich waren wir betrübt über den Verlust unseres Freundes Caspar, aber die schnelllebige Art des landsknechtschen Denkens ließ uns nach vorne sehen. Meine Freunde beneideten mich ein Stück weit und bestärkten mich darin, mir mit Ottilia eine Zukunft aufzubauen. Sesshaft zu werden, schien erstaunlicherweise auch in ihren Augen grundsätzlich eine gute Idee zu sein, auch ohne Frau und Familie. Und so entwickelten wir schließlich einen Plan. Wir wollten unser Geld zusammenlegen und ein Gehöft kaufen oder pachten, das Ottilia und ich bewirtschaften würden. Die anderen bekamen hier Quartier und wollten sich als bewaffnete Eskorte für Händler verdingen.

„Dann können wir dem einzigen Handwerk nachgehen, dass wir beherrschen, haben aber auch einen Ort, an dem wir heimisch werden können. Schließlich werden wir ja nicht jünger!", brachte Hans unsere Gedanken auf den Punkt.

Wir alle nickten begeistert. Auch wirtschaftlich würde das ein Erfolg werden, denn durch die Liebe der Nürnberger zur Wurst würde sich Schweinefleisch in dieser Region immer gut verkaufen lassen. Und mit der Methode meines Vaters, mit der Hilfe von Wald Schweine und Brennholz zu gewinnen, hatte ich ja Erfahrung. Jetzt mussten wir nur noch ein passendes Gehöft finden. Da viele Höfe durch die Überfälle der Raubritter nicht mehr bewirtschaftet wurden, sollte sich aber auch das regeln lassen. Wir waren also voller Hoffnung.

Unsere letzte Etappe vor Nürnberg führte uns in ein kleines Dorf. Die Kunde, dass die Zeit der Raubritter vorbei sei, war mittlerweile in aller Munde. So waren die Leute allgemein frohen Mutes und entsprechend waren natürlich die Schankstuben und Wirtshäuser gut besucht. Es war unmöglich, zusammen Quartier zu beziehen, also teilten wir uns auf. Es gab ein besseres Haus, in dem Maria, Ottilia und der Truchsess untergebracht wurden, und ein einfacheres, in dem meine drei Freunde und ich Platz fanden. Ich begleitete den Grafen und die Damen zu ihrem Gasthaus. Selbstverständlich hatte Maria sich so gekleidet, dass ihr Berufsstand nicht gleich ersichtlich war. Als ich Ottilia und Maria verabschiedet hatte, hielt mich Graf Georg zurück.

„Ignaz, wir werden heute zusammen trinken. Wer weiß es schon, vielleicht ist es das letzte Mal." Gerne folgte ich dieser Bitte und gespannt setzte ich mich zu ihm an den Tisch in der dunkelsten Ecke. „Nun, Ignaz, wie ich erfahren habe, gedenkst du, dich hier niederzulassen."

Erst jetzt kam mir der Gedanke, dass ich ja immer noch Graf Georgs Leibeigener war. Mir wurde plötzlich ganz heiß. Stand er jetzt etwa zwischen mir und meinem Glück mit Ottilia? Er schien aber wieder meine Gedanken hören zu können.

„Es versteht sich von selbst, dass du hierfür meine Einwilligung hast."

Mit diesen Worten und einem leichten Grinsen reichte er mir ein Stück Papier – die Entlassung aus seiner Leibeigenschaft. Ein großer Moment, den viele Menschen meiner Zeit nie erreichen konnten und in den meisten Fällen auch gar nicht wollten. In meinem Fall jedoch wichtig, da ich ja gedachte, mich außerhalb meiner Herrschaft niederzulassen und auch eine Frau außerhalb meiner Herrschaft zu heiraten. Beides Dinge, die für einen Leibeigenen sehr schwierig waren, wenn auch mit genug Geld und Geduld nicht unmöglich. Der Grunderwerb in einer fremden Herrschaft wäre aber sicher unmöglich gewesen. Mich überraschte, wie viel Graf Georg von Waldburg über meine Pläne wusste. Er musste sehr gute Ohren haben – oder es gab Ohren, die ihm zu Diensten waren. Besuchte er vielleicht sogar gelegentlich Maria? Wenn ein Herr seines Standes das tun würde, dann am ehesten mit einer Dame wie Maria, die nicht nur ein äußerst ansprechendes Äußeres hatte, sondern auch die entsprechenden Umgangsformen.

Wie auch immer, er wusste im Prinzip alles. Das wäre für manchen erschreckend gewesen, ich hingegen fühlte mich sehr geehrt. Als er mir dann aber mitteilte, dass er sich für uns bei der Stadt einsetzen würde, damit wir auch wirklich ein Stück Land erwerben konnten, war ich geradezu gerührt. Er ließ sich sehr deutlich anmerken, dass übertriebene Dankesbekundungen nicht das waren, was er hören wollte. Also nahm ich allen Mut zusammen und sprach ihn, in Erinnerung an unser letztes Gespräch, nicht nur direkt, sondern auch mit der einfachen Form an. „Graf Georg, Ihr wisst ja über meine Pläne bereits alles, darf ich die Eurigen ebenfalls erfahren?"

Er lächelte. „Ich verlasse mich auf deine erprobte Verschwiegenheit, Ignaz, und da das vermutlich unser letztes Zusammentreffen dieser Art sein wird, werde ich dir dieses Vertrauen schenken: Wie du schon bemerkt hast, geht mir der Name meines Geschlechts, also meiner Familie, über alles. Außerdem befinden wir uns in einer großen Zeit des Umbruchs. Viel wird sich ändern müssen. Sowohl bei uns Adligen als auch bei den niederen Ständen. Neue Erfindungen werden gemacht, und mit den immer mächtiger werdenden Städten verschiebt sich die komplette Machtstruktur innerhalb des Heiligen Römischen Reiches. Unser Einsatz hier hat gezeigt, was aus dem Adel werden kann, wenn er sich nicht an die neue Zeit anpasst. Er verarmt und … ja, wir haben es erlebt. Vieles muss neu organisiert werden, und besonders die kleinen Adelsherrschaften werden den Kürzeren ziehen. Neben geschickt eingefädelten Eheschließungen werden auch andere Arrangements getroffen werden müssen. Bei uns im Süden des Nordreiches werden wir größere, stabilere Herrschaften etablieren müssen. Ich bin davon überzeugt, dass wir wie früher – in der glanzvollen Zeit der Stauferkaiser, deren Wappen wir als Haus Waldburg ja weiterführen – wieder ein Herzogtum Schwaben haben werden. Und hier sehe ich mich in staufischer Tradition in der Pflicht. Mein Ziel ist es, im Sinne des Adels und des Volkes Herzog von Schwaben zu werden, um Sicherheit und Wohlstand zu erhalten und Geschehnisse wie hier im Frankenland zu verhindern!"

Einerseits war ich erstaunt, wie weitreichend die Pläne des Grafen waren, andererseits versicherte ich ihm aber ganz ehrlich, dass ich zutiefst davon überzeugt war, dass er für diese Aufgabe genau der Richtige wäre.

Als wir den Weinkrug noch einmal füllen lassen wollten, bemerkten wir, dass wir die letzten Gäste waren. Die meisten Lichter waren schon gelöscht. Wir standen uns gegenüber und reichten uns die Hände. „Gute Nacht, treuer Recke Ignaz, ich danke dir für deine Dienste."

Ich erlaubte mir einen kleinen Scherz und verabschiedete mich mit „Gute Nacht, Eure Hoheit“, der korrekten Anrede für einen Herzog. „Unter Eurer Führung wird das Herzogtum Schwaben neu erblühen, und ich möchte nicht in der Haut derer stecken, die das zu verhindern suchen!“ Tatsächlich lächelte er und verabschiedete mich endgültig mit einem freundschaftlichen Schlag auf die Schulter. Welch eine Ehre!

Als ich am nächsten Morgen erwachte, waren der Truchsess und seine Reiter bereits aufgebrochen. Wir trafen uns mit den Damen und setzten unsere Reise in Richtung Nürnberg weiter fort. Unser erster Weg führte uns ins Rathaus. Da meine drei Freunde wegen ihres abgerissenen Aussehens nicht reingelassen wurden, ging ich nur mit Ottilia zusammen zum Empfang. Dort stellte ich mich vor, und tatsächlich erschien nach kurzer Zeit ein Stadtschreiber. „Ihr seid Ignaz Donnerfels, der Getreue des Truchsessen?“ Ich nickte. „Folge er mir nach!“

Wir wurden in einen Raum mit einem großen Tisch geführt. Dort lag eine große Landkarte, die das Stadtgebiet und die umliegenden Höfe zeigte. Die beiden Schreiber stritten sich fast darum, wer von ihnen uns die zur Pacht stehenden Höfe vorstellen durfte. Graf Georg musste hier wirklich Eindruck hinterlassen haben. Ich fühlte mich sehr geehrt, als sein Getreuer mit „Ihr“ angesprochen zu werden.

Schließlich entschieden wir uns für ein Gehöft östlich der Stadt. Dazu gehörte nicht nur ein eigener Brunnen, sondern auch ein großes Waldstück nebst einem kleinen Bach. Besser hätten wir es uns nicht erträumen können! Und das Schönste: Der Hof passte auch in unser Budget.

Nachdem wir das Finanzielle geklärt hatten, gingen wir zurück zu den anderen und überbrachten die frohe Kunde. Einer der Stadtschreiber trat heraus und bot sich uns als Führer an.

„Nur eins noch", erklärte er mir und Ottilia ernst. „Bei uns in Nürnberg herrscht Ordnung. Wenn Ihr als Mann und Frau diesen Hof bewirtschaften wollt, dann müsst Ihr auch Mann und Frau werden. Deshalb muss ich euch dringend bitten, dass wir gleich an einer Kirche vorbeigehen und dort einen Termin für Eure Trauung erbitten. Das werde ich bezeugen und somit geht das dann seinen geregelten Gang!"

Zuerst schauten wir ihn mit großen Augen an, doch dann begannen Ottilia und ich breit zu grinsen. Alle meine Träume schienen auf einmal wahr zu werden. Ich durfte die Frau heiraten, die ich von ganzem Herzen liebte und die offensichtlich das Gleiche für mich empfand. Außerdem bekamen wir tatsächlich einen eigenen Hof, und die verbliebenen drei Freunde, die mir ebenfalls sehr wichtig geworden waren, musste ich auch nicht verlassen. Zum ersten Mal in meinem Leben spürte ich, wie sich wahres Glück anfühlte.

Nur drei Stunden brauchten wir zum Hof. Er war noch viel schöner, als wir ihn uns vorgestellt hatten. Natürlich waren Spuren der Überfälle zu sehen, aber die Leichen und Tierkadaver waren zum Glück bereits beseitigt worden, und es gab auch keine Brandschäden. Sogar viel Werkzeug war noch vorhanden.

Ottilia und ich richteten uns im Haus ein. Christoph und Hans beanspruchten das große Zimmer im ersten Stock. Barthel machte es sich in der Knechtkammer gemütlich, die sich im angrenzenden Stall befand. Hier konnte er unbemerkt kommen und gehen, wie er wollte. Und dann gab es noch ein

Schlafzimmer im Erdgeschoss zwischen Küche und Stube.
Das sollte unser Liebesnest werden. Ich freute mich schon
seit Tagen auf unser erstes Beisammenliegen im eigenen
Heim – und wurde heftig enttäuscht.

„Ignaz, wir sind jetzt nicht mehr in einem Feldlager, sondern
wollen ehrbare Bürger der Stadt Nürnberg werden. Wir warten, wie es sich gehört, bis zu unserer Vermählung. Der Termin ist ja schon nächste Woche!“

Mit diesen Worten ließ sie mich allein in unserer Kammer
und quartierte sich in einem der beiden kleinen Zimmer im
ersten Stock ein. Ein herber Rückschlag, und doch fand ich es
irgendwie romantisch. Christoph und Hans versprachen
selbstverständlich feierlich, die Keuschheit der werdenden
Braut mit allen Mitteln zu verteidigen. Viel Zeit, um daran zu
denken, hatte ich sowieso nicht, da wir jede Menge zu tun
hatten. Der Stall musste auf Vordermann gebracht werden,
Brennholz war auch kaum noch vorhanden, und es gab noch
so viel zu besorgen und zu organisieren.

Am dritten Tag war der Stall dann so weit vorbereitet, dass
ich mich auf den Weg zum Nürnberger Viehmarkt machen
konnte. Um unseren Grundbedarf an Lebensmitteln zu decken, beschlossen wir, neben den Schweinen, die den Anfang
unserer Zucht bilden sollten, auch ein paar Ziegen und Hühner anzuschaffen. Unser letztes Geld musste hierfür herhalten.
Getreide, Erbsen und Linsen für ein paar Wochen hatten wir
noch. Diese mussten so lange reichen, bis wir mit dem
Brennholzverkauf etwas verdient hatten.

Gut gelaunt ging ich los. Und als ich in der Stadt war, kam
ich, ohne meine Schritte bewusst in die Richtung gelenkt zu
haben, am Richtplatz vorbei. Tatsächlich sah ich da Frantz

und einen seiner Knechte bei der Arbeit. Ein Pranger wurde erneuert. Zum Erstaunen seines Knechtes winkte ich ihm fröhlich zu. Ein Verhalten, das man bei der Begegnung mit einem Henker sicher nicht erwartete. Innerlich zuckte ich zusammen. War das nicht zu riskant? Ich wollte doch hier Bürger werden und ein neues Geschäft aufbauen. Schmerzlich erinnerte ich mich an meine Heimat zurück und wie es dort zu Ende ging. Damals hatte ich nur bei ihm am Tisch gesessen – und jetzt begrüßte ich ihn wie einen alten Freund?

Frantz schien mir meine Sorge anzusehen. „Sei gegrüßt, Ignaz! Keine Angst, niemand hat dich gesehen. Die Leute schauen nicht, wenn wir hier arbeiten. Oft sind es ja Tätigkeiten, bei denen das Zusehen wenig Freude macht. Ist das Spektakel der Bestrafung vorbei, will man mit unserem oft blutigen Handwerk nichts mehr zu tun haben." Trotzdem beschloss ich es bei einem kurzen Besuch zu belassen. Ich erzählte nur kurz von unserem Hof und dass er und seine Familie dort immer willkommen seien.

Dann ging ich weiter zum Viehmarkt. Der Handel lief ganz gut, und im Laufe des Vormittags erstand ich zwei trächtige Sauen sowie zwei Ziegen und ein halbes Dutzend Hühner. Natürlich freuten sich alle, dass unser Hof, der lange von der gleichen Familie bewirtschaftet worden war, jetzt wieder mit Leben gefüllt wurde. Deshalb boten mir die Händler der Stadt auch sehr gute Preise. Ich beschloss daher, mir eine kleine Mahlzeit und einen Krug Bier zu gönnen. Die Stimmung war gut und das Ende der Raubritter wurde lautstark begossen. Es gab jedoch auch kritische Stimmen, die nicht glaubten, dass man von Hans Thomas von Absberg nichts mehr hören würde.

„Der kann ja nirgends mehr hin", war die vorherrschende Meinung. „Sein Hauptgeschäft war der Menschenraub, und für diese Beute brauchte er die Raubnester, die ja dank des Bundes alle zerstört wurden." Wie sich aber bald herausstellen sollte, lag die Mehrheit der Menschen falsch.

In dem Wirtshaus warb ich noch einen Helfer an, denn der Rückweg wäre alleine mit den vielen Tieren nur schwer zu schaffen gewesen. Die Freude über meinen guten Handelserfolg beflügelte meine Schritte. Wie würden Ottilia und meine Freunde staunen, was ich alles für unser Geld bekommen hatte! Mein Helfer konnte kaum mit mir Schritt halten. Gute zwei Stunden aus der Stadt draußen, also kaum mehr eine Stunde vom Hof entfernt, roch ich Rauch. Wenig später war klar, hier brannte nicht nur ein kleines Feuer. Nein, das war der markante Geruch, wenn ein Gebäude brennt. Mein Herz schlug merklich schneller und ich rannte nun fast. Von der nächsten Anhöhe aus würde ich meinen Hof sehen können. Nur noch eine Kurve … und vor mir stand ein wenig angenehm aussehender Mann. Ungewaschen, unrasiert und in schlechter Kleidung. In der Hand hielt er eine hölzerne Keule.

„Oh, was hast du mir denn da Schönes mitgebracht?", raunte er mir mit stinkendem Atem entgegen und starrte gierig auf meine Tiere. Als ich etwas erwidern wollte, trat ein zweiter Mann aus einem Gebüsch einige Meter hinter uns und schnitt meinem Helfer die Kehle durch. Mit bedrohlichen Schritten kam der Räuber näher und holte mit seiner Keule aus. Jedoch bevor er zuschlagen konnte, sprang ich ihn an.

Damit hatte er natürlich nicht gerechnet, denn vermeintlich leichte Beute pflegt sich eher zu ducken oder wegzulaufen. Wie erwartet, verlor er sein Gleichgewicht und stürzte. Bereits im Fallen begann er sich zu drehen, um schnell wieder auf die Beine zu kommen. Eine Hoffnung, die ich ihm jäh nahm. Meine Schlachtfeldreflexe waren zurückgekehrt, und meine linke Hand hielt bereits das kleine Beil und schlug ihm den Schädel ein, bevor er auf dem Boden aufschlug. Mit der Rechten griff ich seine Keule und drehte mich um. Der zweite Räuber kam mit zwei langen Messern bewaffnet auf mich zugestürmt. Ein überraschender Angriff seinerseits war aber jetzt nicht mehr möglich. Wir standen uns gegenüber, keine zwei Meter voneinander entfernt. Ich zuckte leicht mit der Keule. Wie erwartet, bemerkte er das und versuchte nun, den Moment abzuwarten, in dem ich zum Schlag ausholen würde. Ich zog die Keule etwas an und er trat blitzartig näher. Anstatt aber zum Schlag auszuholen, stieß ich die Keule kräftig nach vorne, ihm in sein unrasiertes Gesicht. Er taumelte zurück. Seine Nase war gebrochen, und er konnte vor Tränen in den Augen kaum sehen. Ein zweiter Keulenstoß traf ihn im Bauch. Er krümmte sich und mein Beil fand sein Ziel in seinem Nacken und verkantete sich dort. Mir blieb aber keine Zeit, um es zurückzuholen.

Nur mit der Keule in der Hand rannte ich in Richtung Hof. Er brannte lichterloh. Ich rannte wie der Teufel und kam zu spät: Barthel lag tot am Brunnen, getroffen von mehreren Armbrustbolzen. Neben dem Haus sah ich, wie gerade Hans von mehreren Angreifern mit Speeren durchbohrt wurde. Ich rannte weiter, um das Gebäude herum. Da fiel ein Schuss! Einer von Hans' Gegnern brach getroffen zusammen. Christoph war also noch am Leben! Hoffnung keimte in mir auf – und gleichzeitig wurde mir schlecht. Was würde mit Ottilia geschehen, wenn sie sie erwischten? Zu oft hatte ich schon erleben müssen, wie von solchem Gesindel Beute gemacht wurde.

Wild rasend rannte ich auf die Angreifer zu, die sich gerade in Richtung des Schusses gedreht hatten. Ich schlug dem ersten auf den Hinterkopf und griff seinen Speer, noch während er zu Boden ging. Diesen stieß ich sofort in den Rücken des nächsten Gegners. Ich traf ihn aber nicht besonders gut, so dass seine Schreie die anderen beiden auf mich aufmerksam machten. Als sie sich mir zuwandten, wurde der Nächste von einem Schuss getroffen. Niemand lud eine Arkebuse so schnell wie Christoph! Der andere stieß nach mir und streifte mich am rechten Oberschenkel. Der Streich zwang mich zwar auf die Knie, ich rammte ihm aber trotzdem den Speer in den Hals. Jetzt sah ich Christoph und Ottilia aus dem Wald treten. Sie war gerettet! Beide winkten mir zu. Zu spät bemerkte ich, dass das nicht als Begrüßung gedacht war.

Da hörte ich hinter mir Hufgetrappel und drehte mich um. Praktisch gleichzeitig traf mich etwas am Kopf. Benebelt ging ich zu Boden und sah viele Pferdehufe an mir vorbei galoppieren. Einer dieser Hufe erwischte meine linke Wade. Ein hörbares Knacken vereitelte meinen ohnehin kläglichen Versuch, wieder auf die Beine zu kommen. Ich schrie auf und sah im Augenwinkel, wie zwei Reiter gleichzeitig mit ihren Schwertern auf Christoph einhieben. Der dritte Reiter, zu meinem Entsetzen als von Absberg zu erkennen, sprang soeben aus dem Sattel, nachdem sein Pferd Ottilia gerammt hatte. Sie versuchte zu fliehen, aber Hans Thomas zog sie an den Haaren zu sich. Ich ignorierte jeden Schmerz und versuchte, den Speer als Krücke verwendend, meiner Verlobten zu Hilfe zu eilen. Plötzlich kam von der rechten Seite ein Reiter und warf mich zu Boden. Mein Kopf schlug auf etwas Hartes. Um mich herum wurde es dunkel, und das Letzte, was ich hörte, waren die Schmerzensschreie meiner Geliebten und das Gelächter von Hans Thomas und seinen Schergen.

Schreckliche Bilder rasten durch meinen Kopf. Wirre Klänge und undefinierbarer Lärm quälten meine Ohren. Im Mund lag der Geschmack von Blut, Galle und Erbrochenem. Dann wieder nichts. Nur Dunkel. Dieses wurde aber immer wieder zerrissen von wirren Bildern, Lärm und Gestank. Ich musste in der Hölle sein. Langsam wurde es phasenweise immer heller. Ich bemerkte Flüssigkeit an meinem Mund und musste mich übergeben. Der Würgereiz schüttelte mich zurück ins Leben. Raus kam da allerdings längst nichts mehr. Je wacher ich wurde, desto mehr nahm ich die Schmerzen wahr. Das linke Bein pochte, der Kopf dröhnte. Ich wollte sprechen, aber der Mund war staubtrocken. Ein kühlendes Tuch berührte meine Stirn.

„Er ist wach!", waren die ersten Worte, die hörte. Schritte kamen auf mich zu, und eine bekannte Stimme sprach: „Na also, ich wusste doch, dass du ein zäher Bursche bist!"

Schmerzhaft drehte ich mich in Richtung Stimme und öffnete die Augen. Meister Frantz! „Erkennst du mich, Ignaz?"

Meine Stimme versagte, aber unter großer Anstrengung brachte ich ein Nicken fertig und schlief wieder ein.

Tag für Tag nahmen die wachen Phasen zu und damit kamen auch meine geistigen und motorischen Fähigkeiten zurück. Als ersten großen Fortschritt wertete ich es, meine Notdurft wieder selbst verrichten zu können. Ganz langsam kam auch der Appetit zurück. Und die Erinnerungen! Ich traute mich kaum zu fragen, was mit meinen Freunden und meiner geliebten Ottilia passiert war. Meister Frantz wich der Frage aus.

„Komm erst einmal zu Kräften und ich werde dir alles erzählen", war die immer gleiche Antwort.

Wie ich langsam erfuhr, war ich wohl zwei Tage lang bewusstlos gewesen und hatte dann fast zwei Wochen im Fieberwahn gelegen. Ich war der einzige Überlebende. Meister

Frantz wollte mich wie abgemacht besuchen und hatte mich
gefunden und zur Pflege bei sich aufgenommen. Meine
Freunde waren alle tot. Gefallen im Kampf, wenn auch nicht
auf dem Schlachtfeld, sondern gegen Räubergesindel.

„Und Ottilia?", fragte ich immer wieder.

„Wir haben sie in allen Ehren auf dem Friedhof beerdigt", gab
Frantz mir eines Tages Antwort. „Sie hatte keinen guten Tod,
ich werde dich nicht belügen. Aber ich werde dich auch nicht
mit Einzelheiten quälen, die du schon ahnst. Versuch, sie immer so im Gedächtnis zu behalten, wie sie in euren glück-
lichsten Stunden war. Alles andere vergiftet das Herz."

Bald traten die körperlichen Schmerzen in den Hintergrund.
Trauer, Wut und Zorn machten sich in mir breit. Sicher nicht
die besten Verbündeten, aber sie gaben mir neue Kraft. Zum
Glück hatte Meister Frantz kaum Alkohol im Haus. Den Versuch, die innerlichen Schmerzen zu ertränken, hätte ich wohl
nicht überlebt.

Nach etwa sechs Wochen waren meine körperlichen Wunden
gut abgeheilt. Die gute Versorgung durch Frantz und seine
Frau machte sich bezahlt. Er hätte mich am liebsten in seine
Dienste genommen, sogar eine Art Partnerschaft hatte er mir
vorgeschlagen. Das schmeichelte mir zwar, aber ich hatte
andere Pläne.

Zuerst wollte ich weg von Nürnberg, von dem Ort, wo ich
alles verloren hatte. Ich wollte Rache! Allein konnte ich diese
Mission aber nicht bewerkstelligen. Truchsess Georg von
Waldburg war der Einzige, von dem ich in diesem Fall Hilfe
erwarten konnte, schließlich hatte auch er noch eine Rechnung mit ihm offen. Um nicht blindlings ins Verderben zu

laufen, musste ich geduldig und überlegt vorgehen. Nur so konnte das Vorhaben „Tod des Raubritters Absberg“ gelingen, an dem selbst der Schwäbische Bund gescheitert war.

Ich schob also meine Rachegedanken in das letzte Eck meiner Gedanken und begann intensiv nachzudenken. Obwohl ich eine schnellere Lösung bevorzugt hätte, war klar, ich musste zuerst in meine alte Heimat Waldburg zurückkehren und in Erfahrung bringen, wo sich Graf Georg aufhielt. Ich musste also genau in die entgegengesetzte Richtung reisen als mein Feind.

Als Meister Frantz begriff, dass er mich nicht umstimmen konnte, trat er eines Abends mit einem kleinen Bündel vor mich. Zu meiner Freude enthielt es den Lederumschlag, in dem ich das Schreiben zu meiner Entlassung aus der Leibeigenschaft und das Buch von Meister Frantz aufbewahrt hatte. Außerdem überreichte er mir einen Beutel mit Münzen. „Die Stadt Nürnberg bedauert deinen Verlust und erstattet dir die gezahlte Pacht zurück, da du den Hof ja jetzt allein nicht mehr bewirtschaften kannst.“

Wie großzügig, dachte ich deprimiert. Aber ich musste zugeben, dass Geld bei meinem Rachefeldzug wahrscheinlich sehr hilfreich sein würde.

„Da wäre aber noch etwas.“ Er überreichte mir meine Kleidung samt persönlicher Ausrüstung und, ich empfand tatsächlich so etwas wie Freude, mein kleines Beil!

„Das hast du doch quasi nie aus den Augen gelassen. Übrigens, an deiner Enthauptungstechnik müssen wir noch arbeiten. Das Beil steckte sehr unglücklich im Halswirbel eines Räubers fest. Ich hatte alle Mühe, es da herauszubekommen!“ Sein Lächeln steckte mich an. Vielleicht war das ein Zeichen, wieder nach vorne zu sehen.

Der Tag des Abschieds war inzwischen gekommen und ich machte mich auf in die Heimat, ähnlich wie ich aus dieser gegangen war: mit dem, was ich am Leibe trug, ein paar Münzen und meinem kleinen Beil. Um nicht alle Münzen ausgeben zu müssen, arbeitete ich immer wieder tageweise als Schankbursche für Kost und Logis. Irgendwie begann mein Leben wieder von vorne, dachte ich mir in dieser Zeit oft. Ob ich auch jemals wieder so lieben konnte, wie ich Ottilia geliebt hatte? Aber nein, besser nicht, denn noch so einen Verlust würde ich wohl nicht verkraften. Also ging ich Frauen sicherheitshalber aus dem Weg.

Wie früher nutzte ich natürlich meine Arbeit als Schankbursche, um Informationen zu sammeln, um etwas über Georg von Waldburg und seinen Aufenthaltsort zu erfahren. So erfuhr ich eines Tages, dass er wohl einen neuen Auftrag vom Schwäbischen Bund erhalten hatte. Den Gerüchten nach war der verstoßene Herzog Ulrich von Württemberg zurückgekehrt. Dieser war bereits vor einigen Jahren beim Schwäbischen Bund in Ungnade gefallen und von Georg von Waldburg auf dem Felde geschlagen worden. Ihn selbst konnte der Truchsess aber nicht gefangen nehmen. Und solange er lebte und nicht offiziell verurteilt war, konnte man den Titel nicht einfach neu vergeben. Auf dem Weg Graf Georgs, Herzog von Schwaben zu werden, war diese Vertreibung von Ulrich also ein ganz wesentlicher Bestandteil.

Meine angestrebte Reiserichtung in Richtung Waldburg war also sicher richtig. Je südlicher ich kam, desto mehr machte mir die Stimmung in der Landbevölkerung Sorgen. Sie war deutlich schlechter als noch vor wenigen Jahren, und die Obrigkeit wurde für alles Mögliche verantwortlich gemacht. Das war ja an sich nichts Neues, aber der Missmut ging deutlich über das übliche Gemaule der Bauern hinaus und wurde viel konkreter als früher. Die einen beschwerten sich darüber, dass die hohen Herren bei der Jagd keine Rücksicht auf die reifen Felder nahmen. Die anderen darüber, dass es den Bauern verboten war, Wild zu jagen, obwohl genug vorhanden war. Wieder andere empörten sich darüber, dass es fast unmöglich war, eine Leibeigene eines anderen Grundherrn zu heiraten, obwohl es sich hierbei oft um Nachbarn handelte. Auch einen Streit mit den Nachbarn vor Gericht auszutragen, war sehr schwierig, wenn dieser einem anderen Grundherrn leibeigen war. Und natürlich ging es auch immer wieder um die Abgaben und Frondienste. Beschwerden dieser Art hatte es ja schon früher gegeben, aber der Tonfall hatte sich deutlich verschärft.

Irgendwie hatte ich das Gefühl, dass da mehr dahinterstecken könnte. Ich versuchte also, künftig Schenken aufzusuchen, in denen die wohlhabenderen Bauern zu vermuten waren. Wie erwartet, konnte man da die echten Probleme hören. Viele beschwerten sich, dass die Herrschaft neuerdings verlangte, dass der Zehnte nicht mehr in Naturalien, sondern in Münzen abzuliefern sei. Wo sollte das hinführen? Die Aufgaben der Bauern waren doch der Anbau von Nutzpflanzen und das Züchten der Tiere, nicht deren Verkauf! Und so sehr man sich auch darüber freute, dass die Preise gut seien und darüber, dass man jetzt mehr Kinder durchbrachte, hatte man doch kein Verständnis dafür, dass die Herrschaft nicht mehr Wald zur Rodung freigab. „Wenn wir mehr Kinder haben, brauchen wir doch auch mehr Fläche!“, war ein Satz, der oft gesagt wurde und viel Zustimmung erfuhr.

Je näher ich der Heimat kam, desto aufgeregter wurde ich. Mir kam es vor, als wäre ich eine Ewigkeit weg gewesen.

Gleichzeitig stellte sich natürlich die Frage, ob ich daheim willkommen sein würde. Ich hätte schreiben können, aber weder mein Vater noch mein Bruder konnten lesen.

An einem schönen Vormittag war es soweit: Ich konnte die Waldburg sehen. Wunderschön thronte sie auf ihrem Hügel. Ihre hohen Mauern ließen sie wehrhaft und trutzig erscheinen. Es gab doch kein schöneres Heimatgefühl, als die „eigene" Burg zu sehen. Sehr gerne wäre ich auf die Waldburg gegangen, aber das kam mir dann doch sehr vermessen vor. Außer ein paar Bediensteten in der Küche würde sich vermutlich kaum noch jemand an mich erinnern, und die Wachen würden mich nicht passieren lassen, nur um dem Gesinde einen guten Tag zu wünschen. So umwanderte ich also den Hauptort und ging durch den Eggwald in Richtung Sieberatsreute.

Ich wollte meinen Vater mit meiner Rückkehr nicht überfordern, hatte aber beschlossen, das Gespräch mit meinem Bruder zu suchen. Meine Familie sollte zumindest wissen, dass ich noch lebte. Tatsächlich erwischte ich Joseph dann in unserem Wald, der ja ein kleiner Zipfel am Rande des Eggwaldes war. Er freute sich, mich zu sehen, und berichtete auch voller Freude, dass seine Frau ihm ein Töchterlein geboren hatte. Für mehr hatten wir nicht die Zeit, denn die Schweine durften nicht zu weit weglaufen. Er versprach mir aber, dem Vater zu sagen, dass ich noch lebe und dass es mir gut gehe. Allerdings warnte er mich, dass ich mich besser nicht im Dorf blicken lassen sollte, denn die Gerüchte um meinen Kontakt zu einem Henker hatten nicht nachgelassen. Offenbar waren die wildesten Theorien über mich im Umlauf.

Da ich ja nach wie vor den Grafen treffen wollte, beschloss ich, die nähere Umgebung zu meiden. Wenn es wirklich einen Krieg mit Herzog Ulrich von Württemberg geben sollte, mussten in den größeren Orten Landsknechtwerber unterwegs sein. Das wäre meine Chance auf ein Wiedersehen mit dem Truchsessen.

In einem Wirtshaus in Altdorf erfuhr ich dann tatsächlich, dass Werber hier gewesen seien, die aber bereits weitergezogen waren, und zwar in Richtung Bodensee. Einerseits war ich froh, dass ich nun wusste, wohin ich gehen musste. Andererseits war diese Strecke zu Fuß eine echte Herausforderung, schließlich wollte ich die Werber auf keinen Fall verpassen. Daher kam mir eine Idee: Ich würde mir ein Reittier besorgen. Das Geld, das ich dafür ausgab, würde ich am Bodensee sicherlich wieder herausbekommen.

In Ravensburg erstand ich zunächst eine Landkarte der Region, dann machte ich mich auf den Weg zum Viehmarkt. Dort war das Treiben groß, und ich wusste kaum, wo ich anfangen sollte. Beim Schlendern bemerkte ich aber einen Reisigen, der in Verhandlung mit einem Pferdehändler war, an der Hand führte er noch ein Pferd am Zügel. Ich trat langsam näher und belauschte die beiden. Offensichtlich wollte der Reisige sein Pferd gegen ein besseres eintauschen. Das gefiel aber dem Händler nicht, denn dieser wollte mit Münzen und nicht mit minderwertigen Gäulen bezahlt werden. Das war meine Chance! Ich mischte mich ins Gespräch ein. Die beiden sahen mich missmutig an.

„Bei Eurem Problem kann ich vielleicht helfen. Hört mich an oder lasst es!"

Mein Auftreten ließ sie aufhorchen.

„Händler, sag ehrlich, was ist dieses Pferd noch wert?"

„Weniger als das Geld, das dem Reiter fehlt!", war die wenig hilfreiche Antwort.

Der Reisige schien hier eher Hoffnung auf eine Lösung zu
haben und nannte eine Summe. Das Grinsen des Händlers
verriet mir, dass da wohl beide gut wegkommen könnten.

„Gut, wenn Ihr mir Zaumzeug und Satteldecke überlasst, be-
zahle ich diese Summe!“

Ich streckte beiden nacheinander die Hand entgegen, um den
Handel abzuschließen und zählte die Münzen ab. Bei der
Übergabe fragte ich den Reisigen, warum das Tier denn nicht
mehr wert war, es sehe doch gut aus. Da erzählte er mir, dass
es aufgrund einer schlecht ausgeheilten Verletzung Probleme
mit dem Galoppieren habe. Somit hatten ich und dieses Pferd
schon die erste Gemeinsamkeit.

Außerhalb der Stadt suchte ich mir ein ruhiges Plätzchen an
einem Bach. Bis hierher hatte ich das Pferd geführt. Ich ließ
es saufen und grasen und widmete mich der Landkarte. Mein
Ziel sollte Meersburg sein. In der Gegend kannte ich mich
überhaupt nicht aus, aber wenn die Stadt eine Burg im Namen
hatte, würde es dort sicher auch einen Markt geben. Die Reise
verlief an sich ereignislos, wenn mir auch wieder klar wurde,
warum ich üblicherweise zu Fuß unterwegs war. Der Pferde-
rücken und mein verlängerter Rücken würden in diesem Leben keine Freunde mehr werden.

In Meersburg wurde ich dann auch mein Pferd wieder los,
wenn auch für etwas weniger, als ich bezahlt hatte. Der Preis
von Fortbewegungsmitteln verfällt halt sehr schnell. Auch
hier waren die Werber zwar bereits weitergereist, aber dafür
gab es ein großes Angebot an Ausstattung für den Krieg. Ich
hoffte, als Doppelsöldner angeworben zu werden. Allerdings
wollte ich es aufgrund meiner Erfahrungen im Fränkischen
Krieg vermeiden, noch einmal mit der Pike zu arbeiten. Diese

langen, unhandlichen Dinger, die mir immer abbrachen, hatten sich in meiner Hand nicht bewährt. Bewundert hatte ich dagegen immer Christophs Umgang mit der Arkebuse, und da ich mich dafür interessierte, hatte er mir auch viel über diese neumodischen Feuerwaffen beigebracht. Also schaute mich zunächst nach einer Feuerwaffe um. In Meersburg allerdings vergeblich. Jedoch konnte ich günstig eine Brigantine erwerben. Die Masse der Landsknechte, die sich hier ebenfalls eindeckte, setzte eher auf eiserne Harnische, die wesentlich besseren Schutz boten. Mir war aber die Beweglichkeit wichtiger und so hatte sich die Brigantine als Rüstung bewährt. Außerdem gedachte ich ja, als Schütze nicht mehr in den ersten Reihen zu stehen.

Meine Reise führte mich weiter am See entlang, immer den Werbern hinterher. In Überlingen fand ich einen Händler aus Frankreich. Er hatte neuartige Musketen dabei. Diese waren ebenso wie die Arkebusen mit einem Luntenschloss versehen, dabei mit nur etwa sieben Kilo aber deutlich handlicher und leichter. Zum genaueren Schießen wurde ein gegabelter Stab genutzt, der mit seiner Metallspitze zum sicheren Halt in die Erde gerammt werden konnte.

Der Franzose wurde von den anderen Händlern eher belächelt, diese schmächtige Waffe könne ja nichts taugen. Seine Kollegen schaukelten sich mit ihren Scherzen regelrecht hoch. Aber das kannte ich ja schon. Neue Technologien brauchten halt ihre Zeit, bis sie anerkannt wurden. Mein Glück, denn das drückte den Preis. So einigten wir uns auf alle Münzen, die ich noch hatte. Dazu bekam ich auch Kugelzange, den gekreuzten Brustgurt für die Pulverportionen und ein volles Pulverhorn. Arkebusiere hatten üblicherweise zwölf dieser Pulverportionen bei sich. Da meine Muskete wegen des kleinen Kalibers weniger Pulver benötigte, befanden sich an meinem Gurt achtzehn kleine Lederfläschchen. Der Franzose, der unsere Sprache überraschend gut sprach, gab mir auch noch den wertvollen Tipp, die Kugel mit einem Stück Stoff, dem sogenannten Schusspflaster, zu laden, wenn es die Zeit zuließ. Das war zwar wesentlich mühsamer, erlaubte aber präzise Schüsse.

Es fehlte noch eine zweite Waffe für den Nahkampf, mein kleines Beil allein war zu wenig. Ich schaute mich also nach einem Katzbalger um, ohne jedoch ein wirklich überzeugendes Exemplar zu finden. Dafür erregte jedoch eine Keule meine Aufmerksamkeit. Sie war gedrechselt, und Klingen in Zickzack-Form waren ins Holz geschlagen. Am Ende hatte die Keule sogar eine eiserne Spitze. Ein breites Lederband war am wohlgeformten Griff angebracht und konnte, richtig gegriffen, den Verlust der Waffe im Kampf verhindern. Wer auch immer diese Waffe gefertigt hatte, verstand sein Handwerk. Meine Ausrüstung war nun komplett. So konnte ich mich den Werbern präsentieren.

Kapitel V Der Doppelsöldner

Auf dem Marktplatz ließen die Werber die Trommeln verkünden, dass eine Armee ausgehoben werden sollte. Mit erhobenem Haupt, am Körper meine neue Ausrüstung, trat ich in die Schlange der rekrutierungswilligen Burschen. Mit über zwanzig Jahren auf dem Buckel bemerkte ich sehr schnell, dass ich hier zu den Älteren zählte. „Na, der ist aber auch nicht mehr taufrisch", schallte es mir entgegen, als ich an der Reihe war. Ich verschluckte, was ich am liebsten erwidert hätte, und antwortete nur kurz: „Doppelsöldner, kampferfahren aus dem Fränkischen Krieg und Schütze."

„Aus dem Fränkischen Krieg, dass ich nicht lache!", schnaubte der junge Mann in tadelloser Kleidung vor mir. „Da wurde doch gar nicht gekämpft! Jeder alte Mann, der sich den doppelten Sold ergaunern will, kommt mit dieser Geschichte!"

In mir brodelte es. Dieser arrogante Affe, der vermutlich selbst noch nie in einer Schlacht gekämpft hatte, sollte meine Kriegstauglichkeit prüfen? Von der Seite trat ein Hauptmann hinzu. „Wieso geht es hier nicht weiter?"

„Der alte Knabe mit seinem mickrigen Gewehr möchte Doppelsöldner sein", entgegnete mein Gegenüber.

„Na das haben wir gleich!" Der Hauptmann attackierte mich mit seinem Stock, wohl in der Erwartung, dass ich mich wie jeder Neuling wegducken würde oder sonst irgendwie verkehrt verhalte. Ich aber ließ ihn gewähren, wohl wissend, dass ich den Hieb in meiner Brigantine kaum spüren würde, riss ihm den Stock aus den Händen und stieß ihn gleichzeitig mit der rechten Hand ein Stück von mir weg. Er stolperte zurück.

Mit den Worten „Der Herr Hauptmann hat seinen Stock verloren" drückte ich dem Musterer den Stock so kräftig in die Hände, dass meine Faust erst in seinem Buch zu stehen kam. Er keuchte. Indes hatte sich der Hauptmann wieder gefasst und stürmte auf mich zu, in meine rechte Seite. Leider waren meine Reflexe schneller als mein Gehirn, denn ich trat ihm blitzschnell entgegen und schlug ihm mit gestrecktem Arm zwei Zähne aus. Mein erster Versuch, gemustert zu werden, konnte somit wohl als beendet gelten.

Ich griff nach meiner Muskete, die ich an den Tisch des Schreibers gelehnt hatte, und wollte mich davonmachen. Da versperrte mir aber ein Reiter den Weg.

„Was ist denn hier los?"

Sofort kehrte Ruhe auf dem Platz ein. Dem Äußeren nach zu urteilen, musste es sich um einen hohen Offizier, vielleicht sogar den Obristen des Regiments handeln. Ich salutierte, wie ich es gelernt hatte.

„Die Herren benötigten einen Beweis meiner Wehrtauglichkeit!", antwortete ich, bevor die beiden ihre Stimme wiederfanden.

„Du hast Schneid!", kommentierte der Offizier. „Den wirst du gebrauchen können. Komm mit mir! Und ihr anderen: Weitermachen!"

Ich folgte dem Reiter, was blieb mir anderes übrig? Der Weg führte zu einem Fähnlein Landsknechte, wie ich sie aber noch nie gesehen hatte. Dachte ich damals, meine vier Freunde seien verlottert, war dieser Haufen hier noch wesentlich schlimmer.

„Willkommen beim Verlorenen Haufen!“, schallte es mir entgegen. Ich hatte schon davon gehört, dass bei diesen „Verlorenen Haufen“ üblicherweise Männer anzutreffen waren, die nichts mehr zu verlieren hatten wie begnadigte Verbrecher oder ähnliches Gesindel. Ein paar Sinti oder Roma und ein Mann mit noch dunklerer, fast schwarzer Haut waren auch dabei. Ich hatte zwar schon davon gehört, dass es Menschen mit solcher Hautfarbe gab, aber weder in Sieberatsreute noch beim Fränkischen Krieg war mir jemals jemand wie er über den Weg gelaufen. Deshalb betrachtete ich ihn vermutlich etwas zu lange. Als er das bemerkte, lächelte er – und ich lächelte zurück.

Er stellte sich als Melchior vor, war für einen Landsknecht überraschend redegewandt und erklärte mir mit großer Sachkunde, wo genau ich gelandet war: Der Verlorene Haufen wurde üblicherweise als taktisches Mittel eingesetzt, um das feindliche Feuer oder die feindlichen Kräfte auf einen bestimmten Punkt zu konzentrieren. Es gab zwar doppelten Sold, aber eine auch mindestens doppelt so hohe Wahrscheinlichkeit, den Einsatz nicht unbeschadet zu überstehen. Das waren ja wunderbare Aussichten! Ich würde mir die Namen meiner neuen Kameraden vermutlich nicht merken müssen. Immer positiv bleiben, dachte ich mir. Zu den positiven Aussichten gehörte aber auch, dass der Verlorene Haufen vor dem Hauptheer, dem Gewaltigen Haufen, ging und nicht in Formation kämpfte. Das kam meiner besonderen Waffenwahl natürlich sehr zugute. Ich stellte fest, dass ich mich durchaus aufs Schlachtfeld zurücksehnte, aber nicht wieder in die Enge der Pikenformationen geraten wollte. Somit hatte ich heute also alles richtig gemacht.

Bald darauf wurden wir in Marsch gesetzt. Laut den Informationen, die unsere Befehlshaber an uns überbrachten, ging man davon aus, dass Herzog Ulrich seine ehemalige Residenz in Stuttgart zurückerobern wollte. Wenn die Gerüchte stimmten, standen ihm 10.000 Landsknechte und mehrere Hundert Reiter zur Verfügung. Georg von Waldburg wurde vom Schwäbischen Bund als oberster Feldherr eingesetzt. Seine Truppen würden wohl eine ähnliche Stärke erhalten, waren allerdings bis jetzt noch über eine große Fläche verstreut, da sich nirgends eine so große Anzahl Männer auf einmal werben ließ.

Ende Februar 1525 kam es dann zur ersten größeren Schlacht. Der Einsatz eines Verlorenen Haufens und die damit verbundene Doppelbesoldung war dieses Mal nicht vorgesehen. Deshalb stellte man unser Fähnlein ganz an den Rand. Sollte die gegnerische Reiterei durchbrechen, wäre so der Schaden am geringsten, ließ man uns mitteilen. Unsere Motivation hielt sich verständlicherweise in Grenzen. Der Vorstoß verlief aber sehr zögerlich, und als die gegnerische Artillerie ihr massives Feuer eröffnete, wurde zum Rückzug geblasen. Zumindest unser Fähnlein hatte nicht über Verluste zu klagen, denn Artillerie zielte üblicherweise aufs Zentrum.

Herrenberg wurde aufgegeben, obwohl es eigentlich strategisch wichtig war. Irgendetwas stimmte nicht und ich hätte zu gern mit dem Grafen darüber gesprochen. Mein Ziel war klar, ich musste irgendwie in seine Nähe kommen, dafür war ich ja zur Armee zurückgekehrt. Schließlich kam mir die Idee, einen Brief an Seine Erlaucht zu schreiben. Ich ließ ihn in knappen Worten wissen, was mir widerfahren war, dass Hans Thomas von Absberg wieder gesichtet wurde und dass ich dem Grafen zur Verfügung stünde. Zum Schluss erwähnte ich, dass ich mich des Öfteren in einer Trinkstube im Tross aufhielte, wo man echtes Tettnanger Bier ausschenkte. Ein kleiner Junge, der im Tross öfter als Bote unterwegs war, nahm meinen Brief entgegen und lief damit los. Jetzt hieß es warten. Und so verbrachte ich die nächsten Abende bei einem Krug Bier und lauschte den Gesprächen um mich herum. Die Stimmung war schlecht, die Klagen der Bauern waren ein allgegenwärtiges Thema und überraschend oft wurde den Bauern recht gegeben.

Gleich am zweiten Abend sprach mich ein gut gekleideter Landsknecht an. Auch das unterschied sich vom letzten Feldzug, denn die besser gekleideten Landsknechte waren deutlich in der Minderheit. Die meisten waren kaum besser anzusehen als meine neuen Kameraden im Verlorenen Haufen. „Bist du dir sicher, dass du auf der richtigen Seite kämpfst?", fragte er mich. „Du weißt sicher, dass Ulrich von Württemberg der eigentliche Herr über dieses Land ist, und er hört die Klagen der Bauern. Was tust du noch hier? Seine Seite ist die richtige."

Das war sehr direkt, aber wo führte das hin? Ich wollte ihn aus der Reserve locken. „Ich kämpfe für den, der mich bezahlt, alles andere ist mir einerlei!", war deshalb meine Antwort.

„Nun, er bezahlt mehr!", gab er zurück. „Hast du Interesse?"

„Komm nach meiner Dienstzeit wieder", gab ich zurück. „Ich pflege keine Verträge zu brechen, aber danke fürs Angebot!"

Damit verabschiedete ich mich höflich und schritt davon. Daher wehte also der Wind. Deshalb auch das zögerliche Vorgehen auf dem Felde! Truchsess Georg musste davon Wind bekommen haben, dass seine Armee – vorsichtig ausgedrückt – nicht in bester moralischer Verfassung war.

Schon am nächsten Abend setzte sich Graf Georg zu mir an den Tisch.

„So weit sind wir schon, dass der Herr kommt, wenn der Bauer ruft!“, war seine Begrüßung. Ich musste mich beherrschen und meine Freude, ihn wiederzusehen, unterdrücken.

„Unser letzter Krieg war deutlich einfacher“, fuhr er fort. „Da wussten die Landsknechte, wem sie dienten! Die letzte Verstärkung, die ich bekommen habe, waren Württemberger. Darunter sind viele zögerlich oder unentschlossen.“

„Kann ich bestätigen, es wird sogar mitten im Tross für die Gegenseite geworben“, antwortete ich knapp. „Der Rückzug war vermutlich die beste Möglichkeit, das bisschen Kampfkraft, das wir haben, zu erhalten.“

„Ich sehe, lieber Ignaz, meine Lehren sind nicht spurlos an dir vorbeigegangen. Da wir aber Herrenberg nicht erobern konnten, fallen jetzt nach und nach die Ortschaften an den Herzog. So sind auch Sindelfingen und Böblingen schon verloren. Der Bund erwartet von mir, die Truppe zu teilen, um dem Einhalt zu gebieten. Dieser Plan gefällt mir nicht. Eine schwache Truppe zu schwächen, ist wenig zielführend.“

„Wenn Ihr erlaubt, Erlaucht, wir wissen ja, dass Herzog Ulrich nach Stuttgart will. Dort sollten wir unsere Kräfte bündeln.“

„Richtig, Ignaz, so sieht mein Plan tatsächlich aus. Hinzu kommt, dass Ulrich in seiner Siegessicherheit sein schweres Geschütz aufgegeben hat. Bei einer längeren Belagerung wird ihm außerdem das Geld für den Sold ausgehen, und die Schweizer Söldner machen das nicht lange mit.“

Ich schmunzelte und sagte: „Dann wird Eure Hoheit dem Schwäbischen Bund halt abermals widersprechen müssen!“

Er reagierte wohlwollend auf meinen Scherz, ihn wie einen Herzog anzusprechen, obwohl er noch keiner war: „Der Bund sollte sich angewöhnen, den Herzog von Schwaben vorab um Rat zu fragen und nicht derlei unlogische Entscheidungen zu treffen.“

Wiederum nickte ich und wir lächelten beide.

Wir beschlossen, unsere Verbindung wie beim letzten Krieg für uns zu behalten. Bei dieser moralisch fragwürdigen Truppe sowieso.

„Aber Ignaz, sag mir noch eins. Wie hast du es als gut ausgebildeter und kampferfahrener Soldat geschafft, beim Verlorenen Haufen zu landen? Du hättest eigentlich als Doppelsöldner gemustert werden und sogar als Unteroffizier in Frage kommen müssen.“

Als ich ihm die Geschichte meiner Musterung erzählte, konnte sich Truchsess Georg ein herzhaftes Lachen nicht verkneifen. Genauer betrachtet passte ich aber gut in den Verlorenen Haufen. Denn zu verlieren hatte ich ja nichts mehr, und sollte ich den Konflikt in diesem Fähnlein überstehen, konnte das nur ein gutes Omen sein.

Seit ich mich hatte anwerben lassen, beschäftigte mich aber eine Frage, die ich mich jetzt traute, dem Truchsessen zu stellen: „Warum besteht unsere Truppe aus derart schlechten Landsknechten? Wenn ich mich an unseren letzten Feldzug zurückerinnere, waren das andere Männer. Ist es schon so schlecht um den Adel bestellt, dass er sich keine gescheiten Männer mehr leisten kann?“

„Ignaz, ich schätze immer, dass du mitdenkst, und ich vertraue dir. Deshalb sage ich dir etwas, das unter uns bleiben muss. Das hier ist nur der Anfang. Ein großer, nie dagewesener Krieg wird auf uns zukommen. Von gottlosen Pfaffen und ähnlichem Gesindel angetrieben, begehren die Bauern gegen Gottes Ordnung und somit gegen uns, den Adel, auf. Herzog Ulrich hat sich das zunutze gemacht und die Bauern auf seine Seite gebracht. Überall werben sie Landsknechte und kaufen alles auf, was noch zu haben ist. Deshalb bleibt dem Bund nur der letzte Rest, weil die Herren in Ulm wieder mal zu lange für ihre Entscheidungen gebraucht haben. Es wird an mir sein, die Ordnung im Lande wieder herzustellen."

Ich nickte. „Und ich werde an Eurer Seite sein, wenn auch nicht für alle sichtbar. Ich werde mich weiterhin unter den Landsknechten umhören, damit Ihr wisst, wem Ihr trauen könnt – und wem nicht."

Er sah mich ernst an. „Ich danke dir. Und ich versichere dir: Wenn dieser Konflikt überstanden ist, werden wir uns gemeinsam um Hans Thomas von Absberg kümmern. Auch wenn ich dann vermutlich nicht an deiner Seite sein werde, bekommst du für dieses Vorhaben alles, was du benötigst. Darauf hast du mein Wort."

Graf Georg von Waldburg reichte mir die Hand. Und ich war bereit, für ihn in den Krieg zu ziehen, um dann endgültig meine Rache für Ottilia und meine alten Freunde zu bekommen!

Am anderen Tag kam wie erwartet der Marschbefehl nach Stuttgart. Eine der besseren Truppen wurde in die Stadt verlegt. Ich also nicht. Wie erwartet, hatte Herzog Ulrich ohne schweres Geschütz keine Chance. Ein paar erfolglose, eher kleinere Angriffe wurden abgewehrt, und wie erwartet, wurde ihm der Sold schnell knapp, so dass er bald von seinen Schweizern verlassen wurde und sich zurückziehen musste. Für uns folgten ein paar gute Tage, denn die ganzen Orte, die sich kampflos von Ulrich besetzen ließen, mussten diesen Frevel jetzt teuer bezahlen, und zwar in Form einer Brandsteuer, um den Plünderungen und dem Niederbrennen zu entgehen. Zwar hätten viele unserer Landsknechte lieber geplündert, aber der Sold war sehr ordentlich, und so konnte man damit leben. Auch mein Beutel wurde wieder gut gefüllt.

Der Marsch ging weiter in Richtung Ulm. Was genau wir da sollten, wussten wir zu diesem Zeitpunkt noch nicht. Das änderte sich dann am 15. März. Es war im Heer durchgesickert, dass es wohl vermehrt Bauernaufstände gäbe und wir vom Schwäbischen Bund angefordert worden seien, um diese niederzuschlagen. Die schlechte Moral kippte in regelrechte Meuterei. In Scharen machten sich die Männer aus dem Staub. Ganze Fähnlein verschwanden über Nacht, die verbleibenden Landsknechte diskutierten. Viele hatten Freunde und Familienmitglieder, die sich bei den Aufständischen befinden könnten, und diese Landsknechte sahen die Bauern natürlich im Recht. Es sei an der Zeit, etwas gegen die Vorherrschaft des Adels zu unternehmen. Andere waren der Meinung, dass die Bauern klar im Vorteil seien, und sie wollten lieber auf der Siegerseite kämpfen. Die Stimmung sank auf den Tiefpunkt, man musste sogar Streitereien und Kämpfe innerhalb des Heeres befürchten. Die Reisigen, die ja überwiegend adelig waren, setzten sich ab, um Übergriffe auf ihr eigenes Land zu verhindern.

Die Reaktion des Truchsessen ließ nicht lange auf sich warten. Die gesamte Truppe sollte antreten. In einer flammenden Rede stellte er die Situation dar und wies, unterlegt von Bibelstellen, darauf hin, dass die Bauern im Unrecht seien. Er stellte es aber jedem Einzelnen frei, die Truppe zu verlassen.

Seine Worte zeigten die gewünschte Wirkung und es kehrte Ruhe ein. Trotzdem rückte die Hälfte der Landsknechte ab. Natürlich war zu befürchten, dass wir ihnen schon bald wieder begegnen würden, aber diesmal als Feinde. Nun, besser man hatte den Feind vor sich als neben oder hinter sich. Zu denen, die gegangen waren, gehörten auch der Hauptmann und der Fähnrich des Verlorenen Haufens. Es blieben noch ungefähr 5000 Mann und 1800 Berittene, die nach diesem Zwischenfall wieder in Richtung Ulm marschierten.

Am Abend wurde ich von einem Boten aufgesucht. Ich hatte sofort mitzukommen – und sollte einen guten Kameraden mitbringen, dem ich vertraute. Da fiel mir die Wahl nicht schwer. Ich war zwar nicht mit dem Ziel Landsknecht geworden, neue Freundschaften zu schließen, aber wie der Zufall es so wollte, hatte ich mich mit Melchior angefreundet. Genau wie ich war auch er allein zur Armee gekommen, während sich oft mehrere junge Männer eines Ortes zusammen auf das Abenteuer Landsknecht einließen und meist auch danach in ihren Gruppen blieben. Im Gegensatz zu mir war er aber nur Landsknecht geworden, weil ihm sonst nicht viel übrig geblieben war. Sein Aussehen war in dieser Region zu dieser Zeit so ungewöhnlich, dass niemand wagte, ihm eine Arbeit zu geben. Seine große und kräftige Statur machte ihm das Kämpfen zwar leicht, gern tat er es aber trotzdem nicht.

Der Bote führte uns zu unser beider Überraschung direkt zum Zelt des Truchsessen. Melchior stockte. „Ich soll da rein? Der hohe Herr wird sicher nicht erfreut sein, wenn er mich sieht!"

„Dieser hohe Herr schon, vertrau mir!", entgegnete ich.

„Ignaz, gut dass du da bist“, begrüßte mich Graf Georg. „Und wer bist du? Du musst ein guter Mann sein, wenn Ignaz dir vertraut!“

Melchior, der sonst ja gut mit Worten umgehen konnte, brachte seinen Namen nur stammelnd hervor. So angesprochen zu werden und das auch noch von einem Grafen, überforderte ihn offenbar.

„Wenn Ignaz dir vertraut, werde ich das auch tun. Enttäusche mich nicht, oder es wird das Letzte sein, was du tust!“

Melchior nickte. „Sicher, Eure Erlaucht, alles andere würde auch mich selbst enttäuschen!“ Er hatte also seine Sprache wiedergefunden.

„Wie erwartet, wird es zu einem großen Krieg kommen. Die Bauern rekrutieren gerade eine erstaunliche Armee. Wir müssen mit dem, was wir haben, das Ganze in Ordnung bringen. Meine Reiter können viel richten, aber bei Weitem nicht alles. Unsere Artillerie wird in den wenigsten Fällen überlegen sein, und über die Fußtruppen brauchen wir ja nicht zu reden. Zwar sind die Schlimmsten jetzt fort, aber der Rest ist, so fürchte ich, nicht viel besser. Eine entscheidende Rolle wird also der Verlorene Haufen spielen müssen, und dieser ist im Moment führerlos. Deshalb wirst du, Ignaz, ab sofort deren Hauptmann sein. Melchior, du wirst der neue Fähnrich. Eine wichtige und ehrenvolle Aufgabe, die dir aber wenig Möglichkeit zum Kämpfen bietet.“

Melchior strahlte. „Seine Erlaucht können sich auf mich verlassen, ich werde der beste Fähnrich in der Armee sein!“

Ich beglückwünschte ihn mit einem Handschlag.

„Hauptmann Ignaz, nun kannst du zeigen, ob in dir ein Anführer steckt. Die beiden Feldwebel sind gute Männer, ihr beide werdet euch aber noch beweisen müssen. Macht den Haufen einsatzbereit. Es wird bald zur Sache gehen!“

Graf Georg zog ein blutrotes Banner hervor.

„Eure Fahne. Die anderen Landsknechte sollen sehen, dass es mir mit dem Verlorenen Haufen ernst ist!“

Dann überreichte Graf Georg jedem von uns zwei gestickte Wappen des Hauses Waldburg für Hemd und Mantel, damit auch nach außen hin sichtbar war, in wessen Diensten wir standen. Selbstverständlich bekamen wir die Ernennungen auch schriftlich. Wir beide fühlten uns sehr geehrt.

„Fähnrich“, wandte sich der Truchsess dann an Melchior, „bring die Fahne an deinen Spieß. Ignaz, du bleibst noch kurz hier!“

Als Melchior weg war, erläuterte mir Graf Georg die prinzipiellen Probleme, vor denen wir standen. Und ich hörte stolz zu, weil er zum ersten Mal seine Überlegungen mit mir als Hauptmann teilte.

„Wir haben ein Landsknechtheer mit einer denkbar schlechten Moral, so dass es nur bedingt einsatzbereit ist. Das bringt natürlich große Probleme mit sich: Erstens, wenn diese Männer kämpfen, können sie eigentlich nur verlieren.“ Er lief im Zelt auf und ab, während er weitersprach. „Zweitens, wenn sie nicht kämpfen dürfen, werden sie meutern, weil der Schlachtensold fehlt. Diesen oder ersatzweise Plünderungen brauchen die Landsknechte aber für ihr Auskommen, denn der Grundsold ist knapp bemessen. Wir haben schon öfter darüber gesprochen: Plünderungen sehe ich sehr kritisch. Nicht nur, weil unnötige Schäden angerichtet werden, sondern auch für die Armee ist es schlecht. Lässt man die Knechte

plündern, wollen die Reisigen mitmachen, was zu großen
Ausfällen bei den Pferden führen kann. Außerdem muss befürchtet werden, dass die Kanoniere ihre Geschütze verlassen, um ebenfalls Beute zu machen. Ich habe dem Bund deshalb vorgeschlagen, Brandschatzung zu verlangen und die jeweilige Summe dann unter allen zu verteilen."

„Und was sagen sie dazu?", fragte ich.

Graf Georg seufzte tief. „Die Antwort ist natürlich ein klares Nein! Aber wie könnte ich dem Urteil des Bundes widersprechen? Schließlich gehören ihm neuerdings auch studierte Doktoren an. Und diese klugen Menschen haben ganz moderne Erkenntnisse gewonnen: Das hat man ja noch nie so gemacht und deshalb gibt es auch keinen Grund, das übliche Vorgehen zu ändern."

Graf Georg schnaubte. Sein Groll gegenüber den Studierten, die von der Praxis keine Ahnung hatten, war deutlich zu sehen. Natürlich konnte ich ihn verstehen, und in diesem Fall mochte er sogar recht haben, aber was das Studieren im Allgemeinen anging, stimmte ich ihm nicht zu. Selbstverständlich sagte ich das nicht. Ich fand es wichtig, dass mehr Menschen Zugang zur Bildung erhielten, damit sie die Fehler der Vergangenheit nicht wiederholen würden. Die Studiererei war in meiner Zeit ja noch ganz neu. Sicher würde es in Zukunft so sein, dass den Menschen im Studium praktischer Sachverstand beigebracht würde, um die jeweiligen Probleme der Zeit zu meistern. Und klügere Menschen würden sicherlich immer für Frieden im Land sorgen und kleine Probleme weitsichtig lösen, bevor sie zu großen Problemen werden können.

Schließlich sagte der Truchsess: „Du wirst dich vielleicht fragen, warum ich dir das alles erzähle. Ich möchte, dass du weißt, was auf uns zukommt. Dieser Krieg wird alles andere als einfach. Hier geht es nicht gegen Raubritter, sondern gegen unser eigenes Volk. Aber wir müssen immer im Auge behalten, dass wir um Recht und Ordnung in diesem Land kämpfen, damit es eines Tages wieder ein guter Ort für alle Menschen ist."

Mit einem seltsamen Gefühl im Bauch ging ich zurück in unser Lager. Melchior und ich teilten uns ein Zelt. Als ich eintrat, war er gerade dabei, die Fahne vorzubereiten. Ich befestigte mit Nadel und Faden die Wappen an meiner Kleidung. Danach machten wir uns, wie geheißen, auf den Weg, um die Feldwebel zu informieren. Außerdem nahmen wir als Zeugen unseren Feldkaplan mit, der lesen und daher bestätigen konnte, was auf unseren Dokumenten geschrieben stand.

Die Feldwebel waren gerade damit beschäftigt, ein paar Landsknechte im Umgang mit den Waffen zu schulen. Einer führte einen Bihänder, der andere eine Hellebarde. Wir traten näher und ich ging direkt aufs Ganze. „Ihr beiden, lasst die Männer allein weitermachen und kommt her."

Die Antwort kam prompt.

„Was erlaubst du dir, Bursche? Gleich zeigen wir euch beiden, wie man frechen Maulhelden das Maul stopft!"

Mit diesen Worten drückte einer der Feldwebel seinen Bihänder in die Hände des anderen und trat näher. Er war etwas größer als ich und wohlbeleibt. Ein ernstzunehmender Gegner, der bei seinen Männern hohes Ansehen genoss, wie ich aus den anfeuernden Rufen der Landsknechte schließen konnte. Siegessicher ballte er seine Fäuste und kam mir überraschend schnell entgegen. Seinen Bewegungen konnte ich jedoch ansehen, dass er mir mit der rechten Faust direkt auf die

Nase hauen wollte. Ich wehrte seinen Schlag mit meiner
Rechten ab und hieb ihm die linke Faust mit einem kurzen
Haken in die Seite. Er war überrascht und konnte gegen meine Rechte, die jetzt seitlich seinen Unterkiefer traf, nichts
mehr unternehmen. Er fiel zu Boden und ein Raunen ging
durch die Menge. Die Männer waren mit der Situation überfordert.

Melchior hatte zwischenzeitig den anderen Feldwebel am
Kragen gepackt, als der seinem Kameraden zu Hilfe eilen
wollte.

Da stellte sich der Kaplan dazwischen. „Aber meine Herren,
tut nichts, was Ihr später bereuen werdet!" Alle schauten
überrascht auf den Kaplan, auch ich. So viel Schneid hätte ich
dem Pfaffen nicht zugetraut. „Werte Herren Feldwebel",
sprach er sie an, „Ihr seid soeben im Begriff, von Eurem neu-
en Hauptmann und seinem Fähnrich Prügel zu beziehen!"

Die Landsknechte und auch die beiden Feldwebel machten
große Augen. Ich reichte meinem Kontrahenten die Hand. Er
nahm sie bereitwillig und ich half ihm auf. „Feldwebel Johann, Herr Hauptmann!", stellte er sich vor. Er rieb sich den
Unterkiefer, aber ich schien ihn nicht zu hart getroffen zu
haben. Der zweite Mann stellte sich als Feldwebel Peter vor.
Er war groß und hager, und ein gepflegter Schnauzbart zierte
sein Gesicht.

Während die Landsknechte anfingen zu tuscheln, zogen wir
anderen uns zurück an einen ruhigen Tisch in einer Trinkstube
des Trosses. Ich erläuterte den Feldwebeln, dass der Truchsess auf uns, den Verlorenen Haufen, setzte und dass Melchiors blutrote Fahne von nun an unserer Fähnlein sei. Graf Georg hatte recht. Die beiden machten tatsächlich einen guten

Eindruck. Ihre Augen leuchteten geradezu, als ich von unserer eigenen Fahne sprach. Diese Ehre wurde nämlich nicht jedem Verlorenen Haufen zuteil.

Für die nächsten Tage planten wir ein paar Manöver, denn die Fahne wurde auch taktisch eingesetzt. Bis spät in der Nacht saßen wir an der Aufstellung und an den taktischen Varianten unseres Haufens. Da Peter und Johann die Männer schon etwas kannten, hatten sie auch gute Vorschläge, wie die Rotten eingesetzt werden sollten. Ein paar Rotten, vor allem die mit Feuerwaffen, sollten direkt mir unterstehen, die anderen teilten die Feldwebel unter sich auf.

Die Übungen in den nächsten Tagen liefen sehr zufriedenstellend ab. Durch den erhöhten Sold als Hauptmann konnte ich mir einen Burschen in meine Dienste nehmen. Somit konnte ich jederzeit Nachrichten weiterleiten lassen, auch in der Schlacht.

Der Marsch ging weiter in Richtung Ulm. Wie man uns mitgeteilt hatte, galt bis zum 2. April noch Waffenstillstand. Dieser war aber recht wackelig, und Ende März gingen erste kleine Scharmützel los. Üblicherweise wurden diese aber von den Reisigen bestritten.

Am 31. März ließ Truchsess Georg seinen Stab zusammentreten, um das weitere Vorgehen zu besprechen. Auch ich war mit von der Partie. Die Offiziere der Landsknechte und der Berittenen, allesamt Adelige, waren durch mein Erscheinen etwas irritiert. Dass ich ausgerechnet von Melchior begleitet wurde, half mir hierbei nicht. Aber wer sonst als der Fähnrich sollte einen Hauptmann begleiten, war da die Hautfarbe nicht völlig egal? Wohl wissend, dass Melchior also in der Runde der Begleiter eine ähnliche Rolle haben würde wie ich in der

Runde der Adeligen, hielten wir uns kerzengerade und trugen natürlich unsere beste Kleidung.

Graf Georg bemerkte natürlich, wie die anderen mich ansahen, und entschärfte die Situation etwas, indem er mich als Hauptmann des Verlorenen Haufens vorstellte. Da dieser ja oft verheizt wurde, konnten die Adeligen nun gut damit leben, dass hier keiner von ihnen als Offizier eingesetzt worden war.

Georg erläuterte uns die militärische Lage: Die Bauern würden ihre Truppen, die durch zahlreiche Landsknechte aufgestockt worden seien, zu großen Armeen zusammenziehen. Die größten seien als Allgäuer Haufen, Seehaufen und Baltringer Haufen bekannt. Letzterer ziehe sich hier ganz in der Nähe zusammen und sollte somit Ziel der ersten großen Schlacht werden. Noch seien „nur" 12.000 bis 13.000 Männer zusammengezogen worden, aber diese Übermacht könne bis jetzt noch durch den Vorteil der Reiterei wettgemacht werden. Es sei also wichtig zuzuschlagen, bevor noch mehr Verstärkung eintreffe. Der Graf wollte den Bund darüber unterrichten, dass er ein schnelles Vorgehen für unabdingbar hielt. Späher sollten sofort aufbrechen, um zu beobachten und eine vorteilhafte Position für die Schlacht auszukundschaften. Zu allem Übel hatten nämlich die Bauern auch noch den Vorteil, auf bekanntem Terrain zu kämpfen. Als Tag der Schlacht wurde schon der 2. April gewählt, denn wie es sich herausgestellt hatte, diente der Waffenstillstand hauptsächlich der Ordnung der bäuerlichen Truppen, und für den Adel waren wir ja alles, was sie aufzubieten hatten.

Der Schwäbische Bund jedoch sah die Prioritäten natürlich wieder anders als der Graf und wollte zuerst Ulm in Sicherheit wissen, da der Bund sich an seinem Hauptsitz bedroht fühlte. Der Truchsess rief wieder alle Führungsoffiziere zusammen, um diesen seltsamen Befehl weiterzugeben. Wir sollten 4000 Bauern bei Leipheim angreifen, damit sie Ulm nicht erreichten, anstatt zu verhindern, dass sich eine wirklich übermächtige Armee zusammenziehen konnte. Gott sei Dank wussten die Landsknechte nicht, was da wirklich los war. Das hätte unsere ohnehin prekäre Lage sicher nicht verbessert.

Wir marschierten also in Richtung Leipheim, wo die Bauernarmee auf einer Anhöhe gesichtet worden war. Das gab ihnen einen grundsätzlichen Vorteil für den Nahkampf. Andererseits konnten sie von dort oben gut unsere Übermacht sehen. Hoffentlich würde sie das schon etwas abschrecken, die psychologische Komponente war im Kampf nicht zu unterschätzen. Sie stellten sich aber tatsächlich in Formation. Das war durchaus beeindruckend zu sehen, offensichtlich waren sie mutiger als gedacht und wussten zumindest in groben Zügen, was zu tun war.

„Verlorener Haufen", rief ich laut, „wir gehen frontal auf den Feind! Sollen sie sich ruhig auf uns konzentrieren, Artillerie haben sie nicht. Der Truchsess wird von der anderen Seite mit den Reitern kommen! In die Schlacht! Marsch!"

Mein erster Befehl im Gefecht. Wenn ich daran zurückdenke, bekomme ich noch heute eine Gänsehaut. Seit langer Zeit fühlte sich mal wieder etwas richtig gut an. Die Knechte folgten mir und schritten zügig auf den Feind zu. Die Schlacht schien nicht allzu schwierig zu werden, also konnten wir uns noch etwas ausprobieren. Die Gegner hielten ihre Position. Sie fürchteten wohl, dass unser Hauptheer, der Gewaltige Haufen, losstürmen würde, sollten sie uns angreifen. Wenn die wüssten! Ich ließ halten und wir feuerten eine Salve mit

unseren Arkebusen, ich aber natürlich mit meiner Muskete.
Die Gegner standen knappe hundert Meter entfernt, so dass
wir kaum Treffer erzielten. Danach feuerte unsere Artillerie
und ich befahl den Rückzug. Mir war nicht danach, von der
eigenen Artillerie erschossen zu werden. Das gegnerische
Heer geriet in Unruhe, es waren Treffer in ihren Reihen zu
sehen. Beruhigend zu wissen, dass unsere Kanonen in der
Lage waren, ein gegnerisches Heer zu treffen. Nach fünf Sal-
ven fielen Truchsess Georg und Teile der Reiterei über den
verunsicherten Bauernhaufen her. Unser Gegner versuchte gar
nicht erst, eine vernünftige Kampflinie zu bilden, sondern
suchte sein Heil in der Flucht. Dass das nicht gut ausgehen
konnte, hätten die Männer ahnen können. Pferde sind nun mal
schneller als Männer zu Fuß.

Sie rannten direkt bergab, denn so waren sie am schnellsten.
Damit hatten wir aber gerechnet, daher war mein Rückzug
nicht in die Richtung gegangen, aus der wir gekommen waren, sondern in die Richtung, in der ich deren Flucht vermutete. Inzwischen hatte ich meine Muskete meinem Burschen
gegeben und mich mit Keule und meinem kleinen Beil für
den Nahkampf gerüstet. Wir waren in unmittelbarer Nähe der
Donau und lagen dort im Buschwerk versteckt. So liefen uns
die fliehenden Männer direkt in die Arme. Auf meinen Befehl
hin stürmten wir vor und töten alles, was uns vor die Waffen
kam. Kurz darauf setzten unsere Reiter von oben vom Hügel
her den letzten Gegnern nach, und da wir sie ja flankierten,
gab es nur noch eine Richtung für sie: die Donau. Dass die
wenigsten Bauern schwimmen konnten, merkten sie erst, als
es kein Zurück mehr gab.

Für unsere Gegner war das kein guter Tag. Mehrere Hundert
von ihnen lagen erschlagen auf dem Feld, mindestens noch

mal so viele ertranken im Fluss. Manche hatten es aber geschafft, sich nach Leipheim abzusetzen. Dort mussten sie sich auf Gnade oder Ungnade dem Schwäbischen Bund ergeben. Die Rädelsführer wurden hingerichtet und die Bauern mussten Brandschatzungen bezahlen, um das Abbrennen ihrer Höfe zu vermeiden.

Die Schlacht bei Leipheim war unser erster großer Sieg. Allerdings forderte er auch seinen Tribut, Opfer gab es nicht nur auf der Seite der Bauern. Nun sollte sich zeigen, dass dieser Krieg anders war als der Fränkische. Unser Sieg hätte eigentlich die Moral der Truppe stärken sollen, aber das Gegenteil war der Fall. Es kam zu einem Tumult, und gute tausend Mann und somit ein Fünftel unserer Truppen desertierte. Dem Grafen war klar, dass etwas geschehen musste, um wieder Ordnung in die Truppe zu bekommen, und auch wenn er Plünderungen nicht sehr schätzte, konnte man damit Landsknechte am besten wieder in die Spur bringen. Da kam der Befehl des Bundes gerade richtig. Die beiden Städte Leipheim und Günzburg hatten die Bauern unterstützt, deshalb wurde den Fußknechten Leipheim und den Reitern das etwas entferntere Günzburg zur Plünderung freigegeben.

Der Leipheimer Priester Johann Jakob Wehe, einer der beiden Haupträdelsführer des Bauernhaufens, war jedoch entkommen. Melchior und ich konnten ihn in den Donauauen aufspüren. Er bot uns sagenhafte Summen an, wenn wir ihn laufen ließen, doch da war er mit uns an die Falschen geraten. Als treue Gefolgsleute lieferten wir ihn ab. Truchsess Georg hatte den Befehl erhalten, ihn wie einen gemeinen Dieb zu erhängen. Aber Graf Georg begnadigte ihn zur Enthauptung, damit er noch eine Chance auf Erlösung nach dem Tode bekam. Bis zu diesem Zeitpunkt hatte ich noch nie darüber nachgedacht, dass in einem Landsknechtheer ja auch ein Henker dabei sein musste. Dieser wurde jetzt benötigt.

Das Auftreten des unscheinbaren Mannes enttäuschte mich
etwas, denn er war keineswegs vergleichbar mit Meister
Frantz. Im Gegenteil, er wirkte verschüchtert und ging geduckt. Fast, als ob er Angst vor sich selbst hätte. So sah niemand aus, der seine Arbeit mit einer gewissen Achtung oder
mit Stolz erfüllte. Als er die Änderung des Urteils hörte, erschrak er fast. Er hatte offensichtlich Angst, die Enthauptung
zu vermasseln. Eine Schande für den Berufsstand der Scharfrichter, hätte sicherlich auch mein Freund Frantz geurteilt.
Die Landsknechte zerrissen sich das Maul über ihn. Trotzdem
schaffte er es irgendwie, den Kopf mit nur einem Hieb herun-
terzubekommen. Die Erleichterung war ihm anzusehen. Für
mich war klar, mit diesem Henker wollte ich nichts zu tun
haben.

Nach etwa einer Woche wurden wir wieder in Marsch gesetzt.
Mit der geschrumpften Truppe machten wir uns auf, den ur-
sprünglichen Plan zu verfolgen und uns dem großen Baltringer Haufen zu stellen. Aber es kam anders: Nirgends ließ sich
ein Bauernhaufen finden. Durch die erste verheerende Niederlage hatte sie wohl der Mut verlassen. Wir lachten und
schüttelten die Köpfe, als wir Gewissheit hatten. War ihnen
wirklich nicht klar, dass sie in der absoluten Überzahl waren?

Neuesten Informationen zufolge sollte es im Raum Ravensburg neuere Zusammenrottungen geben. Auf dem Weg dorthin mussten wir feststellen, dass die Landsknechte ihre Freude am Plündern entdeckt hatten, und leider unterschieden sie
auch nicht, ob die Höfe auf unserem Weg zu den Aufständischen gehörten oder nicht. So wurden auch brave Bauern ihrer Habseligkeiten beraubt, aber der Graf nahm das zähneknirschend hin. Er konnte nicht noch mehr Truppen verlieren,

und die Zeit drängte. Jeder Krieg kannte leider auch unschuldige Opfer, das wurde mir an dieser Stelle bewusst.

Wir näherten uns jetzt den Waldburger Ländereien. Als Rast hatte der Graf seine Burg Linden auserkoren. Entsetzt mussten wir aber feststellen, dass diese von den Aufständischen niedergebrannt worden war. Graf Georg hatte mehrfach versucht, durch Briefe an die zuständigen Stellen seine Untertanen aus dem Konflikt herauszuhalten. Mehrfach hatte er versprochen, sich der Anliegen seiner Bauern persönlich anzunehmen. Vergeblich, wie sich zeigte. Nicht nur eine seiner Burgen war niedergebrannt worden, sondern wir erfuhren auch, dass sich am Wurzacher Ried mehr als 4000 Bauern zusammengerottet hatten. Das bedeutete, dass von fast jedem Hof der Grafschaft Waldburg ein Vertreter zu den Waffen gegriffen hatte. Würde ich dort auch auf Bekannte treffen? Mein Mitleid für sie hielt sich zwar in Grenzen, schließlich war ich ja so etwas wie geächtet, und immerhin waren sie es, die zu den Waffen gegen ihre Herrschaft griffen, aber der Gedanke beschäftigte mich schon.

Als wir am Abend unweit der Burgruine lagerten, zog ich mich zurück hinter den letzten Mauerrest. Es gab doch viel zu verarbeiten. Konnte ich wirklich jemanden töten, den ich von früher kannte? Gab es keinen anderen Weg, die Bauern in den Griff zu bekommen, als diesen Krieg?

Ich schien aber nicht der Einzige zu sein, der allein sein wollte. Als ich hinter die Mauer trat, stand da bereits ein Mann mit Weinkrug und Becher: Graf Georg von Waldburg. Er deute mir an, Platz zu nehmen, ihm gegenüber auf einem Stein, und er setzte sich ebenfalls. Den ersten Becher lang schwiegen wir uns an. Kurz vor Ende des zweiten Bechers begann er das Gespräch.

„Wir müssen gegen unsere eigenen Leute kämpfen!"

Und damit sprach er genau das aus, was mich bewegte. Graf Georg fand den Gedanken fast noch schlimmer als ich.

„Sie sind meine Eigenleute", sagte er leise. „Ich habe geschworen, sie zu schützen. Und jetzt wenden sie sich gegen mich. Habe ich nicht alles getan, um Schaden von ihnen abzuhalten? Ich habe ihnen doch zugesagt, mich um ihre Sorgen zu kümmern, sobald der Konflikt vorbei ist, sobald ich wieder hier auf der Waldburg wäre. Trotzdem haben sie sich von den Aufwieglern überzeugen lassen und stehen nun auf der anderen Seite. Hätte ich das irgendwie verhindern können?"

Ich konnte seine Gefühle verstehen. Ähnlich musste es wohl sein, wenn sich eigene Kinder gegen einen stellen. Graf Georg war von der Leibeigenschaft und somit der herrschenden Gesellschaftsform überzeugt und hielt sie für gottgewollt und richtig. Er sah aber nicht nur die Pflicht der Bauern, sondern auch die der Herren gegenüber ihren Leibeigenen. Eine Einstellung, die leider selten war, wie die derzeitigen Aufstände zeigten.

„Ich befürchte das Schlimmste", sagte Graf Georg fast mehr zu sich selbst als zu mir. „Morgen wird es Verhandlungen geben, und ich werde mich natürlich bemühen, die Schlacht zu vermeiden. Aber so aufgestachelt, wie die Bauern jetzt sind, brennen sie auf einen Kampf. Und dann werden wir uns einen Plan B überlegen müssen, um möglichst wenige von ihnen töten zu müssen."

Der letzte Schluck Wein schmeckte schal.

„Viel Glück!", sagte ich mit tiefem Ernst.

Er nickte mir zu, dann stand er auf und verschwand hinter der
Mauer in Richtung Lager.

Dort standen sie, am Rande des Wurzacher Riedes. 4000
Mann. Sehr gut ausgerüstet, ungefähr jeder fünfte hatte eine
Hakenbüchse. Bei einem 1:1 Kampf hätten unsere sehr mit-
telmäßigen Landsknechte wohl den Kürzeren gezogen. Gleich
am Morgen trafen Unterhändler ein, und Graf Georg erklärte
sich dazu bereit, für die Verhandlungen ins Bauernlager zu
kommen. Ich kümmerte mich solange um den Plan B. Im
Idealfall führten die Verhandlungen zu einem Waffenstillstand, aber damit rechnete ich ehrlich gesagt nicht. Ich sorgte
also dafür, dass alles bereit war: die Rennfahnen, die Artillerie
und natürlich mein Verlorener Haufen. Ein kurzer, gezielter
Schlag sollte die Bauern möglichst bald zur Aufgabe bringen,
um – so die Hoffnung von Graf Georg und mir – die Aktion
mit möglichst wenig Toten auf beiden Seiten zu beenden.

Um zwei Uhr nachmittags verließ Graf Georg mit seinen Begleitern das bäuerliche Lager. Als er gute zweihundert Meter
vom Lager entfernt war, ließ er die weiße Flagge der Ver-
handlungen einrollen. Das war das Zeichen für die Artillerie.
Mit großem Getöse brachen alle Geschütze los. Die Bauern
hatten sich in Schlachtformation gebracht, was im Falle eines
Beschusses aber genau die falsche Wahl war. Entsprechend
forderte die Kanonade blutigen Tribut. Ich rückte mit dem
Verlorenen Haufen vor. Stolz schwenkte Melchior die blutrote
Fahne, und die Männer folgten, an unserer rechten Flanke die
Rennfahnen mit Georg selbst an der Spitze. Sie ritten in enger
Formation, was natürlich viel Staub aufwirbelte. Für unsere
Gegner war es so unmöglich zu sehen, mit wie vielen Geg-
nern sie zu rechnen hatten. Verwirrung machte sich breit.
Nach knapp fünfzig Metern ließ ich meine Schützen eine Sal-

ve abfeuern. Auch das erhöhte die Verwirrung der Bauern. Sie
hatten doch die rote Fahne des Verlorenen Haufens gesehen.
Welcher Feldherr setzte Schützen im Verlorenen Haufen ein,
wo mit hohen Verlusten zu rechnen war? Die moralische Wirkung war bei Weitem stärker als die Wirkung unseres Beschusses.

Kurz darauf erreichten die ersten Reiter ihre Gegner. Auch
wir gingen in den Sturmangriff über. Die Gegner waren völlig
überfordert und ihre Formation brach ein. Wir wussten nicht,
wie uns geschah. Sie hatten kampferfahrene Männer in ihren
Reihen, bestens ausgerüstet, oft sogar mit Harnischen gerüstet, wie es sich nur sehr gute und erfahrene Landsknechte
leisten konnten. Und doch waren sie zu keinerlei Gegenwehr
fähig. Deutlich zeigte sich, wie wichtig im Feld neben den
Soldaten die Führung ist. Wir schlugen mit allem, was wir
hatten, auf sie ein. Es wäre nicht auszudenken gewesen, hätten sie plötzlich gemerkt, dass sie nicht nur besser ausgerüstet, sondern auch noch in der Überzahl waren. Wie geplant,
trieben wir sie ins Ried. Wie viele ich an diesem Tag erschlagen habe, kann ich nicht mehr sagen. Wer einmal eine
Schlacht erlebt hat, weiß, wie sich die Sicht auf die Dinge
ändert. Man nimmt nur Augenblicke wahr, reagiert ohne
nachzudenken, wie in Trance. Manche dieser Augenblicke
bleiben hängen. Ein fliegender Zahn, spritzendes Blut, zu
Boden sinkende Körper von Freund oder Feind, sich aufbäu-
mende Pferde, Einschläge von Kugeln oder Geschossen. Aber
auch ganz merkwürdige Dinge wie ein Vogel oder Schmetter-
ling, der irgendwie ins Schlachtfeld geraten ist. Ebenso Gerüche oder Geräusche. Explosionen, Schmerzensschreie,
Trommeln, Kriegsgebrüll oder Kommandos. Alles läuft
merkwürdig verzerrt ab. Wenn man Pech hat, bleibt einem das

Gesicht eines Gegners im Gedächtnis hängen, das einem dann
womöglich noch einige Nächte lang nachgeht.

Ich kämpfte mich also vor, und wir drängten den Gegner tiefer ins Ried. Als der Boden zu unsicher wurde, hielten wir
inne. Die Reiter mussten schon früher abbrechen, um ihr Leben und das ihrer Pferde nicht unnötig den Risiken im Moor
auszusetzen. Außerdem begann es jetzt, dunkel zu werden,
zwischen den Bäumen und Büschen noch schneller als draußen auf dem Feld. Wir mussten die Verfolgung also abbrechen. Im Bericht an den Bund würde später stehen: „Gelände
und zunehmende Dunkelheit machten eine weitere Verfolgung leider unmöglich.“

Von den 4000 Bauern waren am Ende des Tages 1500 gefallen. Ein großer Erfolg, nicht nur weil wir gewonnen hatten,
sondern weil 2500 Bauern am Leben geblieben waren. Das
waren auf jeden Fall weit mehr, als es bei einem normalen
Schlachtverlauf der Fall gewesen wäre.

Am Ostersonntag, den 16. April, kamen wir vor die Stadt Alt-
dorf am Fuße des Klosters Weingarten. Die Meldungen der
Spione des Truchsessen bestätigten, was wir bereits durch
Gerüchte gehört hatten: 12.000 Mann innerhalb der Mauern,
darunter 4000 Schützen. Dieses Aufgebot hatte mit Bauern im
Leinenhemd und mit Mistgabeln oder Sensen nichts zu tun.
Diese Männer waren bestens gerüstet! Hinzu kamen noch
Verstärkungen aus allen Richtungen. In und um Weingarten
lagen etwa 25.000 Kämpfer des Seehaufens, unter ihnen gute
10.000 zum Teil kampferfahrene Landsknechte.

Wir konnten eine gute Position für unsere Artillerie gewinnen, damit war aber auch schon gut. Die Antwort kam leider
prompt, denn die Artillerie des Gegners konnte es mit der

unseren gut aufnehmen. Entscheidende Schläge oder Treffer konnte aber keine Seite erzielen.

Ernüchterung machte sich breit. Während die Artillerie weiter feuerte, zog ich mich mit Melchior zurück, denn jetzt brauchte ich einen klugen Gesprächspartner, der die Lage mit mir analysierte, bevor es zum Truchsessen ging. Vor allem brauchte ich ein Gespräch mit einem Freund, dem ich trauen konnte, und darin hatte sich Melchior mehrfach bewiesen. Gemeinsam wogen wir unsere Vor- und Nachteile ab: In Anzahl als auch Ausrüstung der Männer waren wir hoffnungslos unterlegen. Hinzu kam, dass uns im Falle eines Kampfes Freunde oder Familie gegenüberstehen könnten, was die Moral der Landsknechte schwächte. Immerhin war nicht zu befürchten, dass sie überlaufen wollten, denn durch ihre wilden Plünderungen hatten sie sich in dieser Region nicht gerade beliebt gemacht. Unser Trumpf war bisher immer die Reiterei gewesen, die meist unsere Siege erstritten hatte, aber im Falle einer Belagerung brachten uns die Reiter wenig, solange ihre Pferde nicht lernten, die Mauer hochzuklettern. Zum ersten Mal kamen Melchior und ich auf keinen grünen Zweig. Wir hatten keine Idee, wie wir hier lebend rauskommen sollten.

Wie erwartet, kam bald darauf der Bote des Truchsessen mit dem Auftrag, mich sofort in dessen Zelt zu führen. Mit großer Spannung machte ich mich auf den Weg. Wenn uns jemand aus dieser Situation bringen konnte, dann Georg von Waldburg.

Als ich das Zelt des Grafen Georg betrat, war sein Gesicht geprägt von Sorgenfalten. So hatte ich ihn noch nie gesehen. Zu meiner Überraschung war außer seinem Schreiber sonst niemand anwesend. Große Stapel Briefe lagen auf seinem Tisch.

„Ignaz, wir haben Probleme. Meiner Schätzung nach ziemlich genau 25.008!"

Nach meinem erstaunten Blick fuhr er fort: „25.000 Bewaffnete, die uns ans Leder wollen. Sieben Kurfürsten und Fürsten, die unsere dringende Hilfe gegen aufständische Bauern ersuchen, und zu allem Übel einen Schwäbischen Bund, dessen Befehle uns den Rest geben werden!"

„Mir würden die ersten 25.000 schon genügen!", entschlüpfte es mir. „Mein Fähnrich und ich sind ratlos, was unsere Lage angeht. Wenn Eurer Erlaucht nichts einfällt, wird dies wohl unser letztes Osterfest sein."

Er nickte. „Aber es wird zumindest ein Fest. Über die Feiertage wurde bereits eine Waffenruhe ausgehandelt. Allerdings können wir nicht verhindern, dass die Bauern diese Zeit nutzen werden, um sich in Position zu bringen. Schreiber, du schreibst erst, wenn ich es dir sage. Das wird kein Protokoll!"

Graf Georg erläuterte mir nun die Hiobsbotschaften der Fürsten: „Mainz, die Pfalz, Würzburg, Eichstätt, Württemberg und Bayern. Von überall her kommen Hilfsgesuche. Die große Zusammenrottung hier hat die Bauern überall beflügelt. Überall greifen sie zu den Waffen, und Kaiser und Reich müssen wehrlos zuschauen, denn wir hier sind durch den Krieg in Italien alles, was das Reich noch aufzubieten hat!"

Ein ernüchternder Gedanke! Wir schienen am Scheidepunkt der Geschichte zu stehen. War dies das Ende der Adelsherrschaft? Würde das Heilige Römische Reich Deutscher Nation ausgelöscht und durch einen Bauernstaat ersetzt?

„Was sagt denn der Schwäbische Bund dazu?", hakte ich
nach. Mir war zwar klar, dass mir die Antwort auf diese Frage
unmöglich gefallen konnte, aber ich wollte die eisige Stille
brechen, die durch diese düsteren Gedanken entstanden war.

„Du kannst es dir denken, wirst es mir aber nicht glauben",
sagte Graf Georg, während er den entsprechenden Brief von
seinem Schreibtisch nahm. „Der Schwäbische Bund erwartet
selbstverständlich einen Angriff. Wir sollen sie in ihr verdientes Verderben führen und hier ein Exempel statuieren. Niemand soll überleben, keine Gnade soll gewährt werden. Dass
dieses Bauerngesindel ein paar Männer mehr aufbiete als wir,
sei zu vernachlässigen, da sie es in Ehre und Moral niemals
mit dem glorreichen Heer des Schwäbischen Bundes aufnehmen können. Deshalb verbiete sich jede Art der Verhandlung
mit ihnen!"

Der Truchsess zerknüllte den Wisch und feuerte ihn in die
Ecke. Dieser Befehl war so realitätsfremd, dass wir darüber
gelacht hätten, wenn es nicht eher zum Weinen gewesen wäre.
Natürlich hätte ihnen Graf Georg das am liebsten auch so
zurückgeschrieben. Das brachte uns aber nicht weiter und die
Zeit rann. Der Graf hoffte zwar, den Konflikt doch noch militärisch lösen zu können, räumte aber auch ein gewisses Risiko einer Niederlage ein. Und natürlich war ihm klar, dass dies
vermutlich eine endgültige Niederlage für das ganze Reich
bedeuten würde.

„Was werdet Ihr dem Bund antworten?", wollte ich wissen.

Graf Georg starrte eine Weile ins Nichts, sichtlich kämpften
Wut und der Wille zum Weitermachen in ihm. Schließlich sah
er mich an.

„Für einen Sieg müssten wir die Stadt belagern, und diese
Zeit haben wir nicht, wenn wir auch den Fürsten zu Hilfe

kommen wollen. Abgesehen davon, dass ein Sieg hier nicht sehr wahrscheinlich wäre, aber das geht offenbar nicht in die Köpfe der Schreibstubenhocker des Bundes, deshalb muss ihnen die fehlende Zeit als Argument genügen. Verhandlungen sind hier der einzig sinnvolle Weg."

Seine Entscheidung, dem Bund die Stirn zu bieten, erfüllte mich mit Respekt. Dennoch wagte ich, vorsichtig etwas einzuwerfen: „Die bisherigen Verhandlungen haben allerdings nie zu einer Einigung geführt."

Er schnaubte. „Natürlich nicht. Das ist aber auch kaum verwunderlich, den Bauern wurde ja nicht wirklich etwas angeboten. Die Verträge kamen vom Bund, und der ist nie auch nur ein Stück auf die Forderungen der Bauern eingegangen. Da wir aber nicht im Auftrag des Schwäbischen Bundes verhandeln dürfen, können wir ja jetzt einen eigenen Vertrag entwerfen!"

Dieser ungewöhnliche Gedanke gefiel mir.

„Wir könnten also schauen, wo die größten Probleme der Bauern liegen."

Die Miene des Grafen wurde wieder hoffnungsvoller. „Exakt! Schreiber, jetzt darfst du Notizen machen, das bleibt aber vorläufig nur ein inoffizielles Papier, das dieses Zelt nicht verlässt." Er überlegte. „Die Bauern wollen doch hauptsächlich zwei Dinge: gehört werden und vor allem mehr Rechtssicherheit und weniger Willkür der Herrschaften. Veränderungen werden notwendig sein, damit das Leben auf dem Lande für die Menschen tragbar bleibt. Niemandem ist gedient, wenn sie alle in die Städte ziehen. Grundsätzliches Ziel muss es sein, die Konflikte zwischen Leibeigenen untereinander, aber auch zwischen Leibeigenen und Herrschaften zu lösen, und das möglichst gerecht."

Die Idee fand ich großartig. „Zum Beispiel durch einen Richter."

Der Graf nickte eifrig. „Wir schlagen den Bauern Schiedsgerichte vor, die natürlich städtisch geführt werden, damit sie neutral sind. Welche Punkte gibt es noch?"

Hier nützten mir meine Erfahrungen in den Wirtshäusern der Region natürlich eine Menge. Endlich war das Anhören der vielen Klagen einmal sinnvoll.

„Vor allem die Abgaben", warf ich ein.

Graf Georg nahm meinen Gedanken auf. „An der Leibeigenschaft und den Abgaben kann natürlich nicht gerüttelt werden. Aber über die Willkür bei der Festlegung der Abgaben können wir reden. Dafür soll es verbindliche, schriftliche Regelungen geben, auf die sich beide Seiten berufen können. Und weiter?"

Ich überlegte, welche Klagen ich noch sehr oft gehört hatte. „Für viele Bauern ist es ein großes Problem, dass sie nicht außerhalb ihrer Herrschaft heiraten dürfen, und wenn, dann zahlen sie für die Erlaubnis große Summen. Wie ihr ja wisst, sind die Leute in manchen Dörfern aber Leibeigene verschiedener Grundherren, so dass oft der Nachbar nicht die Nachbarin heiraten darf."

Der Graf runzelte die Stirn. „Gut, dann muss also klar geregelt werden, zu welchen Kosten jemand außerhalb seiner Herrschaft heiraten kann. Schreiber, hast du alle Punkte?"

Der Mann nickte.

„Dann werden wir jetzt anhand dieser Notizen einen Vertrag aufsetzen, der es wert ist, auch so genannt zu werden. Der Schwäbische Bund wird sich allerdings die Haare raufen, wenn er davon erfährt ..."

„... bis hin zur Glatze, die sie unter großen Hüten verbergen müssen", warf ich etwas zu schnell ein.

Für einen Moment dachte ich, dass der Graf mich dafür maß-regeln würde, aber dann brach er in schallendes Lachen aus.

„Ich werde darauf achten, wenn ich das nächste Mal in Ulm bin", gab er zurück und wandte sich nun seinem Schreiber zu.

Zwischenzeitig erreichten Graf Georg die Nachrichten, dass sich von Schlier her weitere Verstärkung für die Bauernhau-fen näherte. Beim Verhandeln würde ich keine Hilfe sein, deshalb bot ich mich an, die Boten der Bauern abzufangen und so zumindest die Reserve davon abzuhalten, auch noch eingreifen zu können. Da ich mich ja in der Gegend etwas auskannte, nahm Graf Georg mein Angebot gerne an. Ich schnappte mir also ein paar gute Männer und machte mich auf in Richtung Lauratal. Melchior konnte ich leider nicht mitnehmen, denn sollte es losgehen, brauchte der Haufen seinen Fähnrich. Ich ließ ihm meine Muskete und machte mich mit vier Männern auf.

Bei dieser Aufgabe war es hilfreich, dass sich die Bauern nicht gut auf das Kriegshandwerk verstanden. Die Boten wa-ren leicht auszumachen, denn sie liefen direkt auf dem kür-zesten Weg. Räuber waren freilich nicht zu befürchten, wenn das ganze Land unter Waffen stand, aber sie rechneten offen-bar nicht mit Leuten wie uns, die vom Gegner ausgeschickt worden waren, um die Botengänge zu stören. Wir versteckten uns an einer Stelle, die sich gut eignete, um am Flüsschen Laura Wasser aufzunehmen oder zu trinken. Dort fand sich auch bald ein Mann ein, der auf jemanden zu warten schien. Der Ort war einfach der ideale Punkt für einen Austausch. Bald gesellte sich ein zweiter, aus der anderen Richtung kommend, hinzu. Die Parole wurde so laut gesprochen, dass auch ich sie im Gebüsch mühelos verstand. Ein bis zwei Stunden später wiederholte sich das Ganze, aber mit anderen Boten.

Die Boten erkannten sich also nur aufgrund der Parole. Da ich ja den einheimischen Dialekt sprach, bezog ich hier Posten und war dann halt zufällig immer der Erste, der auf den anderen wartete. So mussten wir keinen Boten beseitigen, dessen Fehlen ja irgendwann aufgefallen wäre. Der Plan funktionierte zunächst sehr gut. Da ich durch die Boten immer mehr Informationen bekam, wurde es immer leichter, die Männer in Gespräche zu verwickeln und ihnen so die ein oder andere Information zu entlocken. So erfuhr ich nicht nur, dass knappe 3000 Mann bei Schlier liegen mussten, sondern wurde auch über die Verhandlungen, die mit dem Truchsessen geführt wurden, unterrichtet. Natürlich leitete ich diese Informationen durch meine Männer sofort weiter.

Der Plan schien aber zu scheitern, als ein Bote aus Schlier kam, der schon mal da war. Ich konnte ihn aber davon überzeugen, dass in Weingarten beschlossen wurde, dass es besser wäre, wenn ich hier bliebe und die Boten zu mir kämen, so sei man schneller, da man ja nicht aufeinander warten müsse. Das verstand er und entgegnete: „Eine sehr gute Idee, das ist auch viel sicherer, weil man ja die anderen Boten nicht kennt. Man darf sich gar nicht vorstellen, was passieren würde, würde ein gegnerischer Spion einen Boten ersetzen!"

Die Zeit verging endlos langsam, bis endlich ein Bote aus Weingarten mit der erlösenden Nachricht kam.

"Sie haben sich geeinigt!", rief er schon von Weitem. Ich merkte, wie erpicht der junge Mann darauf war, mir die Neuigkeiten mitzuteilen, und ich ließ ihn sehr gerne erzählen. „Der ehrenwerte Truchsess von Waldburg hat uns einen guten Vertrag vorgelegt. Es soll sich manches verbessern. Wir dürfen vor Gerichte ziehen, die von den Städten gestellt werden. Die sind sicher auf Gerechtigkeit aus und eher auf unserer Seite. Auch Eheschließungen werden jetzt klar geregelt, denk dir nur! Endlich darf ich meine Irma heiraten, für drei Gulden!"

Ich lächelte über seine Begeisterung. „Und was sagen die Landsknechte?", wollte ich doch gern wissen.

Er machte eine abfällige Handbewegung. „Denen hat der Vertrag nicht gepasst. Die waren regelrecht sauer und meinten, warum wir denn so blöd wären zu verhandeln, weil wir den Krieg sicher gewinnen würden. Aber so ein Landsknecht hat doch keine Ahnung vom echten Leben, stimmt's?"

Ich schmunzelte, weil ich den Landsknechten leider recht geben musste, aber das sagte ich natürlich nicht. Stattdessen fiel ich in seine Tirade ein: „Genau! Warum sollen wir unser Leben riskieren, wenn wir auch so diese Verbesserungen bekommen? Nur wegen eines wahrscheinlichen Sieges? Das ist doch Quatsch!"

Er schlug mir lachend auf die Schulter, und ich bat ihn, die Meldung direkt weiterzugeben. Ich würde jetzt meinen Posten verlassen und zu meiner Familie zurückgehen. Er willigte ein und ich zog ab. Die anderen drei schlossen etwas später zu mir auf und wir gingen vergnügt zurück ins Lager.

Der 17. April 1525 würde sicher in die Geschichte eingehen, denn einen solchen Vertrag hatte es noch nie gegeben. Neun Städte sollten den Vertrag besiegeln, was auch in den nächsten Tagen passierte. Der Schwäbische Bund war freilich nicht sehr angetan von diesem Ergebnis, und die meisten Bundesmitglieder hielten von der Umsetzung gar nichts. Graf Georg wurde für seine große Leistung geradezu verspottet. Wie sich später zeigen sollte, hielten sich von den fünfzig Mitgliedern des Schwäbischen Bundes gerade mal drei an die neuen Verträge: Kloster Irrsee, der Fürststift in Kempten und selbstverständlich Truchsess Georg Graf von Waldburg, Wurzach, Waldsee und Zeil.

Der Schwäbische Bund verbot ab sofort ausdrücklich das Schließen weiterer Verträge und erwartete harte Bestrafungen und vor allem Brandschatzungen, wo immer diese möglich seien. Anders ließe sich die Wiederherstellung von Gottes Ordnung nicht finanzieren. Bei den Gesprächen mit dem Bund war ich natürlich nicht dabei, allerdings berichtete Graf Georg mir davon bei einem nächtlichen Krug Wein. Da es aber im Grunde auch keine Alternative gab, wollten er und der Schwäbische Bund ihre Zusammenarbeit trotz der Differenzen fortsetzen. Wobei er zu diesem Zeitpunkt die nächste Maßnahme des Bundes noch gar nicht ahnen konnte.

Erschreckende Nachrichten erreichten den Truchsessen nämlich am nächsten Tag: In Weinsberg bei Heilbronn waren die Bauern über die Adligen hergefallen und hatten sie zum Spießrutenlauf verurteilt. Dafür stellten sich Spießträger in Dreierreihen so auf, dass sie eine schmale Gasse freiließen. Die Verurteilten mussten dann in der Mitte hindurchgehen, während die Landsknechte von beiden Seiten mit ihren spitzen Waffen zustießen, bis die Betroffenen tot zu Boden sanken. Diese drastische Hinrichtungsart war eigentlich einfachen Landsknechten vorbehalten, die besonders ehrlose Straftaten innerhalb ihres Regiments begangen hatten. Adlige durch die Spieße zu jagen wie gemeine Verbrecher, war für den Bund natürlich ein Sakrileg. Diese Tat gefährdete ihre Machtposition und konnte nur mit äußerster Härte bestraft werden. Und so sehr Graf Georg in diesem Punkt auch derselben Meinung war, so wenig gefiel ihm die Art, wie er von der sogenannten „Weinsberger Bluttat" in Kenntnis gesetzt wurde.

Es geschah, als der Truchsess gerade mit seinem Stab zusammensaß und das weitere Vorgehen besprechen wollte. Da wurden ihm zwei Herren vom Schwäbischen Bund angekündigt, die sich im Zelt als Kriegsräte vorstellten. Schon während des ganzen Feldzuges hatte Graf Georg Kriegsräte angefordert, um die Verantwortung nicht allein tragen zu müssen und sich auf seinen Teil der Aufgaben konzentrieren zu können. Jetzt wurden ihm diese Herren aber mit einem ganz anderen Ton vor die Nase gesetzt, denn sie erklärten: Da Graf Georg von Waldburg wider des Bundes handle und Verträge schloss mit Bauern, die er hätte erschlagen sollen, sei eine bessere Kontrolle seiner Person notwendig und deshalb seien sie ihm als Kriegsräte geschickt worden.

Wir alle konnten es ihm ansehen: Graf Georg kochte innerlich vor Wut, antwortete aber ziemlich trocken, dass er sich nicht dazu erniedrigen lasse, die Boten zu strafen, auch wenn ihm das sehr schwer fiele.

Wir Offiziere blickten sehr interessiert auf die Tischplatte, um uns keine Reaktion anmerken zu lassen. Das würde sicher eine tolle Zusammenarbeit, dachten wir uns vermutlich alle in diesem Moment.

Nach weiteren Siegen in Herrenberg und Böblingen erreichten wir schließlich unser eigentliches Ziel. Die Kriegsräte trieben zur Eile an, damit der Frevel von Weinsberg, der Spießrutenlauf der Adligen, endlich gerächt wurde. Gerüchten zufolge sollten sich 30.000 Bewaffnete in der Stadt befinden, so dass wir mit einer heftigen Auseinandersetzung rechneten. Unsere Späher berichteten kurz vorher allerdings nur von 6.000, und die hatten auch nicht vor, sich uns zu stellen, sondern verzogen sich gen Würzburg, als wir anrückten. Immerhin konnten wir die wichtigsten Rädelsführer der Weinsberger Bluttat schnappen und ließen sie, ganz im Sinne des Schwäbischen Bundes, vor Ort hinrichten. Die Freude der Landsknechte über den Sieg wurde durch die Ansprache Georgs allerdings getrübt. Denn der Befehl war eindeutig: Nichts aus dieser Teufelsstadt durfte übrig bleiben. Somit verbot sich das Plündern. Weinsberg wurde jegliches Stadtrecht abgesprochen, und nie wieder sollte dieser Ort bewohnt werden. Die Bürger der Stadt wurden fortgetrieben, und danach wurde Weinsberg bei geschlossenen Toren verbrannt. Friedlich versank das Städtchen, in dem die größte Schmach für die Adelsherrschaft seit Menschengedenken stattgefunden hatte, in den Flammen.

Wie ich Jahre nach dem Krieg erfahren habe, durfte übrigens doch etwas aus der Teufelsstadt übrig bleiben, nämlich kostbarer Wein. Der Schwäbische Bund ließ wenige Tage nach dem Brand die Weinvorräte der Stadt abtransportieren. Dieser hatte das Feuer in den gemauerten Kellern tatsächlich überstanden, angeblich etwa 75.000 Liter. Ein Vermögenswert, auf den der finanziell immer klamme Bund nicht verzichten konnte. Verteufelt hin oder her.

Da den Landsknechten die Plünderung verboten wurde, folgte
prompt eine Meuterei. Nicht die erste auf diesem Feldzug.
Graf Georg zog mit ein paar Reisigen nach Heilbronn, um
eine Zwangsanleihe aufzunehmen. Mit dieser konnte den
Landsknechten wieder Sold bezahlt werden, so dass sie sich
wieder bewegen ließen.

Was mich allerdings freute war, dass Graf Georg mich immer
öfter dazukommen ließ, wenn seine Spione ihn besuchten.
Mich ehrte sein Vertrauen, und im Falle seiner Abwesenheit
sollten die Informationen bei mir zusammenlaufen. Außerdem
wurde Graf Georg inzwischen überschüttet von Depeschen,
Bittgesuchen und Hiobsbotschaften, denn wir waren die einzige politische Instanz des Heiligen Römischen Reiches
Deutscher Nation, die überhaupt noch funktionierte. Franken
lag faktisch im Kriegszustand und der Kaiser stand mit seinen
Truppen in Italien. Daher wendeten sich alle Hilfesuchenden
an den Truchsessen und verlangten von ihm, alle möglichen
Entscheidungen zu treffen. So half ich ihm und seinen
Schreibern bei den unterschiedlichsten Briefwechseln und
bekam dadurch Einblick in die politische und militärische
Lage des Reiches.

Eines Tages meldeten unsere Spione etwas Interessantes:
Zwei mächtige Haufen zogen sich zusammen, der Taubertaler
Haufen und der Neckarwald-Odenwälder Haufen. Das war
soweit nichts Neues, aber dieser zweite verdiente durchaus
größere Aufmerksamkeit, denn er rekrutierte auch aus dem
Adel. Besonders ein Name stach uns ins Auge: Hans Thomas
von Absberg, dem der Truchsess und ich ja Rache geschworen hatten. Ich konnte es kaum erwarten, ihn endlich in die
Finger zu bekommen, um die Welt von seiner Anwesenheit zu
befreien. Nicht nur meine geliebte Frau und meine guten
Freunde, sondern auch zahlreiche andere Menschen waren

unter seinem Befehl unter teils grausamen Bedingungen zu
Tode gekommen.

Graf Georg übergab mir hierfür die Koordination der Spione.
Zu sehr war er selbst an die offiziellen Geschäfte als fahrende
Reichsbehörde gebunden. Mit genug Münzen ausgestattet,
gönnte ich den Spionen kaum Ruhe und ließ genau beobachten, wie die Bauernhaufen sich bewegten, wie groß sie waren
und was sie planten. Außerdem versuchte ich natürlich, möglichst viel über den Aufenthaltsort von Hans Thomas von
Absberg zu erfahren. Aber Informationen über ihn blieben
spärlich.

Das nächste Zusammentreffen mit den aufständischen Bauern
hatten wir in Neckarsulm. Es war kein einfaches Unterfangen,
aber nach drei Stunden hatten wir die Stadt eingenommen.
Danach machten sich die gesamten Bundestruppen wieder auf
in Richtung Würzburg.

Seit langem gab es aber auch mal wieder gute Nachrichten:
Ludwig von der Pfalz kam mit der dringend notwendig gewordenen Verstärkung. 2000 Mann und 1200 Reiter. Somit
vergrößerte sich unsere Armee auf nun 9000 Landsknechte
und 3200 Reisige. Auch die Spione wussten Gutes zu berichten. Götz von Berlichingen, der vorübergehend den Bauernhaufen kommandiert hatte und mit seinen militärischen Fähigkeiten ein gefährlicher Gegner war, hatte sich inzwischen
wieder von den Bauern losgesagt. Seine Hauptmannschaft sei
abgelaufen, war die offizielle Begründung. Interessant, so
etwas von einem Mann zu hören, der ja eigentlich noch nie
einen Konflikt gescheut hatte. Wir vermuteten, dass er nach
seinen Erfahrungen im Fränkischen Krieg mit Georg von
Waldburg und dem Schwäbischen Bund nicht mehr gegen uns

kämpfen wollte. Der Truchsess und ich begossen dies in einem der wenigen Momente, in dem wir unter uns waren. Zwar hätten wir ihn gern erwischt, aber angesichts unserer derzeitigen militärischen Situation war es wohl besser, nicht auf einen so fähigen Feldherrn zu treffen. In unserer Weinlaune verfassten wir sogar ein Schreiben an ihn und boten ihm an, in unsere Dienste zu treten. Das Schreiben blieb jedoch unbeantwortet.

Die nächste Schlacht bei Königshofen sollte für mich sehr ungewöhnlich verlaufen, denn Graf Georg übergab die Aufgaben des Verlorenen Haufens vorübergehend an den frisch eingetroffenen Kurfürsten Ludwig von der Pfalz und seine vier Fähnlein. Während meine Männer zur Trosswache eingeteilt wurden, sollte ich mir einen Tag Pause gönnen, auch als Dank dafür, dass ich den Truchsessen in letzter Zeit mit meiner Arbeit stark entlastet hatte. Einen Tag frei zu haben, war völlig ungewohnt, und ich nutzte ihn, um mal wieder ganz entspannt durch den Tross zu schlendern und ein paar Gespräche hier und da zu führen. Als unsere Männer zurückkehrten, wurden hier und da Rufe laut: „Graf Georg ist verletzt! Holt den Wundarzt!"

Erschrocken lief ich zum Zelt des Grafen, allerdings verwehrten mir die Wachen den Eintritt.

„Was ist denn geschehen?", fragte ich. „Ist es ernst?"

Aber die Wachen machten deutlich, dass sie nicht berechtigt waren, hierzu irgendwelche Auskünfte zu geben. Also musste ich mich gedulden, was mir nicht leicht fiel. Mit Wundärzten hatte ich bisher keine allzu guten Erfahrungen gemacht. Und der Arzt, den wir auf diesem Feldzug dabei hatten, verstand mit Sicherheit weniger von der Kunst des Heilens als mein Freund Meister Frantz.

Als der Mann endlich aus dem Zelt trat, fragte ich ihn sofort nach dem Gesundheitszustand des Truchsessen. Der Arzt sah mich herablassend an und erklärte: „Es ist nur eine Wunde am Bein, Einzelheiten gehen dich nichts an. Aber er wird bald genesen sein.“

Ich konnte mich nur mühsam zurückhalten. „Wie habt Ihr ihn denn behandelt?“

Da wandte er sich bereits zum Gehen, warf mir aber noch zu: „Ich habe mein Werk getan, wie ich es gelernt habe. Das würdest du doch sowieso nicht verstehen.“

Mir wurde klar, dass ich mir wohl selbst ein Bild verschaffen musste, daher ging ich einfach zwischen den Wachen hindurch ins Zelt. Sie kannten mich ja gut, und ich ließ auch keinen Zweifel daran, dass sie sich mir jetzt besser nicht in den Weg stellten.

Seine Erlaucht saß ohne Beinkleider auf einem Stuhl, war aber etwas blass.

„Ignaz, hast du deine Pause wohl genutzt? Ich habe tatsächlich den Schlag einer Hellebarde abbekommen. Aber keine Sorge, der Arzt hat mir einen Verband mit Ziegenmist gemacht. Die Wunde müsste bald eitern und dann heilen. Schau, der Verband ist saubere Arbeit.“

Genau das hatte ich befürchtet. Der Arzt ging wohl nach den ältesten Büchern vor, die er finden konnte. „Eure Erlaucht erlaubt, aber ich würde eine andere Behandlung vorschlagen. Wie Ihr wisst, hat mir der Nürnberger Scharfrichter Frantz Schmidt einiges beigebracht und auch sein Wissen über die Heilkunst mit mir geteilt. Da Scharfrichter im Gegensatz zu den Ärzten für ihre Heilung haften müssen, würde ich seiner Kunst mehr vertrauen."

Der Graf musterte mich und kämpfte wohl einen Moment lang mit sich. Dann nickte er und sagte: „Ich vertraue dir. Also ans Werk!"

Vorsichtig wickelte ich sein Bein wieder aus. Es war zunächst eine Überwindung, ihn, einen Adligen, auf diese Art anzufassen, aber ich ließ mir natürlich nichts anmerken. Am Oberschenkel befand sich eine nicht allzu tiefe, aber recht lange Schnittwunde. Zum Glück hatte der Gegner mit seiner Hellebarde nicht ganz durchgezogen, sonst hätte der Graf sein Bein vermutlich verloren. Zunächst wusch ich die Wunde mit reichlich Wein aus. Um eine schnelle Heilung und den uneingeschränkten Gebrauch des Beines sicherzustellen, musste die Wunde jetzt genäht werden. Während ich meinem Patienten das erklärte, stockte ich.

„Du hast das noch nie gemacht, oder?", hakte er nach.

Ich nickte.

„Dann wird das dein erstes Mal. Flicke mich zusammen wie ein altes Hemd!"

Also begann ich zu nähen, aber Graf Georg verzog keine Miene. Schließlich trug ich die Wundsalbe auf, die ich nach Frantz' Rezept angefertigt hatte und vorsorglich immer in einer Dose in meinem Vorrat hatte, und verband das Bein mit einem sauberen Tuch. Dem persönlichen Diener des Grafen erklärte ich, wie die Wunde zu versorgen sei, die Salbe ließ ich da.

Während der Truchsess mit Hilfe seines Dieners in seine Beinkleider schlüpfte, schmunzelte er: „Du bist also Landsknecht, Schreiber, Berater, Henker und Wundarzt. Wozu brauche ich eigentlich noch eine Armee?"

Ich lächelte noch, als ich einem unserer Spione in die Arme lief, der an mir vorbei ins Zelt drängte. „Es eilt, feindliche Verstärkung bei Ingolstadt, mehrere Tausend Mann."

Graf Georg griff sofort nach seinen Waffen.

„Nun Ignaz, dann werden wir sehen, ob dein Werk hält. Ich muss wieder aufs Pferd! Wir müssen denen entgegen, bevor noch mehr Verstärkung kommt. Mach deine Männer bereit! Alle verfügbaren Fußtruppen treten vor dem Lager in Richtung Ingolstadt an, wir dürfen keine Zeit verlieren."

Ich tat, wie mir geheißen, und keine fünfzehn Minuten später stand der Verlorene Haufen vollständig und fast nüchtern in Marschordnung vor dem Lager. Die Reisigen waren bereits zu zwei Schwadronen angetreten, als wir eintrafen. Stolz nickten Melchior und ich unseren Männern zu. Von achtzehn Fähnlein waren wir das schnellste.

Leider sollte es auch das einzige bleiben. Anstelle weiterer Landsknechte kam lediglich ein Hauptmann. Er übermittelte die Nachricht der Männer: Sie würden erst weiterkämpfen, wenn sie ihren Schlachtensold erhalten hätten. Der Truchsess war außer sich.

„Soll der Feind warten, bis wir unsere Befindlichkeiten hier geregelt haben? Sold gibt es nach getanem Werk und nicht umgekehrt! Die Zeit drängt, und ihr meutert? Dann seht nun, wie wichtig ihr für unsere Kampagne wirklich seid! Wir ziehen los! Alles Marsch!"

Die Männer des Verlorenen Haufens sahen sich etwas verunsichert um. Da ritt Graf Georg neben mich und rief: „So ernst war es noch nie! Verlorener Haufen, seid ihr an meiner Seite?“

Ein einstimmiges Jubeln meiner Männer war die Antwort. Vor Stolz musste ich eine Träne verdrücken. Dann wandte sich der Truchsess an Melchior und mich: „Hört zu, Aufstellung wie immer: Der Verlorene Haufen ist vorne, Reiter an beiden Flanken, die Rennfahnen umgehen und kommen von hinten!“

Da erwiderte Melchior: „Gestattet, hoher Herr, aber bisher hatten wir hinter uns den Gewaltigen Haufen. Diese meuternden Banditen verdienen zwar weder die Bezeichnung ‚gewaltig‘ noch sind sie den Dreck wert, auf dem sie stehen, aber allein durch ihre bloße Anwesenheit konnte man sie immer für eine gefährliche Armee halten. Nur wie machen wir das dieses Mal?“

„Fähnrich Melchior, guter Einwand!“, nickte Graf Georg. Dreh dich um: der Gewaltige Haufen!“ Er deutete auf die Reiter hinter uns und fuhr fort: „Dreck war ein gutes Stichwort. Diese Reiter werden so viel Dreck und Staub aufwirbeln wie ein Landsknechtheer und somit diese Aufgabe übernehmen. Wie du richtig gesagt hast, hätten unsere Landsknechte ja auch nicht zu mehr getaugt. Man darf euch nur nicht anmerken, dass ihr alles an Fußknechten seid!“

Die Antwort war ein kräftiges Lachen. Und wir bekamen geradezu Lust auf dieses Spiel. Graf Georg selbst zog sich zu unserem „Gewaltigen Haufen“ zurück, anstatt mit den Rennfahnen zu reiten. Das war vernünftig, denn er musste sein Bein unbedingt schonen, wenn er es behalten wollte.

Und da standen sie! Mehrere Tausend Mann, in recht guter Formation. Als wäre es die normalste Sache der Welt, marschierten wir direkt auf das Zentrum zu. Verlorener Haufen gegen Verlorener Haufen, wie im Lehrbuch. Ihre äußert defensive Körperhaltung machte mir Mut. Hätten sie einfach nur angegriffen, hätten wir ein Problem bekommen. Als hätte er meine Gedanken gehört, schloss Graf Georg in sehr enger Formation auf. Die Reiter standen zu dicht, um kämpfen zu können, aber die Staubwolke war beeindruckend. Wie immer ließ ich etwa dreißig Meter vor dem Feind kurz halten, um eine Salve abzufeuern. Meine Kugel traf den feindlichen Fähnrich. Er ließ die Fahne fallen, was den spärlichen Mut seiner Männer nicht gerade stärkte.

Auf mein Zeichen schwenkte Melchior die Fahne nach vorn und wir preschten los. Die makellose Kleidung und die blinkenden Harnische der Gegner zeigten, dass sie bisher offensichtlich noch nie in einen Kampf verwickelt gewesen waren, und unser Heranstürmen bestärkte sie in ihrem Vorhaben, das auch so zu belassen. Sie zogen sich sofort zurück, nur die Wenigsten von uns schafften es überhaupt, einen Gegner zu erwischen. Die Reiter waren schon fast auf unserer Höhe, da ließ ich anhalten, um nicht unter die Pferde zu kommen. Alles, was schießen konnte, lud nochmals nach, und wir schickten den Männern eine weitere Salve hinterher, bevor unsere Reiter ihnen den Rest gaben. Fliehende Infanteristen waren immer leichte Beute für die Kavallerie, und der Feind wurde größtenteils vernichtet.

Als wir zum Abschluss das Schlachtfeld abschritten, kamen mir zwei Dutzend meiner Schützen aufgeregt entgegen. Sie hatten Musketen erbeutet, ähnlich der meinen. Inzwischen hatte diese Waffe sich nämlich bewiesen und wurde immer beliebter. Ich hingegen fand bei dem Fähnrich, den ich mit meiner Muskete getroffen hatte, eine gute Ledertasche mit einem Riemen zum Umhängen. Aber noch viel mehr freuten mich seine beiden Waffen, die er sicherlich selbst einem Adligen oder Kaufmann abgenommen hatte: einen kunstvoll gearbeiteten Buckler aus Stahlblech und einen Dolch aus Damaststahl mit einem Griff aus dunklem, geschnitztem Holz. Ich nahm beide Waffen an mich, denn ich fand, es wäre doch schade, wenn sie einer bekäme, der sie nicht zu schätzen wüsste.

Zeit zum Ausruhen blieb uns aber leider nicht, denn immer dringlicher wurden die Hilfeschreie des Würzburger Bischofs, dessen Sitz belagert wurde, während die Stadt selbst sich in der Hand der Aufständischen befand.

Und es geschahen noch Zeichen und Wunder: Während wir auf den Tross warteten, der bald zu uns aufholte, waren auch die Landsknechte plötzlich wieder da. Unser Sieg hatte sie wohl etwas Demut gelehrt, zumindest hofften wir das. Außerdem war ihnen vermutlich klargeworden, dass es besser war, beim Grafen auf baldigen Sold zu hoffen, als zurück in ihre Dörfer zurückzukehren.

Die Befreiung des Bischofssitzes gelang problemlos, da sich der Feind bei der Ankunft unseres Heeres sogleich zurückzog. Ärger gab es hier also weniger mit den Bauern, dafür aber einmal wieder mit dem Schwäbischen Bund. Für die Hilfeleistung der Armee sollte Graf Georg Strafgelder verhängen. Schließlich müsse der Feldzug ja bezahlt werden. Wieder einmal war ich im Zelt des Truchsessen, als diese Nachricht eintraf. Graf Georg war außer sich und schickte die Schreiber nach draußen, um sich ungehört Luft machen zu können.

„Wir riskieren unser Leben, verwalten hier das halbe Reich und tun alles, damit der Schwäbische Bund als Ordnungsmacht anerkannt wird – und das mit einer Armee, die diesen Namen nicht verdient! Und da soll ich wegen ein paar Gulden alles aufs Spiel setzen? Ignaz, schreib in meinem Namen so höflich wie möglich – ich selbst bringe diese Höflichkeit jetzt nicht mehr auf –, dass solche Aufgaben Sache der Brandmeister sind. Ich bin oberster Feldherr, habe die Ordnung wiederherzustellen und den Krieg zu beenden. Das Berauben der Befreiten überlasse ich gern dem Bund! Sollten Brandschatzungen erhoben werden, möchte ich aber betonen, dass ich zumindest einen Teil davon den Landsknechten zukommen lassen muss, um sie besser unter Kontrolle zu halten."

Tatsächlich wurde die Moral in der Truppe zu einem immer größeren Problem. Um ein Exempel zu statuieren, wurden ein paar Fähnlein entlassen und die Armee somit auf 7000 unmotivierte Landsknechte geschrumpft und für zwei Monate weiterverpflichtet. Die Reiter wurden alle behalten, obwohl auch ihre Moral zu sinken begann.

Die Antwort des Bundes kam schnell. Wieder waren Graf Georg und ich allein im Zelt und ich sollte den Brief vorlesen: „Um die Missverständnisse auszuräumen, erfolgt hier der Befehl an Seine Erlaucht, den Truchsessen Georg Graf von Waldburg, unseren derzeit obersten Feldherrn."

Als ich seine Miene bemerkte, stockte ich.

„Derzeit!", schimpfte er. „Hast du gehört, Ignaz? So etwas schreiben sie nicht aus Versehen. Diese Affen wollen mir mit Entlassung drohen! Als ob sonst einer diesen Wahnsinn beaufsichtigen wollte – oder gar siegreich zu Ende führen könnte! Fahr fort."

Ich bemühte mich, mit möglichst neutraler Stimme weiterzulesen: „Gefangene und erbeutetes Geschütz sind direkt an den Schwäbischen Bund zu überstellen. Wo immer es möglich ist, sind Brandschatzungen zu erheben. Auch diese Gelder gehen ausschließlich und vollständig an uns, den Schwäbischen Bund. Zur Stärkung der landsknechtschen Moral sind ihnen Plünderungen freizugeben, wie es guter Brauch ist. Das widerspenstige Vorgehen Eurer Erlaucht gegen diese althergebrachte Form der Besoldung ist nicht mehr hinnehmbar! Aber auch dem obersten Feldherrn steht ein Teil der Beute zu. Da sich Eure Erlaucht mehrfach und unnötig für das Leben der einfachen Bauern eingesetzt hat, was in dem unaussprechlichen Vertrag von Weingarten gar niedergeschrieben steht, sollt Ihr es denen gleichtun und vom Vieh leben. Die besten Stücke Ross und Vieh, die erbeutet werden, stellen also den Sold des obersten Feldherrn dar!"

Als ich diese Worte aussprach, trat ich vorsichtshalber einen Schritt zurück. Graf Georg sagte nichts. Gar nichts. Sein Gesicht wurde abwechselnd blass und feuerrot.

Das Verhältnis zwischen dem Schwäbischen Bund und ihm kam mir vor wie das eines sehr unglücklichen Ehepaares. Sie waren in fast allen Angelegenheiten sehr unterschiedlicher Meinung, brauchten einander aber, um in diesen Zeiten überleben zu können. Die Bauernaufstände hätten beide vernichtet, würden sie getrennte Wege gehen. Umso mehr konnte ich den Wunsch des Truchsessen nach dem Titel des Herzogs von Schwaben verstehen. Dann wäre seine Herrschaft und sein Einfluss groß genug, um ohne eine solche Zwangsehe auszukommen.

Die Depesche enthielt außerdem noch Instruktionen, dass die Rädelsführer künftig hingerichtet werden sollten. Für unseren Henker würde es also bald viel zu tun geben. Allerdings zweifelte ich daran, dass unser kümmerliches Exemplar eines Scharfrichters das auch umsetzen konnte. Meine Gedanken in dieser Hinsicht behielt ich aber erst einmal für mich.

Leider bestätigten sich meine Befürchtungen früher als gedacht. Nachdem wir nämlich auch die Stadt Würzburg einnehmen konnten, wurden Melchior und ich wieder einmal ins Zelt des Truchsessen gerufen. Ohne große Vorrede teilte er uns mit: „Unser Henker ist tot."

Verblüfft fragte ich ihn, wie das geschehen sei. Ich war zwar beim Sturm auf die Stadt dabei gewesen und wusste natürlich, dass unsere Armee in Würzburg 70 Rädelsführer festsetzen konnte. Aber die restliche Geschichte erfuhr ich erst jetzt vom Grafen.

„Obwohl ich dem Henker drei Mann als Unterstützung gegeben habe, war ihm seine Aufgabe zu viel. Wir fanden ihn am Fuß der Stadtmauer, ein Handwerker hat gesehen, dass er sich dort oben zuerst betrunken und dann runtergestürzt hat."

Das waren ja mal Neuigkeiten!

„Ignaz", fuhr er fort, „da du dich ja mit diesem Beruf etwas auskennst, wirst du diesen Posten kommissarisch übernehmen. Wir werden in jedem Flecken, jedem Dorf und jeder Stadt Brandschatzungen erheben und Rädelsführer hinrichten müssen. So verlangt es der Bund und ich dulde hier keinen Widerspruch. Niemand außer uns dreien muss davon erfahren. Trage die schwarze Guggel des Henkers, und niemand wird dich erkennen. Hauptmann bleibst du trotzdem.

Außerdem brauche ich die Hilfe von euch beiden bei einer anderen Sache: Wie ihr wisst, bekomme ich meinen Sold in Form von Tieren. Ich brauche jemand Verlässlichen, dem ich die Herde anvertrauen kann. Da ihr zwei die Männer besser kennt als ich, könnt ihr mir hier doch sicher jemanden empfehlen."

So schnell, wie wir empfangen wurden, waren wir auch wieder aus dem Zelt draußen. Melchior, dem ich als Freund bereits meine Lebensgeschichte anvertraut hatte, neckte mich jetzt natürlich damit, dass ich wohl doch noch zum Henker werde. Er und Meister Frantz hätten sich sicher blendend verstanden. Ich merkte ihm aber an, dass das nur Ablenkung war, irgendetwas beschäftigte ihn.

Für Fragen blieb aber keine Zeit, denn ich wollte jetzt so schnell wie möglich das Zelt des Henkers aufsuchen. Ein Bote des Truchsessen hatte mir dessen Lage gut beschrieben. Ähnlich, wie man das aus den Städten kannte, lag die Wohnstatt des Henkers recht abseits. Das kam mir sehr entgegen, denn ich wollte bei meinem Vorhaben gern unentdeckt bleiben.

Das Zelt an sich sah auf den ersten Blick recht gut aus, das Innere spiegelte aber offensichtlich die Stimmungslage des letzten Bewohners wider. Es herrschte eine Unordnung, die seinesgleichen suchte. Es war mir rätselhaft, wo dieser Mann überhaupt geschlafen hatte. Alles war auf dem Boden verteilt. Eine angebrochene Flasche Branntwein stand auf einer Kiste, davon nahm ich jetzt auf den Schrecken zuerst mal einen Schluck. Danach begann ich mit der Inventur.

An Kleidung war der letzte Henker recht gut ausgestattet gewesen, auch wenn er immer das Gleiche trug. Mir half das aber nichts, da er ja fast einen Kopf kleiner gewesen war als ich. Trotzdem packte ich hiervon ein Bündel zusammen, denn mein Bursche hatte ungefähr dessen Größe. Den beachtlichen

Alkoholvorrat gedachte ich, meinen Männern zu geben. Sie würden sich ja so oder so betrinken, so bekam der alte Henker zumindest eine Art Totenmahl. Als die erste Schicht Unrat entfernt war, kamen verschiedene Kisten zum Vorschein. Der Mann musste seinen Beruf also doch einmal ordentlich ausgeführt haben. So fand ich eine Kiste mit Galgenstricken, eine mit Folterwerkzeug und chirurgischen Gerätschaften und eine weitere Kiste mit Dingen, die bei der Heilung von Patienten nützlich sein konnten. In einer Ecke stand ein großes Beil, mit dem ein Scharfrichter im Rahmen von Bestrafungen Gliedmaßen abtrennen konnte. Erfreulich war auch, dass ich eine neue Guggel fand. Diese war dem bisherigen Henker wahrscheinlich zu groß gewesen, jedenfalls sah sie unbenutzt aus.

Kurzum ich fand alles, was man gebraucht hätte, hätte man Henker werden wollen. Das Einzige, was fehlte, war das Richtschwert. Da mir damit aber ohnehin die Übung fehlte, nahm ich mir vor, den Truchsessen dazu zu überreden, die Enthauptungen mit dem großen Beil auf einem Richtblock vornehmen zu lassen, auch wenn das in unserer Gegend eher weniger verbreitet war.

Ich war so in die Arbeit vertieft, dass ich nicht bemerkt hatte, wie sich jemand näherte.

„Seid Ihr da?", hörte ich plötzlich eine zarte Stimme. Erschrocken trat ich aus dem Zelt. Vor mir stand ein zierlicher Bursche, dessen Alter ich schwer schätzen konnte. Mütze und Jacke schienen ihm zu groß, jedoch war die Kleidung ordentlich. Auch er erschrak und wollte sich sofort wieder davonmachen.

„Halt, hier geblieben! Wen oder was suchst du hier?"

„Ich suche unseren Henker", antwortete er zögerlich, wobei seine Stimme jetzt deutlich tiefer klang. „Mein Name ist Joseph, ich bin sein Bursche."

„Das ist gut, dann möchte ich mit dir sprechen", sagte ich und winkte ihn ins Zelt. Dort erklärte ich ihm, was mit seinem Herrn passiert war und dass ich das Amt kommissarisch übernehmen würde, aber unentdeckt bleiben musste. Als er von dem Tod des Henkers hörte, wurden seine Augen glasig. Offensichtlich hing er sehr an seinem Brötchengeber. Ich versprach natürlich, ihn in meinen Dienst zu übernehmen, sofern er die Trauer verschieben und mir beweisen konnte, dass er ein Geheimnis zu wahren wusste.

„Das kann ich – und ich beweise es Euch", sagte Joseph, und jetzt klang seine Stimme plötzlich wieder deutlich höher. Er nahm Mütze und Jacke ab – und auf einmal war das Geheimnis um die merkwürdige Stimme gelöst.

„Wir müssen uns jetzt offenbar gegenseitig vertrauen", sagte sie. Die Mütze hatte ihre langen, braunen Haare verdeckt, ebenso wie die Jacke die Form ihres eindeutig weiblichen Oberkörpers gut verhüllt hatte. Wir gaben uns die Hand, schauten uns tief in die Augen und wussten somit, dass wir uns trauen konnten und mussten.

„Josephine", stellte sie sich noch einmal vor. „Sagt am besten einfach Josi, das passt immer!" Sie versuchte zu lächeln, aber die Trauer war noch zu groß. Ich war natürlich sehr gespannt darauf, ihre Geschichte zu hören, aber ich war sicher, dass sie mehr Zeit brauchen würde, um die einem Fremden zu erzählen. Rasch machte sie sich wieder zum Burschen.

„Ich habe gehört, dass wir schon morgen weiterreisen", berichtete sie sachlich. „Wir haben Muli und Wagen. Ich hole jetzt beides und packe dann zusammen!"

Ihre oder seine Auffassungsgabe schien sehr gut. Bis sie wiederkam, hatte ich alles aussortiert, was wir nicht mehr benötigen würden, und in einer extra Kiste verstaut. Josi sollte diese Dinge später bei einem der Händler zu Geld machen.

Sie versicherte mir, alles problemlos alleine verpackt zu bekommen, und ich kehrte zurück in mein eigentliches Lager. Dieses Doppelleben würde eine Herausforderung werden!

Melchior hatte schon fast alles zusammengepackt, als ich eintraf. Da er ja von meinem Sonderauftrag wusste, machte er mir keinen Vorwurf. Dennoch merkte ich sofort, dass irgendetwas nicht stimmte.

„Ignaz, ich habe eine Entscheidung getroffen, die dir nicht gefallen wird!“, bestätigte er meine Vermutung. Diese Worte klangen nicht gut, gerade jetzt, da ich einen schweren Auftrag angenommen hatte, aber sein Blick und sein Tonfall machten mir klar, dass dieses Gespräch keinen Aufschub duldete.

Wir setzten uns ans Feuer. Erst jetzt sah ich, dass er sogar ein Mus gekocht hatte und Wein bereithielt, als wollte er mich milde stimmen.

„Ignaz, du weißt, dass ich nie Soldat sein wollte, auch wenn ich das recht gut kann. Der Posten als Fähnrich ehrt mich, und an deiner Seite den Verlorenen Haufen zu führen, ist das Beste, was mir in meinem Leben bisher passiert ist. Aber seien wir doch ehrlich: Dass wir in dieser Armee, die den Namen kaum verdient, bisher überlebt haben, grenzt an ein Wunder. Ich möchte mein Glück nicht täglich weiter herausfordern, und ich muss auch an meine Zukunft denken. Mal ehrlich: Was kommt nach diesem Krieg? Niemand wird mich noch mal als Fähnrich oder Doppelsöldner einstellen. Aus diesen

Gründen habe ich mich dem Truchsessen selbst als Viehhirte angeboten. Ich arbeite gerne mit Tieren. Der Truchsess war darüber sehr erfreut, und wir haben vereinbart, dass er mir meinen Sold in Form von Tieren ausbezahlt. So kann ich einen guten Grundstock bilden, um mich später als Züchter oder Händler irgendwo niederzulassen."

Ich war zunächst sprachlos und trank den Becher Wein in einem Zug aus. Aber er hatte recht. Auch seine Frage, was wohl nach dem Krieg kommen würde, fand ich sehr vernünftig. Darüber hatte ich mir noch gar keine Gedanken gemacht. Mein Ziel war die Rache an Hans Thomas von Absberg, aber was würde ich tun, wenn er tatsächlich eines Tages tot war?

In dieser Nacht fand ich nur schwer in den Schlaf. Die Trompetensignale für den Aufbruch ertönten kurz nach Sonnenaufgang, verhallten aber zunächst wirkungslos. Die Landsknechte hatten sich bei der Siegesfeier zu sehr betrunken, um jetzt schon auf den Beinen zu sein. Der zweite Rundritt der Trompeter brachte auch nicht viel mehr. Als dann aber die Reisigen durchs Lager ritten und die Zelte umrissen, kam Leben in die verkaterte Bande – und auch in mich.

Am späten Vormittag setzte sich das gesamte Heer samt Tross in Bewegung. Melchior ritt an der Spitze der Viehherde. Er hatte eine Gruppe Reiter für diese Aufgabe unter sein Kommando bekommen. Somit fehlte mir mein wichtigster Gesprächspartner, und ich konnte mich darauf konzentrieren zu beobachten. Allerdings war es alles andere als schön, was ich zu sehen bekam. Die Landsknechte machten sich in Rotten davon, um auf dem Weg irgendetwas zu plündern. Ob die Bauern aufständisch waren oder nicht, kümmerte sie nicht. Und Melchiors Viehherde machte das Ganze nicht besser. So bildeten sich entlang der Marschrute entsetzliche Verheerungen.

Der Truchsess hatte eine Liste bekommen, welche Orte sich gegen den Schwäbischen Bund schuldig gemacht hatten, und in jedem dieser Orte sollte er fünf Rädelsführer hinrichten lassen. Das gefiel ihm überhaupt nicht, aber seine Argumente hatten den Bund immer wieder Drohungen aussprechen lassen, so dass ihm mittlerweile klar war, dass er diesen Befehl nur ausführen konnte – oder mit dem Bund brechen musste. Letzteres kam nicht in Frage, deshalb hatte er sich eine dritte Möglichkeit überlegt.

Als wir das erste Dorf erreichten, hielt der Heereszug in guter Sichtweite an, und der Anblick so vieler Bewaffneter machte offensichtlich Eindruck. Die Bewohner versammelten sich umgehend auf dem Dorfplatz, wo sie mehr ahnten als wussten, was auf sie zukam. Das war dann mein Stichwort. Unter dem Vorwand, zum Grafen zu müssen, trennte ich mich von meinen Männern und ging zu Josi. Als Henkershelfer hatte sie schon einen nicht einsehbaren Platz gefunden, an dem ich mich unbemerkt umkleiden konnte. Ich legte meine Koppel, Waffen und Hut ab und schlüpfte in ein grobes Hemd, legte die breite, mit einem klirrenden Schlüsselbund versehene Koppel des Henkers und die Guggel an. So würden mich selbst meine Kameraden nicht erkennen – hoffte ich. Mit dem großen Beil und einem Seil mit Galgenschlinge machte ich mich dann auf zur Dorfmitte. Bis ich dort eintraf, hatte der Truchsess schon fünf Rädelsführer der Aufstände „ermittelt". Natürlich war das in der kurzen Zeit gar nicht möglich, denn wer hätte uns schon – ohne Folter – verraten, wer die Schuldigen waren? Daher hatte der Graf sich einen Weg überlegt, wie er den Befehl des Bundes ausführen konnte, ohne dass allzu viel sinnloses Blut fließen musste. Bei der Auswahl seiner „Rädelsführer", hatte er mir vorher erzählt, würde er daher entweder verurteilte Verbrecher oder auch Alte oder Kranke aussuchen, denen kein langes Leben mehr beschieden war. Mein Gewissen durfte hier keine Rolle spielen. Das Urteil sprach Graf Georg im Namen des Bundes, während ich als Henker dieses Urteil zu vollstrecken hatte.

Mit einer kräftigen Rede stellte der Truchsess nun die Missetaten der fünf Verurteilten dar. Nicht nur hatten sie den Landfrieden gebrochen, sondern gar mit Waffengewalt gegen Gottes Ordnung rebelliert. Jedoch wolle er Milde walten lassen und sie nicht hängen, sondern ihnen durch eine ehrliche Enthauptung die Chance geben, sich vor dem jüngsten Gericht verantworten zu können.

Nach diesen Worten nickte er mir zu: „Scharfrichter, waltet Eures Amtes!"

Vom Raunen der Umstehenden begleitet, betrat ich den Platz. Ich ging langsam und bedächtig, wie ich es bei Meister Frantz gesehen hatte, und genau wie bei ihm wichen die Menschen vor mir zurück. Unbemerkt ließ ich den Blick schweifen, um einen geeigneten Hackklotz auszuspähen. Da, vor dem Wirtshaus stand einer!

„Ihr da!", sprach ich zwei schlaksige Burschen an, die eben noch gekichert hatten. "Bringt mir diesen Klotz!"

Die beiden zuckten zusammen, zu widersprechen trauten sie sich natürlich nicht. Gemeinsam schleppten sie den Klotz an die Stelle, die ich ihnen anwies, indem ich mit der Spitze des Beiles darauf zeigte. Einer der Reisigen, die den Truchsessen begleiteten, reichte mir nun ein Stück Papier. Darauf standen fünf Namen. Ich las den ersten vor.

Mit zitternden Beinen trat ein hagerer, an den Armen gefesselter Mann vor. „Nimmst du die Gnade des Truchsessen von Waldburg an und lässt dich reumütig von deinem Kopf befreien, oder willst du wie schlimmstes Gesindel am Galgen baumeln?"

Zur Unterstreichung meiner Worte hob ich hierbei den Strick. Zögernd kniete er sich vor den Klotz und legte seinen Kopf darauf ab. „Tu dir einen letzten Gefallen und strecke den Hals ein wenig!", waren die letzten Worte, bevor das große Beil seinem Leben ein Ende bereitete. Durch die Anweisungen aus Meister Frantz' Buch gelang mir der Hieb sauber und schnell, so dass der Verurteilte selbst vermutlich nicht mehr viel mitbekommen hatte.

„Nächster!" Ich verlas den zweiten Namen und deutete auf den Klotz.

Bei all meinen Bewegungen erinnerte ich mich an die Gespräche mit meinem Freund Frantz, der in der Lage gewesen war, mir seine Aufgabe durch seine Augen darzustellen. „Sobald ein Henker den Richtplatz betritt", hatte er gesagt, „ist er kein gewöhnlicher Mann mehr, sondern eine Instanz. Während alle Augen auf ihn gerichtet sind, darf er keine Gefühle zeigen, nicht mal Gefühle haben. Er ist nicht der Kopf, sondern die ausführende Hand, und die muss ruhig, kompetent und effizient sein. Saubere Arbeit ist nicht nur das Aushängeschild eines Henkers, sondern auch seiner Herren. Schließlich ist er ein wichtiger Teil der Gesellschaft, ohne ihn gäbe es keine Ordnung. Und deshalb ist es auch wichtig, jeder Bewegung eine Bedeutung zu geben. Und jeder, der zusieht, muss diese Bedeutung spüren. Wenn er das alles verinnerlicht und ausstrahlt, wird ein Henker respektiert – und leider auch gefürchtet. Aber das ist eben unser Los."

Ich bemühte mich heute, die hohen Anforderungen von Meister Frantz zu erfüllen, und ich hatte den Eindruck, dass es mir gelang.

Nach der fünften Hinrichtung war mein Werk getan. Der Truchsess nickte mir zu und ich verließ gemessenen Schrittes den Dorfplatz und kehrte zurück in das Zelt des Henkers – wo ich mich schnell und unbemerkt in einen Hauptmann zurückverwandeln musste.

„Und, Ignaz, wie war's?", begrüßte mich Josi, die schon alles für den Gewandwechsel vorbereitet hatte.

„Eigentlich ganz gut", war meine Antwort, wobei diese viel zu simpel war für die Gedanken, die in meinem Kopf herumgingen, aber ich hätte sie noch nicht in Worte fassen können. Tatsächlich war ich auf dem Weg zum Richtplatz noch der Meinung gewesen, dass ich einfach den Befehl meines Dienstherrn ausführte. Es war, als hätte ich da noch eine Rolle gespielt, wie im Theater. Aber während der Hinrichtung war irgendetwas mit mir geschehen, denn zum Schluss hatte ich den Henker nicht mehr gespielt – ich *war* der Henker. Die Notizen in Frantz' Buch waren plötzlich nicht mehr nur Anweisungen, sondern ergaben ein ganzes Bild. Und ich passte so gut in dieses Bild, dass es mich fast ein bisschen erschreckte.

Die nächsten Tage liefen im Prinzip immer nach dem gleichen Muster ab: In jedem Dorf, in jeder Stadt wurden Rädelsführer zum Richtplatz geführt, die ich hinrichten sollte. Dabei wurde ich immer sicherer und konnte mein neues Handwerk perfektionieren. Und bei allem stand mir Josi zur Seite.

Mir fiel anfangs kaum auf, dass sich mein Denken immer mehr um sie drehte. Ich war fasziniert, wie sie alles regelte. Sie fand immer einen guten Platz für unser Zelt, die Kleidung und Ausrüstung war gereinigt und hergerichtet, und sie hatte ein gutes Auge für Kleinigkeiten. Auch erwischte ich mich dabei, wie ich ihr den ein oder anderen verstohlenen Blick zuwarf, wenn ich dachte, dass sie nicht hinschaute. Und je besser ich sie kannte, desto weniger fand ich, dass sie in ihrer Verkleidung wirkte wie ein Bursche. Immer öfter fielen mir ihre weiblichen Rundungen auf, und ihre Bewegungen waren viel zu weich und zart für einen Jungen. Natürlich war ich immer noch brennend an ihrer Geschichte interessiert, aber die Zeit für eine echte Unterhaltung fehlte uns natürlich meistens, da ich immer wieder schnell in meine Rolle als Hauptmann wechseln musste.

Nächstes großes Ziel sollte Bamberg sein. Ich machte mich also bereit für meine große Bühne. Zwischenzeitig war auch das Richtschwert wieder aufgetaucht. In einer bedeutenden Bischofsstadt wie Bamberg konnte ich ja unmöglich mit dem Beil richten. Ich musste mir also in wenigen Stunden beibringen, was Scharfrichter sonst in vielen Jahren lernten und übten: den Umgang mit dem Richtschwert. Hilfreich waren nicht nur die Aufzeichnungen meines Freundes Frantz, sondern auch die Tatsache, dass ich durch meine bisherige Arbeit mit dem großen Beil zumindest ein Gefühl dafür entwickelt hatte, wo die zu treffende Stelle zwischen dem dritten und vierten Halswirbel genau lag.

Wie immer hatte Josi alles vorbereitet. Als ich am Henkerszelt ankam, war sie gerade dabei, das Schwert zu polieren. Eine sehr schöne Waffe, die von sehr geschickten Händen gepflegt wurde. Durch die körperliche Arbeit, die Josi täglich zu verrichten hatte, waren ihre Hände rau und mit Hornhaut bedeckt. Da ich ihr Geheimnis aber kannte, konnte ich auch die schöne, eher längliche Form einer Frauenhand erkennen. Gern hätte ich die Berührung dieser Hände genossen. Aber nein, ich musste mich auf meine Aufgabe konzentrieren.

Der Zeltplatz lag in einem dichten Gebüsch. Um zumindest etwas die Schwertführung üben zu können, band ich ein paar dieser Büsche zu Büscheln zusammen. Auf den ersten Blick sah das Ganze nun aus wie aufgestellte Getreidegarben bei der Ernte. Ich kniete mich daneben und Josi markierte den Busch an der betreffenden Stelle meines Halses. Dabei kam sie mir so nah, wie bisher noch nie. Als ihre Hand mich berührte, durchfuhr es mich am ganzen Leib. Ein Gefühl, von dem ich gedacht hatte, es nie wieder spüren zu können. Aber ich musste mich konzentrieren, auch wenn es sehr schwer war, ihre Nähe zu verlassen.

Das Schwert fest in der rechten Hand, während die linke den Knauf locker umschloss und bei der Feinjustierung des Hiebes helfen sollte. Während das Gewicht des Körpers zunächst auf dem rechten Bein lag, sollte das Körpergewicht dann durch eine Drehung auf dem linken Ballen den Schlag unterstützen. Ich übte zunächst noch ohne Büsche, aus Angst, diese könnten mir ausgehen. Nachdem ich den Bewegungsablauf grob verinnerlicht hatte, stellte ich mich vor den ersten bösen, bauernaufwiegelnden Busch, um ihn zu richten.

Das Schwert war sehr scharf und die Büsche ließen sich schneiden wie Papier. Das Schwert war also bereit, seinen Dienst zu tun, und ich hoffte, ich war es auch. Und so machte ich mich fertig für die große Bühne Bamberg.

Als Henkerknecht war es Josis Aufgabe, das Schwert zu tragen. Als wir, begleitet von zwei Reisigen, die Stadt betraten, wirkte sie zunächst wie ausgestorben. Alle hatten sich zum großen Spektakel auf dem Marktplatz versammelt. Sogar ein Podest war errichtet worden. Oben saßen auf einer einfachen Bank zwölf Männer. Danach würde ich das Schwert also sicher beherrschen, dachte ich mir, in der Hoffnung, nicht von der Menge gerichtet zu werden, sollte das Ganze schiefgehen.

Zunächst blieb ich noch unten vor den drei Stufen des Podestes stehen, denn der Truchsess hielt gerade noch seine übliche Rede. Als er geendet hatte, ging ein Raunen durchs Publikum.

„Wohlan, Scharfrichter, waltet Eures Amtes!“, war wie immer das Stichwort.

Josi, mit dem Richtschwert in den Händen, ging voraus, und gemeinsam betraten wir das Podest. Der erste Name wurde verlesen. Der Priester begleitete den Verurteilten auf seinem letzten Gang.

„Sinkt nieder und faltet die Hände zum Gebet, damit Gott Eurer armen Seele gnädig sein kann!“ Mit diesen Worten des Priesters kniete sich der Mann nieder.

Ich musste zugeben, vor dieser doch viel größeren Kulisse als sonst war ich durchaus etwas nervös. Josi stellte sich so auf, dass ich zwangsweise richtig stand, wenn ich das Schwert zog. Auf sie war Verlass, und so gab sie mir Kraft. Ich ergriff also das Schwert und stellte mich in die geübte Position. Ein sachtes Nicken des Priesters bedeutete mir, dass es kein Zurück mehr gab. Ich zog das Richtschwert durch und traf. Ein deutlich anderes Gefühl als bei meinen Büschen, aber das Schwert ging sauber durch. Auch die Geräusche zeigten mir, dass hier das Leben eines echten Menschen beendet wurde: Der dumpfe Aufprall des Hauptes auf dem Bretterboden, zeitgleich das Singen des leicht vibrierenden Schwertes und das Spritzen des Blutes. Der Kopf blieb natürlich auf den federnden Brettern nicht beim ersten Aufprall liegen, sondern kullerte noch etwas nach. Schlagartig fiel mir aber ein, dass ich mir noch keine Gedanken gemacht hatte, was jetzt, nach der Enthauptung passieren sollte. Bei den Hinrichtungen mit dem Beil in den kleineren Orten war das kein Thema gewesen, da ging es einfach schnell voran, aber die Zuschauer dieser großen Stadt blickten mich mit großen Augen an, als wüssten sie genau, was sie als Nächstes zu erwarten hatten – ganz im Gegensatz zu mir.

Josi schien mir das trotz Guggel anzusehen, denn der Henkersknecht trat jetzt auf den Henker zu, um ihm das Schwert abzunehmen und abzuwischen. Schließlich verdiente jeder Enthauptete ein sauberes Schwert. Sie trat so nah an mich heran, dass sie mir unbemerkt zuraunen konnte: „Kopf rumzeigen und dann dem Rumpf in den Schoß legen."

Als hätte ich nie etwas anderes getan, zog ich nun den Rumpf zur Seite und lehnte ihn an das Geländer. Danach sammelte ich den Kopf ein, ging mit ihm eine Runde über das Podest und legte ihn zwischen die Beine seines vormaligen Besitzers. Inzwischen wurde der nächste Delinquent aufgerufen und der Priester führte ihn in die Mitte des Podests.

Bis endlich alle zwölf Delinquenten auf gleiche Weise hingerichtet worden waren, verging der halbe Nachmittag. Mit meiner Arbeit war ich sehr zufrieden. Jede einzelne Enthauptung war auf einen Schlag geglückt. Allerdings musste ich feststellen, dass es harte körperliche Arbeit war, insbesondere dadurch, dass die Schärfe des Schwertes nach einer Weile erheblich nachließ. Außerdem irritierte mich, dass sich der Jubel der Menge bei ein paar der Delinquenten sehr in Gren-

zen hielt. Anders als ich das von früheren Hinrichtungen als
Zuschauer kannte.

Nach getanem Werk wurden Josi und ich wieder aus der Stadt
geleitet. Hinter dem Stadttor gingen wir alleine weiter, so
dass ich die Guggel ablegen konnte. Aber vor allem sehnte
ich mich jetzt nach einem ausgiebigen Bad, da ich erstens die
blutverspritzte Kleidung loswerden wollte und zweitens auch
ziemlich durchgeschwitzt war.

Direkt hinter dem Henkerszelt lag ein gut vor Blicken ge-
schützter Zugang zu einem Fluss. Ohne groß darüber nachzudenken, entledigte ich mich meiner Kleidung, schnappte mir
Seife und Handtuch und ging in die erfrischenden Fluten.
Eine kleine Sandbank ermöglichte es, sich bequem hinzuset-
zen. Das Wasser war lau, und ich hatte keine Eile. Meine Arbeit für heute war ja getan.

Da schreckte mich ein Geräusch auf. Josi kam ebenfalls zum
Fluss und legte am Ufer die Kleidung ab. Solange sie noch
nicht im Wasser war, konnte ich nun eindeutig sehen, dass sie
kein Bursche war. Sie schien zu glauben, dass ich mich zur
Erholung in mein Zelt zurückgezogen hätte, denn sie bemerkte meine Anwesenheit nicht. Als sie in die Fluten tauchte,
verschluckte der Wasserspiegel langsam die wohlgeformten
Schenkel, den Schoß und schließlich den Bauchnabel. Ich
konnte nicht wegschauen, bis auch die beiden straffen Brüste
im Wasser versunken waren. Ich zuckte zusammen. Ich war
nur knapp unter Wasser und sie musste ja nicht unbedingt
sehen, wie sehr ich ihren Anblick genoss. Daher tauchte auch
ich meinen Körper jetzt schnell etwas tiefer ins Wasser.

Durch meine ruckartige Bewegung bemerkte mich Josi aber
sofort. Einen Moment lang wirkte sie erschrocken. Vermut-

lich wurde ihr soeben klar, dass ich alles von ihr gesehen hatte, was sie sonst verbarg. Dann aber rief sie mir selbstbewusst zu: „Ignaz, ich denke, Ihr seid Manns genug, um nicht über mich herzufallen, nicht wahr?"

Ich nickte, konnte aber vermutlich nicht vermeiden etwas rot zu werden. Trotzdem wollte ich ihr nicht näher kommen. Sicher war sicher. Schweigend widmeten wir beide uns der Körperpflege, aber mit der Ruhe war es für mich aus. Allein der Gedanke, dass dieser wunderbare Körper nackt ganz in meiner Nähe war, ließ mich nicht wirklich entspannen. Ich ging also aus dem Wasser. Sie schaute mir hinterher, was ich aber gar nicht so unangenehm fand. Auf jeden Fall waren wir jetzt quitt.

Als wir uns vor dem Zelt trafen, waren wir beide wieder angekleidet. Sie steckte wieder in ihrer Burschenverkleidung und ich war wieder Hauptmann.

„Ignaz, lasst uns noch zusammen essen. Jetzt haben wir uns schon nackt gesehen, aber noch kaum fünf Sätze miteinander gesprochen."

Sie hatte recht. Die Gelegenheit war günstig, jeder würde meine Abwesenheit mit einem Besuch in der Stadt erklären. Außerdem hegte ich ja schon, seit wir uns begegnet waren, den Wunsch, sie besser kennenzulernen. Sie machte Feuer, aber ich bestand darauf, das Essen zuzubereiten. Einmal wollte ich sie bedienen, schließlich kümmerte sie sich sonst immer um mich. Ich briet zwei Scheiben Schinken, Zwiebelringe und ein paar Eier an. Dazu gab es frisches Brot, das ich mitgebracht hatte. Zuerst nutzte ich den Moment, um ihr zu danken. Ohne sie wäre ich kein echter Henker noch hätte ich diese große Hinrichtung in Bamberg ohne Probleme bewältigen können. Auf ihre Nachfrage, warum ich als Hauptmann mit diesem Handwerk doch ziemlich vertraut schien, erzählte ich ihr von der Freundschaft mit Meister Frantz und seinem Buch. Dabei versuchte ich aber, mich kurzzufassen, denn ich wollte ja ihre Geschichte hören. Sie zögerte damit und ich war mir ziemlich sicher, dass sie diese Geschichte noch nie jemandem erzählt hatte.

Sie war etwa zehn Jahre in Diensten des alten Henkers gewesen, als er starb. Sie hatten sich auf eher ungewöhnliche Weise kennengelernt, denn er musste damals ihren Vater rädern. Der Mann war ein geständiger Räuber, und er bat den Henker, ihm einen Trank gegen die Schmerzen zu geben. Im Tausch dafür bot er ihm seine Tochter. Das Angebot war wohlüberlegt, denn es war ja bekannt, dass Henker nur schwer eine Frau fanden. Der Räuber tauschte deshalb seine Tochter gegen das Schmerzmittel ein. Sie sei bald zwölf und damit alt genug zum Heiraten, hatte er dem Henker gesagt. Der Henker ließ sich darauf ein, aber eher, um dem Kind zu helfen. Seine Arbeit war ihm zuwider, aber er musste den Dienst seines früh verstorbenen Vaters übernehmen. Er zog Josi auf, aber nicht, um sie zur Heirat zu zwingen, sondern, um nicht allein zu sein. Um Gerede zu vermeiden und um Josi eine Chance zu geben, als Frau ihrer eigenen Wege gehen zu können, kamen sie gemeinsam auf die Idee mit der Verkleidung.

Mein Vorgänger musste also ein großes Herz gehabt haben. Insgeheim leistete ich ihm Abbitte, weil ich ihn für einen Versager gehalten hatte. Nach dieser Geschichte wusste ich immerhin, warum er kein guter Henker gewesen war. Er hatte sich diesen Beruf nicht ausgesucht und gemeint, keine andere Wahl zu haben. Aber dafür, dass er Josi so gut behandelt hatte, zollte ich ihm im Nachhinein meinen Respekt.

Selbstverständlich gab ich ihr mein Wort, ihr Geheimnis weiterhin zu wahren und sie weiter als „Henkersknecht" zu beschäftigen. Im Gegenzug erwartete ich ihre Loyalität und ihre Zusammenarbeit bis zum Ende dieses Feldzuges. Wir waren uns hier einig, gaben uns die Hand und lächelten uns an. Ein wunderschönes Lächeln. Wir wurden beide etwas rot im Gesicht.

Der Tag war wie im Flug vergangen und ich musste mich langsam sputen, um mich im Landsknechtlager wieder einmal blicken zu lassen. Auf dem Weg zurück wurde ich allerdings von einem Boten des Truchsessen abgefangen und direkt zu ihm beordert.

„Ignaz, ich schulde dir Dank", begrüßte er mich ohne Umschweife. „Deine Aufgabe als Scharfrichter hast du gut gemeistert. Vielleicht ist das ja doch deine Berufung, auch nach dem Krieg?"

Mein Lächeln war zunächst erzwungen, dann aber auch echt, denn ich fand es amüsant, dass der Graf von Waldburg mich auf die gleiche Art neckte wie mein Freund Meister Frantz.

„Wie du weißt, müssen die reichsten Bürger der Stadt für die Hinrichtungen bezahlen, weil Bamberg die Aufwiegler unterstützt hat", fuhr er fort. „Hier ist dein Anteil."

Als er mir das Geld überreichte, konnte ich nur staunen. Mein Verdienst war beachtlich. Das hätte ich als einfacher Landsknecht in einem Monat sicher nicht verdient, was ich für diesen halben Tag bekommen hatte. Selbstverständlich war das aber nicht der einzige Grund unseres Treffens. Die Probleme nahmen überhand. Vor allem mussten wir mit unserer Viehherde dringend weiterziehen, da sie alles wegfraß, was ihr vor die Nase kam, und dabei machte sie leider auch vor der Ernte der Bauern nicht halt. Gleichzeitig nahm der moralische Verfall des Heeres weiter zu. Mittlerweile gab es sogar Meldungen, dass sich die Reisigen als Ordnungshüter aufspielten und eigenmächtige Kontrollen bei Reisenden durchführten, um sich unter verschiedenen Vorwänden selbst zu bereichern. Schnellstmöglich sollte weitermarschiert werden, diesmal in Richtung Memmingen.

Gutes hatte dagegen Melchior zu berichten. Nach anfänglichen Problemen hatte er seine Viehtreiber mittlerweile gut im Griff. So konnten wir auf dem Marsch wieder mehr Zeit miteinander verbringen. Mit unseren neuen Aufgaben hatten wir uns ja viel zu erzählen. Mitten im Gespräch entschloss ich mich, mit ihm das Geheimnis über Josi zu teilen. Ich war sicher, dass sie mir das nicht übel nehmen würde, da Melchior schweigen konnte, aber früher oder später hätte ich mich sowieso verplappert. Vor meinem besten Freund hatte ich schließlich keine Geheimnisse. Da die beiden ja jetzt eine große Rolle in meinem Leben spielten, wollte ich sie auch gern miteinander bekannt machen. Ich verschwieg ihm allerdings, dass ich ein näheres Interesse an Josi hatte. Das war mir zwar inzwischen klar geworden, aber ich wollte mich da ganz vorsichtig herantasten. Josi und ich hatten uns schließlich gerade erst kennengelernt, und sie war als Henkersknecht zu wichtig, um alles wegen einer Romanze aufs Spiel zu setzen.

Über Memmingen erreichten wir schließlich Ulm, inzwischen nur noch mit 6000 Knechten und 1500 Reitern. Die Landsknechte wussten natürlich, dass hier der Sitz des Schwäbischen Bundes war, und fast alle von ihnen hatten sich zumindest soweit im Griff, dass sie das Umland ihres Auftraggebers nicht verwüsteten. Aber eben nur fast alle. Diejenigen, die es nicht lassen konnten, wurden bestraft. In Landsknechtmanier wurden sie durch die Spieße gejagt.

Mit der Viehherde konnte so natürlich nicht verfahren werden, und den Verantwortlichen des Bundes wurde endlich klar, was sie mit ihrem Befehl, Graf Georg nur noch mit Vieh zu entlohnen, angerichtet hatten. Darauf hatte es der Truchsess wohl absehen, denn jetzt sorgte er für die Verteilung der Herde. Hierfür hatte er Melchior zu sich bringen lassen.

Ich kümmerte mich inzwischen darum, den Verlorenen Haufen wieder auf Vordermann zu bringen. Mit den fünfundzwanzig Musketenschützen trainierte ich selbst. Die beiden Feldwebel kümmerten sich darum, den Rest in Form zu bekommen. Wir hatten auch ein paar Neuzugänge, denn es wurde wieder angeworben. Diese Neuen mussten in unsere Abläufe integriert werden. Am Abend war klar: Mein Verlorener Haufen war kampffähig. Das erfüllte mich mit Stolz und ich gab den Männern ein paar Fässer Wein aus.

Zufrieden saß ich abends am Feuer vor unserem Zelt. Ein gut gelaunter Melchior gesellte sich dazu. Er hatte die Pläne zur Verteilung des Viehs und der Pferde mit dem Truchsessen durchgesprochen und umgesetzt. Er würde in seinen Diensten bleiben und nach dem Krieg mit den besten Pferden eine neue Zucht aufbauen. Wir prosteten uns zu. Es freute mich, dass sich der Weg meines Freundes in seinem Sinne zu erfüllen schien. Gleichzeitig wurde mir klar, dass auch ich mir dahingehend Gedanken machen sollte, wohin mich mein Weg nach dem Krieg weiterführen sollte, besonders, wenn ich ihn nicht allein gehen wollte. Es wurde Zeit, mit Josi zu sprechen, aber wann und wie, war mir noch nicht klar.

Ich lenkte mich selbst von diesem Thema ab, indem ich auf den Feldzug zurückkam. Melchior berichtete, dass der Truchsess noch am Abend nach Ulm hineingeritten sei, um das weitere Vorgehen mit dem Bund abzuklären.

„Die Allgäuer haben sich schon dem Vertrag von Weingarten nicht angeschlossen", fasste er die strategischen Überlegungen zusammen, „und sie sind in voller Stärke abgerückt. Die werden wir nicht zum letzten Mal gesehen haben, und dann müssen wir uns einer gewaltigen Übermacht stellen."

Gerade wollte ich das kommentieren, da hörten wir eine Stimme hinter uns.

„Habt ihr noch Platz an eurem Feuer?"

Melchior und ich waren so vertieft ins Gespräch gewesen, dass wir nicht bemerkt hatten, dass wir nicht mehr allein waren. Erschrocken drehten wir uns um. Es war Josi. Auf den ersten Blick erkannte ich sie fast nicht wieder, denn heute Abend trug sie ein Kleid. Es war zwar schlicht und hoch geschlossen, betonte ihre Figur aber dennoch recht gut. Ich traute meinen Augen nicht und brachte keinen Laut hervor.

Während sie sich zu uns setzte, flüsterte sie mir ins Ohr: „Ich sollte anfangen zu üben, als Frau zu leben, wenn ich nicht ewig Henkersknecht bleiben will!" Dann wandte sie sich an meinen Freund. „Du musst Melchior sein. Ich bin Josi. Ich glaube, gehört haben wir schon voneinander."

Melchior erhob sich und erwiderte den Gruß mit einem Lächeln. Danach herrschte eine Weile Stille. Mit Josi, dem Henkersknecht, hätte ich sofort losreden können, aber Josephine, diese attraktive Dame im Kleid, verunsicherte mich gerade doch sehr.

„Worüber habt ihr denn eben gesprochen, als ich kam?“, fragte sie mit einem Schmunzeln.

Da erläuterten wir ihr unser Thema. Josi war beim Henker aufgewachsen, der auch oft mit ihr über den Krieg gesprochen hatte, daher kannte sie gut aus und beteiligte sich eifrig am Gespräch. Und wir beendeten es erst, als wir bemerkten, dass im Lager die ersten Feuer und Lichter ausgingen.

In dieser Nacht konnte ich lange nicht schlafen. Es war zu schön. Mein bester Freund und meine zukünftige Frau schienen sich gut zu verstehen, sicher würde es noch viele solcher Abende geben.

Am nächsten Morgen brachen wir auf ins Allgäu. Bei Leubas in der Nähe von Kempten sollte die alles entscheidende Schlacht stattfinden. Nachdem wir unser Lager aufgeschlagen hatten, konnten wir feststellen, dass der Ort sehr gut gewählt war. Leubas selbst war gut befestigt worden und die Bauern waren vorbereitet. Das würde wahrscheinlich unsere größte Herausforderung werden. Und vielleicht auch unsere letzte.

Um mich abzulenken, schlenderte ich am Abend mal wieder durch den Tross. Da ich bei einem der letzten Scharmützel meine Keule verloren hatte – sie steckte noch im Nacken eines Gegners – beschloss ich, mich nach einem Ersatz umzusehen. Durch das Training mit dem Richtschwert wusste ich ja zwischenzeitig auch mit einer längeren Klinge umzugehen, aber im direkten Nahkampf konnte sich ein Anderthalbhänder als zu unhandlich erweisen. Außerdem wusste ich zwar, wie man damit zuschlug, aber nicht, wie man damit parierte. Eine Angriffswaffe als Gegenstück zum Buckler sollte es also sein, aber etwas, das ein wenig leichter zu führen war. Ich ließ mir

Zeit, jede Waffe hatte etwas für sich und eine voreilige Entscheidung half hier nicht.

Schließlich fiel mein Augenmerk auf einen sehr schönen Rabenschnabel, einen Kriegshammer. Die Länge gefiel mir sehr gut, außerdem hatte diese Waffe ein solides Metallband, das vom Hammerkopf bis fast über die Hälfte des Stiels verlief, so dass der Stiel nicht mit einer Klinge abgeschlagen werden konnte. Mit dem stumpfen Ende eingesetzt, hätte er tatsächlich ohne Weiteres als Hammer dienen können. Die stumpfe Seite verhinderte aber auch ein zu tiefes Eindringen der Waffe in den Körper des Gegners. Die Schockwirkung auf einen metallenen Harnisch oder Helm musste aber trotzdem beachtlich sein. Dann gab es da natürlich auch noch die spitze Seite, den Schnabel. Ideal, um durch einen leichteren Panzer zu kommen oder einem Gegner die Waffe wegzuziehen. Der ganze Hammer war geschwärzt, so dass er nachts nicht durch metallisches Blinken auffiel und somit schwerer zu parieren war. Der Sinn des Bucklers bestand ja unter anderem darin, die Konzentration des Gegners auf ihn zu lenken, deshalb war es sicher kein Fehler, dass der hingegen blank war. Ich bezahlte und war sehr zufrieden mit meiner Wahl. Danach besorgte ich mir noch etwas zu essen und ging zurück ins Zelt. Zu meiner Überraschung war Melchior dort nicht anzutreffen. Wer weiß, wofür man seine Dienste wieder benötigt, dachte ich mir und aß alleine.

Auch am nächsten Morgen war Melchior nicht zu sehen, und da machte ich mir langsam Gedanken. Aber als ich aus dem Zelt trat, sah ich ihn auf mich zukommen. Bevor ich ihn aber fragen konnte, welcher Auftrag ihn über Nacht beschäftigt hatte, kam aus der anderen Richtung ein Bote des Truchsessen. Wir sollten ihm umgehend folgen. Melchior flüsterte mir nur zu: „Es gibt etwas, das ich dir erzählen möchte. Aber nicht jetzt, besser nachher in aller Ruhe." Ich nickte und freute mich auf dieses Gespräch.

Im Zelt des Truchsessen stand ein fremder Mann. Seine Rüstung wirkte teuer, und er sah sehr staatlich aus, aber nicht wie ein typischer Adliger. Als Melchior und ich das Zelt betraten, drehte er sich zu uns um, und seine flüssige Bewegung bestätigte meine Vermutung über die Rüstung: Harnisch, Helm sowie sämtliche Schienen waren für ihn maßangefertigt. Er war groß, kräftig und etwas beleibt. Auffällig war sein rundliches, eher flaches Gesicht.

„Das sind also Eure besten Männer, Graf Georg?", fragte er und begann, uns unverhohlen von oben bis unten zu mustern. Wer konnte ungestraft so mit dem Truchsessen sprechen? Und was sollte das werden? Melchior und ich blickten uns kurz an, und da wir uns so gut kannten, wusste ich, dass er den Fremden ebenso unverschämt fand wie ich.

„Alle Achtung", sagte der Mann schließlich, „keine Adligen, sondern Männer, die sich diese Auszeichung hoffentlich verdient haben." Er stellte sich breitbeinig genau vor uns auf, für meinen Geschmack viel zu dicht.

„Also ein Mohr und ein sehr speziell bewaffneter Hauptmann mit veralteter Brigantine? Was willst du mit diesem merkwürdigen Ding an deiner Seite und einem Rabenschnabel gegen einen feindlichen Landsknecht mit Hellebarde ausrichten?", fragte er schmunzelnd.

„Ihn töten", entgegnete ich kühl und betrachtete umgekehrt die teure Rüstung des Herrn. „Vorausgesetzt, dass mich das Geschepper seines ganzen Metalls nicht wahnsinnig macht!"

Dabei flog mein Blick zu Graf Georg, den meine Antwort zu amüsieren schien.

„Guter Witz", gab der Fremde ernst zurück. „Mit mir oder einem meiner Männer in Piva hättest du es so aber nicht aufnehmen können. Offenbar ist deine spitze Zunge deine schnellste Waffe Aber du solltest bei einem Angriff immer wissen, mit wem du sprichst!"

„Das wüsste ich tatsächlich gern, edler Herr, aber Ihr habt Euch bis jetzt nicht vorgestellt."

Da trat Graf Georg neben seinen Besucher. „Die Vorstellung habe ich tatsächlich versäumt. Vor euch steht Georg von Frundsberg, nicht nur meiner Meinung nach der beste Landsknechtführer unserer Zeit. Er und seine 3000 Männer sind soeben vom großen Feldzug des Kaisers aus Piva in Oberitalien siegreich zurückgekehrt – und sie sind unsere dringend benötigte Verstärkung."

Frundsberg streckte mir die Hand entgegen, die ich gern schüttelte. Nach unserem schlechten Start wusste ich seine Geste sehr zu schätzen und stellte mich und Melchior vor. Jetzt verstand ich auch, warum Graf Georg ihn so reden ließ. Sein Ruf eilte ihm voraus. In deutlicher Unterzahl hatte er Sieg um Sieg für den Kaiser errungen. Während andere vor der deutlichen Übermacht der Feinde zurückschreckten, hatte er mit einem lapidaren „Viel Feind, viel Ehr!" die Schlacht angenommen und gesiegt. Nun, viel Feind konnten wir ihm hier auch bieten, ob es auch viel Ehr bringen würde, galt es herauszufinden.

Nachdem ich unsere Lage aus meiner Sicht geschildert hatte, seufzte Georg von Frundsberg. „Wieder mal typisch. Der

Schwäbische Bund sprach von dummen Bauern mit Mistgabeln, die höchstens wegen ihrer schieren Anzahl ernst zu nehmen sind. Nach deiner Schilderung, Ignaz, sind sie aber wesentlich besser aufgestellt."

Ich nickte. „Und wenn unsere Spione richtig liegen, dann stehen auf der Gegenseite sogar viele Landsknechte, die in Piva auf Eurer Seite gekämpft haben."

Er hob die Augenbrauen. „Meine ehemaligen Jungs aus Italien? Das klingt wirklich ernst. Vor allem, nachdem ich eure ... ‚Armee' gesehen habe. Das ist also ein Himmelfahrtskommando. Wir haben meine 3000 und deine 400, Ignaz. Der Rest ist vermutlich die Stiefel nicht wert, in denen sie stehen. Wie viele haben die Gegner? 6000 oder gar 8000 Mann?"

Graf Georg schaltete sich jetzt ein. „Wohl eher 28.000 Mann, so viele haben wir zumindest schon gezählt. Aber auch sie haben Verstärkung erhalten."

Frundsberg knetete seine Hände und schien nachzudenken. Dann wandte er sich an Graf Georg. „Mit Eurer Erlaubnis würde ich gerne versuchen, Kontakt zu meinen ehemaligen Kameraden aufzunehmen. Vielleicht verlässt sie die Kriegslust, wenn sie erfahren, dass ich ihr Gegner sein werde. Trotzdem müssen wir möglichst bald angreifen, sie haben mehr Reserven als wir!"

Graf Georg nahm seinen Vorschlag dankend an. Jedes Mittel sei recht, das uns siegreich oder wenigstens lebend hier rausbringen würde. Außerdem stimmte er auch der gebotenen Eile zu. Am nächsten Morgen sollte angegriffen werden, und es könnte das letzte Mal sein. Der Rest ging schnell. die beiden Georgs besprachen die möglichen Taktiken, Melchior sollte den Verlorenen Haufen mit Frundsbergs Truppen zusammenführen. Alle guten Männer würden einen schlagkräftigen Keil bilden. Besonders, da aufgrund der Geländegegebenheiten die Reiterei nicht eingesetzt werden konnte. So würden auch die Reiter am Boden kämpfen müssen.

Ich erhielt den Auftrag, das Tagesgeschehen im Auge zu behalten, damit Graf Georg und Georg von Frundsberg nicht gestört wurden. Der Tag war geprägt von kleinen Plänkeleien, Sabotagen, Spionage und ständigen Versuchen, bessere Positionen einzunehmen. Und es verging kaum eine Viertelstunde, ohne dass ein Bote, ein Spion oder ein besorgter Hauptmann ins Führungszelt kam und irgendetwas Wichtiges mitzuteilen hatte. Ich verstand nun die beiden Georgs, warum sie mich hier als Prellbock brauchten.

Einmal wurde ich sogar geholt, weil sich Neuanwerbungen gemeldet hatten. Das war seltsam. Natürlich kam das ab und zu mal vor, aber wer als arbeitsuchender Landsknecht in diese Gegend kam, würde doch kaum beim deutlich unterlegenen Heer kämpfen wollen? Ich schaute mir die Burschen näher an und brachte sie bewusst zu Frundsbergs Männern. Sollten sie es wirklich ernst meinen, würden sie hier gebraucht. Sollten es aber Spione sein, war es strategisch sicherlich sinnvoll, wenn sie seine Anwesenheit bestätigen konnten. Tatsächlich trainierten sie aber fleißig mit, also hatte ich mich vermutlich doch in ihnen getäuscht.

Je dunkler es wurde, desto mehr nahmen die Aktivitäten auf beiden Seiten ab. Das kam mir entgegen. Ich hatte nämlich den Entschluss gefasst, zu Josi zu gehen. Es war sehr fraglich, ob wir den morgigen Tag überstehen würden, und so wollte ich wenigstens für klare Verhältnisse sorgen. Wenn ich auch immer noch nicht wusste, wie unsere gemeinsame Zukunft aussehen sollte, so war mir doch klar, dass ich mir nichts mehr wünschte, als mir ihr zusammen zu sein.

Ich wollte durch das weitläufige Unterholz hinter dem Zelt des Truchsessen abkürzen, als ich es irgendwo rascheln hörte. Ich blieb stehen und duckte mich. Tatsächlich: Da schlich ein Mann durchs Gehölz! Wenn es einer der Unseren gewesen wäre, hätte er sich sicherlich auffälliger verhalten, aber er war so leise wie ein Mensch, der nichts Gutes im Schilde führte. Bei meiner Verfolgung merkte ich ziemlich bald, dass es in die Nähe des Führungszeltes ging. Ich ging schneller, versuchte aber weiterhin leise zu sein. Das Zelt kam immer näher, ich konnte schon die Stimmen darin hören, wenn auch das Gesprochene noch nicht zu verstehen war.

Zuerst dachte ich, dass ich den Mann verloren hätte, aber er hatte nur in einer unbeleuchteten Ecke Deckung gesucht. Tatsächlich tauchten jetzt die Wachen auf, die immer in der Nähe des Zeltes Patrouille liefen. Jetzt ging auch ich tief in Deckung. Nachdem sie den Mann unbemerkt passiert hatten, machte er sich sehr vorsichtig daran, die Zeltbahn aufzuschneiden. Ganz langsam und nicht hörbar. Das angeregte Gespräch im Innern kam ihm da natürlich entgegen. Jetzt plötzlich riss er das Zelt auf und wollte sich mit seinem Schwert auf den Truchsessen stürzen. Der Unbekannte holte zum Hieb aus, sah in das erschrockene Gesicht des Truchsessen, der sich in seine Richtung gedreht hatte – und schrie vor Schmerz und Entsetzen auf, weil mein Rabenschnabel seine Wade samt Schienbein durchbohrt hatte. Er wollte sich umdrehen, aber der heftige Schlag mit meinem Buckler auf sein Ohr ließ ihn sofort tot zusammenbrechen. Sein Schädel war gebrochen. Obwohl sein Gesicht etwas deformiert war, konnte ich in ihm einen der „Neuzugänge" vom Vormittag erkennen.

Der Truchsess holte tief Luft und sah dabei etwas bleich aus. Aber seiner Haltung konnte man den Schrecken nicht ansehen, als er mir dankend die Hand gab. Da trat Georg von Frundsberg auf mich zu.

„Du bist also nicht nur mit der Zunge so schnell", sagte er voller Anerkennung.

Ich freute mich über das Lob, war aber vor allem froh, dass ich den Attentäter rechtzeitig entdeckt hatte. Der Tod des Grafen hätte mich wirklich tief getroffen.

Für meinen Besuch bei Josi sah ich dieses Ereignis als gutes Vorzeichen. Schließlich wollte ich heute Abend die Dame meines Herzens gewinnen. Voller Vorfreude erreichte ich das Henkerszelt. Drinnen brannte ein kleines Licht, sie war also noch wach. Da ich niemanden in der Nähe auf mich aufmerksam machen wollte, näherte ich mich dem Eingang so leise wie möglich. Josi hatte normalerweise Ohren wie ein Luchs und war es gewohnt, auf sich aufzupassen, deshalb war ich mir nicht sicher, ob ich sie mit meinem Besuch überraschen könnte. Vorsichtig öffnete ich zwei Ösen, um den Kopf hineinzustecken.

Doch! Die Überraschung war gelungen. Allerdings blickte mir nicht nur Josi sehr erschrocken entgegen. Auf ihr lag Melchior, und die fehlende Kleidung der beiden und die Art der Bewegung, die durch mich plötzlich unterbrochen wurde, ließ keinen Zweifel daran, was in dem Zelt geschah. Ich war wie vom Blitz getroffen und taumelte zurück. Bevor jedoch einer von ihnen aus dem Zelt kommen konnte, machte ich mich davon.

Mir war schlecht und ich fühlte mich wie ein getretener
Hund. Schön, sie war tatsächlich so weit, als Frau leben zu
wollen. Ob sie mich als Geliebten oder Ehemann überhaupt in
Erwägung gezogen hatte, würde ich wohl nie erfahren. Melchior war auf jeden Fall schneller gewesen. Und jetzt war mir
natürlich klar, worüber er mit mir sprechen wollte. Ich konnte
es ihm nicht einmal verübeln, dass er heute Nacht bei ihr war,
schließlich stand ja zu befürchten, dass dies unsere letzte
Nacht auf Erden war. Ich konnte es auch Josi nicht übelneh-
men. Melchior war ein guter Kerl und sicher ein fürsorglicher
Mann. Aber *mir* nahm ich es übel, dass ich so zögerlich gewesen war und mich nicht schon früher um ihre Gunst bemüht hatte. Sie konnte ja gar nicht wissen, was ich für sie
empfand. In diesem Moment hasste ich die ganze Welt. Ich
kroch in mein Bett und weinte mich mit der Gewissheit in den
Schlaf, dass es am anderen Morgen nicht genug Gegner geben
konnte, um meinen Schmerz und meine Wut zu stillen.

Am nächsten Morgen brannte ich geradezu auf die Schlacht.
Der erste Schock war verdaut, Schmerz und Wut aber immer
noch vorhanden. Da mein Haufen ja in die Reihen Frunds-
bergs eingereiht worden war, würde ich heute also vor allem
Gelegenheit zum Nahkampf bekommen. Umso besser. Keine
Verantwortung, nur kämpfen. Ich konnte es kaum erwarten.

Die Trommeln schlugen zum Sammeln. Neben Buckler und
Rabenschnabel hatte ich auch eine neue Hellebarde dabei und
gesellte mich zu meinen ehemaligen Männern in die Reihe.
Sie schauten zuerst etwas verdutzt, schienen dann aber froh,
dass ich da war. Melchior tauchte schließlich mit der Fahne
auf und setzte sich an die Spitze. Wir nickten uns kurz zu,
nach Reden war mir nicht, und ich war auch nicht böse, nicht
neben ihm zu stehen. Das Warten kam mir heute ewig vor,
aber es vergingen wohl nur wenige Minuten, bis wir endlich
losmarschierten.

Als wir das Schlachtfeld erreichten, konnten wir allerdings gerade noch beobachten, wie sich die letzten Gegner davonmachten. Ich hätte schreien können! Blieb mir jetzt nicht nur die Liebe, sondern auch noch die Schlacht verwehrt? Meine Kameraden merkten, dass ich vor Wut fast explodierte und hielten lieber etwas Abstand.

Plötzlich ergriff jemand meine Schulter. „Hier steckt Ihr! Hauptmann Ignaz, der Truchsess möchte Euch sehen." Zähneknirschend folgte ich dem Boten, wusste aber gerade nicht, wohin mit meinen Gefühlen. Dem Truchsess gegenüber durfte ich mich auf keinen Fall so zeigen, sonst würde ich seine Gunst auch noch verlieren. Also versuchte ich, auf dem Weg zu ihm wieder einen klaren Kopf zu bekommen.

Graf Georg von Waldburg stand neben seinem Schlachtross, Frundsberg war bei ihm. Beide schienen gut gelaunt.

„Ignaz, komm zu uns, unsere Feinde haben sich selbst besiegt!"

Frundsberg nahm mich in den Arm wie einen alten Kameraden. Wie sich herausstellte, war unser „Sieg" tatsächlich sein Verdienst, der Plan war aufgegangen: Einer der Hauptleute der gegnerischen Armee hatte von seiner Anwesenheit erfahren. Da er mit Frundsberg bereits in Italien gekämpft hatte und seine Fähigkeiten kannte, hatte er sich sofort aus der Schlacht zurückgezogen. Wie uns unsere Spione berichteten, war danach Fähnlein um Fähnlein umgekippt.

„Die große Schlacht, die unser aller Ende hätte sein können, wird wohl ausfallen!", verkündete Graf Georg von Waldburg erleichtert. Und ich fragte mich: War dies das Ende der Bauernkriege? Sollte es das gewesen sein?

Später luden mich die beiden Georgs ein, die neue Lage mit ihnen und den Kriegsräten des Schwäbischen Bundes zu besprechen. Eine große Ehre, die mich meine Verzweiflung tatsächlich vorübergehend vergessen ließ.

Unser Gegner war zwar geflohen, aber etwa 6000 Mann um Jörg Schmid, den Knopf von Leubas, wie man ihn nannte, standen noch unter Waffen und zogen sich ins Gebirge zurück.

„Das hatte ich befürchtet“, sagte Graf Georg von Waldburg. „Dort können wir sie unmöglich fassen. Unsere Pferde sind dort nutzlos und sie kennen jeden Winkel. Das kann ein monatelanger Partisanenkrieg werden. Mit normalen Mitteln lässt sich dieser nicht gewinnen!“

Wir anderen stimmten zu. Die Kriegsräte des Bundes widersprachen uns allerdings: „Sie werden unsere Überlegenheit und Stärke früher oder später anerkennen und ihre hoffnungslose Sache aufgeben. Außerdem sind das Gesetz und Gottes Gnade auf unserer Seite!“

Ich starrte sie mit offenem Mund und Augen an. Frundsberg konnte sich allerdings weniger beherrschen. „Habt Ihr die letzten Tage und Wochen geschlafen? Wo bitte sind wir überlegen? Dieser Sauhaufen hier hätte bei einer offenen Auseinandersetzung keine Chance gehabt. Und was passiert, wenn diese Landsknechte drei, sechs oder gar neun Wochen keinen Sold bekommen, weil nichts geplündert oder gebrandschatzt werden kann? Glaubt ihr wirklich, diese Bande würde brav die Gegend vor Übergriffen aus dem Gebirge schützen?“

Den Räten stockte etwas der Atem, so wurde üblicherweise nicht mit ihnen umgegangen. Da bemerkte ich, dass Graf Georg mich nachdenklich ansah. Diesen Blick hatte ich schon einmal gesehen, und ich hätte mir gewünscht, dass ich diesmal nicht seine Gedanken lesen konnte.

„Gaisbeuren?" fragte ich leise mit trauriger Stimme.

Der Truchsess nickte. Die Räte und Georg von Frundsberg schauten uns verwundert an. „Wir haben nur eine Möglichkeit, diesen Krieg jetzt schnell zu beenden, bevor er an anderer Stelle wieder aufflammt", erklärte der Graf. „Eine solche Taktik mussten wir schon einmal anwenden, am Anfang des Feldzuges. Wenn wir den Gegner nicht erreichen können, müssen wir eben dafür sorgen, dass er zu uns kommt. In Gaisbeuren fanden wir durch Befragungen heraus, von welchen Höfen die Männer des Bauernanführers kamen. Es ist mir ein Gräuel, so etwas zu wiederholen, und ich gebe zu, wertvolle Höfe zu verbrennen und Frauen und Kinder aus ihrem Heim zu treiben, ist keine Arbeit für einen Krieger. Aber eine andere Wahl haben wir nicht!"

Die plötzliche Stille im Raum war schwer auszuhalten.

„Es muss ein schnelles Ende geben", erklärte der Graf seinen Entschluss, und es war ihm anzusehen, wie sehr er ihn selbst verabscheute. „Es ist gar nicht auszudenken, wie viel Schaden unsere eigene Armee weiter anrichten würde, müssten wir diesen Feldzug fortsetzen."

„Ein schwacher Trost", lenkte Georg von Frundsberg ein, „aber es ist einer und ich gebe Euch recht. Auch ich sehe keine andere Möglichkeit, wollen wir die Aufstände schnell hinter uns bringen!"

Die Kriegsräte sahen das natürlich anders. „Ihr könnt doch nicht einfach die Höfe der unschuldigen Familien niederbrennen. Ihr müsst die Kämpfer fangen!"

Jetzt platzte dem Truchsessen der Kragen. „Als ich die Plünderungen unschuldiger Höfe durch unsere Landsknechte verhindern wollte, wurde ich von Euch überstimmt. Als ich Lösungen für die immer verheerender werdenden Schäden durch unsere eigene Armee suchen wollte, hieß es, das sei nicht vermeidbar. Und jetzt, wo es keine vernünftige Alternative zu einem schnellen Ende all dieses Leids gibt, soll es plötzlich falsch sein, Höfe niederzubrennen? Das ist wieder der beste Beweis: Ihr Räte verfügt nur über die Weisheit, die man Euch in sauberen Universitäten eingebläut hat. Aber von der Realität auf blutigen Schlachtfeldern habt Ihr keine Ahnung! Geht mir aus den Augen!“

Natürlich nahmen die Landsknechte den Befehl für dieses Vorgehen mit großem Jubel auf. Ihnen war das Plündern und Zerstören des Besitzes von Leuten, die mehr hatten als sie selbst, willkommener als ein ehrlicher Kampf auf dem Schlachtfeld. Ihre Freude deprimierte mich. Das war nicht mehr mein Krieg und entsprach überhaupt nicht mehr dem, was ich an der Seite von Hans, Christoph, Caspar und Barthel über das Kämpfen gelernt hatte. Und ich war mir sicher, dass es Graf Georg genauso ging. Er musste Leid befehlen, um Leid zu verhindern. Darum beneidete ich ihn nicht.

Auf dem Weg zu meinem Zelt wurde ich von Josi abgefangen. Das Kleid stand ihr wirklich gut, und ihr Anblick fühlte sich an wie ein Schlag in die Magengrube. Ihr Blick verriet mir, dass sie mir meinen Schmerz ansah. „Wenn du wütend auf mich bist, dann kann ich das verstehen“, sagte sie, während sie ihre Schuhe betrachtete.

„Nein, bin ich nicht“, sagte ich und merkte zu meiner eigenen Überraschung, dass es stimmte. „Es ist ja deine Entscheidung ...“

Da warf sie sich mir in die Arme. „Es tut mir so leid, ich mag dich und arbeite wirklich gern mit dir zusammen. Ich wollte dir auf keinen Fall weh tun. Aber als ich das erste Mal in Melchiors braune Augen blickte, war es um mein Herz einfach geschehen.“

Jetzt rannen ihr Tränen die Wange runter. Ich löste mich aus der Umarmung und suchte ihren Blick.

„Glaub mir bitte, dass ich euch nur das Beste wünsche. Ihr seid meine besten Freunde und verdient euer Glück. Nur dachte ich eben auch, seit langem wieder glücklich sein zu können, und zwar mit dir. Das konntest du aber nicht wissen.“

Wie aufs Stichwort kam Melchior in diesem Moment auf uns zu. Als er uns sah, wusste er wohl sofort, was los war. Als die beiden sich anblickten, war ihre Liebe deutlich zu sehen, und ich freute mich wirklich für sie. Gleichzeitig spürte ich aber auch den Schmerz, weil mir dieses Glück verwehrt blieb. Wie sollte es nun weiter gehen? Als hätte er mal wieder meine Gedanken gelesen, ergriff Melchior das Wort. Er hatte inzwischen erfahren, auf welche Art der Feldzug fortgesetzt würde, und wollte sich an solchen Aktionen nicht beteiligen. Der Truchsess hatte ihm in dessen Herrschaft Zeil einen Hof zugesprochen und ihn beauftragt, aus den Beutepferden eine Zucht aufzubauen. Josi und er würden schon bald dorthin aufbrechen.

Mein ehemaliger Verlorener Haufen blieb in den Diensten Frundbergs, hier konnten die Männer ihre Fähigkeiten besser einsetzen als in der verkommenen Truppe des Bundes. So

verlor ich innerhalb weniger Tage meinen besten Freund,
meine Liebe, meinen Henkersknecht und mein Kommando.

Kapitel VI Der Henker

Die nächsten Tage zeigten mir einmal mehr den Abgrund des menschlichen Seins auf. War es bisher schon unerträglich gewesen, die Plünderungen mitzuerleben, musste ich jetzt entsetzt feststellen, dass die Landskechte in völlige Raserei verfallen waren und in einem sinnlosen Rausch zerstörten, was ihnen vor die Nase kam. Nach einer Woche, die mir wie eine Ewigkeit vorkam, war der Spuk endlich vorbei. Nach und nach kapitulierten auch die letzten Aufständischen und lieferten sich auf Gedeih und Verderb dem Schwäbischen Bund aus.

Als ich gerade mit Graf Georg und seinen Offizieren auf das Ende des Krieges anstieß, kam eine Abordnung des Bundes angeritten. Graf Georg verließ die Runde und bedeutete mir, ihm zu seinem Zelt zu folgen. Sollten sie tatsächlich auf die Idee kommen, Graf Georg für die Missachtung der Kriegsräte festnehmen zu wollen, wären sie bei mir beim Falschen gelandet. Ich hielt mich also im Hintergrund, die linke Hand am Buckler und die rechte lässig auf dem Kopf des Streithammers.

Im Zelt überreichte einer der Männer einen Brief. „Eure Erlaucht, die neuen Befehle. Ihr seid abberufen. Aber lest selbst in aller Ruhe. Ihr habt ja jetzt Zeit. Wir empfehlen uns!"

Hastig wollten sie das Zelt wieder verlassen. Im Eingang stand aber ich.

„Im Namen des Schwäbischen Bundes, geht uns aus dem Weg, Waffenknecht!", herrschte mich einer dieser Männer an, die ihre Waffen sicher noch nie in einer Schlacht geführt hatten.

„Ich stehe unter dem Befehl Seiner Erlaucht, des Truchsessen Georg Graf von Waldburg. Nur er kann mir sagen, ob ich Euch passieren lassen soll."

Der Graf schien sich ein Grinsen zu verkneifen, dann aber winkte er mir lässig zu und ich trat ein Stück zur Seite. Allerdings nur so weit, dass sie sich eng an mir vorbeischieben mussten. Ehrlich gesagt, war ich versucht, einem das Bein zu stellen, konnte mich aber zügeln. Als auch der Letzte das Zelt verlassen hatte, brachen Graf Georg und ich in Gelächter aus. Nicht nur der Situation wegen, sondern auch, weil die große Last des Krieges von unseren Schultern genommen war. Ein Krieg, den wir eigentlich niemals hätten gewinnen können, wären die Truppen der Bauern ordentlich oder mit Weitblick geführt worden.

„Komm Ignaz", wies mich Graf Georg zu sich an den Tisch. „Diesen letzten Befehl des Bundes lesen wir gemeinsam."

Mit diesen Worten gab er mir den Brief und gewährte mir die Ehre, das Siegel zu brechen und ihm vorzulesen. Der Schwäbische Bund teilte darin mit, dass die Dienste des obersten Feldherrn, Graf Georg von Waldburg, nicht weiter benötigt würden, da der Feldzug beendet sei. Natürlich wiesen die Räte mal wieder auf die diversen Verfehlungen und Eigenmächtigkeiten des Grafen hin. Aus diesem Grunde beauftragte man ihn nicht mit künftigen Strafaktionen, die noch ausstanden. Der Truchsess reagierte neben mir mit einem zufriedenen Nicken. „Sollen sie ihren Scheiß doch alleine machen", murmelte er sehr, sehr leise, so dass ich mir nicht ganz sicher war, ob es wirklich diese Worte waren, die ich aus seinem Munde hörte.

Beim Weiterlesen erschrak ich ein wenig: Nicht entgangen war den wachsamen Augen des Bundes, dass der Henker Graf Georgs über Nacht plötzlich um einen Kopf gewachsen war. Die Anwerbung eines neuen Henkers hätte aber schriftlich und durch das Vorlegen entsprechender Zeugnisse vonstattengehen müssen. Da der unrechtmäßig eingesetzte Vagabund immerhin keine Fehler gemacht hatte, wollte der Bund aber von dessen Strafverfolgung absehen. Als letzte Amtshandlung seien alle Landsknechte und Reisigen zu entlassen.

Graf Georg lachte. „Hast du gehört, Ignaz, sogar du wirst in ihrem Schreiben erwähnt. Und dass sie zugeben, dass dir keine Fehler unterlaufen sind, ist ein höheres Lob, als ich je aus Ulm bekommen habe!"

Ich stimmte in sein Gelächter mit ein, und der ein oder andere Becher Wein floss in den Ausgang dieses Abends.

Somit war dieser Kampf, der wohl als Bauernkrieg in die Geschichte eingehen würde, für uns beendet. Mit einem verheerenden Ergebnis. Mehrere Zehntausend Bauernsöhne waren tot, gefallen für eine Sache, die sicher gerechtfertigt war, aber von niemandem mit der notwendigen Weitsicht oder dem notwendigen Überblick und Sachverstand durchgeführt worden war. Weite Landstriche waren verheert durch die plündernden Landsknechte, die in mehr als einer Schlacht hätten geschlagen werden können, und die zwangsweise erbeutete Viehherde.

Am nächsten Morgen nahm ich dankend das Angebot Graf Georgs an, ihn und seine Männer in Richtung Waldburg zu begleiten. Ich besorgte mir dafür sogar ein Pferd. Meine Habe, insbesondere die Ausstattung des Henkers, ließ ich mit Erlaubnis des Truchsessen direkt auf die Waldburg bringen.

Größtenteils ritten wir schweigend. Wir alle mussten uns
wohl erst daran gewöhnen, nicht mehr im Krieg zu sein, und
jeder von uns hing sicherlich seinen eigenen Gedanken über
die Zukunft nach.

Am späten Nachmittag erblickte ich die Waldburg zum ersten
Mal seit langer Zeit. Erhaben stand sie auf ihrem Hügel und
wachte über die Landschaft. Die hohen Mauern verliehen ihr
Stärke und ließen sie unbezwingbar erscheinen. Natürlich
wusste ich durch die beiden vergangenen Kriege, dass sich
die Zeit der Burgen als militärische Bauwerke ihrem Ende
näherte, aber wunderschön und erhaben waren sie trotzdem.

Am letzten Stück des Burgberges ließ Graf Georg absteigen.
Nach dem langen Ritt sollten die Pferde etwas entlastet werden. War es für die anderen Männer selbstverständlich, so
ergriff mich doch ein ehrfürchtiges Gefühl, als wir schließlich
den Innenhof der Burg betraten. Durch die hohen Mauern war
es hier schon dunkel und kühl. Die Bediensteten hatten aber
unter einer großen Plane eine Tafel für uns alle errichtet, die
die Wärme der Feuer gut halten konnte.

Wir genossen das große Siegesmahl. Es war sogar extra Tettnanger Bier herangeschafft worden, dem wir großzügig zu-
sprachen. Noch einmal ließen die Männer die großen und
kleinen Schlachten Revue passieren, und wir redeten bis spät
in die Nacht. Der Innenhof war frisch mit Stroh und Reisig
eingestreut worden, so dass wir uns, als wir müde waren, an
Ort und Stelle zum Schlafen niederlegen konnten.

Am nächsten Morgen teilte mir ein Diener des Grafen mit, ich
solle mit ihm in den Arbeitsraum Seiner Erlaucht kommen.
Die Eingangshalle der Burg kannte ich ja bereits, wobei mir
der Tag, als ich mit Konrad hier die Passierscheine holen

wollte, heute unendlich fern schien, wie aus einem anderen Leben. Zu meiner Überraschung führte mich der Diener in den zweiten Stock. Die Treppe war außen an der Burg angebracht, aber da die oberen Etagen der Herrschaft vorbehalten waren, war ich sehr gespannt, was mich dort erwartete.

Die Tür war nahe der südlichen Giebelwand und führte in eine Art Empfangsraum. Dort durfte ich auf einem schönen, geschnitzten Stuhl Platz nehmen, während der Diener durch eine Tür in der rechten Wand verschwand. Kurz darauf tauchte er wieder auf und bat mich, ihm zu folgen. Hinter der Tür durchquerten wir ein langgezogenes Zimmer, in dem Schreiber an mehreren Pulten völlig in ihre Arbeit vertieft waren. Wieder folgte eine Tür, und hier klopfte der Diener vorsichtig an.

„Der Herr Ignaz, wie gewünscht, Eure Erlaucht!"

„Soll reinkommen!", war die Antwort des Truchsessen und ich trat ein. Der Truchsess stand an einem Regal und verräumte ein Buch. Der Raum war ungefähr halb so groß wie das lange Zimmer der Schreiber. Zu meiner Linken stand ein Bett, daran anschließend ein Tisch in einer Fensternische. Gegenüber, nahe der Außenwand, gab es eine weitere, kleinere Tür. Später sollte ich erfahren, dass diese über einen gedeckten Wehrgang zum Kapellenturm führte. Daneben befand sich eine weitere Fensternische mit Tisch.

„Mein Zimmer auf der Waldburg", sagte der Graf mit einer kleinen Handbewegung. „Ein Bett zum Schlafen und Tische zum Arbeiten. Mehr braucht es hier nicht. Setz dich!"

Er deute auf den Tisch am Bett, wo das Licht jetzt am Morgen offensichtlich besser war. Als wir beide saßen, eröffnete Graf Georg mir, dass er als Verwalter nach Stuttgart berufen wurde. Seine Fähigkeiten wurden dort erbeten, um das Land

Württemberg wieder in Ordnung zu bringen und die Schäden dieses schrecklichen Krieges schnellstmöglich zu überwinden, vor allem in wirtschaftlicher Hinsicht. Die Zeiten der gemeinsamen Feldzüge waren also wohl vorbei.

„Nun Ignaz, meine künftige Aufgabe ist somit klar, aber was wird aus dir? Ich habe nicht vergessen, dass du mir das Leben gerettet hast, und hierfür möchte ich mich revanchieren. Dein Freund Melchior hat seine Aufgabe gefunden, Ähnliches möchte ich dir von Herzen gerne auch ermöglichen. Lass mich wissen, wie ich helfen kann. Aber entscheide dich bald, denn ich reise morgen in Richtung Stuttgart ab. Geh auf das Dach der Waldburg, das ist ein hervorragender Ort, um dich zu sammeln und deine Gedanken zu ordnen. Geh am besten hier durch die Kapelle, vielleicht brauchst du ja auch Gottes Beistand."

Ich tat, wie mir geheißen, und passierte den gedeckten Wehrgang. Drüben im Turm stand ich dann vor einer verschlossenen Tür. Ich fragte mich, was wohl hier oben sein könnte und nahm mir vor, bei Gelegenheit danach zu fragen. Rechts ging es dann die Treppe hinunter auf die Empore in der Kapelle. Nicht zu glauben, ich ging denselben Weg, den die Ahnen des Grafen Georg schon vor Jahrhunderten gegangen waren, als die Waldburg noch Hauptwohnsitz der Familie war. In der Gewissheit, hier oben nicht gestört zu werden, kniete ich mich nieder zum Gebet. Schaden konnte es ja nicht. Eine Eingebung hatte ich hier aber nicht.

Also ging ich weiter, runter in die Kapelle, zurück in den Innenhof. Wie selbstverständlich schritt ich die steilen Treppen der Wehrgänge im Innenhof hinauf. Dieses Mal ging ich aber in den obersten Stock. In einem großen Raum lagen die Waffen bereit, die man im Falle eines Angriffs benötigt hätte, um die Mauern zu verteidigen, vor allem Unmengen von Armbrustbolzen. Dahinter führte eine weitere Treppe durch den als Lager genutzten Dachstuhl auf das begehbare Dach der Waldburg. Graf Georg hatte recht: Die Sicht in alle Himmelsrichtungen war atemberaubend! Da draußen gab es noch so viel Welt, die ich tatsächlich noch nicht bereist hatte. Der Bodensee lag zu meinen Füßen, und in der Ferne waren die Alpen gut zu sehen. Dieser Blick öffnete mir das Herz und ließ mich fragen, was da draußen noch auf mich wartete. Langsam ging ich um das innen liegende Satteldach und sinnierte vor mich hin. Was sollte aus mir werden? In der kurzen Zeit mit meiner Ottilia auf dem Bauernhof war ich sehr glücklich gewesen. Ich könnte um einen Hof bitten. Aber nein! Ohne Ottilia wäre es nicht dasselbe. Bitter stieg der Gedanke in mir auf, dass ich ihren Tod immer noch nicht rächen konnte. Natürlich hätte ich mich wieder als Landsknecht anwerben lassen können, aber von wem? Der Krieg war vorbei, und im Prinzip hatte ich damit innerlich auch abgeschlossen. Sicher hätte mich Graf Georg als Wache in seine Dienste genommen. Aber stundenlang vor irgendwelchen Türen herumzustehen, klang nicht nach einem erfüllten Leben.

Grundsätzlich wäre ich gerne in den Diensten des Grafen geblieben, um ihm zu helfen, seine Herrschaft zu festigen und ein neues, modernes Herzogtum Schwaben zu schaffen, in dem Recht, Ordnung und Wohlstand herrschen würde. Der blutige Bauernkrieg hatte den Herrschaften immerhin gezeigt, dass die Menschen Probleme hatten, die es zu lösen galt. Graf Georg und die anderen beiden Bundesmitglieder, die sich an den Weingartener Vertrag hielten, hatten hier einen ersten Schritt in die richtige Richtung gewagt. Man konnte nur hoffen, dass die anderen irgendwann nachziehen würden.

Grundsätzlich war der Schwäbische Bund ja einmal gegründet worden, um gemeinsame Gesetze über die Grenzen der einzelnen Herrschaften hinaus durchsetzen zu können, damit in diesem Land Recht und Ordnung herrschten. Dazu gehörte aber auch die professionelle Durchführung der verhängten Strafen. Und hierfür brauchte man einen Henker. Und zwar einen offiziell eingesetzten Henker, der seinen Beruf ordentlich gelernt hatte. Ein merkwürdiger Schauer überkam mich. Sollte dies doch meine Bestimmung sein? Bisher hatte ich das immer abgelehnt. Die Aufgabe, anderen Menschen Schaden zufügen zu müssen, konnte eine Seele zerbrechen, so wie es bei Josis Ziehvater geschehen war, der sich von einer Mauer gestürzt hatte. Nun, diese Art von Gewissensbissen hatte ich bisher kaum verspürt, da ich immer der Meinung gewesen war, dass ich nur den richtete, der vom Gesetz verurteilt worden war. Tatsächlich hatte ich bei Hinrichtungen immer das Gefühl gehabt, Teil eines großen Ganzen zu sein. Das konnte in manchen Momenten sogar berauschend sein, wenn die Menschen mir zujubelten. Aber ich wusste auch, dass ich mich nicht vom Stolz verführen lassen durfte. Ich war die ausführende Hand des Gesetzes, und ohne Gesetze verfiel eine Gesellschaft in Chaos. Das gab dem Henker das Recht, Menschen hinzurichten, aber Raum für Schlamperei gab es nicht. Daher war es auch so eine komplizierte Kunst, die lange Jahre der Erfahrung erforderte – die ich inzwischen großenteils hatte.

Somit war es beschlossen: Ich würde der Henker des Grafen von Waldburg und zukünftigen Herzogs von Schwaben!

Was für eine Erleichterung, endlich mit dem Kopf die Entscheidung getroffen zu haben, die sicherlich schon lange in meinem Herzen gesteckt hatte. Langsam, aber mit festem

Schritt, machte ich mich auf den Rückweg. An der Treppe traf ich auf einen Wachposten. Er war schon älter, also hoffte ich, dass er sich auf der Burg auskannte, und so fragte ich ihn nach dem verschlossenen Zimmer über der Kapelle.

„Oh je, das ist eine traurige Geschichte!", erwiderte er. „Früher, als die Herrschaft noch fest auf der Waldburg wohnte, war das die Dienstwohnung des Kaplans. Der junge Priester hatte sich aber dummerweise in die Schwester unseres Herrn Georg verliebt. Als die junge Gräfin dann mit einem anderen Adligen verheiratet wurde, stürzte sich der Kaplan aus dem Fenster. Seither hat niemand mehr diesen Raum betreten. Jeder hat Angst, der Raum sei verflucht und wer ihn betritt, würde ebenfalls dem Wahnsinn verfallen." Ich bedankte mich, schüttelte aber innerlich den Kopf über den Aberglauben der einfachen Leute.

Als ich an die Tür des Grafen klopfte, musste ich nicht lange auf sein „Herein" warten.

„Euer Erlaucht, ich habe eine Entscheidung getroffen", teilte ich ihm mit. „Als Zeichen der neuen Ordnung wäre es meines Erachtens sinnvoll, wenn Ihr einen ausgebildeten Scharfrichter in Eure Dienste nehmt. Wenn Ihr erlaubt, würde ich also nach Nürnberg reisen und meine Ausbildung bei Meister Frantz abschließen. Mit einer offiziellen Meisterurkunde als Scharfrichter würde ich Euch gern auf diese Art bei Eurem noblen Vorhaben das Herzogtum Schwaben betreffend unterstützen."

Schweigend, aber mit einem leichten Grinsen überreichte er mir ein Stück Papier. Ich überflog es, um festzustellen, dass es ein Empfehlungsschreiben und gleichzeitig auch eine Bestätigung war, dass der Truchsess mich bei erfolgreichen Enthauptungen gesehen hatte. Wortlos nahm ich den Brief an. Hatte er das etwa die ganze Zeit gewusst?

„Ignaz, ich hatte ehrlich gehofft, dass du diesen Weg wählst, der dir doch schon so lange vorgezeichnet schien. Bevor du aufbrichst, braucht unser zukünftiger Scharfrichter aber eine Unterkunft. Wir werden dir also irgendwo eine abgelegene Hütte bauen lassen."

„Graf Georg", wandte ich ein, „ich hätte hier einen vielleicht etwas ungewöhnlichen Vorschlag, aber die Waldburg ist ja der Ort Eurer Verwaltung und auch der Wohnort der höheren Beamten. Wäre es denkbar, den Henker in die alte Kaplanswohnung zu stecken? Sie scheint ja ohnehin verflucht, schlimmer kann es ja kaum werden."

Der Graf lachte. „Deine Idee gefällt mir. Da du der erste offizielle Scharfrichter dieser Herrschaft sein wirst, bist du hier per Boten auch für die anderen Herrschaften und Städte gut erreichbar, wenn sie dich brauchen. So wirst du ein gutes Auskommen haben."

Graf Georg öffnete eine schwere Metalltruhe und reichte mir einen Schlüsselbund. „Das sind die Schlüssel unseres ehemaligen Kaplans.Sie haben den Sturz besser überstanden als er."

Am Abend lud Graf Georg alle Beschäftigten der Waldburg zu einem großen Festmahl in den großen Speisesaal im ersten Stock ein. Das gemeinsame Essen sollte ein Zeichen der Veränderung sein, außerdem verabschiedete er sich damit von der Burg, bevor er seine Reise nach Stuttgart antrat. Serviert wurde Schweinebraten mit Erbsen, Rüben und Knöpfle, dazu gab es Wein. Man sah den Leuten aus der Küche an, dass es für sie sehr seltsam war, die Speisen zu servieren und sich anschließend selbst an die große Tafel zu setzen.

Bei seiner Rede stellte der Graf mich als den neuen Scharfrichter vor und erklärte, dass ich in der Kaplanswohnung wohnen würde. Ein Raunen ging durch die Menge. Dennoch durfte ich mich ein letztes Mal zu den anderen an den Tisch setzen, denn offiziell war ich noch nicht verdammt. Es konnte ja niemand wissen, dass ich schon mehrere Dutzend Männer geköpft hatte. Trotzdem mieden die anderen jetzt schon meine Gesellschaft. Mir war das gar nicht unrecht, denn so konnte ich mich früh verabschieden. Natürlich war ich sehr gespannt auf meine neue Unterkunft.

Der passende Schlüssel war gleich gefunden und ich trat ein. Durch die vielen Fenster war der Raum schön hell, aber ein unangenehmer Gestank ließ mich fast rückwärts wieder hinausgehen. Zum Glück war ich, was Gerüche anging, inzwischen einiges gewöhnt, dennoch öffnete ich gleich links das erste Fenster, um frische Luft hereinzulassen. Die Quelle des Gestanks ließ sich auch gleich identifizieren. In der Mitte des Raumes stand ein großer Tisch, und darauf ein Korb mit festgeschimmeltem Brot sowie ein benutzter Becher und ein Holzteller samt Löffel. Alles war mit Schimmel überzogen, sogar das Tischtuch war nicht mehr zu retten. Also wickelte ich alles in dieses Tuch ein, um es später wegzuwerfen. Dennoch gefiel mir die Wohnung auf Anhieb. In der linken Ecke gab es sogar einen eigenen Abort, in der rechten hinteren Ecke stand das Bett. Dieses war zu meiner Überraschung frisch bezogen. Wenn man mal vom Tisch absah, hatte der Kaplan vor seinem freiwilligen Ableben aufgeräumt. Dann hatte er sich noch ein letztes Mahl gegönnt und war aus dem Fenster gesprungen. Konnte man es ihm verdenken? Wer wollte schon mit leerem Magen sterben?

Zu meiner großen Freude fanden sich in einem Regal diverse
Bücher. Auch fand ich eine reichliche Ausstattung an Leibwäsche. Eine Art Ofen oder Herd für den Winter würde noch
notwendig sein, ansonsten war es hier aber jetzt schon sehr
gemütlich. Ich wohnte jetzt also tatsächlich auf der Waldburg,
das hätte ich mir nie träumen lassen!

Zwei Tage später traf ich in Nürnberg ein. Noch einmal gönnte ich mir die „Drei im Weggle“, da ich fürchten musste,
schon bald als fertiger Henker nichts mehr zu bekommen. An
Frantz' Hütte angekommen, traf ich dort aber nur seine Frau.
Sie lud mich ein, hier auf ihn zu warten, fürchtete aber, dass
es länger dauern würde, denn Frantz war zu einer peinlichen
Befragung ins Gefängnis geholt worden.

„Sehr gut“, sagte ich, „dann werde ich ihm zur Hand gehen.
Ich bin nämlich gekommen, um nun doch sein Handwerk zu
erlernen!“

Seine Frau lachte, denn natürlich wusste sie, wie oft Frantz
mir die Lehre angeboten hatte, und sie beschrieb mir den Weg
zum Gefängnis.

Die Wache an der Tür wollte mich abweisen, aber als ich
mich als Kollege von Meister Frantz vorstellte, öffnete der
Mann mir die Tür. Es war das erste Mal, dass ich ein Gefängnis betrat. Zuerst mussten sich meine Augen an die Dunkelheit gewöhnen – und meine Nase an den Gestank. Während
ich dem Mittelgang folgte, blickte ich rechts und links in die
Zellen. Die meisten waren belegt und alle gleich eingerichtet.
Es gab einen kleinen Lichtschlitz nach draußen, aber so hoch
oben an der Wand, dass die Gefangenen nicht hinaussehen
konnten. Ein Lager aus Stroh, das aber offensichtlich frühestens mit dem Gefangenen ausgetauscht wurde, diente als

Nachtlager. Einziges Möbel war ein an der Wand befestigter Hocker. Zum Verrichten der Notdurft stand ein Eimer zur Verfügung. Dem Geruch nach wurde aber beim Urinieren wohl nicht besonders gut gezielt. Aus jeder Zelle stank es anders, nach Schweiß, Urin, Kot und Erbrochenem, und je weiter ich ins Gebäude hineinging, desto schlimmer wurde es.

Am Ende gab es einen großen Raum, an deren Wänden die Häftlinge festgekettet oder in einer Art Pranger gehalten wurden. Aus einer der Türen am Ende des Ganges drangen laute Schreie. Dort war ich offenbar richtig.

Dem Wächter hier stellte ich mich wieder als Gehilfe von Meister Frantz vor, und er ließ mich ohne zu zögern ein. Ein starker Geruch stieg mir in die Nase, als würde man Fleisch über Feuer braten. Als ich Meister Frantz entdeckte, war mir klar, woher dieser Geruch kam. Er hatte soeben einen Delinquenten mit einer glühenden Metallstange berührt. Als er hörte, dass jemand eintrat, drehte er sich um. „Ignaz, welch schöne Überraschung! Leider musst du warten, bis ich hier fertig bin, diese Stange darf nicht abkühlen, bevor wir die vorgeschriebene Zeit damit gearbeitet haben.“ Mit diesen Worten fügte er dem bis auf eine Art Lendenschurz entkleideten Mann die nächste Brandwunde zu.

„Genug!“, brüllte der. „Ich gestehe ja! Alles, was Ihr mir vorwerft!“

Meister Frantz senkte die Stange. „Herr Schreiber, habt Ihr es?“

Dieser nickte und las vor, was er geschrieben hatte: „Nach der Behandlung mit dem glühenden Eisen gesteht Hans Müller seine abscheulichen Taten, die er als Räuber begangen hat.“

Frantz nickte und wandte sich an die Wache. „Bringt ihn fort und den nächsten her. Ignaz wie bist denn du hier reingekommen? Du bist hoffentlich nicht einer meiner Kunden, oder?“

Ich lächelte. „Nein, ich habe mich als Euer Gehilfe vorgestellt und wurde eingelassen.“

„Ein kluger Trick“, grinste er mir zu.

„Klug vielleicht, Trick nicht!“, antworte ich und freute mich über seinen verblüfften Gesichtsausdruck. „Meister Frantz, ich bin hier, um meine Ausbildung in Euren Diensten abzuschließen!“

Er wollte lachen, merkte mir dann aber an, dass ich es ernst meinte.

„Nun gut, Ignaz Donnerfels, da hast du dir heute den passenden Tag ausgesucht. Eine vierköpfige Räuberbande soll der peinlichen Befragung unterzogen werden. Sie haben Reisende überfallen und danach grausam zugerichtet. Jetzt geben sie sich alle gegenseitig ein Alibi und könnten im Prinzip alle davonkommen. Die Beweise sind aber erdrückend, wir brauchen nur noch das Geständnis aller vier.“

Die Wache kehrte zurück.

„Als Nächster wird vorgeführt: Albrecht Müller, Bruder des eben anwesenden Hans Müller. Er betont, unschuldig zu sein, und will in der Tatzeit mit den anderen drei Angeklagten im Wald Brennholz gesammelt haben. Seine Aussage ist laut richterlicher Anweisung mit der peinlichen Befragung zu überprüfen.“

Mit ruhiger Stimme erklärte Frantz Albrecht Müller, was als Nächstes mit ihm passieren würde, wenn er nicht sofort gestand. Aber Albrecht beteuerte seine Unschuld. Da reichte Meister Frantz mir die glühende Stange.

„Nur kurz auf der Haut", raunte er mir zu. „Vor allem nicht so lange, dass innere Organe verletzt werden könnten."

Ich verstand die Problematik, und es ging mir überraschend gut von der Hand. Schließlich gestand auch Albrecht. Während der nächste Delinquent geholt wurde, verriet mir Frantz leise ein paar Details, auf die ich bei der Arbeit achten sollte. Tatsächlich gestanden auch die nächsten beiden Brüder nach wenigen gezielten Handgriffen ihre grausamen Taten. Mein neuer Meister nickte mir anerkennend zu.

„Du verstehst schnell, worauf es ankommt."

Nachdem der Schreiber ihm die zufriedenstellend ausgeführte Arbeit schriftlich bestätigt hatte, verließen wir das Gefängnis gemeinsam.

Den Abend verbrachten wir in Frantz' Hütte, und zusammen mit seiner Frau feierten wir unser Wiedersehen und meinen Einstand ins Scharfrichtergewerbe. Natürlich erzählte ich den beiden von meinen bisherigen Erlebnissen und wie es dazu gekommen war, dass ich nun doch diesen besonderen Beruf erlernen wollte.

Schließlich erhob sich Frantz, um mir meine Kammer zu zeigen. „Wie jeder Lehrbursche wirst du natürlich Quartier bei deinem Meister beziehen", erklärte er. „Allerdings muss ich zugeben, dass du mit deinem neuen Handwerk auch nirgendwo sonst untergekommen wärst." Jetzt lächelte er breit. „Aber ich freue mich wirklich, wenn du als guter Freund eine Weile unser Gast bist."

Was für ein gutes Gefühl, hier so willkommen zu sein!

Am nächsten Morgen erstellten wir eine Liste, was ich in meiner Ausbildung noch lernen musste. Auch wenn mir Frantz das mit den gelungenen Enthauptungen glaubte, verbot es ihm seine Berufsehre, den Meisterbrief auszustellen, ohne meine Fähigkeiten mit eigenen Augen gesehen zu haben. Schließlich ging es ja um seinen Ruf als Scharfrichter. So kam das Enthaupten ganz oben auf die Liste. Beim Hängen könnte er ein Auge zudrücken, meinte er, aber Rädern, Vierteilen, Verbrennen oder Sieden sollte man zumindest einmal gemacht haben. Gleiches galt für die gängigen Foltermethoden. Da das Gesetz den Richtern bei ihren Urteilen meistens freie Hand ließ, war deren Kreativität keine Grenzen gesetzt und man musste mit allen möglichen und unmöglichen Bestrafungen rechnen. Dafür war es zwingend notwendig, sich mit dem menschlichen Körper eingehend zu beschäftigen um versehentliche oder zu schnell erfolgte Tötungen, je nach geforderter Situation, zu vermeiden.

Noch während wir meine Liste durchsprachen, brachte uns der Stadtbüttel eine gute Nachricht. Die vier Räuber von gestern sollten aufgrund der besonderen Schwere ihrer Schuld gerädert werden. Die härteste und aufwendigste Strafe.

„Gut, dass wir jetzt zu zweit sind", erklärte Meister Frantz. „Diese Methode ist für den Scharfrichter körperlich sehr anstrengend, für einen allein wären vier Verurteilte an einem Tag nicht machbar."

Ich musste zugeben, dass ich jetzt doch etwas nervös wurde, denn das Rädern kannte ich nur aus Erzählungen, ich selbst war noch nie dabei gewesen.

Die Stadt machte uns die Arbeit immerhin so leicht wie möglich, denn Nürnberg hatte einen gut angelegten Richtplatz. Hier legte man großen Wert darauf, Räuber- und Gaunergesindel das Handwerk zu legen. So fanden die Strafen an einem Hügel statt, um Bürgern eine gute Sicht zu bieten. Meister Frantz zeigte mir, wo und wie wir die beiden Andreaskreuze am besten aufbauten. Sie mussten gut liegen, denn wenn das Holz federte, konnte es passieren, dass die Knochen nicht beim ersten Schlag brachen, und dann würden wir schlechte Arbeit leisten. Selbst ich fand es etwas makaber, als ich probeliegen musste. Aber so konnte mir Meister Frantz an meinem Körper mit einer Rute zeigen, wo die Schläge anzusetzen sind, damit Gelenke und Knochen brechen. Ich war ganz froh, als ich von diesem Kreuz wieder heruntersteigen konnte.

Die vier großen Räder, auf die der Henker die geschundenen Körper der Verurteilten später flechtet, besorgte die Stadt als Auftraggeber. Aber für die zum Schlagen notwendigen und an einer Stelle beschwerten kleinen Räder waren wir zuständig. Da Frantz ja schon öfter gerädert hatte, wusste er, wie ein Rad hierfür auszusehen hatte und vor allem auch, wie viele Speichen es haben musste. Frantz erzählte mir, dass oft die Symbolik eine große Rolle in unserem Handwerk spielte.

Nach einem stärkenden Haferbrei mit Äpfeln und Birnen machten wir uns fertig zur Arbeit. Meister Frantz und ich holten nun unsere Guggeln mit großer Kapuze. „Beim Strafen verbergen wir unser Gesicht", sagte er. „Natürlich weiß jeder, wer sich unter der Kapuze verbirgt, aber so schützen wir uns vor dem bösen Blick, den sicher mancher Verbrecher beherrscht!"

Das wusste ich natürlich schon, aber ich bemerkte jetzt auch,
dass das Anlegen der Guggel vor dem Marsch zur Richtstätte
ein festes Ritual zur Vorbereitung für mich geworden war.

Vor dem Rathaus hatte sich bereits eine große Menschenmenge versammelt, die nur noch auf uns wartete. Meister Frantz
und ich geleiteten den Schinderkarren mit den vier Verurteilten zur Richtstätte. Dort angekommen, verlas der Schreiber
die Namen und die Art der Strafe. Unter lauten Schmährufen
wurden die Räuber nun vom Karren auf unsere Andreaskreuze geschleift und gut festgebunden. Da ihren Opfern großes
Unglück widerfahren war und die 13 ja als Unglückszahl galt,
sollten sie mit 13 Hieben von unten gerichtet werden. Noch
lebend seien sie aufs Rad zu flechten.

„Ignaz", raunte mir Frantz zu. „Ganz wichtig: Lass das Rad
die Arbeit tun. Die Knechte haben beim Binden kleine Hölzer
untergeschoben, um das Brechen der Knochen zu begünstigen. Verausgabe dich nicht, sondern lass das Rad nur fallen."
Als wir den Befehl erhielten, ans Werk zu gehen, begannen
die beiden, sich auf den Kreuzen zu winden und zu verkrampfen. Mit den Worten des Schreibers traten wir näher heran und
nahmen die Räder in die Hand, jeder von uns eines. Das linke
Fußgelenk war als Erstes dran. Das Volk zählte laut: „Eins,
zwei und drei!"

Bei drei ließen wir die Räder herabsausen, und sie taten, wie
von Meister Frantz versprochen, gut hörbar ihren Dienst.
Nach den Fußgelenken waren die Knie dran. Danach die
Handgelenke, die Ellenbogen und die Schultern. Bei den Hüften musste ganz genau gezielt werden. Mit jedem Hieb wurden wir synchroner. Im festen Takt des begeisterten Volkes
taten wir unseren Dienst.

Der 13. Hieb hatte es besonders in sich. Es galt, die Wirbel-
säule zu brechen, ohne dass der Verurteilte daran starb. Deshalb nahmen wir es hier in Kauf, aus dem Takt zu geraten.
Frantz hatte mich schon darauf vorbereitet, dass bei diesem
Teil für die Verurteilten der Abgrund des Schmerzes so groß
wurde, dass die meisten bewusstlos wurden, und so geschah
es auch hier. Ab hier würden sie nicht mehr viel mitbekommen, auch wenn das tobende Volk jetzt auf den interessantes-
ten Teil hinfieberte.

Die Delinquenten mussten noch lebend auf die größeren Räder geflochten werden, die für diesen Zweck speziell angefertigt wurden. Da ich diese Prozedur vorher natürlich nicht hatte üben können, machte ich Meister Frantz einfach jeden
Handgriff nach, den er mir überdeutlich vormachte. Das Volk
war begeistert. So hatten sie natürlich mehr davon. Zunächst
halfen wir uns gegenseitig, die Räuber aufs Rad zu legen. Wir
mussten aber sehr behutsam vorgehen, damit sie hierbei nicht
vorschnell ihr Leben aushauchten. Das hätten das Volk und
die Herren der Stadt uns übel genommen. Wir legten sie also
in der Krümmung, die ihre Wirbelsäulen jetzt hatten, auf die
jeweiligen Räder und führten dann Arme und Beine durch die
Speichen, um sie anschließend mit einem Stück Seil festzu-
binden. Danach hoben wir die Räder auf die dafür vorgesehe-
nen Böcke. Die Sonne und die Raben würden den Rest besorgen.

Tatsächlich war dies die langwierigste und härteste Form der
Hinrichtung, die ich je miterlebt hatte, allerdings auch die
anstrengendste aus Sicht des Henkers. Frantz und ich nickten
uns zu, aber gerade, als ich erleichtert aufatmen wollte, fiel
mir ein, dass es ja noch weitere zwei Räuber gab. „Das Gleiche nochmal", flüsterte Frantz. „Halt durch!"

Das Volk wurde des Jubelns nicht müde, und wir machten uns wieder ans Werk. Dieses Mal setzte ich die Schläge noch präziser, denn ich hatte mir genau eingeprägt, wo ich beim ersten Mal getroffen hatte und wo nicht. Als dann alle vier Räder auf ihren Böcken waren, verbeugten wir uns vor dem begeisterten Publikum und zogen uns zurück.

In einer Nebenstraße klopfte mir Frantz auf die Schulter. „Gut gemacht! Das ist nicht nur körperlich harte Arbeit. Aber sie gehört zu unserem Handwerk dazu. Stell dir vor, diese Aufgabe würde jemand übernehmen, der es nicht richtig kann. Damit wäre niemandem gedient." Ich dachte darüber nach und musste ihm recht geben.

Meister Frantz und ich waren uns darüber einig, dass meine Ausbildung möglichst kurz sein sollte, schließlich war ich kein junger Bursche mehr und hatte schon viel Erfahrung. Daher begann er bereits am nächsten Tag, mich so gut es ging in der Theorie zu unterrichten. Müssten wir warten, bis jede Foltermethode und jede Hinrichtungsart einmal verhängt wurde, hätte ich wohl über Jahre in Nürnberg bleiben müssen. Außerdem waren ja nicht nur die eigentlichen Handgriffe wichtig, sondern auch das Bestreiten und somit das Auskommen dieses Berufes, der eben nicht nur aus Foltern und Strafen bestand.

Meister Frantz erklärte mir zum Beispiel, dass sich das Armsünderfett aus den Körpern der Hingerichteten sehr gut verkaufen ließ, da es die Basis für die besten Salben und Cremes darstellte. Mehrfach betonte er aber, wie wichtig die Heilkunst für unseren Berufsstand war. Einerseits war das Selbstschutz. Sollte nämlich ein Delinquent die Strafe überleben und nur ein Körperteil verlieren, haftete der Scharfrichter dafür. Gefolterte mussten manchmal wiederhergerichtet werden, besonders dann, wenn die Folter gezeigt hatte, dass der Delinquent unschuldig war. Darüber hinaus ließ sich mit dem Heilen auch gutes Geld verdienen, wenn man es gut beherrschte. Da den Ärzten die praktische Ausbildung in aller Regel fehlte, hatten wir Scharfrichter da einen entscheidenden Vorteil. Die Anordnung der inneren Organe kannten wir meist besser als sie.

Als wir die Theorie abschlossen, stellte Frantz zufrieden fest, dass ich mich bereits sehr gut in sein Buch eingearbeitet hatte, denn ich konnte all seine Fragen zufriedenstellend beantworten. Er ließ mich noch ein neues Werk über bestimmte Tinkturen und Salben abschreiben, die er neu entwickelt oder deren Rezepturen er erworben hatte. Außerdem gab er mir Texte über Talismane. Trotz aller Gläubigkeit und dem fast unerschütterlichen Gehorsam gegenüber der Kirche, spielte nämlich auch der Aberglaube bei den meisten Menschen eine große Rolle. So gab es eine große Auswahl an Talismanen, die man als Henker aus den Überresten der unehrlich Verstorbenen fertigen konnte. Obwohl für diese Talismane oft Rohstoffe benötigt wurden, die ich den Toten lieber lassen würde, schrieb ich auch dieses Schriftstück brav ab. Ein Talisman, den ich übrigens bis heute oft verkaufe, sind die Finger von Gehängten. Die schützen angeblich vor tödlichen Kugeln. Beschwerden gab es jedenfalls noch keine.

Um meine Fertigkeiten zu verbessern, durfte ich in der nächsten Zeit die meiste Arbeit machen, wofür ich sehr dankbar war, denn ich wollte ja lernen. Den Knoten für die Galgenstricke konnte ich inzwischen im Schlaf. Das Aufziehen an gefesselten Händen konnte ich einige Male üben. Und bald durfte ich auch mal an der Streckbank arbeiten. Hier lag der

Delinquent in angenehmer Arbeitshöhe gebunden und wurde mittels Winden gestreckt, so dass Schultern und Hüften ausgerenkt wurden. Danach renkte man diese Gelenke wieder ein und der Delinquent war wieder hergerichtet.

Ein paar Wochen später wartete im Gefängnis eine weniger schöne Aufgabe auf mich. Angeklagt war eine junge Frau Mitte zwanzig, die einer Diebesbande angehörte. Ihre verfilzten, langen braunen Haare und das verschmutzte, einfache Kleid konnten nicht darüber hinwegtäuschen, dass sie eine wahre Schönheit war. Mit wachen, grünen Augen blickte sie mir entgegen. Wie war sie nur in solche Gesellschaft gekommen?

Trotzig und bestimmt beteuerte sie ihre Unschuld. Der Richter wies mich daher an, sie der peinlichen Befragung zu unterziehen, er wollte unbedingt ein Geständnis. Bei Frauen griff man im Falle der Tortur als Erstes zur Daumen- oder Beinschraube. Meine eindringliche Bitte, doch einfach zu gestehen, lehnte sie voller Stolz ab. Ich musste ihr also die Daumenschraube anlegen. Die Vorschrift besagte, es solle gedreht werden, bis Blut unter dem Nagel hervortritt. Also tat ich das.

Erstaunlicherweise verzog sie kaum eine Miene. Das Leben unter Räubern im Wald hatte sie wohl abgehärtet, und damit imponierte sie mir. Als ich den zweiten Daumen einspannen wollte, unterbrach mich der Richter. „Das reicht für heute! Ich werde mich belesen, was wir dieser Banditin an weiteren Torturen angedeihen lassen können. Wir fahren morgen früh fort."

Ich wurde gebeten, die Angeklagte zurück in ihre Zelle zu geleiten. Während ich sie so von der Seite betrachtete, konnte ich mir einfach nicht vorstellen, dass sie wirklich etwas

Schlimmes getan haben könnte. Sie bemerkte meinen Blick und rückte ein Stück von mir ab. Ich ahnte, dass sie da etwas missverstanden haben musste. Bevor ich die Tür hinter ihr schloss, sagte ich leise zu ihr: „Ich komme später wieder und bringe dir noch etwas zu essen, wenn es die anderen nicht mitbekommen."

Sie schien nicht recht zu wissen, ob sie sich freuen oder mir misstrauen sollte.

Eilig lief ich zurück zu Meister Frantz. Ich hoffte, er könnte mir sagen, was ich ihr morgen vermutlich zufügen musste. Was er mir dann sagte, beruhigte mich aber wenig. Da ja eher selten Frauen zu strafen oder gar zu foltern seien, käme es durchaus vor, dass die Stadtobersten sich hier ein schönes Schauspiel gönnten.

„Ziemlich sicher wirst du sie entkleiden müssen, denn diese Gelegenheit lassen sich die alten Männer sicher nicht entgehen. Dann haben die Richter die Auswahl zwischen glühenden Kienspänen unter den Zehnägeln, dem Aufziehen oder dem Verbrennen ‚aller Haare an heimlichen Orten‘ mit einer Fackel. Bei dieser letzten Tortur passieren meist bleibende Schäden, die das Leben einer Frau drastisch verändern. Gott sei es gedankt, musste ich das bisher noch nie machen."

Das waren ja tolle Aussichten! Ich hatte schon mehrere Männer gefoltert, aber diese Räuberin war die erste Frau. Ihre stolze Haltung hatte mich beeindruckt – und genau die machte mir gleichzeitig Angst. Was, wenn sie gar nicht gestand? Dann hätte ich einer unschuldigen Frau Schmerzen und Entstellungen zugefügt? Das Bild, das Frantz mir da in den Kopf gepflanzt hatte, gefiel mir gar nicht! Er sah mir meine Gedanken wohl an und sagte mit ruhiger Stimme: „Du musst das so sehen: die Folter ist die einzige Möglichkeit, ihr Leben zu retten!" Das war zwar kein besonders guter Trost, aber es war einer.

Ich ging in die Küche, packte Brot, geräucherte Wurst und Wein in einen Korb, klemmte mir eine alte Decke unter den Arm und wollte das Haus verlassen, doch Meister Frantz hielt mich fest.

„Ignaz, lass dich nicht aus der Ruhe bringen. Jedes Gewerk bringt unliebsame Aufgaben mit sich, da musst du durch. Ein Henker darf niemals Gefühle ins Spiel bringen. Alle Verurteilten sind für uns gleich."

Ich nickte und machte mich auf den Weg ins Gefängnis. Der Meister hatte sicherlich recht. Vor ihrem Schicksal bewahren konnte ich sie nicht. Aber ich fand, dass ich es ihr wenigstens bis zu diesem Zeitpunkt etwas angenehmer machen konnte.

Der Wächter an ihrer Zellentür begrüßte mich mit einem feisten Grinsen. Als er mich näher zu sich zog, bemerkte ich seinen widerlich stinkenden Atem.

„Ich habe auf dich gewartet, Henker", flüsterte er mir ins Ohr. „Du willst bestimmt zu der Gefangenen. Unser Frantz ist ja für so einen Spaß nicht zu haben, aber du doch sicher? Ich überlasse dir gern den Vortritt, ich nehm sie lieber, wenn sie schon gebrochen sind!"

Kaum hatte er ausgesprochen, hatte er schon mein Knie zwischen den Beinen und sank wimmernd zu Boden. So schnell würde er keine Frau mehr behelligen. Da er gerade nicht mehr in der Lage war, mir die Tür zu öffnen, bückte ich mich zu ihm hinunter, um ihm den Zellenschlüssel abzunehmen.

„Die Gefangene hat nicht gestanden und ist daher als ehrbare
Frau zu behandeln. Sollte ich erfahren, dass du dich an ihr
oder anderen Gefangenen vergreifst, werde ich mich einge-
hender mit dir beschäftigen. Sieh das als gut gemeinte Warnung!"

Als ich eintrat, erwartete mich die Angeklagte bereits. Wahr-
scheinlich hatte sie die Geräusche und das Gespräch vor ihrer
Tür mitbekommen, dennoch verschränkte sie abweisend die
Arme und wartete schweigend ab, was geschah. Ich breitete
die alte Decke über dem schmutzigen Boden aus und legte die
Verpflegung darauf. Schließlich sagte sie mit misstrauischer
Miene: "Wenn du glaubst, dass du mich damit gefügig ma-
chen kannst, hast du dich getäuscht, das wird nichts!"

Trotzdem schnappte sie sich die Wurst, biss ein großes Stück
ab und rupfte sich ein Stück Brot vom Laib, vermutlich in der
Furcht, ich könnte ihr beides wieder wegnehmen.

Ich hob beruhigend die Hände. „Ich habe dir zu essen versprochen und hier ist es. Keine Bedingungen. Wollen wir über
morgen reden?"

Zögernd blieb sie in der Ecke stehen. Ich aber setzte mich in
angemessenem Abstand auf die mitgebrachte Decke. „Nun,
du wirst beschuldigt, einer Räuberbande anzugehören. Das
reicht für die Todesstrafe. Zeigst du dich bei der morgigen
Tortur aber reumütig, könntest du mit dem Leben davonkommen. Entscheide klug!"

Das Schlucken fiel ihr plötzlich schwer. „Mein Name ist Barbara. Ich bin eine von vielen Töchtern eines armen Hofes.
Mein Vater verkaufte mich in seiner Not an ein Bordell. Mir
war klar, dass ich sofort fliehen musste, aber besser nicht mit-
tellos, also nahm ich die Kasse mit. Nicht aus Niedertracht,
aber einer Frau ohne Geld bleibt doch nur eine Möglichkeit,

und die kam für mich nie infrage. Außerhalb der Stadt begegnete ich einer Räuberbande und schloss mich ihr an. Mit dem Geld aus dem Bordell konnte ich mir dort meine Unversehrtheit erkaufen – Ironie des Lebens, oder? Ich bin trotzdem keine Räuberin, ich arbeite nur als Kundschafterin. Sollte ich aber eine Hand, ein Ohr oder sonstige Körperteile einbüßen, bin ich erkennbar gebrandmarkt und kann so meinen wichtigen Dienst für die Bande nicht mehr erfüllen. Wofür ich dann noch gut bin, liegt wohl auf der Hand. Ich habe morgen also nur zwei Möglichkeiten: Ich überstehe die Folter und bin frei – oder du tötest mich!"

Mit so einer pragmatischen Aussage hatte ich nicht gerechnet. Ich schilderte ihr also, was sie vermutlich über sich ergehen lassen musste. Sie wurde kreidebleich.

„Tu uns beiden einen Gefallen, Barbara", beschwor ich sie, „und gestehe morgen, bevor ich mit der Tortur anfange." Im selben Moment wusste ich, dass ich damit eigentlich zu viel von mir preisgegeben hatte.

Sie biss sich auf die Lippen, dann aber setzte sie sich auf die Decke und fiel ungehemmt über das Essen her. Da sie keine Anstalten machte, mir zu antworten, verließ ich die Zelle und überließ sie ihrem Essen und ihrem Gewissen. Nachdem ich wieder abgeschlossen hatte, gab ich dem Wächter den Schlüssel zurück. Er konnte inzwischen wieder stehen und gab mir durch ein Nicken zu verstehen, dass wir uns verstanden hatten.

Auf dem Weg zurück zu Meister Frantz versuchte ich, meine Gedanken zu ordnen. Diese Frau reagierte kaltblütiger auf angedrohte Folter als mancher Mann, der mir bisher untergekommen war. Begriff sie nicht, was auf sie zukam? Oder konnte das bedeuten, dass sie doch nicht so unschuldig war, wie sie behauptete? In ihrem Blick und in ihren Worten funkelte eindeutig Intelligenz. Konnte es sein, dass sie nicht nur eine Räuberin war, sondern den ganzen Haufen sogar anführte?

Am anderen Morgen zeigte sich, dass Meister Frantz recht gehabt hatte. Die Stadtobersten ließen es sich nicht nehmen, die Angeklagte entkleiden zu lassen. Erstaunlicherweise waren heute auch mehr Zeugen als sonst anwesend, um sich davon zu überzeugen, dass alles mit rechten Dingen zuging.

Der Richter wies mich an, mit glühenden Kienspänen unter den Zehnägeln zu beginnen. Wie vorgeschrieben, erklärte ich Barbara nun die nächsten Schritte und bemühte mich dabei, die Details wirklich schmerzhaft klingen zu lassen. Anschließend fragte ich sie, wie es von mir verlangt wurde: „Willst du hier und jetzt ein Geständnis ablegen? Oder sollen wir beginnen?"

Barbara sah mich so unbeeindruckt an, als hätte ich sie nach dem Wetter gefragt.

„Fang an!", erwiderte sie.

Die sicherlich schmerzhafte Prozedur brachte sie zwar dazu, heftig zu atmen, aber kein Laut kam über ihre Lippen. Als ich sie anschließend wieder nach ihrem Geständnis fragte und ein „Nein" kassierte, gab der Richter mir neue Anweisungen. Ich sollte der Angeklagten nun, wie am Tag zuvor befürchtet, „alle Haare an heimlichen Orten" versengen. Ich begann also mit den Haaren unter den Achseln. Der Gestank war übel, und jetzt konnte Barbara auch ihre Schreie nicht mehr unterdrücken. Als ich diese Arbeit beendet hatte, fragte ich wieder, ob sie nun gestehen wolle. Dabei funkelte ich sie an, damit sie verstehen würde, was als Nächstes kommen würde, wenn sie nicht endlich einlenkte. Aber sie schüttelte eisern den Kopf und rief: „Ich bin unschuldig, egal was ihr mir verbrennen wollt!"

Da ergriff ich die letzte Chance und wandte mich an die Stadtobersten: „Hohe Herren, mir ist kein Fall bekannt, bei dem eine Frau diese Tortur bis zu dieser Stelle ausgehalten hätte. Wenn wir weitere Maßnahmen ergreifen, würden wir sie vielleicht an einer Stelle schwer verletzen, die nicht mehr geheilt werden kann. Seid Ihr Euch dessen bewusst?"

Langsam ließ ich meinen Blick über die Gesichter der Herren schweifen, denen dabei sichtlich unwohl wurde. Sie nickten etwas widerwillig, aber dem Richter blieb nun nichts anderes übrig, als den Schreiber notieren zu lassen: „Ihre Unschuld ist hiermit bewiesen."

Danach wandte er sich an mich:" Henker, reicht ihr eine Brandsalbe, die du uns in Rechnung stellst." Der Schreiber händigte ihr noch den Entlassungsschein aus, und ich wurde angewiesen, sie hinauszubegleiten.

„Draußen vor dem Gefängnis reichte sie mir die Hand, als wäre nichts gewesen.

„Es war mir ein Vergnügen, dich kennenzulernen, Ignaz Donnerfels", sagte sie mit einem Ton, den ich nicht ganz deuten konnte. „Mir ist durchaus bewusst, was du da eben getan hast."

Als sie fort war, lief mir plötzlich ein kalter Schauer über den Rücken. Woher wusste sie meinen vollen Namen? Ich hatte mich nicht vorgestellt und auch in den Verhören wurde ich nur mit Vornamen angesprochen. Hatte sie sich über mich erkundigt? Eindrücklich wurde mir an diesem Tag klar, dass man Frauen niemals unterschätzen sollte. Tatsächlich freute es mich, dass sie mir offenbar nichts nachtrug. Wobei es natürlich meine Aufgabe war, dem gültigen Recht Genüge zu tun, ihm zu dienen und nicht alles zu hinterfragen. In meinem Handwerk wäre das fatal. Am Ende käme noch jemand auf die Idee, dass an Folter oder Leibstrafen irgendetwas falsch sei. Ein verrückter Gedanke!

Insgesamt blieb ich fast ein Jahr in Nürnberg, bis endlich eine Enthauptung durchzuführen war. Meister Frantz war beeindruckt von meinem Geschick mit dem Richtschwert und überreichte mir noch am Abend mit sichtlichem Stolz die Meisterurkunde. Danach feierten wir den großen Moment zu dritt mit einem wunderbaren Mahl und einem großen Krug mit herrlichem, fränkischem Bier, den ich natürlich alleine trinken „musste".

Am nächsten Morgen gab mir Meister Frantz noch eine Glocke und die Erkennungszeichen eines Henkers mit. Während ich die farbigen Bänder an meinem Gewand anbrachte, sagte er: „Jetzt bist du Scharfrichter und hast dich an die Regeln zu halten. Vermeide Berührungen mit anderen Menschen, das gibt nur Ärger, und warne mit der Glocke die Menschen vor dir, wenn sie dir unabsichtlich zu nahe kommen. Gleichzeitig wirst du mit den Zeichen aber auch als Scharfrichter erkannt und bekommst überall Arbeit. Ich wünsche dir eine gute Reise – und ehre unser Handwerk!"

<u>**Kapitel VII Der Vollstrecker**</u>

Endlich erreichte ich mein neues Heim: die Waldburg! Die
äußere Wache war schon eingezogen, also holte ich meinen
Schlüssel hervor. Leider ließ sich ein so großes Tor nicht geräuschlos öffnen, und so blickte ich, als ich eingetreten war,
auf die Spitzen zweier Hellebarden.

„Wer bist du?", fragte eine Stimme auf der anderen Seite der
Hellebarde.

„Ich bin es, Meister Ignaz!"

Die Wachen senkten ihre Waffen nur ein kleines Stück und
schauten sich fragend an.

„Ignaz Donnerfels", ergänzte ich. „Ich wohne in der alten
Kaplanswohnung!"

Jetzt nahmen die beiden ihre Hellebarden ganz runter.

„Verzeiht, der Meister hatte uns irritiert. Ihr seid jetzt also
Scharfrichter?"

Die jungen Wächter kannten mich offenbar nur aus Erzählungen, und diese hätte ich selbst gerne gehört. Ich nickte nur
und ging einfach an ihnen vorbei.

Als ich am nächsten Morgen erwachte, war es schon hell. Den
Schlaf hatte ich offenbar gebraucht. Graf Georg befand sich
immer noch in Stuttgart, so dass es leider noch nicht zu einem
Wiedersehen kam, aber das war in Ordnung, denn ich war
voller Tatendrang. An meiner Tür ließ ich eine Holzkiste für
Briefe anbringen, um so den Laufburschen eine Begegnung
mit mir zu ersparen. Kaum war diese Kiste angebracht, kamen auch die ersten Schreiben an. Selbstverständlich nahm

ich zuerst die Aufträge innerhalb der Herrschaft Waldburg an. Überwiegend ging es hier um Leib- und Ehrenstrafen. Zu Hinrichtungen kam es hier kaum, denn Räuber hielten sich eher im Umfeld der großen Städte auf. Wenn ich also von den Freien Reichsstädten Ravensburg oder Wangen angefordert wurde, war die Wahrscheinlichkeit deutlich höher, anspruchsvollere Aufgaben zu bekommen, also jemanden zu hängen, zu enthaupten oder gar zu rädern.

Eines Morgens lag ein Brief des Grafen Georg in meinem Briefkasten. Laut seinen eigenen Worten war es eine Abschrift eines Schreibens, das er auch seiner Kanzlei hatte zukommen lassen. Darin dankte er mir nochmals für meine treuen Dienste und sicherte mir die Wohnung im Kapellenturm der Waldburg zu, solange ich dieser bedürfe. Es war mir auch ausdrücklich erlaubt, eine Familie zu gründen und dort unterzubringen. Das Wohnrecht erlösche erst mit meinem Ableben. Diese Zusicherung rührte mich, wobei es mir inzwischen eher unwahrscheinlich schien, je eine Familie zu gründen. Mit Ottilia hatte ich das große Glück, das nur wenigen Menschen zuteilwurde: die Frau gefunden zu haben, die mich perfekt ergänzte. Inzwischen glaubte ich, dass es kaum möglich sein würde, solch ein Glück ein zweites Mal zu erleben. Aber ich war sehr dankbar, hier auf der Waldburg leben zu dürfen. Ich war jetzt fünfunddreißig, also in einem Alter, in dem sich mancher schon zur Ruhe setzte. Und zum ersten Mal in meinem Leben fühlte ich mich richtig daheim und nicht nur finanziell sorgenfrei.

Immer größer weitete ich den Kreis von Herrschaften oder Städten aus, denen ich im Falle der Notwendigkeit meine Dienste anbot. So kam ich immer wieder in die großen Städte im näheren Umland und konnte diese Reisen nutzen, um mich besonders in Buchhandlungen umzusehen. Da die Buchhändler oft aufgeklärter waren als ihre Mitmenschen, war ich dort als Kunde gern gesehen, obwohl ich als Henker ja als unrein galt. Immer öfter kamen Bücher auf den Markt, die nicht nur Wissen vermittelten, sondern einfach gute Geschichten zur Unterhaltung enthielten. Für jemanden wie mich, der am Rande der Gesellschaft lebte, aber die nötigen finanziellen Mittel hatte, war das eine wunderbare Art, sich die Zeit zu vertreiben. Und je mehr solcher Geschichten ich hörte oder las, desto öfter kam mir der Gedanke, auch meine Abenteuer für interessierte Leser niederzuschreiben.

Etwas getrübt wurde meine Stimmung aber, als ich immer mehr Gerüchte hörte, denen zufolge es dem Truchsessen von Waldburg gesundheitlich nicht gut ging. Da ich keinen Vertrauten in seinem Umfeld hatte, war es nicht einfach für mich, mehr über seinen Zustand zu erfahren.

Eines Abends, ich kam gerade von einer Reise aus Wangen zurück, lag wieder einmal ein Schreiben in meinem Holzkasten. Es trug das persönliche Siegel des Truchsessen von Waldburg. Obwohl mir die Strapazen der Reise in den Knochen steckten, war ich plötzlich wieder hellwach. Ich schloss meine Tür von innen, um sicher nicht gestört zu werden, entzündete eine Kerze, um ausreichend Licht zu haben, und erbrach das Siegel.

„Werter Meister Ignaz. Wie du sicher gehört hast, steht es mit meiner Gesundheit nicht zum Besten. Deshalb möchte ich einige Dinge zu Ende bringen, für die ich glaubte, mehr Zeit zu haben. Eine besondere Sorge plagt mich, mit der ich mich nur an dich wenden kann. Unser persönlicher Feind, dessen Ergreifung dir immer ebenso wichtig war wie mir, treibt noch immer sein Unwesen: Hans Thomas von Absberg. Und seine neueste Untat ist nicht vergleichbar: Er hat meinen Sohn Georg den Jüngeren entführt. Ich hoffe und bete, dass ich meinen Sohn mit einem kräftigen Lösegeld zurückholen kann. Es sind bereits gute Männer auf dem Weg, die sich darum kümmern. Aber damit ist es für mich nicht getan. Genug ist genug! Am Abend meines Lebens gilt es, dieses Kapitel endgültig abzuschließen. Deshalb habe ich eine letzte Bitte an dich. Eine Bitte, denn befehlen kann ich es dir nicht. Leg diesem Übelsten aller Schurken endgültig das Handwerk. Töte ihn, wie auch immer es dir beliebt, es muss nicht auf gottgefällige Art und Weise geschehen. Auf jeden Fall aber befreie das Reich und seine braven Bürger und Bauern endlich von dieser Plage. Viel zu vielen braven Menschen hat er Leid zugefügt, und immer wieder ist er der gerechten Ordnung entkommen. Zu gerne hätte ich dich auf diesem letzten Zug begleitet, aber ich würde dich nur aufhalten. Anbei erhältst du eine Anweisung an die Kanzlei auf der Waldburg, dir eine angemessene Geldsumme für diese Aufgabe zur Verfügung zu stellen. Ebenfalls anbei liegt eine Kopie meiner Erlaubnis des Kaisers, den Verbrecher Hans Thomas von Absberg unschädlich zu machen, und meine Übertragung dieser Erlaubnis an dich. Ich wünsche dir eine gute Jagd!"

Schon beim Lesen des Briefes brannte in mir alte und neue Wut, und mir wurde klar, dass ich mich nie wirklich damit abgefunden hatte, dass Hans Thomas von Absberg immer wieder entkommen war. Ich war es nicht nur dem Truchsessen von Waldburg schuldig, dem ich meinen gesamten Werdegang zu verdanken hatte, sondern auch mir selbst, dieses Kapitel endgültig abzuschließen. Umgehend begann ich mit den Reisevorbereitungen.

Mein Henkergewand legte ich ab, denn ich musste unauffällig in der Gesellschaft verkehren können. Ich wählte qualitativ gute, aber schlichte Kleidung und entschied mich dazu, mich als einfacher Händler auszugeben. So konnte ich meinen Karren für die Reise verwenden und mich auch bewaffnen, ohne dass sich hier Fragen stellten. Der Rabenschnabel sowie mein Buckler kamen wieder an die Koppel. Die Schlaufe, an der früher mein kleines Beil gehangen hatte, blieb leider leer. In den Wirren der letzten Tage des Bauernkrieges war es mir abhandengekommen, aber ich war mir sicher, etwas Passendes auf dieser Reise zu finden, um die Lücke zu füllen. Schweren Herzens entschied ich mich, dafür meine wunderschöne Hellebarde zu verkaufen. Mit ihr wäre ich nicht besonders unauffällig gewesen, und da ich ja mich ja sicher nicht mehr als Landsknecht anwerben lassen wollte, hatte ich auch keine Verwendung mehr für sie. Auf der anderen Seite diente mir sie so ein letztes Mal, indem sie meine Reisekasse aufstockte.

Unerkannt kam ich nach Ulm, wo ich erste Informationen einholen und neben Proviant auch Handelsware für meine Tarnung erwerben wollte. Viel Zeit ließ ich mir beim Verkauf der Hellebarde, um sie nicht unter Wert abgeben zu müssen. Schließlich fand ich einen Waffenhändler, der einen guten Ruf genoss. Als ich seine Auslage genauer begutachtete, sprach er mich freundlich an.

„Ah, der Herr versteht etwas vom Kriegerhandwerk, das sehe ich sofort an der Art, wie Ihr die Waffen anfasst und begutachtet. Möchtet wohl als erfahrener Hauptmann geworben werden?"

„Falsch geraten", erwiderte ich. „Ich möchte mich zur Ruhe setzen und habe eine äußerst gute Hellebarde abzugeben." Mit diesen Worten wickelte ich die Waffe aus dem Tuch, in dem ich sie für die Reise verborgen hatte. Aber anstatt die Hellebarde genau zu prüfen, sah er mir tief in die Augen, als versuche er, meine Gedanken zu lesen.

„Ihr wollt Euch also zur Ruhe setzen? Mit einem Buckler und einem Rabenschnabel an der Koppel?"

Ich nickte leicht ertappt.

Da winkte er mich hinter sich her. „Kommt mit ins Innere des Hauses!" Sein Ton war so bestimmt, dass es keinen Sinn machte, ihm nicht zu folgen.

Seine Frau, die drinnen saß und seltsam abwesend wirkte, schickte er nach draußen, um auf die Waren am Stand zu achten. Dann wandte er sich zu mir um.

„Ich weiß nicht, wer Ihr seid und was Ihr im Schilde führt. Aber Ihr seid nicht der, als der Ihr euch hier ausgeben wollt. Bei Gott, ich bin mir nicht einmal sicher, ob Ihr Gutes im Schilde führt und ob ich Euch nicht besser zur Stadtwache schleifen sollte. Aber bisher hat mich meine Menschenkenntnis nie getäuscht. Was habt Ihr vor?"

Ich seufzte. „Ihr habt mich erwischt. Ich beabsichtige, den Mann aufzuspüren, der meine Frau und viele andere gute Menschen auf dem Gewissen hat! Unterstützt werde ich hierbei von einer hohen Persönlichkeit, deren Namen ich nicht preisgeben kann."

Der Mann blickte mir wieder tief in die Augen, aber dieses Mal hielt ich seinem Blick stand. Er nickte.

„Jetzt sprecht Ihr die Wahrheit, das spüre ich. Und ich kann Euch nur zu gut verstehen. Besser als Ihr ahnt. Meine Frau

und ich haben unsere Tochter an einen berüchtigten Räuber
verloren. Sie war auf den Weg nach Nürnberg, um dort zu
heiraten. Zuerst ließ er uns ihre abgetrennte Hand zukommen,
zusammen mit einer hohen Lösegeldforderung. Dafür mussten wir erst einmal Ware zu Geld machen, aber die Beschaffung dieser Mittel dauerte dem Banditen zu lange. Als wir das
Lösegeld einem Boten mitgaben, war es schon zu spät. Meine
Tochter wurde kurz darauf geschändet und zu Tode geprügelt
in einem Straßengraben gefunden. Mein Geld nahm er trotzdem. Aber das Unglück bleibt wie eine schwarze Wolke über
uns. Ihr habt meine Frau ja eben gesehen. Früher war sie ein
fröhlicher Mensch, seither ist sie einfach nicht mehr sie
selbst.“

In den Zeiten unseres ersten Feldzugs hatte ich natürlich
schon viele Geschichten dieser Art gehört, aber es war immer
wieder schlimm zu sehen, wie sie auch das Leben der Angehörigen zerstörten. „Habt Ihr jemals herausgefunden, wer der
Dreckskerl gewesen ist?“, fragte ich voller Anteilnahme.

Der Händler nickte. „Hans Thomas von Absberg heißt er, den
ganzen Schwäbischen Bund hatte man ihm auf den Leib ge-
hetzt, aber erwischt hat man ihn nie. Er soll immer noch sein
Unwesen treiben.“

„Nicht mehr lange!“, knurrte ich, und in diesen Satz legte ich
den gesamten Hass, den ich empfand. Mein Gegenüber wich
kurz zurück, bekam aber seine Fassung bald wieder, und die
Erkenntnis blitzte in seinen Augen.

„Verstehe! Dann habe ich etwas für dich!“

Er verschwand hinter einer verschlossenen Tür und kam kurz
darauf mit einer Schachtel aus Holz zurück. Er legte diese vor
mir auf den Tisch und bat mich, sie zu öffnen. Neugierig
klappte ich den Deckel auf. Eine wunderschöne Pistole kam

zum Vorschein. Sie war feiner als die recht klobigen Radschlosspistolen, die ich schon manchmal gesehen hatte. Das
feine Fischgrätmuster am dunklen Holz des Griffes verlieh
einen sicheren Halt. Die Pistole hatte eine Visierung mit
Kimme und Korn, wie ich es von meiner Muskete kannte.
Das Schloss aber war völlig anders.

„Ein neuartiges Steinschloss“, erklärte der Händler, „zwar
nicht ganz so zuverlässig wie das Luntenschloss, aber da man
keine brennende Lunte mehr braucht, wesentlich diskreter
und somit perfekt für die Jagd!“

Ich verliebte mich sofort. Sie war einfach wunderschön und
für meine Zwecke perfekt. Die Schachtel enthielt außerdem
eine kleine Pulverflasche für das Zündkraut sowie ein paar
Ersatzsteine für den Hahn. Außerdem eine Kugelzange, denn
so kleine Kugeln, im Durchmesser kaum fingerdick, gab es
nicht zu kaufen. Aber auch hiervon lag ein Beutelchen dabei.

„An deinem Blick sehe ich, dass du sie willst. Bei jedem anderen würde ich jetzt ein gutes Geschäft machen, aber du
bekommst sie zu dem Preis, den ich bezahlt habe! Deine Hellebarde nehme ich selbstverständlich in Zahlung!“

Sehr gerne bezahlte ich den gewünschten Aufpreis. Er gab
mir noch eine Flasche feines Pulver mit und kleine Papier-
blättchen. An einem zeigte er mir, wofür diese gut waren: In
die Mitte legte er die Kugel. Dahinter setzte er eine mit einem Löffel abgemessene Pulvermenge ab. Um beides wickelte er dann das Papierchen und band das Ende mit einem Stück
Faden fest zusammen.

„Für schnelles Schießen geh folgendermaßen vor: Beiß die
Kugel ab, lade die Pulverpfanne, schütte das restliche Pulver
in den Lauf, spucke die Kugel hinein und stopfe! Natürlich
ohne Spucke, sonst ist das Pulver unbrauchbar. Mit dieser

Technik müsstest du mehrere Schüsse in einer Minute abfeuern können!"

Ich konnte mir ein breites Grinsen nicht verkneifen. Wir begannen sofort, solche „Patronen", wie er es nannte, zusammenzuwickeln. Diese kamen in eine kleine Ledertasche, die ich rechts an meiner Koppel befestigte. Die Pistole passte perfekt links in die leere Schlaufe des verlorenen Beils und war hinter dem Buckler kaum zu sehen. Zum Abschied reichten wir uns die Hand und gingen nach draußen.

„Du solltest trotzdem eine Stangenwaffe haben, schließlich bist du alleine auf Reisen. Hier!", er griff unter den Ladentisch. „Eine ganz einfache Hellebarde, noch nicht in Axtform. Ich habe manche von denen in Zahlung genommen, aber nur wegen der Stäbe. Nimm die, bei ihr ist die Klinge noch rostfrei und scharf. Ich wünsche dir viel Erfolg für dein Unterfangen. Räche meine Tochter!"

Sehr gut ausgerüstet und mit recht vollem Wagen machte ich mich also wieder auf ins Land der Franken. Die schwierigste Aufgabe war es jetzt, die Spur meines Feindes aufzunehmen. Ich nutzte also die Haupthandelswege, die ich sonst eher mied, und ging in die Gasthäuser, die direkt an diesen Straßen lagen. Besonders gern unterhielt ich mich mit den Wirten, die ihre Ohren überall hatten. Je näher ich dem Frankenland kam, desto mehr Gerüchte hörte ich über Hans Thomas von Absberg und seine Bande. So erfuhr ich nicht nur, dass er nach wie vor regelmäßig in dieser Gegend operierte, sondern auch, dass man mittlerweile von insgesamt drei Banden sprach, die für ihn arbeiteten. Ein wahrer König der Mörder und Verbrecher, dachte ich mir.

„Außerdem scheint es Krieg mit einer anderen Räuberbande zu geben", erzählte mir ein Wirt zu später Stunde. „Das Ungewöhnliche daran ist, dass diese Bande wohl eine Frau als Anführerin hat. Sie soll äußerst attraktiv sein, allerdings auch ziemlich schlau, so dass sie Hans Thomas von Absberg und seinen Banditen ständig Beute vor der Nase wegschnappt. Dafür hat er ihr angeblich ganz persönlich Rache angedroht. Armes Mädel, wenn er sie erwischt!"

Das fand ich natürlich spannend, denn ich hatte da eine Idee, um wen es sich bei dieser Dame handeln könnte. Ob ich mich auf diese Begegnung freuen oder sie eher fürchten sollte, da war ich mir noch unschlüssig, aber dieser Krieg kam wie gerufen für mich. Ich würde Barbara helfen, um so an Absberg zu kommen.

Am nächsten Morgen brach ich auf und suchte mir eine geeignete Stelle, um überfallen zu werden. Da Absbergs Leute meist wohlhabende Familienmitglieder entführten, kam ich für sie bestimmt nicht als Opfer infrage, während Barbaras Bande eher auf Beute aus war. So war ich als Alleinreisender mit meinem gut gefüllten Karren sicherlich ein guter Köder. Natürlich konnte ich nur hoffen, dass die Räuber direkt angreifen würden und mich nicht einfach mit einer Armbrust erledigten.

An einem Bach, etwas abseits der Straße, setzte ich mich nieder. Den Stiel meiner Stangenwaffe ließ ich bewusst aus dem Karren schauen, legte aber über alles eine große Plane, als ob ich etwas zu verbergen hätte. Einer geheimen Ladung konnte ein Räuber doch sicher nicht widerstehen.

Einen ganzen Tag lang wartete ich vergebens. Als es Abend wurde, packte mich der Hunger. Zum Glück hatte ich mich ja mit Vorräten eingedeckt, und so holte ich Fleisch, Zwiebeln und Gemüse von meinem Karren und gab alles in einen Topf, um mir eine schöne, wärmende Suppe zu kochen. Als sie wunderbar duftete, machte ich es mir gemütlich, um zu essen.

„Wir kommen wohl gerade richtig!", hörte ich da eine Stimme aus dem nahen Wald.

Ich sprang auf und griff Streithammer und Buckler.

„Mach keine Dummheiten, du hast keine Chance!", ertönte es jetzt aus der anderen Richtung.

Nach und nach tauchten immer mehr Gestalten aus dem Wald auf und kesselten mich ein. Sie blieben aber auf Abstand. Einige Momente, die mir wie eine Ewigkeit vorkamen, passierte nichts. Dann tauchte sie auf. In Bluse und Hose gekleidet, mit einer breiten Lederkoppel um die Taille. Ihr langes, braunes Jahr war zu einem Zopf geflochten, und sie trug einen Krempenhut mit weißer Feder. Barbara war in diesem Moment noch schöner, als ich sie in Erinnerung hatte, so dass mir kurz die Luft wegblieb.

„Ich glaube es ja nicht!", rief sie aus. „Bist du lebensmüde, oder was machst du hier?"

„Kennt Ihr den etwa?", fragte einer ihrer Männer. Sie nickte, schritt weiter auf mich zu und führte mich ein Stück weg vom Feuer. Währenddessen machten sich die meisten ihrer Männer wie selbstverständlich über meine Suppe her. Zuerst wollte ich protestieren, aber ich beschloss, dass es die Sache nicht wert war.

Sie sah mich fragend an. „Ignaz Donnerfels, der Henker meines Vertrauens. Hab ich dir etwa gefehlt? Oder willst du deinem Leben ein Ende setzen?"

„Ob du es glaubst oder nicht, ich will deines verlängern!", erwiderte ich. Zuerst lachte sie, merkte aber meiner Miene an, dass ich es ernst meinte. „Ihr habt Ärger mit meinem Feind, und ein altes Sprichwort sagt, der Feind deines Feindes ist dein Freund."

Jetzt musterte sie mich mit aufmerksamem Blick. „Dann komm zur Sache, Henker!"

„Das habe ich ja vor, Räuberin. Ich bin hier, um Hans Thomas von Absberg zu töten, und ich gehe davon aus, dass du und dein Gesindel mir dabei nicht in die Quere kommt."

Einer ihrer Männer, der das mitbekommen hatte, ballte seine Fäuste. „Maulheld! So redet keiner mit unserer Anführerin. Stell dich, du Hund!"

Er nickte zwei anderen Männern zu, und zu dritt gingen sie auf mich los. Barbara trat zur Seite und ließ sie gewähren. Nun gut, dachte ich, ich würde mich wohl noch beweisen müssen. Als Anfänger im Nahkampf wäre ich jetzt wohl zurückgewichen. Ich aber trat dem Vordersten mit schnellen Schritten entgegen und schlug direkt mit der Rechten einen geraden Faustschlag in Richtung seiner Nase. Mit dieser Aktion hatte er nicht gerechnet, schaffte es aber noch, seinen Kopf leicht zu drehen. So traf ihn mein Schlag auf die linke Wange. Er taumelte zurück. Der Zweite, ebenso überrascht, griff nach seinem Freund, um ihn aufzufangen, und drehte sich dabei in dessen Fallrichtung. Ein Tritt an seine Hüfte sorgte dafür, dass die beiden zusammen stürzten. Der Dritte holte nun mit seiner Rechten aus. Ich konnte seinen Schlag jedoch mit meiner Linken parieren und versetzte ihm einen Haken in die Magengegend. Er krümmte sich zusammen, und

ich gab ihm einen Stoß, der ihn über die anderen beiden am
Boden stolpern ließ. Die drei schauten mich ungläubig an.

„Schluss!", befahl Barbara uns allen. Dann wandte sie sich
mit einem ganz neuen Blick an mich. „Alle Achtung, du
kannst also auch zuschlagen, wenn dein Gegenüber nicht angebunden ist."

Darauf ging ich nicht ein. „Können wir jetzt reden?", fragte
ich nur.

Sie nickte. „Aber nicht hier. Komm mit uns!"

Mit diesen Worten gab sie ihren Leuten ein Handzeichen zum
Aufbruch. Von meinem Abendessen war freilich nicht mehr
viel übrig geblieben und ich musste entsetzt feststellen, dass
die Räuber begannen, meinen Wagen abzuladen. Ich wollte
sofort einschreiten, Barbara hielt mich aber zurück.

„Du bekommst deinen Krempel wieder, wir machen den Wagen nur leichter, um keine Spuren zu hinterlassen!"

Das leuchtete mir zwar ein und ich ließ sie gewähren, innerlich schloss ich aber schon mal mit dem Verlust meiner Habseligkeiten ab. Als alles auf viele Schultern verteilt war, setzte
sich, ohne dass es noch weiterer Worte bedurft hätte, die ganze Gruppe samt mir und meinem nun leeren Wagen in Bewegung. Einer von Barbaras Männern, mit denen ich gekämpft
hatte, drängte sich zwischen uns und fragte sie, ob es klug sei,
einem Henker zu trauen. Sie lachte. „Du hast es doch gesehen. Wenn er uns Böses wollte, wären wohl einige von uns
schon tot."

Mehrere Stunden liefen wir immer tiefer in den Wald. Barbaras Räuber orientierten sich an Bäumen, Findlingen oder

Tümpeln. Zwei Frauen liefen direkt hinter dem Wagen und verwischten seine Spuren. Ich war zwar in meiner Jugend auch viel in Wäldern unterwegs gewesen, aber diesen Weg wiederzufinden, war wirklich eine Kunst. Der Marsch endete in einer von dichtem Unterholz umgebenen Lichtung. Zelte und einfache Hütten aus Zweigen und Schilf bildeten einen Kreis um einen großen Platz. Hier brannten mehrere Lagerfeuer und es gab sogar einen einfachen Backofen aus Lehm. Ein kräftig fließender Bach durchzog das Lager und sorgte für Frischwasser. Zu meinem Erstaunen waren es nicht nur Männer, die unser Ankommen aufmerksam beobachteten, sondern auch einige Frauen.

Barbara ließ ihre fünf Unterführer an ein Feuer rufen und wies mich an, mich ebenfalls dorthin zu setzen. Als alle einen Platz gefunden hatten, berichteten die Unterführer, was Barbaras Leute heute erbeutet hatten. Nicht besonders viel, dachte ich mir. Auf der Straße jemanden zu überfallen, war zu gefährlich, denn die Augen Hans Thomas von Absbergs waren fast überall. Von den Taschendieben in Nürnberg wurde einer geschnappt, und außer meinem Wagen konnten nur ein paar geklaute Rüben von einem Feld als Erfolg gewertet werden. Kurzum, es stand nicht gut um diese Räuberbande. Einer, der mit einer Armbrust bewaffnet war, meldete, dass seine Gruppe ein Wildschwein erlegt hatte. Zumindest hatten an diesem Abend alle etwas zu essen.

„Wir hatten schon deutlich schlechtere Tage!", entschuldigte sich einer in der Gruppe etwas trotzig.

„Aber auch schon deutlich bessere!", entgegnete die zweite Frau in der Runde.

Als die Räuber untereinander ihre Lage diskutierten, wurde mir schnell klar, dass Absbergs Männer wirklich die Existenz

dieser Bande bedrohten. Schon des Öfteren hatten sie bewusst
gewartet, bis Barbaras Leute einen Händler überfallen hatten,
um ihnen dann nicht nur die Beute abzunehmen, sondern sie
zusammen mit den Menschen im Handelszug zu töten. Abgesehen natürlich von denen, für die ein gutes Lösegeld zu holen war. In Absbergs Reihen kämpften wohl mehrere ausge-
diente Landsknechte. So waren sie nicht nur kampferfahren,
sondern auch gut bewaffnet. Und außerdem natürlich in der
Überzahl.

Die Gruppe der Unterführer musterte mich aber immer wieder misstrauisch, weil sie weder wussten, wer ich war, noch
warum sie vor mir so offen über ihre Geschäfte sprechen sollten. Aus Respekt gegenüber Barbara duldeten sie mich zunächst, aber irgendwann stand ein Mann auf und forderte,
dass Barbara mich vorstellen sollte. Sie tat ihm den Gefallen.

„Ignaz ist mein Henker, der meine Tortur in Nürnberg durchgeführt hat. Aber weder hat er meine Lage ausgenutzt noch
war er unnötig grausam. Wahrscheinlich habe ich es sogar
ihm zu verdanken, dass der Richter mich nicht zum Tode verurteilt hat. Ignaz will Jagd auf unseren Feind Hans Thomas
von Absberg machen, und dabei möchte ich ihm helfen. Diskutiert das, wir stoßen später wieder zu euch!"

Barbara nickte mir zu und führte mich vom Feuer weg.

„Ich kann und will sie nicht dazu überreden. Sie müssen selber einsehen, dass wir verloren sind. Es stellt sich nur noch
die Frage, wie wir abtreten."

Ihre Stimme versagte fast bei den letzten Worten. Aus einem
Reflex heraus nahm ich sie in den Arm, bis mir klar wurde,
was ich da gerade tat. Würde sie mir jetzt eine Ohrfeige ver-

passen oder mich erdolchen? Aber sie ließ mich gewähren und schmiegte sich sogar leicht an mich. So gingen wir schweigend, aber beide in Gedanken versunken, Arm in Arm ein Stück in den Wald hinein. Mehr und mehr hatte ich das Gefühl, dass ich gute Chancen hatte, meinen Plan umsetzen zu können. Falls ihre Leute wirklich verzweifelt genug waren, um sich auf einen fast aussichtslosen Krieg einzulassen.

Als wir ans Feuer zurückkehrten, blickten die fünf uns mit ernsten Mienen entgegen. Die Frau sprach: „Auf Dauer können wir nicht so weitermachen, wir müssen uns dem Absberger früher oder später stellen. Und mehr Hilfe als deinen Henker bekommen wir sicher nicht. Wir haben gesehen, dass er kämpfen kann. Aber wollen wir deshalb einen echten Krieg riskieren? Ein guter Kämpfer mehr macht keinen Unterschied."

„Dieser schon!", hörten wir da eine Stimme. Zu meiner Linken trat ein junger Mann aus dem Schatten. Barbara warf ihm einen grimmigen Blick zu.

„Du wagst es, unsere Versammlung zu stören?"

„Verzeiht, Herrin," stotterte er, dass man fürchten musste, er könnte seine Stimme verlieren. „Aber ich habe schon eine Weile überlegt, woher ich Euren Begleiter kenne. Jetzt im Licht des Feuers bin ich mir sicher: Ihr seid Ignaz Donnerfels, richtig?"

Ich nickte, konnte mit dem Burschen aber nichts anfangen. „Und du bist ...?"

„Ihr kennt mich nicht", erwiderte er. „Ich war im Tross bei den Bauernkriegen, noch zu jung, um selbst Landsknecht zu sein. Aber ich habe Euch stets bewundert und kenne alle Geschichten von Euch und Eurem Verlorenen Haufen."

Der Jüngste der Unterführer machte große Augen. „Du warst dieser Hauptmann mit dem schwarzen Fähnrich und der blutroten Fahne?"

„Ja, der war ich", bestätigte ich. „Und wenn ihr mir euer Vertrauen im Kampf schenkt, können wir auch diesen Krieg gewinnen!", antwortete ich mit fester Stimme und noch festerer Überzeugung.

Eine Weile herrschte Stille und man hörte nur das Knistern des Feuers. Dann aber rief die Frau aus der Gruppe der Unterführer: „Dann ist es beschlossen: Morgen ziehen wir in den Krieg!"

Und ein anderer antwortete: „Aber heute betrinken wir uns!" Die anderen nickten.

In überraschender Schnelle wurden alle zusammengetrommelt, und Barbara eröffnete ihnen die Neuigkeiten. Das Vertrauen in ihre Führung war so stark, dass alle in den Jubel mit einstiegen. Barbara gab für die Feier die letzten Fässer Wein frei, und es wurde musiziert und getanzt bis spät in die Nacht.

Ich jedoch zog mich früh zurück. Feiern war zwar schön, aber ich wollte für den nächsten Tag einen klaren Kopf behalten. Tatsächlich hatte mir jemand mein Zelt neben meinem Wagen aufgebaut und dem Muli eine kleine Koppel abgesteckt. Auch meine Habseligkeiten waren alle da, mit Ausnahme der Vorräte. Trotzdem war ich mir nicht sicher, ob ich heute in den Schlaf finden würde. Zu viele Gedanken gingen mir im Kopf herum. Und einige davon hatten braunes Haar und grüne Augen.

Als ich mich gerade hingelegt hatte, hob eine schmale Hand die Zeltplane an.

„Wieder bist du es, der mich zur Schlachtbank führt", sagte Barbara. „Ist es nicht seltsam, dass es mich trotzdem zu dir zieht, um heute Nacht Trost zu finden?"

Ich schüttelte den Kopf und antwortete mit rauer Stimme: „Vermutlich können wir heute Nacht beide Trost gut gebrauchen."

Mit einem leisen Lächeln schlüpfte Barbara aus ihrem Kleid und zu mir unter die Decke.

Beim morgendlichen Treffen der Räuberbande machte ich mir zuerst einmal ein Bild meiner neuen Armee. Die Unterführer leiteten jeweils einen kleinen Trupp von ein paar Leuten, überwiegend leicht bewaffnet mit rostigen Schwertern, Keulen, Flegeln und ähnlichen selbstgebastelten Waffen. Der eine oder andere Sauspieß war noch dabei. Wirklich schlagkräftig war nur das gute Dutzend, das Barbara anführte. Hier sah man auch die ein oder andere Hellebarde, einen Bihänder und leichte Rüstungen, überwiegend aus Leder. Taktisch wertvoll war die kleine Gruppe von fünf Jägern mit Armbrüsten.

Man wurde sich schnell darüber einig, dass ich während der Kämpfe das Kommando übernehmen sollte, mich sonst aber aus den Angelegenheiten der Bande herauszuhalten hatte. Mein erster Auftrag an meine neue Truppe war, gegnerische Räuber gefangen zu nehmen, um herauszufinden, wie viele sie waren und wo ihr Versteck lag. Dass ich beim Verhör schon die notwendigen Informationen aus ihnen herausbekommen würde, glaubten sie mir bei meinem Beruf natürlich gern.

Kleine Spähtrupps wurden gebildet, um Reisende auszumachen, die für die Überfälle der Absberger lukrativ sein würden. Auf der in Frage kommenden Straße gab es zwei Stellen, die sich für einen Überfall eignen würden. Wir teilten uns also in zwei Gruppen auf, eine unter meiner und eine unter der Führung Barbaras. Das Wetter war trüb und regnerisch, also ideal für einen Überfall. Meine Stelle war eine Furt, an der die Wagen langsam fahren mussten und natürlich nicht wenden konnten. Sicher würden die Räuber zuschlagen, wenn der Wagenzug entweder noch in der Furt stand oder gerade durch war. Einer meiner Männer kannte die Stelle auf jeden Fall sehr gut, so dass er den perfekten Ort wusste, von dem aus wir die Stelle beobachten konnten. Und so richteten wir uns an der Rückseite eines kleinen Hügels ein, und dort erklärte mir der Mann auch, wo er die Räuber vermuten würde, wenn sie denn kämen. Danach wechselten wir uns damit ab, auf dem Hügel in einem Busch zu liegen, um alles zu beobachten. Mangels anderer Beschäftigungsmöglichkeiten, döste ich während meiner Pausen einfach ein bisschen im feuchten Gras. Ein paar Männer gingen auf Streife, um uns zu warnen, wenn Beute oder Räuber in Sicht kämen. Die Warterei zog sich dahin, und mein Wollmantel drohte langsam, die Feuchtigkeit durchzulassen, aber es passierte nichts. Es gab zwar ab und zu Bewegung auf der Straße, aber nichts, was einem reichen Kaufmannszug oder einer Räuberbande glich. Als dann endlich die Dunkelheit hereinbrach, kehrten wir mit klammer Kleidung zurück ins Lager. Es gab ja noch die vage Hoffnung, dass Barbara mehr Glück gehabt hatte.

Tatsächlich hatte ich mich gerade ans wärmende Feuer gesetzt, als sie im Lager ankam und mir zuwinkte. „Ignaz, Arbeit für dich!"

Einer ihrer Männer führte mich zu einem Gefangenen, der allerdings nicht bei Bewusstsein war. Man konnte nur hoffen, dass der Schlag auf seinen Kopf nicht zu stark gewesen war.

„Er hat einen meiner Männer getötet", sagte Barbara, als sie dazu kam. „Es war eine große Überwindung, ihn am Leben zu lassen. Ich hoffe, das war es wert!"

„Nun gut, das werden wir sehen. Schaut mal, ob ihr ihn wach bekommt", forderte ich die umstehenden Männer auf. Sie folgten meiner Anweisung und kippten dem Gefangenen einen Eimer mit eiskaltem Wasser ins Gesicht.

Ich zog mir inzwischen eine Kapuze über den Kopf. Nicht nur aus Gewohnheit, sondern auch, weil allein schon der Anblick eines Henkers erfahrungsgemäß die Zunge löste. Der Mann kam langsam zu sich, und ich ließ ihn mit gespreizten Armen und Beinen zwischen zwei Bäume binden. Als er bemerkte, was da mit ihm passierte, wurde er plötzlich lebendig. Ich hatte ja den ganzen Tag Zeit gehabt, darüber nachzudenken, wie ich wohl vorgehen würde, und machte mich ans Werk. Einer der Männer wollte mir helfen, er befreite den Gefangen von seiner Kleidung.

„Wir wollen doch nicht deine guten Sachen beschmutzen", erklärte ich ihm. In diesem Moment arbeitete seine Fantasie für mich und er wurde blass im Gesicht. Als ich mit dem Messer den Verlauf mancher Ader nachzeichnete – bis jetzt ohne ihn zu verletzen –, wurde er noch bleicher und schüttelte heftig den Kopf.

„Du verstehst mich also. Gut. Sag mir einfach, wo eure Lager sind und was ihr plant, dann wird dir ein schneller Tod vergönnt sein."

So einfach wollte er es mir dann aber doch nicht machen. Zunächst ließ ich ihn mit Weidenruten etwas weichklopfen. Da dies nicht zum gewünschten Ergebnis führte, brach ich ihm als Nächstes mit einem großen Stein ein paar Zehen. Weiter ging es mit ein paar Holzkeilen unter den Fingernägeln. Erstaunlicherweise blieb er aber immer noch stur. Es war ihm immerhin anzumerken, dass wir auf dem richtigen Weg waren. Daher hielt ich ihm das Messer jetzt direkt vors Gesicht.

„Das ist jetzt deine letzte Chance, mir sehenden Auges zu antworten!" Ich unterstrich meine Worte mit einem leichten Ritzen seiner Wange, dicht unter dem rechten Auge. Da knickte er ein.

„Ist ja gut, ich sage euch alles!", schrie er in höchster Not. Als ich ihn dann befragte, erzählte er mir, dass Hans Thomas von Absberg tatsächlich oft hier in der Gegend war. Seinen sicheren Rückzugsort in Böhmen kannte niemand, aber er hatte noch eine versteckte Burg im Wald, ganz in der Nähe. Von dort aus koordinierte er seine Angriffe im Frankenland, und dort brachte er auch seine Gefangenen hin, für die er mit einer Lösegeldzahlung rechnete. Erst neulich hatte er eine stattliche Summe für einen schwäbischen Grafensohn erhalten.

Ich ließ mir meine Erleichterung nicht anmerken, aber das musste bedeuten, dass es Georg dem Jüngeren von Waldburg gut ging und er inzwischen in Sicherheit war. Ich konnte mich also ganz auf die Hinrichtung von Absbergs konzentrieren, ohne Auswirkungen auf den jungen Grafen fürchten zu müssen.

Nachdem der Gefangene uns offenbar alles gesagt hatte, was er wusste, erlöste ich ihn, wie versprochen, mit einem gezielten Stich ins Herz.

Barbara schickte sofort ihren Spähtrupp aus, um das Räubernest Absbergs auszukundschaften. Das würde sicher ein paar Tage in Anspruch nehmen, aber durch die grobe Lage der Burg war uns zumindest klar, auf welchen Straßen sie bevorzugt operierten. Um das zähe Warten zu überbrücken, schlug ich vor, den Feinden ihr Geschäft zu vermiesen. Außerdem würde jeder getötete Gegner, den wir schon vor dem Angriff auf ihr Nest erwischten, sie schwächen. Barbara fand sofort Gefallen an meiner Idee. Sobald die Sonne aufgegangen war, zogen wir los.

Ich merkte wieder einmal, dass Barbaras Räuber über eine hervorragende Ortskenntnis verfügten. Gute Stellen für Überfälle gab es allerdings viele. Wichtigster Aspekt war, dass die zu Überfallenden wenig Sicht hatten und idealerweise abgelenkt waren, beispielsweise weil sie dort die Tiere tränken mussten oder scharfe Kurven zu befahren hatten. Eine rege Diskussion entbrannte innerhalb des Trupps, welche Stelle wohl die geeignetste war. Da mischte ich mich ein: Wir wollten ja nicht wie üblich Reisende überfallen, sondern überfallende Räuber überfallen. Daher schlug ich vor, die Taktik zu ändern und stattdessen nach einem Ort zu suchen, von dem aus man eine gute Sicht auf die Straße hatte. So war es möglich, ein Ziel auszuspähen und diesem dann zu folgen.

„Er hat recht", sagte Barbara. „Mit Speck fängt man Mäuse!"

Nach einigen Stunden erreichten wir eine Anhöhe, von der aus wir die Straße mehrere Kilometer weit überblicken konnten, bis zu den ersten Siedlungen vor Nürnberg. Hier konnten wir uns gut verbergen, da die Kuppe bewaldet war.

„Ignaz und ich übernehmen die erste Wache", ordnete Barbara an. „Macht es uns solange gemütlich, wer weiß schon, wie lange wir hier sein werden."

Der Rest des Tages verlief genauso wie der folgende Tag recht ereignislos. Natürlich sahen wir ab und zu Bauern oder einzelne Personen mit oder ohne Wagen auf der Straße. Da die Absberger sich aber auf Geiselnahmen spezialisiert hatten, brauchte es etwas Größeres als passenden Köder.

Immer zwei lagen auf der Lauer, während die anderen im Wald patrouillierten, sollten wir doch entdeckt worden sein, oder sich ausruhten.

Am Vormittag des zweiten Tages erspähten Barbara und ich endlich einen Wagenzug. Natürlich konnten wir nicht wissen, wer oder was hier befördert wurde, aber sollten Absberger Räuber irgendwo auf der Lauer liegen, würden sie sich diese vier Wagen sicher nicht entgehen lassen.

Nachdem sie die letzte Kreuzung passiert hatten, war klar, dass sie in die richtige Richtung fuhren. Wir folgten den Wagen, sobald sie an uns vorbei waren. Einerseits war es ein seltsames Gefühl, das Leben und Wohlbefinden dieser Menschen bewusst aufs Spiel zu setzen, andererseits wären sie ohne unsere Anwesenheit ja auch überfallen worden, und nüchtern betrachtet würde ihr Opfer den Tod vieler anderer Menschen verhindern.

Bis zum späten Nachmittag folgten wir unserem Köder mit einem guten Abstand. Als die Wagen dann ein Waldstück passierten, schlossen wir etwas dichter auf. Unsere Räuber versicherten mir, dass die Deckung des Waldes gerne genutzt wurde. Aber nichts geschah. Als es dunkel wurde, rastete der Wagenzug. Unseren Männern war anzumerken, dass sie den Überfall am liebsten selbst durchgeführt hätten, aber sie hielten sich zurück.

Mit den ersten Sonnenstrahlen ging es weiter. Wir mussten allerdings ernüchtert feststellen, dass der Wald bald endete und der Weg ziemlich gerade über eine ebene Fläche zwischen zwei Feldern führte. Hier war es unmöglich, dem Zug ungesehen zu folgen. Einer der Männer schaltete sich ein: „Ich kenne diese Gegend. Links neben dem Feld verläuft ein Bach. Im Buschsaum müssten wir uns ungesehen bewegen können.“

Barbara nickte. „Das ist eine gute Stunde Umweg, aber eine andere Möglichkeit sehe ich auch nicht. Gegen späten Nachmittag erreichen die Wagen dann das nächste Waldstück, da können wir unseren Rückstand sicher wieder gutmachen.“

Schon bald wateten wir am Bach entlang, teilweise sogar direkt durchs Wasser. Wir blieben zwar gut versteckt, aber von einer gemütlichen Wanderung war dieser Marsch weit entfernt.

Am frühen Abend erreichten wir den Wald. Der Weg führte um einen Hügel herum, was mir als Reisender gar nicht gut gefallen hätte. Ich hielt Barbara am Arm zurück und lauschte. Tatsächlich! Schon von hier aus konnten wir Lärm und Schreie hören.

„Jetzt wird's ernst“, flüsterte Barbara den Männern zu. „Verteilt euch im Wald und umzingelt den Gegner.“

„Wann stürmen wir los?“, fragte ein älterer Räuber.

Sie blickte auf die Pistole an meinem Gürtel. „Ignaz wird einen Schuss abgeben. Das wird sie verwirren und ist unser Zeichen!“

Umgehend holte ich meine Pistole hervor. Sie war zwar geladen, aber zur Sicherheit gab ich frisches Zündkraut in die Pulverpfanne. Dann schlichen wir los.

Wenige Schritte später sah ich, dass wir zu spät kamen, um die Reisenden noch retten zu können. Aber das hatte ja auch nicht in der Absicht von Barbaras Bande gelegen. Die letzten Männer der Wagenkolonne wurden gerade getötet, und manche Räuber begannen schon, die Gefallenen zu plündern. Ein Mann mit schönem Hut und Säbel stand in der Mitte des Platzes und versuchte, seine Männer zu einem geordneteren Vorgehen zu bewegen. Direkt vor uns befanden sich die ausgespannten Zugtiere, die durch den Lärm in Panik geraten waren. Auf einmal gelang einem Muli die Flucht und es rannte ausgerechnet in unsere Richtung – und zog damit den Blick des Mannes mit dem schönen Hut direkt auf uns.

Jetzt musste es schnell gehen! Ich spannte den Hahn meiner Pistole und drückte ab. Der Mann sank getroffen zu Boden, schrie dabei aber wie am Spieß. Die anderen Räuber fuhren erschrocken auf, aber unsere Männer waren schneller und überwältigten die meisten von ihnen, bevor sie sich wehren konnten. Ich rannte ebenfalls und tauschte eilig die Pistole gegen den Streithammer. Im Vorbeirennen schlug ich mit der stumpfen Seite einen feindlichen Räuber nieder, der sich gerade an einer Kiste zu schaffen gemacht hatte. Ein weiterer Mann, der sich eben noch auf den Weg zu den Wagen gemacht hatte, drehte um und kam jetzt kampfbereit auf mich zu, bewaffnet mit Keule und Messer. Ich blieb stehen und erwartete ihn mit ausgestrecktem Buckler. Wie erwartet, fixierte er ihn mit seinem Blick, und ich holte mit dem Hammer aus. Im letzten Moment konnte der Räuber den Treffer in seiner linken Flanke durch eine geschickte Parade mit seinem

Messer verhindern, aber bevor seine Keule mich traf, hatte ich ihm den Buckler ins Gesicht geschlagen. Er taumelte, und obwohl ich ihm die Nase gebrochen haben musste, holte er erneut mit der Keule aus. Seine Augen waren von Tränen gefüllt und nahmen ihm die Sicht, so dass dieser Schlag sehr unpräzise war. Ich machte also einen weiteren Schritt nach vorn und schlug ihm mit dem Buckler direkt auf das Handgelenk. Mit einem Rückhandschlag hieb ich ihm den Rabenschnabel meines Hammers in die Magengegend. Er stöhnte auf, hatte aber die Drehbewegung meines Schlages auf seine Hand genutzt, um mich mit dem Messer anzugreifen, was ich aber nicht bemerkt hatte. So konnte er mir in seinem Todeskampf noch einen schmerzhaften Schnitt am rechten Oberarm zufügen. So ein Fehler wäre mir früher nicht passiert! Ein klarer Beweis, dass es durchaus Zeit gewesen war, den Landsknechthut gegen die Henkerguggel zu tauschen.

Es war vorbei! Die feindlichen Räuber waren tot. Barbara hatte zu mir aufgeschlossen. „Gut gemacht, Ignaz. Wir haben zwar zwei Männer verloren, aber die anderen hatten weitaus mehr Verluste.“

Sie drehte sich zu den anderen um und hob ihren Dolch. „Sieeeg! Jetzt lasst uns die Beute anschauen!“ Die Männer sahen sich nun um, ob die Absberger ihnen einen guten Fang hinterlassen hatten. Einer kümmerte sich um die Tiere, wieder ein anderer begann, die Toten zu untersuchen und Waffen zusammenzutragen.

Ich wollte mich nicht mit den Räubern um die Beute streiten, suchte aber nach Material, um meine Wunde zu verbinden. Zwei der Wagen waren groß und begehbar, in ihnen schien man wohnen zu können. Den ersten davon bestieg ich, während Barbara sich den Handelskarren mit Waren vornahm. In einer Kiste fand ich Branntwein, Nähzeug und Binden. Wieder aus dem Wagen getreten, verkündete Barbara erfreut, dass die Ware hauptsächlich Nürnberger Tand war, also allerlei Zinnbecher, Laternen oder Spielzeug für die Patrizierkinder. Alles Dinge, die sich gut und unauffällig verkaufen ließen.

Da bemerkte Barbara meinen Versuch, mich selbst am Arm zu verarzten, und bot mir ihre Hilfe an. Nach meinen Anweisungen übergoss sie zunächst die Nadel, dann den Faden und zum Schluss die Wunde mit reichlich Branntwein. Zum Glück war die Wunde nicht groß, aber das Nähen der fünf Stiche kam mir doch ziemlich lange vor.

Barbara sah meinen Blick und grinste. „Wie ist es, gefoltert zu werden, Henker?"

Ich erwiderte ihr Grinsen. „Du hast auf jeden Fall Talent."

Als sie fertig war, seufzte ich. „Deine Männer waren etwas zu schnell. Wir hätten zumindest einen Gefangenen machen sollen, um ihn zu befragen."

Sie schüttelte den Kopf. „Nicht nötig. Einer der Reisenden war noch nicht ganz tot, als ich ihn fand, deshalb habe ich ihn gefragt, was er beim Überfall gesehen hat."

„Und?"

"Der Anführer war groß, hager und hatte dunkles Haar. Dem Reisenden war vor allem sein Schwert aufgefallen, das er seltsam fand. Er meinte, der Griff war irgendwie im Schwert anstatt daran."

„Ein Dussack!“, entfuhr es mir. „Hans Thomas von Absberg.
Er führt eine solche Waffe.“

Barbara nickte. „Das dachte ich mir bei seiner Beschreibung
schon. Aber ich habe ihn nicht gesehen, als wir dazukamen.“

„Verdammt!“ Ich schlug mir vor die Stirn. „Schon wieder
ganz knapp verpasst!“

Ungewohnt sanft nahm sie meine Hand. „Spätestens in seiner
Burg werden wir ihn erwischen.“

Ich hoffte, sie hatte recht. Dann aber runzelte ich nachdenklich die Stirn.

„Warum ist Hans Thomas von Absberg selbst nicht am Ort
des Überfalls geblieben? Normalerweise hätte es hier am
Abend doch sicher eine Siegesfeier gegeben. Warum sollte er
sich die entgehen lassen?“

Barbara zuckte mit den Schultern.

„Nachts im Dunkeln können wir ihm jedenfalls nicht folgen“,
meinte sie. „Komm mit zu den anderen. Meine Leute wollen
jedenfalls ihre Siegesfeier genießen.“

Die Männer hatten die Vorräte zusammengetragen und das
Feuer wieder angeschürt. Die Reisenden waren wohl beim
Zubereiten ihrer Mahlzeit überrascht worden. An jedem anderen Tag hätte ich das Essen sicherlich genossen, aber nicht
heute. Ich schnappte mir einen Krug Bier und trank in großen
Zügen, in der Hoffnung, den Hass und die Wut hinunterspü-
len zu können und wieder einen klaren Kopf zu bekommen.
Das gelang zumindest leidlich. Als der Krug leer war, trottete
ich zurück zum Bierfass und füllte den Krug erneut. Der Ne-
bel des Alkohols stieg langsam in mir auf und ich wurde ruhiger. Aber für guten Schlaf reichte diese Ruhe noch nicht aus.

Etwas später war der Krug plötzlich wieder voll und ich trank in kräftigen Zügen, bis es schwarz wurde und ich nach hinten umkippte. Den Aufprall bemerkte ich jedoch nicht mehr.

Aus verständlichen Gründen war es später Vormittag, als wir uns auf den Rückweg machten. Immerhin, das Ende meines letzten Kriegszuges war in greifbarer Nähe. Noch vor Mittag würden wir das Räuberlager erreichen und von unseren Kundschaftern erfahren, wo das Räubernest genau lag. Und dieses Mal würde mir Hans Thomas von Absberg nicht entkommen!

Als wir das Waldstück erreichten, in dem sich Barbaras Lager befand, entdeckten wir Fußspuren. Viele Fußspuren und zertrampeltes Unterholz. Etwas stimmte nicht. Die Gruppe wurde unruhig und beschleunigte den Gang. Waren sie etwa überfallen worden? Und ich überlegte: War das der Grund gewesen, warum Absberg sich noch vor dem Ende des letzten Überfalls aufgemacht hatte? War dieses Lager von Anfang an sein Ziel gewesen?

Barbara behielt den kühlsten Kopf und mahnte zur Vorsicht. Wir schwärmten also aus und gingen zügig, aber leise in Richtung des Lagers, ohne den Blickkontakt zu verlieren. Da ließen lautes Gelächter und Geschrei uns aufhorchen. Dichtes Unterholz versperrte uns die Sicht, daher machten wir uns daran, es möglichst schnell zu durchdringen. Die meisten Räuber waren dabei alles andere als leise, also brauchten wir keine unnötige Vorsicht walten zu lassen. Jenseits der Büsche eröffnete sich ein grausames Bild: Mehrere fremde Männer standen im Kreis und prügelten mit Stöcken auf am Boden zusammengekauerte Menschen ein, die um ihr Leben schrien.

Versuchte jemand aufzustehen, um der Pein zu entkommen, trafen ihn sofort mehrere Schläge.

Wir brauchten kein Kommando. Als wir realisiert hatten, was da vor sich ging, stürmten wir los. Das Ende der Peiniger kam viel zu schnell. Noch bevor sie wirklich begriffen hatten, dass wir kamen, lagen sie aufgeschlitzt oder mit eingeschlagenen Schädeln am Boden. Doch für die Gepeinigten war es zu spät. Es waren die Angehörigen der Räuber, Männer und Frauen, aber zu helfen war keinem mehr. Manche verharrten in Schockstarre bei ihren Angehörigen, andere rannten in Panik zum Lager, in der Hoffnung, zumindest dort das Schlimmste verhindern zu können.

Wir folgten ihnen. Uns bot sich ein furchtbarer Anblick: Zelte und Hütten brannten, überall lagen Leichen beider Geschlechter und jeden Alters. Von den Angreifern fehlte jede Spur. Freilich hatte ich schon mehrere Räuber gefoltert und getötet, aber ein solches Massaker, eine so grundlose Pein anderer Menschen widerte mich an. Hatte ich es bisher nicht für möglich gehalten, wuchs mein Hass auf Absberg und seine Leute noch mehr an.

Barbara und die anderen von unserem Trupp schritten entsetzt durch die Reihen der Toten, hofften sie doch, dass möglichst viele nicht darunter waren. Tatsächlich hatten Absbergs Räuber wohl ein paar Gefangene gemacht. Es fehlten drei Frauen. Aber ein Großteil von Barbaras Bande hatte heute ihr Leben gelassen.

Mit blassem Gesicht stellte sie sich vor die Männer und Frauen, die ihr noch geblieben waren.

„Wir sind noch nicht alle tot", sagte sie, und ihre Stimme hatte dabei etwas Dunkles und Bedrohliches. „Wir werden sie jagen und zur Strecke bringen! Jeden Einzelnen von ihnen!"

Die Männer und Frauen erhoben ihre Waffen und schrien sich ihre Wut aus der Kehle, bis sie nicht mehr konnten. Dann trat ich an Barbaras Seite.

„Und ich kämpfe mit euch", erklärte ich. „Was ihr heute erlebt habt, hat Absberg auch mir angetan! Wir empfinden alle denselben Hass. Aber dieses Massaker soll sein letztes gewesen sein!"

Barbara sah mich an. „Die Kundschafter können uns jetzt nicht mehr sagen, wo die Burg ist. Wobei wir eine grobe Vermutung haben. Meinst du, wir holen sie noch ein?"

Ich nickte. „Wenn wir sofort losziehen, haben wir eine Chance. Durch die Gefangenen sind sie langsam. Ich hoffe, wir erwischen sie noch vor ihrem Lager, damit sie sich nicht mit den anderen zusammenschließen können."

In aller Eile sammelten wir Waffen und Proviant ein. Und als wir aufbrachen, kamen wir kaum auf zwanzig Leute. Nicht gerade viele gegen unseren übermächtigen Feind. Aber unsere Wut reichte sicherlich für zweihundert.

Bald fanden wir die Spuren der Angreifer. Sie versuchten also gar nicht erst, sie zu verbergen. Langsam wurde es dunkel, aber der Mond schien und wir liefen unbeirrt weiter. Nach drei Stunden meinten wir, Stimmen und Geräusche zu hören. Wir wurden noch vorsichtiger. Barbaras Leute konnten wirklich schleichen wie Katzen! Kurze Zeit später erkannten wir zwischen den Bäumen das Flackern eines Feuers. Sie hatten wohl genug und wollten vor ihrer Rückkehr noch mal lagern.

Für uns auf jeden Fall eine perfekte Gelegenheit. In ihrer Siegessicherheit hatten sie nicht einmal Wachen aufgestellt. Ich wollte mir selbst ein Bild der Lage machen und schlich mich alleine in Richtung des Feuers. Die anderen sollten sich eine Pause gönnen. Um die drei Gefangenen gut bewachen zu können, waren sie im Feuerschein angebunden. Ich fand es verblüffend, wie ähnlich sich die drei Frauen sahen. Waren es Schwestern? Erst als ich die feindlichen Räuber reden hörte, fiel bei mir der Groschen: Sie alle entsprachen der Beschreibung Barbaras. Und die wollte sich Hans Thomas von Absberg vermutlich selbst vornehmen. Nur deshalb waren die drei also noch am Leben und offensichtlich unversehrt.

Ich kroch zurück und versicherte unseren Leuten, dass den Gefangenen zumindest keine akute Gefahr drohte. Daher schlug ich vor, dass wir die Feinde umzingeln sollten, um so effektiv wie möglich zuschlagen zu können.

„Auf jeden Fall müssen wir verhindern, dass einer von ihnen entkommt und die anderen warnt", erklärte ich. „Da ich schon etwas vertraut mit der Umgebung bin, werde ich außen herum gehen. Zwei von euch sollten mich begleiten."

Barbara nickte. „Die anderen werden mit mir einen koordinierten Angriff durchführen. Haben das alle verstanden?"

Ein einstimmiges Nicken bestätigte dies.

Meine beiden Männer und ich suchten uns also eine gute Position, von der aus wir das feindliche Lager gut überblicken konnten. Von unseren Leuten hörten wir nichts, so leise wie sie waren. Dann plötzlich brachen sie hervor, alle gleichzeitig. Jeder Angreifer schnappte sich einen feindlichen Räuber und tötete ihn mit dem Messer, um dann sofort die Waffe des Gegners zu ergreifen. Damit wurden dann die nächsten Feinde getötet, die so schnell gar nicht regieren konnten. Viel zu spät waren die Gegner kampfbereit. Drei hatten sich davon gemacht und rannten in unsere Richtung. Sie wollten wohl Verstärkung holen oder wenigstens Meldung machen. Während sich einer der Männer mit einer Armbrust zu meiner Linken verborgen hatte, war der andere Räuber rechts von mir hinter einem großen Stein in Deckung gegangen. Da die flüchtenden Feinde das Feuer im Rücken hatten, boten sie trotz der Dunkelheit ein sehr gutes Ziel. Der erste Armbrustbolzen traf den Gegner trotzdem nur am Arm und nach kurzem Zögern rannte er weiter, gefolgt von den zwei anderen. Der Jäger lud nach. Mit dem zweiten Schuss traf er den gleichen Mann jetzt im Leib und dieser brach zusammen. Der andere Räuber warf ein Messer, verfehlte aber sein Ziel. Nun war es an mir. Ich stürmte los, konnte einen der zwei abfangen, der mit seiner Hellebarde auf den Jäger losging. Ich parierte seinen Stich mit meinem Hammer und gab ihm mit dem Buckler einen Stoß, der ihn zurücktaumeln ließ. Er berappelte sich aber schnell und stand mir in Kampfposition gegenüber.

Wie seine Waffe schon befürchten ließ, war er ein kampferfahrener Doppelsöldner und wurde zu einem ernsthaften Gegner. Zu gerne hätte ich meine Pistole gezogen, aber ein Schuss in der Nacht konnte weit gehört werden, und wir wussten ja nicht, wie weit wir von der Burg entfernt waren. Ich musste man ganzes Können aufbieten und mehrmals die Taktik ändern, bis endlich ein Schlag des Rabenschnabels in die linke Seite seines Halses den Kampf beendete. Meine beiden Begleiter hatten sich auf den dritten Gegner geworfen und ihn ohne große Mühe überwältigt und ihm die Kehle durchgeschnitten.

Inzwischen lösten die anderen die Fesseln der Gefangenen. Barbara trat zu mir und sah sich um. „Zwei unserer Männer sind gefallen, dafür haben wir drei Frauen dazubekommen und mehr als zwanzig Feinde getötet. Wäre das Leben eine

Rechenaufgabe, wäre es ein Sieg. Aber es fühlt sich nicht so
an.“

Nach einer kurzen Rast zogen wir weiter. Ein paar Stunden
später hörten wir wieder Geräusche, und Barbara ließ anhalten. Wir verbargen uns im Unterholz, noch immer gut ge-
schützt durch die nur leicht vom Mond erhellte Nacht.

„Wir müssen jetzt ganz nah an der Burg sein“, flüsterte ich.
„Barbara und ich werden die Lage erkunden. Ihr versteckt
euch so lange.“

Sie nickte mir zu, dann schlichen wir los.

Auf einer Lichtung entdeckten wir schon bald das Räubernest. Es war eine alte Holzburg, wahrscheinlich aus der Zeit
der Kreuzzüge. Im Prinzip handelte es sich um ein großes,
zweistöckiges Haus mit vergitterten Fenstern, wahrscheinlich
zwei ebenerdigen Eingängen und einem kleinen, einfachen
Aussichtsturm. Die Burg war umringt von einer hölzernen
Palisade, der aber an verschiedenen Stellen mehrere Pfosten
fehlten. Durch die Lücken flackerte Licht. Wir zählten drei
Feuer und etwa zwanzig Männer allein außerhalb der Burg.
Die beiden Stockwerke der Burg boten sicherlich Platz für
mindestens weitere zehn Personen, unter denen sich neben
Absberg selbst auch noch andere kampferprobte Ritter befin-
den konnten. Wir kamen gerade mal auf einundzwanzig
Kämpfer, von denen fünf Frauen waren.

Nachdem wir die Burg einmal umrundet hatten, wussten wir,
dass es zwei Tore gab. Ein zweiflügeliges auf der Vorderseite,
das im Moment offen stand, und ein kleineres auf der Rückseite.

„Wir könnten eine Chance haben“, flüsterte ich Barbara auf dem Rückweg zu, „wenn es uns gelingt, die Männer am Feuer zu überraschen und gleichzeitig ins Haus zu gelangen, bevor sie die Türen schließen.“

Sie nickte. „Und wir sollten die Tore besetzen, damit sie nicht fliehen können.“

Als wir die anderen erreichten, berichteten wir, was wir herausgefunden hatten. Dann teilten wir uns auf. Barbara würde mit ihrem Speer das hintere Tor übernehmen, wo vermutlich die Ställe lagen. Sie hatte den Mut, sich auch einem Pferd entgegenzustellen. Ein kräftiger junger Mann mit Langmesser und Axt sollte mich ins Gebäude begleiten. Der Rest teilte sich in drei Gruppen für drei Feuer auf. Was die Bewaffnung anging, waren Barbaras Räuber inzwischen recht gut aufgestellt, da sie sich ja bei den Feinden bedient hatten. So konnte fast jeder zur Eröffnung einen Speer werfen oder eine Armbrust abfeuern.

Die Gruppe, die sich um die Feuer im Innern kümmern sollte, ging voraus und schlich im Mondschatten der Palisaden zum Tor auf der Vorderseite. So hatten sie nur noch wenige Schritte zu überbrücken, wenn es losging. Mein Begleiter und ich blieben zunächst direkt dahinter, er mit einer Axt, ich mit geladener Pistole. Auf mein Zeichen preschten wir los. Drei Armbrüste entluden ihre tödlichen Bolzen auf die Männer am Feuer, während wir in Richtung Burgtor an ihnen vorbeirannten. Dort standen jedoch zwei Wachen, die sofort versuchten, die beiden Flügel zu lösen, um das Tor zu schließen. Ich zielte kurz und drückte ab. Spätestens jetzt wussten alle in der Burg, dass gerade ein Überfall stattfand. Der Torwächter sank getroffen nieder und sein Körper blockierte den Torflügel zusätzlich, so dass sein Kamerad keine Chance hatte, ihn zu schließen. In seinem Eifer bemerkte er die Axt meines Begleiters erst, als er sie im Rücken hatte.

Wir kamen in eine Halle, in der einige lange Tischreihen standen. Ein paar Männer saßen daran und blickten uns erschrocken entgegen. Hätten sie mit uns gerechnet, wäre es um uns geschehen gewesen, aber jetzt mussten wir den Moment der Überraschung nutzen. Da die Tischreihen uns im Weg standen, sprangen wir kurzerhand auf die Holzplatten und stürmten los. Unseren Höhenvorteil nutzten wir natürlich. Mit meinem Rabenschnabel schlug ich einmal rechts und einmal links jeweils einen Schädel ein. Das bot sich an, da unsere Feinde beim Essen natürlich keine Helme trugen. Da erhob sich zu meiner Rechten der nächste Feind. Ich holte aus, schlug ihm aber nicht seitlich an den Kopf, wie er es erwartete und parieren wollte, sondern machte einen Bogen und schlug ihm den Schnabel von unten ins Kinn. Ärgerlicherweise stürzte er dabei aber nach vorn, so dass es mir den Rabenschnabel aus der Hand riss.

Am Kopf der Tafel bauten sich in der Zwischenzeit zwei weitere Männer auf. Da bemerkte ich die dampfenden Töpfe vor mir und kickte einen davon in ihre Richtung. Einer parierte ihn mit seiner Keule, traf den Topf aber so geschickt, dass dessen heißer Inhalt seinem Nebenmann ins Gesicht spritzte. Dieser griff sich panisch an die Augen und rannte davon. Den zweiten Angreifer erwischte ich, noch während er abgelenkt war, mit meinem Buckler.

Danach hielt ich einen Moment inne und sah mich um. Mein Glück, denn dadurch bemerkte ich, dass oben auf dem Podest der Treppe ein Armbrustschütze auf mich anlegte. Den ersten Schuss konnte ich mit meinem Buckler abfangen. Der Bolzen ging durch und blieb stecken. Hastig spannte der Schütze seine Waffe ein zweites Mal und hielt auf mich an. Ich duckte mich, und der zweite Bolzen traf einen der Gegner, die hinter mir kämpften. Guter Schuss!

Ich sprang vom Tisch und suchte Deckung. Dabei bemerkte ich, dass der Bolzen, der in meinen Buckler steckte, dessen Handhabung stark behinderte. Ich musste mich wohl oder übel von ihm trennen. Die Pistole war schnell geladen und ich schoss. Die Kugel traf den Armbrustschützen im Oberschenkel seines linken Beins. Mit diesem stand er aber gerade im Bügel seiner Armbrust, um sie zu laden. Im Schmerz knickte ihm das Bein um, er verlor so sein Gleichgewicht und fiel vornüber die Treppe hinunter. Unten blieb er reglos liegen, seine Bolzen waren aus dem Köcher gefallen und rollten nun über den Boden. Diese Bolzen brachten aber auch ein paar meiner Gedanken ins Rollen. Der Schütze hatte auf mich den Eindruck gemacht, als ob er etwas bewachen wollte. Ich warf einen Blick nach oben. Der Mann hatte vor einer verschlossenen Tür gestanden. Eine Wache für einen wichtigen Bewohner der Burg?

Von einem der Toten schnappte ich mir eine Axt und nahm auf der Treppe nach oben zwei Stufen auf einmal. Hinter der Tür war hektisches Klappern zu hören, dann ein rostiges Quietschen. War das ein Scharnier? Die Zeit spielte also gegen mich. Voller Wut schlug ich mit der Axt auf die Tür ein. Als sie endlich nachgab, war das große, vornehm eingerichtete Schlafzimmer leer, und durch eine weit geöffnete Tür zog Luft von außen hinein. Ich steckte die Axt in meinen Gürtel und kramte im Laufen nach einer neuen Patrone, um die Pistole zu laden. Von draußen hörte ich laute Schritte, die sich von mir entfernten.

Noch während ich losrannte, spannte ich den Hahn meiner Pistole. Die Laufgeräusche waren aber inzwischen verstummt, und ich sah auch warum: Am Ende des Ganges, der zu weiteren, aber deutlich kleineren Zimmern führte, stand eine Leiter hinunter in den Stall. Dort sah ich einen hageren Mann mit dunklen Haaren und einem Dussack in der Hand. Ich drückte ab, verfehlte aber in der Aufregung mein Ziel. Der Rauch des Schusses nahm mir die Sicht. Zeit zum erneuten Laden blieb mir nicht, denn der Absberger merkte, dass ich alleine war und dass mir die Zeit für einen zweiten Schuss niemals reichen würde. Mit einem dreckigen Grinsen kam er mir entgegen. Bei einem echten Schwertkampf hätte ich ihm, der ja von Kindesbeinen an zum Ritter ausgebildet worden war, wohl nicht viel entgegensetzen können. Aber mir ging es nicht um einen fairen Kampf, ich wollte ihn einfach nur tot sehen.

Voller Wut steckte ich die Pistole weg und stürmte mit Axt und Messer auf ihn los. Er blieb stehen, um meine Attacke sauber parieren zu können. Kurz bevor ich ihn erreichte, warf ich mit der Axt nach ihm. Damit hatte er nicht gerechnet. Er konnte den Wurf zwar parieren, musste sich hierfür aber wegdrehen. Mit voller Wucht traf ich ihn mit meiner linken Schulter und wollte ihm das Messer in den Bauch rammen. Er jedoch fiel rückwärts die Leiter hinunter. Ich schaute hinterher und sah, wie er auf einem Haufen Mist landete. Da gehörte er hin! Unglücklicherweise sah ich ihn aber auch sofort aufstehen. Als er links auftreten wollte, knickte er ein. Bei der Landung musste er sich am linken Knöchel verletzt haben. Sofort wollte ich über die Leiter hinterher, da schlug krachend neben mir ein Armbrustbolzen ins Holz. Verdammt! Wo hatte sich der Schütze versteckt? Ich zog mich hinter einen Balken zurück und lud die Pistole.

Inzwischen hatte der Armbrustschütze Absberg die Stalltür
geöffnet und ebenfalls nachgeladen. Ich stand am oberen
Ende der Leiter und sah, wie Absberg eines von zwei gesattel-
ten Pferden bestieg. Mir war sofort klar: Wenn ich jetzt auf
ihn schießen würde, wäre ich ein gefundenes Fressen für seinen Mann mit der Armbrust. Ich musste also wohl oder übel
zuerst den erwischen. Nachdem er fiel und ich endlich unten
stand, lud ich sofort neu und musste dabei beobachten, wie
Absberg im vollen Galopp, seinen Dussack in der Hand, auf
Barbara zu sprengte. Bei allem Hass auf Hans Thomas war
die Gefahr zu groß, Barbara zu treffen. Zähneknirschend
sprang ich also auf das zweite Pferd.

Barbara stellte sich ihm auf dem Pferd tatsächlich mit ihrem
Speer in den Weg, und sie machte auch keine Anstalten, ihm
auszuweichen. Einerseits liebte ich sie in diesem Moment für
ihren unglaublichen Mut, andererseits sah ich, wie ungleich
dieser Kampf sein würde. Absberg war ein begnadeter Reiter
und konnte einen Haken schlagen und damit verhindern, dass
er direkt in den Speer ritt. Barbara stach dennoch zu und erwischte das Pferd noch an der rechten Hinterhand. Das Pferd
schrie auf, Absberg konnte sich aber im Sattel halten. Gleichzeitig führte er einen Schwerthieb aus, der durch das verletzte
Pferd abgelenkt wurde. Er erwischte Barbara dennoch, allerdings nicht tödlich, sondern an der Schulter. Sie stürzte wegen
der Wucht des Hiebes zu Boden.

Sofort ritt ich zu ihr und wollte absteigen, aber sie schüttelte
den Kopf.

„Geh, Ignaz!", schrie sie mir entgegen. „Hol dir den Dreck-
sack!"

Hastig trieb ich das Pferd an, so gut das bei Nacht eben ging. Der Mond versteckte sich hinter dicken Wolken, so dass ich den Weg nur grob erahnen konnte. Während ich durch den dunklen Wald ritt, schien es mir, als hätte die Zeit den Atem angehalten, um schließlich ganz stehenzubleiben. Sollte mir mein Erzfeind, der mir meine besten Freunde und meine über alles geliebte Frau genommen hatte, etwa wieder entkommen? Das durfte nicht sein! Vielleicht hatte er den eindeutigen Vorteil, dass er das Gelände kannte. Aber er hatte auch zwei Nachteile. Der erste war sein verletztes Pferd – und der zweite war ich. Dieses Mal würde ich ihm auf den Fersen bleiben, bis er nicht mehr atmete!

Plötzlich verzogen sich die Wolken und der Mond erhellte die Nacht. Der Wald endete an einer Straße. In die eine Richtung ging es zurück nach Nürnberg, aber ich vermutete, dass der Raubritter versuchen würde, in sein Versteck nach Böhmen zu kommen. Also nahm ich die andere Richtung und trieb das Pferd an.

Der Morgen begann schon zu dämmern, da sah ich etwas am Straßengraben liegen. Ich hielt an und stieg ab. Es war ein totes Pferd, mit einer Verletzung an der rechten Hinterhand. Es musste gestürzt sein, wie die Spuren auf der feuchten Straße zeigten. Das erklärte auch eine erstaunliche Entdeckung: Das Tier lag auf Absbergs Dussack. Der Sturz musste so plötzlich gekommen sein, dass er die Waffe nicht mehr aus der Scheide am Sattel hatte ziehen können. Im feuchten Gras entdeckte ich seine Spuren, denen ich so schnell folgte, wie es mir möglich war. Allerdings auch zu Fuß, denn mein Pferd war inzwischen ziemlich erschöpft, und weit konnte der Flüchtige mit seiner Verletzung ja noch nicht gekommen sein.

Die Wiese war sehr eben, und durch die aufgehende Sonne verbesserte sich meine Sicht. So konnte ich am Horizont einen hinkenden Mann sehen. Ich rannte los, verlangsamte aber meinen Schritt, als ich näher kam. Er hätte ja auch eine Pistole haben können. Konzentriert nahm ich ihn ins Visier.

Plötzlich drehte er sich um und drückte ab. Ich tat es ihm gleich. Die Entfernung war für einen Schuss gewagt, meine Kugel schlug kurz hinter ihm in den Boden ein. Seine Pistole aber ging gar nicht los. Er versuchte es erneut, aber nichts geschah. Verärgert warf er sie auf den Boden und beschleunigte seinen humpelnden Gang. Kurz überlegte ich, an wen er mich gerade erinnerte, aber dann wurde es mir klar: Dem Teufel wird ja ein Pferdefuß nachgesagt – wie passend! Seine Zeit und die der Ritter neigte sich dem Ende zu, wie die beiden letzten Kriege gezeigt hatten, und die modernen Waffen schien ich besser zu beherrschen als er.

Langsam schloss ich zu ihm auf, hatte aber auch jetzt keine Eile mehr. Auf meine Rache hatte ich so lange warten müssen. Und zu leicht wollte ich es meinem Erzfeind wirklich nicht machen. Ruhig nahm ich die Pistole in die linke Hand und spannte den Hahn mit dem rechten Daumen in die Laderast. Ein leichtes Drücken am Feuerstein, ob er noch fest saß. Dann nahm ich eine Patrone aus der Ledertasche an meiner Koppel und biss die in ein Stück Stoff eingewickelte Kugel ab. Ein bisschen Pulver auf die Pfanne, dann schließen. Absberg humpelte weiter. Ich schüttete das restliche Pulver in den Lauf und spuckte die Kugel hinein.

Absberg drehte sich nach mir um, schaute etwas panisch auf die Pistole und versuchte erfolglos, schneller zu humpeln. Mit der Rechten hatte ich inzwischen den Ladestock gezogen und schlug damit die Kugel auf die Treibladung. Absberg humpelte, aber nicht mehr wirklich schnell. Ich steckte den Ladestock zurück in seine Vorrichtung unter dem Lauf und nahm die Pistole in die rechte Hand. Mit dem Daumen spannte ich den Hahn fertig und legte an. Ausatmen, die Luft anhalten, zielen. Ich war kaum noch zehn Meter hinter ihm und hätte sicher seinen Kopf getroffen. Aber weshalb ihm ein schnelles Ende gönnen? Ich zielte also in seine Körpermitte und drückte langsam ab. Der Feuerstein schlug Funken, das Zündkraut in der Pfanne flammte auf. Eine knappe Sekunde später knallte der Schuss. Absberg fiel getroffen zu Boden.

Während ich auf ihn zuging, lud ich sicherheitshalber erneut. Aber meine Kugel hatte ihn im Rückgrat getroffen, zwischen Rippen und Hüfte. Mit dem Gesicht lag er im Dreck, und als er mich sah, versuchte er, sich mit den Händen fortzuziehen, denn seine Beine versagten ihren Dienst. Die Nerven waren durchtrennt, was ihm zusätzlich auch die Kontrolle über Darm und Blase nahm. Hilflos musste er feststellen, dass er sich einsaute. Wimmernd wie ein kleines Kind drehte er den Kopf.

„Wer bist du? Und warum?"

Das wollte ich ihm natürlich gern erklären. „Der Truchsess Georg von Waldburg sendet Euch Grüße. Ich bin sein Henker!"

Panik flatterte in seinem Blick. „Lass mich nicht so unwürdig verrecken, ich kann dir sagen, wo meine Reichtümer versteckt sind!"

„Mit Gold kannst du dir in diesen Leben keine reine Seele mehr erkaufen", raunte ich ihm zu. „Und um keinen Preis der Welt würde ich dieses Schauspiel verpassen wollen. Ihr habt nie Gnade gezeigt, verlangt also auch nicht danach!"

Und damit setzte ich mich ins Gras und schaute zu, wie er in seiner eigenen Pisse und Scheiße verreckte.

Ich weiß, wenn ich vor meinen Schöpfer trete, werde ich den Tod vieler Menschen zu verantworten haben. Geschehen im Krieg oder bei der Vollstreckung von Urteilen. Aber immer sah ich dies als Ausübung meiner Pflicht an, zum Erhalt von Gesetz und Ordnung. Nur dieses eine Mal – das gebe ich zu – habe ich das Töten genossen. Ich nahm mir also vor, auf dem Rückweg nach Waldburg einen Ablass zu kaufen.

Ich ließ Absberg liegen, wie er war, und ging zurück zur Straße. Als ich beim ehemaligen Räubernest ankam, ritt ich durch das Tor wieder ein, durch das ich die löchrige Palisade verlassen hatte, brachte das Pferd an seinen gewohnten Platz und versorgte es. Danach ging ich um das Gebäude herum in den Vorhof der Burg, in dem wir den Kampf eröffnet hatten. Der Hof war übersät von Leichen. Die Kämpfe mussten heftig gewesen sein. Ich hatte davon im Innern der Burg ja nicht viel mitbekommen. Niemand war zu sehen. Also ging ich ins Gebäude, wieder durch die Haupttür wie letzte Nacht. An einem Tisch saßen drei von Barbaras Räubern, von denen einer meinen Rabenschnabel am Gürtel trug. Barbara saß auf einem eilig für sie hergerichteten Lager an der Wand zum Stall. Sie sah furchtbar aus. Ihr Gesicht war fahl, Schweißperlen standen auf ihrer Stirn. Ihre rechte Schulter war rot vor Blut, der Arm lag in ihrem Schoß, als würde er nicht mehr zu ihr gehören.

Einer der Männer, den ich als Dietrich kennengelernt hatte, blickte mir aufgebracht entgegen. „Ich hoffe, du bist zufrieden, Henker! Die meisten unserer Leute sind tot. Wir vier sind alles, was noch übrig ist. War das dein eigentliches Ziel?

So viele Menschen an einem Tag hättest du unmöglich alleine töten können!"

Bevor ich etwas erwidern konnte, richtete sich Barbara mühsam auf und sagte leise, aber bestimmt: „Lass ihn! Wir wussten doch, worauf wir uns einlassen. Auch ohne diesen Krieg hätten die uns nach und nach abgeschlachtet. So haben wir die wenigstens mit uns genommen. Ignaz soll herkommen!"

Sie sank zurück auf ihr Lager und ich kniete mich neben sie.

„Sag mir, wie schlimm es ist. Und lüg mich nicht an. Das bist du mir schuldig!"

Trotz ihrer offensichtlichen Schwäche war sie klar bei Verstand und wusste genau, was sie wollte. Ich half ihr, sich etwas weiter aufzusetzen. Schon auf den ersten Blick war zu sehen, dass von der Schulter nicht mehr viel übrig war. So behutsam wie möglich entfernte ich das Kleid um die Schulter. Absbergs Dussack hatte ganze Arbeit geleistet. Sämtliche Knochen der Schulter inklusive der Schulterkugel am Oberarm waren zerstört. Der Arm schien nur noch an der Haut zu hängen. Barbaras Leute hatten Wasser und sogar Operationsbesteck für mich bereitgestellt.

„Der Arm ist nicht mehr zu retten", lautete meine Diagnose. „Da die Knochen aber ohnehin kaputt sind, wird er sich recht einfach entfernen lassen. Ich denke, du hast eine gute Chance zu überleben."

Da hob Barbara die Augenbrauen. „Überleben? Mit einem Arm und einer ewig langen Genesungszeit? Ignaz, schau dich um. Wir sind am Ende. Selbst wenn ich gesund werde, wohin soll ich dann gehen?"

Ich atmete tief ein und zögerte vielleicht eine Sekunde zu
lang.

„Mit mir?“, fragte ich leise.

Da verzog sie die Mundwinkel. „Damit die Leute noch mehr
Angst vor dem Henker haben? Mit einer einarmigen Räuberin
an seiner Seite?“ Sie sah mich eindringlich an. „Tu, was getan
werden muss, und richte mich, wie du es einst schon hättest
tun sollen. Schenk mir ein schnelles und schmerzloses Ende.
Immer noch besser, als deine Frau zu werden!“

Sie versuchte zu grinsen, was in Anbetracht ihrer Schmerzen
sicher nicht einfach war, und wir schauten uns tief in die Augen. Sie hielt meinem Blick stand, und mir wurde klar, dass
sie sich längst entschieden hatte. Dann machte sie eine Geste,
die ihre verbliebenen drei Räuber zu ihr kommen ließ.

„Ignaz Donnerfels hat uns zum Sieg geführt. In dieser Burg
gibt es genug, womit ihr ein einfaches Leben bestreiten könnt.
Teilt es unter euch auf. Ignaz gewährt mir eine letzte Bitte
und erlöst mich von meiner Pein. Ich danke euch für eure
Treue und wünsche euch alles Gute.“

Danach blickte sie wieder mich an. „Henker, waltet Eures
Amtes. Aber gib mir davor noch einen letzten Kuss!“

Ich legte meinen linken Arm um sie, mit der Rechten umfasste ich ein langes, scharfes Messer, das ich ursprünglich für die
Amputation gedacht hatte. Langsam näherten sich unsere
Gesichter, während wir uns nochmals tief in die Augen schauten. Die Lippen berührten sich leicht, unsere Augen schlossen
sich. Einen kurzen Moment genossen wir beide den Kuss,
dann aber verkrampfte sie sich, ein stechender Schmerz musste sie kurz erfasst haben. Als sie wieder ruhiger atmete, strich
ich mit der Linken sanft über ihren Nacken und sie lächelte

mich an. Im nächsten Moment stach ich das Messer in ihr Herz. Während ich meine Stirn gegen ihre legte, lief eine Träne von meiner Wange auf ihre. Dann war sie tot. Als ich sie sanft auf ihr Lager zurücklegte, konnten auch die anderen drei Räuber ihre Tränen nicht mehr unterdrücken.

Es war inzwischen dunkel geworden, und wir beschlossen, diese eine Nacht bei Barbara zu bleiben. Für eine echte Totenwache waren wir alle zu müde. Wir fanden aber genug Wein, um auf sie anzustoßen. So wäre es ihr sicherlich auch am liebsten gewesen. Und beim letzten Kerzenschein beschlossen wir, die Burg nach der Plünderung anzuzünden. So würde Barbara im Sieg über den Feind ihre letzte Ruhe finden.

Am nächsten Morgen fand ich zu meiner großen Freude in einem Schuppen meinen Wagen mit den meisten meiner Habseligkeiten und mein Muli. Offensichtlich war auch das von Absbergs Männern gestohlen worden. Der Dieb musste damit direkt zum Räubernest gefahren sein. Von allem anderen wollte ich nichts, nur etwas Proviant für die Reise.

Das Muli war ausgeruht und der Wagen nicht schwer beladen, so dass ich hoffte, zügig heimzukommen. Heim auf die Waldburg! Ein Gedanke, der die dunklen Wolken von gestern vertrieb und mir wieder Mut gab.

Ich freute mich schon darauf, dem Truchsessen von Waldburg mitteilen zu können, dass unsere Rache gelungen und der Raubritter Hans Thomas von Absberg tot war. Auf meiner Reise nutzte ich die Hauptstraßen, um schnell ans Ziel zu kommen, aber für die nächtliche Rast suchte ich immer abgelegene Orte auf oder schlief im Wald wie ein Räuber. Da ich ja auch noch einen Ablass kaufen wollte, freute ich mich, als

ich an einem Kloster vorbeikam, und bat dort um ein Nacht-
quartier. Da ich beim Ablass nicht geizte, wurde ich sogar
zum Abendgebet samt Nachtmahl eingeladen. Ich nahm dankend an.

Als beim Gebet der Toten gedacht, wurde, eröffnete der Priester die Liste derer, denen die Gebete besonders galten.

„Zuallererst gedenken wir eines Mannes, dessen Todesnach-
richt uns gestern ereilt hat. Viele bringen ihn vor allem mit
seinen Taten beim großen Krieg in Verbindung. Und doch hat
sich nach dem Krieg kaum ein zweiter Adliger so sehr für die
Belange der Bauern und den Wiederaufbau des vom Krieg
verheerten Landes stark gemacht wie Seine Erlaucht Graf
Georg, Truchsess von Waldburg. Möge Gott ihm seine Taten
im schrecklichen Krieg verzeihen und mögen die Menschen
erkennen, wie sehr er um Sühne und Reue bemüht war bis zu
seinem letzten Tag. Seine letzte Tat war der Bau einer neuen
großen Kirche in Waldburg, die uns doch seine Gottesfürch-
tigkeit zeigt.“

Mehr verstand ich von seiner Rede nicht. Der Truchsess war
gestorben? Vom Tod seines Erzfeindes hatte er vermutlich
nicht mehr erfahren. Hoffentlich hatte er wenigstens seinen
Sohn, Georg den Jüngeren, wiedergesehen. Ob dieser wohl
ähnlich umsichtig und scharfsinnig wie sein Vater dessen Ämter erfüllen würde? Und ob er wohl weiterhin meine Anwesenheit auf der Waldburg duldete, so wie sein Vater es wollte?
Solche und ähnliche Gedanken hielten mich den Großteil der
Nacht wach.

Da ich gern wissen wollte, wie die Leute diese Neuigkeit aufnahmen, beschloss ich, die nächsten Nächte wieder in Wirtshäusern zu verbringen. Natürlich erinnerten sich viele an das

kompromisslose Vorgehen Graf Georgs im Krieg – das aber auch nicht unwesentlich zum schnellen Ende beigetragen hatte, wie andere dann oft konterten. Nicht auszudenken, wenn sich dieser Krieg noch länger hingezogen hätte! In den Wirtstuben wurde aber nicht von Georg von Waldburg oder dem Truchsessen von Waldburg gesprochen. Die Menschen hatten ihm einen neuen Namen gegeben: Bauernjörg!

Je näher ich der Heimat kam, desto mehr wurde auch darüber diskutiert, dass es den eigenen Bauern des Bauernjörg jetzt besser ging, da er ja den Vertrag von Weingarten für seine Ländereien weiter ausgearbeitet hatte und sich daran auch hielt. Die neue Kirche fand auch hier des Öfteren Erwähnung. Nicht wenige Bauern gestanden sich aber ein, dass sie diesen Bauernjörg zwar zunächst verteufelt hatten, aber inzwischen, schließlich war der Krieg schon mehr als fünf Jahre vorbei, darauf hofften, dass er diese Neuerungen in der ganzen Landvogtei Schwaben umsetzen würde. Diesen Titel hatte er nämlich zwischenzeitig dazubekommen: Landvogt von Schwaben. Der wichtigste Schritt auf dem Weg zum Herzogentitel, der ihm aber leider versagt blieb. Kurzum, sein Dahinscheiden wurde von den meisten Menschen bedauert, zumal man die Rückkehr des Herzogs Ulrich befürchtete, und der hatte ja keines seiner Versprechen gegenüber den Bauern eingehalten und sie nur für seinen Krieg gegen den Schwäbischen Bund benutzt.

Was bedeutete das alles aber für mich? Ich würde dann wohl als „Henker des Bauernjörg" in die Geschichte eingehen. Sofern diese niedergeschrieben würde. Ein Entschluss, den ich in diesem Moment fasste. Zurück auf der Waldburg wollte ich dieses Projekt endlich angehen, solange die Erinnerungen noch nicht ganz verblasst waren.

Kurz nach der Mittagsstunde tauchte die Waldburg am Horizont auf. Der Burgberg leuchtete in hellem Grün und hob sich deutlich von der stark bewaldeten Landschaft ab, dessen Grün deutlich dunkler war. Wenige Stunden später erreichte ich ohne Zwischenfälle mein Zuhause.

Diesmal wurde ich von den Torwachen auch erkannt und wortlos eingelassen. Ein Kind entdeckte mich, als ich mit meinem Muli auf den Stall zuging, und rannte laut rufend in den Innenhof. „Ignaz, der Henker, ist wieder da!“

Oh ja, ich war zurück! Und ich war wieder der Henker, mit dem man nicht mehr sprach als unbedingt notwendig. Ein Stallbursche hatte sich trotzdem meines Wagens samt Muli angenommen.

„Der Inhalt des Wagens soll vor meine Kammer gebracht werden!“, wies ich ihn an. Keine Reaktion. „Ich verstehe ja, dass du nicht mit mir reden willst, aber nicke wenigstens, dass du mich verstanden hast!“

Da drehte er sich tatsächlich um. „Verzeiht, Meister Ignaz, ich kümmere mich darum!“

Ich bedankte mich und warf ihm eine Münze zu.

Als ich den Innenhof betrat, zeigte die Kunde des Kindes Wirkung. Alle hielten inne und schauten in meine Richtung. Die meisten wichen meinem Blick dann aber aus, denn es war ja allseits bekannt: Selbst wenn man einen Henker anschaute, konnte man in die Hölle kommen. In solchen Situationen weiß ich bis heute nicht, ob ich lachen oder den Kopf schütteln soll! Trotzdem war es irgendwie schön, wieder zu Hause zu sein. Ich grüßte jeden, an dem ich vorbeiging, und lief an der Küche vorbei in Richtung der Treppen der Wehrgänge, um durch die Burg in meine Kammer zu kommen. Aus einem

unbestimmten Gefühl heraus lief ich aber weiter, bis ich vor
dem Arbeitszimmer des Truchsessen stand. In alter Gewohnheit klopfte ich an.

Selbst als Georg von Waldburg noch regelmäßig da drin gewesen war, hatte ich immer selbst klopfen dürfen, sein Sekretär hatte mich auch immer durchgelassen. Bevor ich mir aber
weitere Gedanken machen konnte, wurde die Tür geöffnet.
Der Amtsleiter des Truchsessen und somit Kastellan der
Waldburg blickte mir mit einem überraschend freundlichen
Gesicht entgegen.

„Ignaz, tretet ein. Wir beiden sind wohl die Relikte in der
Amtsausführung des viel zu früh verstorbenen Truchsessen.
Ich bringe Euch auf den neuesten Stand.“

Der Sekretär erzählte, dass Graf Georg begonnen hatte, alles
zu regeln, als ihm klar geworden war, dass er seiner Krankheit nicht entrinnen konnte. So hatte er einen Erzieher für
seinen Sohn bestimmt und dem Jungen Briefe hinterlassen,
die zu bestimmten Geburtstagen zu überreichen waren. Der
Kastellan sollte sich weiter um die Waldburger Belange
kümmern. Auch zuvor war es ja oft vorgekommen, dass sich
die Herrschaft für Jahre nicht auf der Waldburg blicken ließ,
für den Kastellan war diese Aufgabe also nicht ganz neu. Nun
übergab er mir einen Brief.

„Sogar an Euch hat er gedacht. Graf Georg war wohl der einzige Adlige auf der Welt, der mit einem Henker direkt korre-
spondierte.“

Er schmunzelte ein wenig und ich wusste, dass er hoffte,
mehr über unsere Verbindung zu erfahren.

Wenig später betrat ich meine Wohnung, die zunächst einmal gut gelüftet werden musste, und legte mein normales Gewand an. Ein Krug Wein und etwas Brot mit Käse waren vor meiner Tür aufgestellt worden, die Küche wollte wohl einen guten Eindruck machen und mich freundlich begrüßen. Ich machte es mir also an meinem Tisch gemütlich und erbrach das Siegel des Truchsessen.

„Werter Meister Ignaz, wenn du das liest, bist du von deinem letzten Auftrag wohlbehalten zurückgekehrt, und mein Vertrauen in dich ist groß, deshalb bin ich sicher, dass Hans Thomas von Absberg jetzt auf seinem verdienten Weg in die Hölle ist. Der Kastellan der Waldburg und der Erzieher meines Sohnes erhielten eine Durchschrift mit den Zusicherungen, die ich dir gemacht habe. Bleib also auf der Waldburg und diene meinem Hause weiter als treuer Scharfrichter. Doch möchte ich unserer Vereinbarung eine letzte Aufforderung beifügen. In meinem Amt in Stuttgart habe ich des Öfteren feststellen können, wie wichtig es ist, einen verlässlichen Scharfrichter zu haben, um das Recht anständig durchsetzen zu können. Ich hoffe, mein Sohn kann meine Bestrebungen fortsetzen und einst Herzog von Schwaben werden. So wie ich ihm die notwendigen Aufgaben und Ämter übergebe und vererbe, so erwarte ich auch dein Bestreben, dein Wissen weiterzugeben. Sorge für einen Nachfolger, der dein wichtiges Amt weiterführt, und leite ihn an, es in gleicher Gewissenhaftigkeit zu tun, wie du es immer tatest und sicher weiter tun wirst.“

Ich atmete schwer durch. Diesen letzten Wunsch würde ich ihm ja gerne erfüllen, aber wie? Es bestand vielleicht die Möglichkeit, einen Lehrling für mein Handwerk zu finden. Natürlich wäre es das Schönste, eine liebe Frau zu heiraten und einen Sohn auszubilden, aber mit der Liebe hatte ich bisher nur Pech gehabt. Sollte ich die Hoffnung doch noch nicht ganz aufgeben? Hoffen, heißt es ja, sei ein schlechter Ratgeber. Aber was bleibt uns, wenn nicht die Hoffnung?

Und so sitze ich heute auf der Waldburg, die zu meinem Zuhause geworden ist, und denke über meine Zukunft nach. Als Henker geht mir mancher aus dem Weg, aber wie schön wäre es, nicht für immer auf die Gesellschaft netter Menschen zu verzichten! Und so reift heute in mir der ungewöhnliche Plan, hier auf der Burg anständigen Leuten von den Vorzügen meines Handwerks zu berichten und so einen Lehrling oder noch besser eine Frau zu finden.

Die Waldburg bietet hierfür sicher eine gute Kulisse. Es muss nur eine Möglichkeit geschaffen werden, dass Menschen hier hoch auf die Waldburg kommen, damit ich ihnen von all meinen Erlebnissen erzählen kann. Ideal wäre es natürlich, mit ihnen ins Gespräch zu kommen, wenn sie hier in der Burgküche gut gegessen haben. Schließlich funktioniert dieses Prinzip auch bei der Henkersmahlzeit: Wer gut gegessen hat, der lässt viel mit sich machen.

Ich werde dem Kastellan diese Idee unterbreiten. Sicher können wir das Ansehen der Burg erhöhen, wenn wir sie in die Geschichte des Hauses mitnehmen. Sie werden staunen und sich gruseln, was diese alten Mauern schon gesehen haben. Immer öfter hört man, dass sich Leute besondere Orte für ihre Feste und Feiern suchen. Da würde sich die große Küche auf der Waldburg natürlich anbieten, und eine zusätzliche Geldquelle ist der Herrschaft sicher willkommen. Man darf den Gästen halt nicht gleich sagen, dass ich auch da sein werde. Wenn sie dann aber gut gegessen haben und zu träge sind zum Weglaufen, dann werde ich mich ihnen zu gerne vorstellen: als Ignaz Donnerfels, der Henker des Bauernjörg! Ein spannender Gedanke, wenn vielleicht auch etwas weit hergeholt. Sollte er sich aber tatsächlich umsetzen lassen, werde ich auch dieser Aufgabe mit großer Hingabe nachgehen.

Bis dahin werde ich mich der Niederschrift meiner Geschichte widmen, selbstverständlich ohne meine Hauptarbeit zu vernachlässigen. Irgendwo gibt es schließlich immer Gesindel das gestraft gehört, und Schurken, deren Köpfe jemand rollen sehen möchte.

<u>Glossar</u>

Arkebuse	Frühe Feuerwaffen, Vorläufer der Musketen
Bihänder	Sehr langes, beidhändig geführtes Schwert, typische Waffe der Elitetruppen innerhalb der Landsknechtsarmeen, der sogenannte Gassenhauer
Brandscahtzen	Erpressung von Geld, um das Niederbrennen der Besitzung zu verhindern. Das war die typische Art Kriegszüge zu finanzieren, als Ersatz fürs Plündern.
Brigantine	Mit Metallblättchen oder großen Nieten versetzte, spätmittelalterliche Lederrüstung.
Buckler	Eine Art kleines Schild mit Haltegriff (während bei Schilden zusätzlich ein Befestigungsriemen angebracht ist)
Doppelsöldner	Wegen besserer Ausrüstung doppelt besoldete Landsknechte. Oft mit Harnischen und Helmen geschützt, üblicherweise bewaffnet mit Hellebarden, Bihändern oder Feuerwaffen
Dussack	Besondere, nicht sehr verbreitete Schwertart. Hat die Form eines Säbels, ist aber sehr breit und hat einen in die Klinge eingearbeiteten Griff
Eigenleute	Gehobenes/altes Wort für Leibeigene
Fähnlein	Organisationseinheit der Landsknechtsheere, ca. 400 - 500 Mann. Jedes Fähnlein verwaltet sich selbst. Feldherren planen nicht anhand von Mannstärken, sondern von Fähnlein
Flegel	Ein Stab mit einem an Riemen oder Ketten befestigten Kopf. Kommt aus der Landwirtschaft (Dreschflegel), wurde aber zur Waffe weiterentwickelt

Ganerbenburg	Eine Burg, auf der mehrere Generationen oder Linien einer Adelsfamilie leben und in der jede ihren Bereich hat, unter Umständen sogar eigene Ländereien
Guggel	Früher sehr verbreitetes Kleidungsstück, im Prinzip eine Art Mischung aus Kapuze und Poncho
Harnisch	Plattenpanzer aus einem Stück für Brust oder Rücken in der frühen Neuzeit. Sowohl von Reitern als auch von Landsknechten eingesetzt
Hellebarde	Stabwaffe ab dem Mittelalter. Typisch sind Axtformen und eine Spitze sowie ein Haken an der Rückseite
Karnöffel	Besonders bei Landsknechten beliebtes Kartenspiel
Kastellan	Verwalter einer Burg während der Abwesenheit des Herrn. Im Mittelalter auf den kleinen Ritterburgen war das üblicherweise die Frau des Ritters. Später und besonders bei größeren Anlagen wurden Kastellane als Beamte eingesetzt
Katzbalger	Typisches Einhandschwert der Landsknechte
Koppel	Gürtel oder Riemen, an dem üblicherweise Waffen, Beutel und Ähnliches befestigt wurden, da Hosen- oder Jackentaschen noch nicht üblich waren
Kugelzange	Es gab keine einheitliche Kugelgröße bei den frühen Feuerwaffen. Man goss sich selbst Bleikugeln, bei denen mit dieser speziellen Zange die Gussnasen abgeschnitten werden mussten
Landsknecht	Söldner ab dem 15. Jhdt. oft auch als Fußknechte bezeichnet
Langspieße	Lange Speere mit kleinen Spitzen (teilweise 4 Meter und länger), typische Waffe der einfachen Landknechte

Muskete	Weiterentwicklung der Arkebuse, die zumindest auf kurze Distanz schon recht genaues Schießen ermöglichte
Palas	Repräsentatives Gebäude einer Burg oder Schlossanlage, in dem das adlige Leben stattfand
Panzerhemden	Historische Bezeichnung von Kettenhemden
Plänkler	Leichte und schnelle Einheiten beim Militär, die den Feind „ärgern", also beschäftigen, bis ein gewünschtes Manöver ausgeführt werden kann. Üblicherweise geschieht das durch Beschuss und Rückzug.
Pike / Pikenier	Langspieß / Langspießträger
Rabenschnabel	Streithammer mit langer Spitze
reichsunmittelbar	Im ausgehenden Mittelalter konnten verschiedene Herrschaften (Rittertümer, Grafschaften etc.) reichsunmittelbar sein, d.h. sie waren nur dem Kaiser unterstellt.
Reisige	Berittene Söldner oder Soldaten
Rennfahnen	Leichte Reiterei mit besonders schnellen Pferden. Oft als Späher oder Plänkler eingesetzt
Rotte	Kleinere organisatorische Einheit innerhalb eines Fähnleins (ca. 10 Mann)
Sauspieß	Stabiler, aber nicht allzu langer Speer für die Jagd auf Wildschweine
Schildwirtschaft	Gehobenes Gasthaus, in dem Speisen und Übernachtung angeboten wurden, im Gegensatz zu den Tavernen oder Trinkstuben

Tortur	Peinliche Befragung oder Folter. Teil der Rechtsprechung bis ins 19. Jhdt. Sollte dem Delinquenten die Möglichkeit geben, seine Unschuld zu beweisen, wenn er keine Zeugen hatte. Es wurde nicht, wie oft behauptet, genutzt, um ein Geständnis herauszupressen. Das war nur bei den Hexenprozessen so. Etwa ein Drittel der Männer und zwei Drittel der Frauen überstanden die peinliche Befragung und galten dann als unschuldig.
Trinkstube	Auch Taverne genannt. Sehr verbreitete Art der Gastronomie, in der sich einfache Menschen zum Trinken trafen. Essen gab es nicht zwingend.
Truchsess	Eines der vier Hofämter aus dem Mittelalter am Kaiserhof (neben Kämmerer, Mundschenk und Marschall). Diesen Ämtern wurde viel Prestige zugesprochen, das oft wichtiger war als der eigentliche Adelstitel der entsprechenden Personen.
Urfehdeerklärung	Vertragliche Einigung verfeindeter Herrschaften oder Städte innerhalb des Reiches, auf offene Gewalt zu verzichten bzw. diese zu beenden. Üblicherweise das Ende einer Fehde, wenn beide Seiten überlebten.
Weggle	Brötchen im Fränkischen

Nachwort

Werter Leser, ich hoffe, Ihr habt mein Buch genossen. An dieser Stelle möchte ich darauf hinweisen, dass es sich hier um einen fiktiven Roman und nicht um ein Geschichtsbuch handelt. Die Unterhaltung steht also klar im Vordergrund, auch wenn ich die Hintergründe selbstverständlich recherchiert habe. Hierzu noch ein paar Worte:

Die Waldburg

Die Waldburg gehört nach wie vor der Familie Waldburg-Wolfegg und ist an Max Haller als privaten Museumsbetreiber verpachtet.

Ich, Christoph Wegele, der Autor dieses Buches, bin im „wahren Leben" als Kastellan der Waldburg angestellt und habe sie natürlich deshalb auch bewusst als Ausgangspunkt der Abenteuer in diesem Roman gewählt.

Die Waldburg liegt in der Nähe von Ravensburg und erhielt ihr heutiges Aussehen um 1560/70. Zuvor gab es weder die Aussichtsplattform noch weiß man, wie ihre Innenräume gestaltet waren. Lediglich die Viergeschossigkeit war schon gegeben. Ich habe mich hier zu einer alten Dachform entschieden, so dass das Begehen des Daches trotzdem möglich war. Auch der Treppenhausturm entstand erst mit dem Umbau um 1560/70. Die Anlage war über außenliegende Treppen und Wehrgänge im Innenhof erschlossen. Deren Verlauf kann aber heute bestenfalls erahnt werden.

Heute wird die Waldburg als mittelalterliche Erlebniswelt betrieben. Wer uns besuchen möchte, findet auf unserer Website www.schlosswaldburg.de unsere aktuellen Veranstaltungstermine, Öffnungszeiten und eine Anfahrtbeschreibung. Als Kastellan der Waldburg würde ich mich über Euren Besuch freuen. Die einmalige Geschichte von Haus und Burg sind Museumsinhalt. Oft bin ich im Museum anzutreffen oder mache Führungen, außerdem organisiere ich das Tagesgeschäft und führe bei den Ritteressen, die in unserer Burgküche oder den Gewölben auf der Waldburg veranstaltet werden, durchs Programm.

<u>Das Haus Waldburg</u>
Die Familie Waldburg lässt sich lückenlos bis ins 11. Jhdt.
zurückverfolgen. Damals waren sie Dienstmannen, sogenannte Ministeriale der Welfen. Der Aufstieg der Familie geschah
aber in der Zeit der Staufer, die die welfischen Besitzungen
im heutigen Süddeutschland übernahmen. Drei Stauferkaiser
(Friedrich I. Barbarossa, Heinrich VI. und Friedrich II.) waren
nachweislich auf der Waldburg. Unter Kaiser Heinrich VI.
wurden die Hofämter zu Mitregenten. Damals war Eberhard
von Tanne-Waldburg Truchsess und sein Neffe Konrad von
Winterstetten-Waldburg war Mundschenk. Die Waldburger
mischten sich also unter den Hochadel wie der Mäusedreck
unter den Pfeffer, wie böse Historikerfedern schreiben. Unter
Kaiser Friedrich II. kamen die Reichsinsignien des Heiligen
Römischen Reiches Deutscher Nation und somit die Macht-
symbole über das Reich auf die Waldburg, und Truchsess
Eberhard wurde als Reichsverweser und Erzieher des Kaiser-
sohns Heinrich VII. eingesetzt. Bis heute trägt die Familie
Waldburg das Stauferwappen, die drei schwarzen Löwen auf
gelbem (goldenem) Grund, als Teil des Familienwappens.
Durch eine kluge Heiratspolitik und die feste Regelung, den
Besitz in einer Hand zu behalten, konnte die Familie Wald-
burg ihren Besitz stets mehren und das Truchsessenamt auch
unter den Habsburger Kaisern wieder ausüben. Unter Georg
III. von Waldburg wurde dieses Amt dann erblich (eine der
Belohnungen des Kaisers für die Rettung des Reiches im
Bauernkrieg).
1589 entschieden zwei Brüder, die Herrschaft unter sich auf-
zuteilen. So entstanden die bis heute bestehenden Hauptlinien
Waldburg-Wolfegg und Waldburg-Zeil. Von letzterer spaltete
sich später noch die Linie Waldburg-Hohenems in Voralberg
(Österreich) ab, die ebenfalls noch existiert.

<u>Der Bauernkrieg</u>
Fand 1524/25 statt. Er begann am Bodensee und schwappte
aber bald auf große Teile des Heiligen Römischen Reiches
über. Hauptauslöser waren die zunehmende Willkür und
Rechtsunsicherheiten in der Machtausübung des Adels, aber
auch die Reformation. Viele Bauernanführer waren Protestan-
ten.

Was den Verlauf des Krieges angeht, so habe ich mich im Wesentlichen an das Buch von Peter Blickle „Der Bauernjörg: Feldherr im Bauernkrieg" gehalten. Meine Wahl fiel auf seine Darstellung, weil es sich um ein recht aktuelles Werk handelt und ich Herrn Blickle selbst kennenlernen durfte, als er für sein Buch einen Vortrag gehalten hat. So weiß ich, dass er für seine Recherche mehrere Wochen im Archiv auf Schloss Wolfegg war und hier Einblick in viele Originaldokumente dieser Zeit hatte. Wichtig war mir dabei, das immer noch vorherrschende Bild der schlecht gerüsteten und chancenlosen Bauern geradezurücken. Unter einer besser organisierten Führung und einem klugen Feldherrn wäre dieser Krieg ziemlich sicher anders ausgegangen und hätte die Macht des Adels, aber auch der Kirche schon in jener Zeit stark erschüttert und die Geschichte Europas wesentlich verändert.

Der Bauernjörg

Georg III. Truchsess von Waldburg-Zeil wird in der heutigen Zeit noch oft als böser Bauernschlächter dargestellt. Nach den Quellen, die mir vorlagen, wurde er zu seinen Lebzeiten aber auch von vielen hoch geschätzt, weil er als sehr fair und fähig galt, und zwar in allen Bevölkerungsschichten. Ich habe mich deshalb bemüht, ihn eher in diesem Licht darzustellen. Nach meiner Recherche war mir klar, dass Georg bereits den Anbruch einer neuen Zeit erkannt hatte, aber den Krieg als politisches Mittel bewusst in Kauf nahm. Verhandlungen mit den Bauern scheiterten oft schon daran, dass der Bildungsstand dieser Bevölkerungsschicht damals sehr niedrig war, wobei es natürlich damals auch im Interesse der wenigsten Adligen stand, diesen Zustand zu verbessern. Vielleicht hätte die Situation anders ausgesehen, wenn die Bauern damals einen redegewandten Diplomaten an ihrer Spitze gehabt hätten. Da sie aber mit ihren Aufständen die „göttliche Ordnung" in Gefahr brachten, an die Graf Georg ja glaubte, sah er damals für sich die einzige Chance für Verhandlungen, wenn sie militärisch geschlagen waren. Aus der Siegerposition heraus war er aber durchaus zu Zugeständnissen bereit. Die Tatsache, dass er sich nicht nur an die (formell ungültigen) Weingartener Verträge hielt, sondern später auch noch die Wolfegger Ver-

träge aushandelte, die den Bauern sogar noch ein Stück weiter
entgegenkamen, spricht in meinen Augen für diese These.
Ich bezeichne ihn im Roman Als „Graf von Waldburg" und
seine Herrschaft als eine Grafschaft. Wie viele Adlige hatte
aber auch Georg von Waldburg mehrere Titel und Herrschaften unter sich vereint. So hatte er mit den Herrschaften Wolfegg und Sonnenberg (und später Zeil) mehrere Grafentitel
inne. In der Literatur wird er oft Georg von Waldburg-Zeil
genannt. Die Grafschaft Zeil war aber vor dem Bauernkrieg
nur eine Pfandschaft des Hauses Waldburg und wird erst nach
dem Krieg der Herrschaft Waldburg zugeschlagen (als eine
Belohnung für die Rettung des Reiches). Auch finde ich diese
Nennung etwas irreführend, da es ja heute ein Haus Waldburg-Zeil (s.o.) gibt, das mit dem damaligen Hause Waldburg
nicht identisch ist.

Hans Thomas von Absberg
Dieser Mann war einer der führenden Raubritter seiner Zeit,
der für seine außerordentliche Brutalität bekannt war. Das
Versenden von Fingern oder Händen seiner Geiseln an die
Familie war eines seiner Markenzeichen, genauso seine besondere Waffe. Die Ermordung des Schwiegervaters von Georg von Waldburg und dessen Einstieg in den Krieg gegen die
fränkischen Ritter sind historische Tatsachen. Ebenso die Ent-
führung von Georgs Sohn. Er war also der erklärte Erzfeind
des Bauernjörg, der ihn aber nie zu fassen bekam. Wer Thomas von Absberg wirklich tötete, ist nicht eindeutig belegt, es
geschah aber wohl durch einen Schuss in den Rücken auf
einem Feld.

Meister Frantz
Der Scharfrichter von Nürnberg ist neben dem Bauerjörg die
zweite historische Figur, die eine größere Rolle im Roman
spielt. Meister Frantz führte ein Tagebuch, dessen Bearbei-
tung bis heute unter dem Titel „Der Scharfrichter" von Joel F.
Harrington erhältlich ist. Es diente mir bei der Recherche für
die Erstellung des Charakters Ignaz Donnerfels. Deshalb
wollte ich ihn im Roman auch wieder dabeihaben, obwohl er
in Wirklichkeit etwa 50 Jahre später lebte, als der Roman
spielt.

<u>Ignaz Donnerfels</u>
Er ist ein von mir frei erfundener Charakter. Ursprünglich
hatte ich ihn für die Henkerführungen im Rahmen der Muse-
umsarbeit auf der Waldburg zum Leben erweckt. Als in mir
die Idee reifte, ein Buch über die Geschehnisse im Bauernkrieg zu schreiben, kam mir der Gedanke, eben diesen Ignaz
als fiktive Hauptfigur in den Mittelpunkt der Geschichte zu
stellen. Das Buch endet quasi an der Stelle, wo meine Hen-
kerführung beginnt. Bei manchen abendlichen Events wie
Halloween oder in den Rauhnächten kann man Ignaz Donnerfels auf der Waldburg antreffen. Ebenso können für Gruppen
Henkerführungen gebucht werden. Allerdings sieht man mich
und Ignaz niemals zu gleichen Zeit!

Seid bedankt und auf ein baldiges Wiedersehen auf der Waldburg!

Christoph Wegele, Kastellan der Waldburg